HEYNE BÜCHER

Das Buch

Theresa ist fröhlich, unternehmungslustig – und vom Fernweh geplagt. Das junge Mädchen arbeitet in einem Schiffsfracht-Unternehmen und sehnt sich nach der großen, weiten Welt. Ihr Chef beschließt, ihr zu helfen: Er gibt Theresa die Adresse von Peter Bendix, einem Freund, der in Südwestafrika lebt. Bald entwickelt sich eine enge Brieffreundschaft. Die Briefe gehen hin und her, und als Peter ihr einen Heiratsantrag macht, nimmt Theresa ihn an. Doch je näher der Tag des Abschieds rückt, desto nervöser wird sie. Hat sie die richtige Entscheidung getroffen? Auf der Schiffsreise nach Afrika lernt sie den fröhlichen und gutaussehenden Philip Thorn kennen. Während der langen Überfahrt kommen sich die beiden näher. Theresa beginnt zu zweifeln: Im Vergleich zu ihrem Brieffreund und Verlobten Peter, der sie schon sehnsüchtig in Afrika erwartet, steht der charmante Philip als Mann aus Fleisch und Blut vor ihr …

Die Autorin

Kathy Thieck wuchs in Hamburg auf. Nach Abitur und Ausbildung zur Fremdsprachensekretärin arbeitete sie zunächst in einer Import-Export-Firma. Von Fernweh geplagt, folgte sie dann dem Mann ihres Herzens nach Afrika, wo sie 14 Jahre verbrachte. Mit Mann und drei Kindern zog sie später nach Amerika. Dort lebt sie jetzt in einem Vorort von New York, publiziert für Zeitungen und Kunstgalerien und plant schon ihren nächsten Roman.

KATHY TIECK

SANDWOLKEN

Roman

WILHELM HEYNE VERLAG
MÜNCHEN

HEYNE ALLGEMEINE REIHE
Nr. 01/13481

Umwelthinweis:
Dieses Buch wurde auf
chlor- und säurefreiem Papier gedruckt.

Taschenbucherstausgabe 11/2001

Wilhelm Heyne Verlag GmbH & Co. KG, München
Printed in Danmark 2001
Umschlagillustration: The Image Bank/Guido Alberto Rossi, München
Umschlaggestaltung: Nele Schütz Design, München
Satz: Pinkuin Satz und Datentechnik, Berlin
Druck und Bindung: Nørhaven, Viborg

ISBN 3-453-19839-5

http://www.heyne.de

Die Handlung
und alle Personen dieses Romans
sind frei erfunden.

1

Als diese Geschichte begann, reiste man noch nicht so weit und so häufig wie heute, besonders in meiner Familie nicht. Mit Ausnahme meiner Mutter und meines Großvaters kamen mir meine Verwandten einmütig seßhaft vor. Sie schätzten Langgewohntes und Vertrautes. Ferne Länder und exotische Namen waren keine Verlockung für sie.

Schon darum hatte ich damals beschlossen, mein Geheimnis so lange wie möglich für mich zu behalten. Zuerst war dieses Geheimnis nur ein Bündel Briefe gewesen. Ich trug sie, in meiner Handtasche verborgen, überall mit mir herum und ließ die Tasche nie aus den Augen. Es ging erstaunlich lange gut, doch dann brachte mich eine von Hildchens reizenden Bemerkungen leider so auf die Palme, daß ich nicht länger den Mund halten konnte. Mir saßen die Worte häufig zu lose, doch das fiel mir immer erst hinterher auf. Auch an diesem Abend ging es mir so.

Es war schon dunkel. Draußen gingen gerade die Straßenlaternen an, und drinnen, in unserem Wohnzimmer, hatte Tante Wanda die große Hängelampe tief über den Tisch gezogen. Sie saß in ihrem goldgelben Licht, war in besonders guter Stimmung und stickte Schmetterlingsflügel auf eine schon mit Hummeln und Margeriten verzierte Leinendecke.

Als meine Antwort auf Hildchens reizende Bemerkung wie eine versehentlich geworfene Handgranate in diese häusliche Szene platzte, saß Hildchen zunächst einmal sprachlos da, und Tante Wanda sah mich eine Weile auch nur stumm und erschrocken an. »Meine Güte, Theresa«, sagte sie dann bedrückt. »Du bist wirklich wie deine arme Mutter. Nicht nur, daß sie damals auch nach Afrika wollte, sie hatte auch denselben Grund wie du. Beinah unheimlich kommt mir das vor!«

Der Grund, den Tante Wanda erwähnte, war ein Mann gewesen – genauso wie jetzt bei mir. Schon darum war meine Tante äußerst besorgt.

»Du sagst, ihr seid schon lange eng befreundet«, verhörte sie mich. »Warum wußte ich davon nichts?« Bei dieser unangenehmen Frage fiel Tante Wandas Fingerhut vom Tisch, rollte über den Teppichrand und verkroch sich unter dem Büfett. Ich wollte – nicht nur aus Höflichkeit – gleich hinterher, doch meine Tante hielt mich am Ärmel fest. »Warum hast du ihn mir nicht vorgestellt?« Als meine Antwort auf sich warten ließ, war Tante Wanda sehr gekränkt. »Wirklich, Theresa, das hab ich nicht verdient!«

Und damit hatte sie recht. Zu spät fiel mir ein, daß ich auf diesen Augenblick genausowenig vorbereitet war wie sie. »Ich hätte ... ich wollte ... es tut mir wirklich leid, Tante Wanda.«

»Mir auch!« Meine Tante hatte ihr Stickzeug zur Seite geschoben. Die Lust auf bunte Flügel war ihr erst mal vergangen. Statt dessen ging sie zum Büfett, holte ihre ganz nach hinten verbannten Zigaretten hinter einem schiefen Berg von Schnittmustern hervor und steckte sich eine an. Das verstärkte mein Schuldgefühl. Tante Wanda hatte vor vielen Jahren ihr Herz bei einem Charleston verloren und sich kurz danach das Rauchen angewöhnt, weil ihr Verlobter Frauen mit langen schwarzen Zigarettenspitzen besonders elegant und verführerisch fand. Wie gesagt, das war schon lange her. Charleston tanzte Tante Wanda schon längst nicht mehr, und die mondäne Zigarettenspitze bewahrte sie nur zur Erinnerung unter ihrer Nähseide auf. Aber rauchen tat sie zu ihrem Leidwesen immer noch, trotz vieler Versuche, es aufzugeben, weil es ihr zu teuer war. Ihre vor sich selbst versteckten Zigaretten tauchten vor allem wieder auf, wenn sie Sorgen hatte – wie jetzt.

»Ich hab' schon damals deine Mutter nicht verstanden«, seufzte sie, das abgebrannte Streichholz zu den bunten Stickgarnresten in den Aschenbecher legend. »Skorpione, Schlangen, Schlafkrankheit, was ist daran so verlockend?

… Und neuerdings auch noch Mau-Mau-Terroristen! Hörst du dir nie die Nachrichten an, Theresa? Was diese Leute mit ihren bedauernswerten Opfern machen, ist grauenhaft.« Hildchen, meine Kusine, die bis dahin, vor Staunen starr, nur schweigend zugehört hatte, fand bei diesem Hinweis plötzlich ihre Sprache wieder. »Wirklich?« fragte sie und klang dabei deutlich animiert.

Hildchen mochte mich nicht. »Ich hätt viel lieber 'nen großen Bruder gehabt«, war ihre Begrüßung gewesen, als ich während des Krieges als heulendes Kind bei Tante Wanda abgeliefert wurde, weil meine Eltern bei einem Bombenangriff auf Hamburg ums Leben gekommen waren. Hildchens Enttäuschung war verständlich, denn Tante Wandas Haushalt war männerlos, und Hildchen wünschte sich einen Beschützer. Ich selbst merkte auch schon ziemlich bald, daß es nachteilig war, ein Mädchen zu sein, wenn Hänschen und Fränzchen Poggensee, zwei in unserem Nachbarhaus ansässige Terroristen, jeden Winter harte Schneebälle an meine von Tante Wanda gestrickte Pudelmütze pfefferten, mir, wann immer sie Lust dazu hatten, in den Puppenwagen spuckten oder meine Murmeln in den Rinnstein schmissen. Zum Heulen war's, aber so wie Hildchen, die bei solchen Anlässen stets mehrere Liter Tränen vergoß, benahm ich mich trotzdem nicht. Wie ein ständig schniefendes Kaninchen kam sie mir vor – Kaninchen, weil sie leicht vorstehende Zähne hatte. Daß sie sonst sehr hübsch war, muß ich – wenn auch widerwillig – hinzufügen. Tante Wanda liebte ihre Tochter über alles, war aber auch lieb zu mir. Und das gefiel Hildchen nicht. Hildchen brauchte Tante Wanda ganz für sich allein – vielleicht, weil ihr Vater im Krieg gefallen war. Sie wollte ihre Mutter nicht mit mir teilen. Diese hatte es nicht leicht mit uns, das kann man sich denken. Bald ging es nicht nur um sie. Lebenswichtig wurde außerdem, wer von uns beiden öfter im Schwarzen Peter gewann, wer das Einmaleins schneller herunterrattern konnte, wer mehr Pudding kriegte, weniger Sommersprossen und außerdem längere

Wimpern hatte. Und wer in der Tanzstunde einmal mehr aufgefordert wurde. Wir konkurrierten auf jedem Gebiet. Als ich beschloß, genauso wie die Tochter unserer Nachbarin, eine elegant gekleidete Ärztin für Hals-, Nasen- und Ohrenleiden zu werden, rief Hildchen natürlich sofort: »Ich auch!«, obgleich sie bis dahin fast in Ohnmacht fiel, wenn Tante Wanda einmal etwas zu forsch an ihren Hühneraugen herumsäbelte.

Es wurde nichts mit dem ärztlichen Traum, weder für Hildchen noch für mich. Er war zu teuer. Da Tante Wanda nur ein kleines Einkommen hatte, mußten wir so bald wie möglich Geld verdienen. Hildchen lernte Krankenpflege, und ich wurde von Fernweh befallen – unheilbar, so wie Mimi in La Bohème von der Schwindsucht –, weil ich bei einer Schiffsagentur in die Lehre ging.

Fernweh war schlimmer als Schwindsucht, das jedenfalls mußte ich aus Tante Wandas Besorgnis schließen, als sie herausfand, wie es um mich stand. »Du bist genau wie deine arme Mutter!« hatte sie schon damals erschrokken festgestellt. Nach Tante Wandas Aussagen hatte sich meine Mutter, bevor sie meinen Vater kennenlernte, beinahe nach auswärts verheiratet. »Auswärts« war nicht Husum oder Lüneburg, »auswärts« stand für Marokko. Von dort kam ein in Datteln und Feigen reisender Geschäftsmann, der sich in meine Mutter verliebte, als er sie beim Hamburger Domfest auf einem Karussellpferd vorbeireiten sah. Er wollte sie heiraten und mit nach Marokko nehmen. Wie verliebt meine Mutter war, ging aus Tante Wandas Erzählung nicht hervor. Offenbar schwärmte sie hauptsächlich von ihrem zukünftigen Leben in Marokko, obwohl sie wenig über diese Gegend wußte. Marokko war weit weg und ganz anders als Hamburg, das war die große Verlockung.

Meine Großmutter, nach der ich übrigens Theresa heiße, sah die Sache anders, sie sah nur Haremsmauern. Sie lauerte dem fremden Freier im Dunkeln hinter einer Litfaßsäule auf, teilte ihm mit, was sie von seinen Absichten hielt und verdrosch ihn dabei mit ihrem Regenschirm. Er ließ sich nie wieder sehen.

Diese oft gehörte Geschichte war für mich ein weiterer Grund, Tante Wanda so lange wie möglich nichts von *meinen* auswärtigen Heiratsplänen zu erzählen. Es lag, wie gesagt, an Hildchen, daß ich es früher als beabsichtigt tat.

Ihr Benehmen, als sie an diesem Abend nach Hause kam, war von Anfang an verdächtig gewesen. Feuer!! dachte ich entsetzt, als es draußen Sturm klingelte, und riß die Haustür auf. Draußen stand Hildchen in einem enganliegenden, roten Rollkragenpullover, zeigte ihre niedlichen Kaninchenzähne und sah besonders reizend aus. Sie winkte mir gnädig zu, stürzte in die Wohnung und fiel Tante Wanda um den Hals. »Oh, es gibt Leber!« rief sie glücklich und schnupperte die nach gebratenen Zwiebeln riechende Korridorluft. Was war hier los? Hildchen mochte keine Leber und pflegte sonst übellaunig hauptsächlich das dazugereichte Apfelmus zu verdrücken, wenn Tante Wanda ihr erklärte, wie gesund der Verzehr von Leber sei. Heute kaute sie mit großem Appetit, ließ mir auch etwas Apfelmus übrig, erzählte von ihren entzückenden Patienten und trällerte beim Tellerabtrocknen: »Nachts ging das Telefooon, und ich wußte schooon, das kannst nur duuu sein ...«

Es hat also was mit dem Doktor zu tun, deutete ich Hildchens Symptome, während ich die Zwiebelreste von der Bratpfanne schrubbte. Der Doktor war Hildchens neuester Verehrer, ein ernsthafter junger Mann, den ich zum Einschlafen fand, der aber Tante Wanda mit Hoffnung und Begeisterung erfüllte. Kein Wunder also, daß ihr Nadel, Faden und die halb bestickte Leinendecke aus den freudig zitternden Händen rutschten, als Hildchen nach dem Abwaschen ihre große Überraschung im Wohnzimmer explodieren ließ. »Wirklich? Ihr habt euch verlobt?« rief Tante Wanda.

»Ja, wirklich«, nickte Hildchen und fand gleich wieder ein Haar in der Suppe. »Warum haben wir keinen Sekt im

Haus? Für solche Anlässe braucht man Sekt«, beschwerte sie sich.

»Den kauf' ich morgen«, versprach Tante Wanda und drückte Hildchen innig an ihre Brust. »Siehst du, mein Kind, nun wirst du doch noch Frau Doktor. Und Rolf ist ein so feiner Mensch. Solide wie ein Felsen, auf den kannst du bauen.«

Ich sah, wie liebevoll ihre Arme Hildchens roten Pullover umschlangen, und eine Hälfte meines Herzens freute sich an ihrem Glück. Die andere war voller Eifersucht – leider. Und darum schämte ich mich. »Herzlichen Glückwunsch«, gratulierte ich Hildchen schnell und gab ihr sogar einen Kuß auf die nicht an Tante Wandas Schulter gedrückte Wange. Ich meinte es ehrlich, weil ich gerade beschlossen hatte, von nun an erwachsen und nicht mehr kleinlich zu sein.

Hildchen nahm unsere Gratulationen wie eine soeben gekrönte Fürstin entgegen und sonnte sich in Tante Wandas ungeteilter Aufmerksamkeit. Meine Tante, die unglaublich fleißig war, hatte inzwischen trotz all der freudigen Aufregung ihre Handarbeit wieder aufgenommen, stickte aber mehr an einem farbenfrohen Zukunftsmuster für Hildchen als an dem Frühling auf ihrer Kaffeedecke herum. Sie entwarf eine gutgehende Arztpraxis, ein Eigenheim mit blumenumrankter Terrasse und Buchsbaumhekke, zwei Kinder – eins männlich, eins weiblich – sowie allgemeine Immunität gegen ungeplante Widrigkeiten. Hildchen und ich hörten ihr begeistert zu. Hildchen, weil sie an Tante Wandas Vorhersagen nichts auszusetzen hatte, und ich, weil mich meine guten Vorsätze zu einem besseren Selbst geläutert hatten. Daß mein besseres Selbst alsbald einen verhängnisvollen Rückfall erlitt, lag an der eingangs erwähnten reizenden Bemerkung, die mich auf die Palme brachte. Hildchen, vielleicht etwas enttäuscht, weil ich ihren Triumph durch neidvolles Betragen nicht noch vergrößert hatte, sah mich plötzlich mißtrauisch an.

»Theresa freut sich bloß, weil sie mich bald los ist und

dann unser Kinderzimmer ganz für sich alleine hat«, teilte sie Tante Wanda mit, so als ob ich überhaupt nicht anwesend sei.

Ich schnappte nach Luft. Wie ein halbgarer Kuchen fielen meine frischgebackenen guten Vorsätze in sich zusammen. So verkannt zu werden! »Wenn du annimmst, daß ich den Rest meines Lebens in unserem Kinderzimmer verbringen will, täuschst du dich gewaltig«, belehrte ich Hildchen hitzig, obwohl ich auf kühle Zurückweisung zielte. »Wahrscheinlich zieh' ich noch vor dir aus. Ich hab' mich nämlich auch verlobt und geh demnächst nach Afrika!«

Von da ab hatte *ich* Tante Wandas ungeteilte Aufmerksamkeit. Das heißt, ich hatte ihre ungeteilte, sorgenvolle Aufmerksamkeit, denn daß sie meine Verlobung nicht halb so vielversprechend fand wie Hildchens, merkte ich gleich. Außer Sorgen wegen Schlangen, Skorpionen, Schlafkrankheit und Mau-Mau-Terroristen fiel ihr nämlich noch ein weiteres Hindernis ein: »Und Alfred, der arme Junge?« fragte sie mich vorwurfsvoll.

Alfred, der arme Junge, lud mich – wenn er Zeit hatte – ins Kino und zu anschließendem Kuß vor der Haustür ein, wie gesagt, nur wenn er Zeit hatte. Hauptsächlich war er das unermüdlichste Mitglied eines Fußballklubs, der ununterbrochen trainierte und ohne ihn nicht gewinnen konnte. »Alfred merkt erst, daß ich nicht mehr da bin, wenn meine erste Ansichtskarte aus Afrika kommt«, prophezeite ich meiner Tante, kroch unters Büfett und überreichte ihr den Fingerhut. Sie sah mich seufzend an. »Du und deine arme Mutter«, sagte sie, »... aber Großvater war ja auch nicht viel anders, der wollte auch dauernd weg.«

Mein Großvater war in unserer Familie für seine Abenteuerlust berüchtigt gewesen, weil er in seinem Leben gleich zweimal per Dampfer nach Helgoland fuhr. Einmal genügte ihm nicht. Meine Großmutter hatte ihn weder das erste noch das zweite Mal begleitet, sie war nicht reiselustig. Nur mit Widerstreben konnte sie sich einmal im Jahr entschließen, ihre liebe Schwester Mathilde im Vorort Harburg zu besuchen. Jedesmal, wenn der Zug über die Elbbrücken rollte, wurde ihr blümerant, weil sie dann nicht mehr in Hamburg war. Kein Wunder, daß sie handgreiflich wurde, als ihr Familienbesuche in Marokko drohten.

»Und zu dieser unruhigen Sorte Mensch gehört dein Verlobter wahrscheinlich auch, sonst wäre er noch hier«, stellte Tante Wanda, ihr Stickzeug zusammenfaltend, fest und setzte mit Bedauern hinzu, daß ich genau das Gegenteil brauche, etwas Ruhiges nämlich, etwas Solides.

Nur eines fand sie wirklich positiv an meiner fragwürdigen Verlobung. »… daß ihr Kollegen wart, ist gut«, erklärte sie mir. »Bei der Arbeit macht man sich nämlich nichts vor. Da lernt man sich wesentlich besser kennen, als wenn man nur zusammen ins Kino geht.« Bei dieser tröstlichen Überlegung drückte sie ihre zweite Zigarette aus und blickte mich hoffnungsvoll an: »Verdient er denn wenigstens gut da unten?«

Das war die erste von vielen Fragen, die ich nicht genau beantworten konnte. Trotzdem tat ich sehr mitteilsam, und wenn es brenzlig wurde, zeigte ich Fotos herum: von meinem Verlobten, von imposanten Sanddünen und von einem Leuchtturm mit sinkender Sonne dahinter. Ich hatte noch andere, doch die ließ ich lieber in meiner Handtasche, weil sie Tante Wanda bestimmt nicht gefallen hätten. Selbst der Leuchtturm und die Dünen erzeugten nur laue Begeisterung. Hildchen studierte hauptsächlich das Foto meines Verlobten mit bohrender Gründlichkeit. Tante Wanda schien er zu gefallen. »Er wirkt sympathisch«, fand sie ein bißchen erleichtert. »Trotzdem wär mir wesentlich wohler, wenn ich ihn wenigstens *einmal* persönlich gesehen hätte.« Ihr sanfter blauer Blick war plötzlich wieder vorwurfsvoll. »Du hättest ihn mir vorstellen sollen, Theresa!«

Damit beendete sie, sich erhebend, ihr Verhör, verriegelte die Haustür und ging ins Bad. Zwei Verlobungen an einem Tag hatten sie sichtlich ermüdet.

Als Tante Wanda und Hildchen schon schliefen, tappte ich im Dunkeln mit meiner Handtasche noch einmal ins Badezimmer zurück. Dort saß ich lange auf Tante Wandas selbstgehäkelter Badematte und sah mir wohl zum hundertsten Male auch die Fotos an, die vorher in meiner Handtasche geblieben waren. Eines zeigte kahlen Sand, schmale schattenwerfende Telegrafenmasten und eine Reihe einstöckiger Häuser, die wie geduckte, in Grau gehüllte Waisenkinder wirkten. »Die Hauptstraße« stand handgeschrieben auf der Rückseite des Fotos. Kein Bürgersteig – nichts. Statt dessen war wie zum Beweis vor einem der Häuser ein Auto geparkt. »Waschtag« hätte Tante Wanda ebensowenig gefallen. Auf diesem Foto züngelten Flammen unter einem im Freien stehenden verrußten Waschtopf ohne Deckel. Daneben, in einem engtaillierten, langen, bauschigen Kleid, hockte die turbangeschmückte, schwarze Waschfrau im Sand. Ihr vergnügtes, rundes Gesicht machte die hinter dem Waschtopf gähnende Wüste weniger leer.

Den nächsten Schnappschuß hatte ich Tante Wanda nicht unterschlagen, er zeigte meinen Verlobten. Ein längliches Gesicht mit markanter Nase, dichtes, dunkelblondes Haar und darunter ein gelassener, lächelnder Blick, den sogar Tante Wanda sofort vertrauenerweckend fand.

Trotzdem ... Mir wurde plötzlich wieder die Kehle trocken, ich ließ das Foto sinken. Wie sah er aus, wenn er mißgestimmt war ...?

Oder von meinem Anblick enttäuscht ...?

Die Antwort darauf wußte ich nicht, weil er mich und ich ihn bisher nur von lächelnden Fotos kannte.

2

Meine Verlobung war durch die Mithilfe eines gutherzigen Kollegen zustande gekommen. Wenn ich hinter meiner Schreibmaschine saß und Schiffsmanifeste tippte, wünschte ich mir oft, vorübergehend auch ein Frachtstück mit exotischem Bestimmungsort zu sein: *Zanzibar* zum Beispiel oder *Samoa* oder *Rio de Janeiro*. So ein lebloser Gegenstand reiste fernen Küsten entgegen, wo statt grauer Spatzen bunte Vögel in Palmenhainen sangen, während Leute mit Augen, Ohren und Träumen jahrein, jahraus zu Hause bleiben mußten – Palmenhaine kamen in all meinen Träumen vor.

Mein Kollege Kurt Ocker, ein Mann mit lebhaften, runden Haselnußaugen, denen nichts entging, grinste, wenn er mich in leere Ecken starren sah. »Na, hat Sie's grade wieder erwischt?« fragte er dann und holte mich mit einem sanften Knuff ins Büro zurück. Er hatte Verständnis für mich. »Ich selbst war auch mal so ein Fall, deshalb bin ich zur See gegangen«, erzählte er mir. Ich nickte nur, wenn ich das hörte, und merkte erneut, daß es nachteilig war, ein Mädchen zu sein. Hamburg, Tor zur Welt, dachte ich – aber nur für Männer und Frachten. Mädchen gingen nicht zur See, sie blieben zu Haus und schrieben die Ladelisten. Und hörten zu, wenn Männer erzählten.

Kurt Ockers Thema war Afrika. Dort hatte er sich als Schiffsoffizier an fremden Eindrücken sattgesehen, bevor ihn ein Mädchen aus Blankenese sanft an die Leine legte und für immer von seinem Fernweh heilte. Trotzdem wußte dieser glückliche Ehemann noch ganz genau, wie es vorher war. »Zu Hause war mir alles zu eng«, erklärte er mir. »Ich wollte raus. Wissen Sie, was ich meine?« Na, und ob, nickte ich, denn Tante Wandas kleines Wohnzimmer mit dem Riesenbüfett tauchte vor meinen Augen auf. Kurt Ocker also ging zur See. »Das ist schon so was, wenn man plötzlich nichts als Reling, Wasser und Himmel sieht. Und dann kommt der große Augenblick: Man macht den allerersten Schritt auf einem fremden Kontinent!«

Ich schritt begeistert mit und ließ mich von diesem Sindbad durch zahlreiche Häfen schleppen: Daressalam, Dakar, Mombasa, Lobito. Wir rauschten die Küsten rauf und runter. Eines Tages, als Kapstadt an der Reihe war, hatte Kurt Ocker eine brillante Idee. Er beschrieb mir gerade den Tafelberg, eine graue, im fernen Nebel auftauchende Wand, als er plötzlich nachdenklich in einer langen Pause versank. »Kapstadt ist bildhübsch«, fuhr er schließlich fort, »... aber wenn Sie so richtiges wildes Afrika wollen, gehen Sie lieber nach Südwest, weil's da nämlich ...«

»So? Wie denn?« fiel ich ihm in seinen Satz. »Als weiblicher Seemann oder wie?«

»Keine Unterbrechungen, bitte«, befahl Herr Ocker, teils weil er mein Vorgesetzter war und teils weil er ungestört eine begeisterte Beschreibung von Südwestafrika vom Stapel lassen wollte: »Erstens leben dort noch viele Deutsche, denn bis zum Ersten Weltkrieg war es deutsche Kolonie, und zweitens sind große Gebiete noch wunderbar ungezähmt. Keine geteerten Straßen, kein Menschengedränge, dafür Zebras, Kudus, Strauße und so weiter ...«

Was ich drittens von Herrn Ocker erfuhr, war die Tatsache, daß er dort unten einen Freund habe, der gut zu mir passen würde, das sei ihm gerade eingefallen. Ich staunte. »Was meinen Sie damit: Er würde gut zu mir passen?«

»Na, was wohl?« sagte Herr Ocker ganz nonchalant. »Ich geb Ihnen seine Adresse, Sie fangen einen Briefwechsel an, und dann heiraten Sie ihn.«

»Na klar«, sagte ich und sah ihn mitleidig an.

An diesem Abend war Hildchen besonders garstiger Laune. Rolf, der rettende Doktor, war noch nicht in ihr Leben getreten, und außerdem gab es Leber ohne Apfelmus, weil

Tante Wanda die Schüssel aus der Hand gerutscht war. Kein Apfelmus sei besser als Apfelmus mit Scherben, versuchte sie ihre Tochter zu trösten. Die aß an diesem Abend nichts. Schadet euch gar nichts, wenn ich verhungere, sagte ihr Blick. Abwaschen mußte ich auch allein.

Tante Wanda suchte inzwischen ihre Kopfschmerztabletten. Die brauchte sie meistens, wenn Hildchen schlechter Laune war. Als sie nur ein leeres Glasröhrchen fand, ging sie seufzend an ihr Riesenbüfett, zog eine der vielen, mit weinrotem Samt ausgeschlagenen Schubladen auf und nahm den *Großen Hausarzt* heraus. Das Riesenbüfett hatte noblere Zeiten gesehen, bevor man es in ein kleines Wohnzimmer zwängte, wo es kaum Platz für Tisch und Stühle ließ. Tante Wandas Ehemann hatte es vor vielen Jahren einem echten, aber bankrotten Grafen abgekauft, als dieser sein Jagdschloß nebst Inhalt versteigern lassen mußte. Meine Tante liebte und hegte das gräfliche Möbelstück. Auf der stets staubfreien schwarzen Marmorplatte lagen weiße, selbstgehäkelte Spitzendeckchen, auf den Spitzendecken standen leere Schüsseln und Vasen aus Bleikristall, und hinter den vielen, mit geschnitzten Weintrauben üppig behängten Türen bewahrte Tante Wanda ihren halben Haushalt auf. Unter anderem, wie gesagt, den *Großen Hausarzt* und weiter hinten (gut versteckt) einen Roman, in dem ein Mann einem Mädchen die Bluse aufriß, um ihre wie Walderdbeeren sprießenden Brustwarzen zu küssen. Meine Tante ahnte nicht, daß Hildchen und ich den Mann und das Mädchen kannten. Wir durften nicht mal in dem *Großen Hausarzt* lesen. Tante Wanda vergaß ziemlich häufig, daß Hildchen und ich inzwischen erwachsen waren.

»Wer hat diesen Bauch kaputtgemacht?« rief sie deshalb auch entrüstet, als sie, das Kapitel über Kopfschmerzen suchend, auf einen ganzseitig abgebildeten, weiblichen Körper stieß, der von oben bis unten mit hautfarbenen Türchen ausgestattet war. Die Türchen konnte man aufklappen und einen Einblick in innere Organe nehmen. »Wer hat diesen Bauch kaputtgemacht?«

wiederholte Tante Wanda empört und wies auf ein türloses, unter dem Bauchnabel gähnendes Loch. »Theresa!« rief Hildchen sofort, obwohl mein Verbrechen schon reichlich verjährt war und jeder andere Zeuge es längst vergessen hätte. Aber Hildchen natürlich nicht. Ich senkte den Kopf und war auf einmal wieder ein schuldbewußtes Kind, das bänglich auf Tante Wandas Strafe wartete. Tante Wandas Strafe war ein trauriger Blick, der mich unfehlbar von Kopf bis Fuß zu Blei verwandelte, so schwer traf er mich. »Es ist schon ganz lange her«, wehrte ich mich schwach.

»Theresa, ich habe Hildchen und dir verboten, in diesem Buch zu lesen!« Nun war auch ich empört und protestierte: »Du vergißt, Tante Wanda, daß ich inzwischen erwachsen bin!« Meine Tante rieb sich die schmerzende Stirn. »Du *denkst*, du bist erwachsen«, verbesserte sie mich. »Aber so fix, wie du dir das vorstellst, wird man das leider nicht.« Mit dieser Feststellung hatte sie recht, das erwies sich leider ziemlich bald. Ich sah es später hundertmal ein, doch im Augenblick war ich nur aufgebracht. Nicht erwachsen! Das sagte sie mir – mir, die ich vor vier Monaten mündig geworden war. Einundzwanzig bunte Kerzen hatte sie mir auf ihre berühmte Stachelbeertorte gesteckt. Wie auf einem Kindergeburtstag. Damals war ich darüber gerührt gewesen, heute sah ich es als böses Omen. Kurt Ockers Worte fielen mir ein: »Zu Hause war mir alles zu eng, ich wollte raus. Wissen Sie, was ich meine?« Und ob, dachte ich heute zum zweiten Mal – und faßte einen Entschluß.

Am nächsten Morgen hoffte ich, daß Kurt Ocker seinen irrsinnigen Vorschlag gleich beim Eintritt ins Büro wiederholen würde. Etwa so: Morgen, Fräulein Fabian. Gut geschlafen? Hier ist die Adresse von meinem Freund. Nun mal los!

Statt dessen warf er mir vierzig neue Frachtbriefe auf den Tisch, weil die *Atlantik* ihre Jungfernreise nach New

York antreten sollte, sagte »Nun mal los« und bat mich außerdem, nicht lauter als im Flüsterton mit ihm zu sprechen, weil er einen Brummschädel habe. Seine Haselnußaugen blickten heute rosig bewölkt. Kurt Ocker hatte die bevorstehende Jungfernreise gestern abend an Bord gebührend gefeiert.

Ein Tag verging, dann der zweite – eine ganze Woche. Kurt Ocker erwähnte seinen Freund nicht mehr. Sein Vorschlag war anscheinend nur ein Witz gewesen. Mein Herz klopfte, als ich ihn erst mal mit einer allgemeinen geographischen Frage wieder nach Afrika lockte: »Walfischbai ist doch auch ein Hafen, warum haben Sie den noch nie beschrieben?«

»Furchtbares Nest, nichts als ein paar Hütten im Sand«, brummte Kurt Ocker, aufgebracht in seiner Schreibtischschublade »von irgend so einem Nachtwächter« mal wieder geklaute Büroklammern suchend. Ich tat so, als wäre das nächste ein Witz: »Und da wohnt Ihr Freund?«

»Mein Freund?«

»Ihr Freund, der so gut zu mir passen würde«, frischte ich sein Gedächtnis auf.

Kurt Ocker hob den Kopf. Dann begann er zu lachen, er fand mich sichtlich amüsant. Rot angelaufen, wie in zu heißem Badewasser, saß ich da. Er wischte sich inzwischen die Augen. »Ganz recht, mein Freund wohnt in Walfischbai«, bestätigte er.

»Vielen Dank für das Kompliment«, sagte ich ziemlich pikiert. »Ich nehme an, wir passen so gut zusammen, weil er in einer Hütte haust.«

»Das hab' ich nicht gesagt.« Er rührte erneut das Chaos in seiner Schublade um. Meine Güte, dachte ich, es geht so langsam wie beim Zähneziehen. Er wollte anscheinend nicht mehr. Bestimmt war es klüger, jetzt aufzugeben. Die nächste Frage rutschte mir trotzdem raus: »Wie sieht er aus?«

»Absolut normal«, sagte mein Kollege, mich schmunzelnd betrachtend, »das ist er nämlich. Und Köpfchen hat er außerdem – plus Unternehmungsgeist für zwei. Und deshalb, meine liebe Theresa, würde er gut zu Ihnen passen.« Den letzten Satz unterstrich Kurt Ocker mit einer galanten Verbeugung. Meine Frage, was ein Mann mit Köpfchen in einer Hütte zu suchen hätte, beantwortete er endlich mit etwas größerer Ausführlichkeit: »Gelegenheiten, Chancen, Möglichkeiten. Davon wimmelt's nämlich da unten, weil die Gegend eben noch nicht doll entwickelt ist, und – wie gesagt, P. C. hat Unternehmungsgeist.«

Daß P. C. außerdem Ende zwanzig, grundanständig und augenblicklich bei einer Schiffsagentur angestellt sei, fügte Kurt Ocker auch noch hinzu. »Hier, schreiben Sie ihm«, sagte er, kritzelte »P. C. Bendix, P.O. Box 47, Walfischbai, S.W. Afrika« auf einen Zettel und legte ihn mir in die Hand. Danach ging er zum Mittagessen. »Ach, übrigens«, drehte er sich auf der Schwelle noch einmal um: »P. C. steht für Peter Carl.«

Typisch Mann, dachte ich, setzt einem Flöhe ins Ohr und stellt sich den Rest ganz einfach vor, weil er nicht weiß, daß für Mädchen alles viel schwieriger ist ... Schreiben Sie ihm!

Ha! Was sollte ich ihm schreiben? Darüber dachte ich mehrere Tage vergeblich nach. Dann stieg ich wieder ins heiße Badewasser, wurde knallrot und bat Kurt Ocker, mich erst mal brieflich vorzustellen. »Fräulein Fabian«, wunderte dieser sich. »Für ein Mädchen mit Fernweh, das unbedingt was erleben will, haben Sie erstaunlich wenig Mumm.« Dann steckte er die Hände in die Taschen und sah mit freundlichem Spott auf mich herab. »Wie möchten Sie denn gerne vorgestellt werden?«

»Als ein Mädchen mit Fernweh, das rasend gerne Briefe kriegt«, schlug ich ihm vor. »Von Gut-zueinander-Passen und so was sagen Sie bitte nichts.« Kurt Ocker schärfte seinen Blick und reckte sich. »Moment mal, wer schreibt denn nun, Sie oder ich?«

»Sie«, gab ich natürlich sofort klein bei, bat ihn aber, meine private Adresse nicht zu erwähnen. Das war mir wegen Tante Wanda zu riskant.

»Liebe junge Dame mit Fernweh ...«, begann der erste Brief aus Walfischbai, den ich mehrere Wochen später im Büro erhielt. Ich stopfte ihn hastig in den Umschlag zurück, rannte in die Damentoilette und schloß mich ein. Der Brief war freundlich, aber nicht sehr persönlich. P. C. Bendix teilte mir mit, daß ihm ein Briefwechsel mit einem weiblichen Wesen sehr willkommen sei, weil Frauen dort, wo er wohne, genauso rar wie Blumen seien.

»Na, was schreibt er denn?« fragte Kurt Ocker, als ich mit dem nunmehr auswendig gelernten Brief in der Rocktasche nach ungebührlich langer Abwesenheit wieder auftauchte.

»Daß er in einem ganz normalen Haus wohnt«, sagte ich vorwurfsvoll. »Aber Walfischbai beschreibt er genau so wie Sie. Ist es denn wirklich so schlimm?« Kurt Ocker zuckte die Achseln. »Na ja, Wüste ist nun mal Wüste«, meinte er. »Aber wenn Sie sich P. C. angeln können, wird es Ihnen trotzdem gefallen.«

Ganz so zuversichtlich wie Kurt Ocker war ich begreiflicherweise nicht. Erstens nahm ich Anstoß an dem von ihm gewählten Ausdruck »angeln«, und zum anderen störte es mich, daß weder er noch sein Freund bisher auch nur einen einzigen Palmenhain erwähnt hatten. Ganz im Gegenteil: In der Namibwüste wachse nichts, absolut gar nichts, erklärte mir Kurt Ocker begeistert. Südwest sei kein üppiges, grünes Land, es habe seine eigenen, ganz besonderen Farben: in blasses Gold getauchte Weiten, in zartem Lila schimmernde Bergketten, bizarre Felsen, geheimnisvolle Schluchten und bald nah, bald fern vorüberziehendes afrikanisches Wild. Kurt Ocker geriet so sehr ins Schwärmen, daß auch mich Begeisterung packte. Dann allerdings kehrte er ziemlich abrupt in den Norden zurück und schlug mir vor, von nun an meine eigenen Briefe zu schreiben.

Ich gab mir große Mühe. Über eine Woche verbesserte ich an meinem ersten Brief herum, weil er mir weder in Kladde noch in Reinschrift gefiel. Ihn danach mehrere Tage in einem frankierten, aber vorsichtshalber noch nicht zugeklebten Luftpostumschlag mit mir herumzutragen, hatte auch nicht die erhoffte Wirkung. Mein Kopf blieb weiterhin wie leer gefegt.

P. C. Bendix brauchte sich offenbar nicht so zu plagen, das sah ich an seinem Antwortbrief. Wie in einer guten Unterhaltung sprach er nicht nur von mir und sich selbst, sondern schnitt so viele Themen an, daß es mir nie mehr an Schreibstoff fehlte.

»Und wann, geheimnisvolle Fremde, werden Sie den Schleier lüften?« wollte er ziemlich bald wissen. »Ich hätte gern ein Foto von Ihnen. Oder wollen Sie auch weiterhin inkognito bleiben?« Ja, wenn's geht, hätte ich liebend gern geschrieben, denn ich besaß kein Foto, auf dem ich mir schön genug war. Mein bestes zeigte mich im Badeanzug neben Hildchen am Strand – nicht sehr geeignet für diesen Zweck. Erstens war Hildchen hübscher als ich, und zweitens erschien es mir schicklicher, mich voll bekleidet vorzustellen. Schließlich schickte ich das Foto trotzdem ab. P. C. Bendix' Antwortbrief enthielt ein nettes Kompliment. Aber wer auf der abgeschnittenen Hälfte des Fotos war, fragte er auch: ein Mann, von dem er nichts wissen sollte? Nein, wirklich nicht, schrieb ich sofort zurück, nur eine Kusine, die leider total verwackelt war. »Na, das kommt mir ja vor wie ein richtiges Schneegestöber«, meinte Kurt Ocker, als die Briefe aus Südwest immer häufiger auf meinen Schreibtisch flatterten. Ich verschnürte den wachsenden Stapel mit einem Gummiband und trug ihn mit mir herum. Je größer er wurde, um so verbeulter sah meine Handtasche aus, und um so besser lernte ich P. C. Bendix kennen. Ich dachte pausenlos über ihn nach und über das, was er schrieb: über Südwest natürlich oder die Antarktis oder seinen Wunsch, sich selbständig zu machen oder Hamlet oder Huckleberry Finn oder die bewundernswerte

Langlebigkeit seines anscheinend sehr alten Autos oder Beethovens Klavierkonzerte oder zerbröckelnde Kolonialreiche oder Sherlock Holmes. Und vieles andere mehr. Er schien in allem sachlich zu denken, nahm es mit Humor, wenn man nicht der gleichen Ansicht war wie er und brachte mich oft zum Lachen. Über sich selbst und mich schrieb er natürlich auch. Hamburg könne Bremen nicht das Wasser reichen, zog er mich auf. Seine Eltern lebten in Bremen, dort war er aufgewachsen. »Sie sagten, er wollte weit von zu Hause weg«, horchte ich Kurt Ocker aus. »Warum?« Mein Kollege lachte. »Eigensinn und Drang zur Unabhängigkeit. Er hatte Krach mit seinem alten Herrn. Das wußten Sie nicht?« Nein, das wußte ich nicht. Peter Bendix hatte es bisher nicht erwähnt. Eigensinn, diese Eigenschaft merkte man seinen Briefen nicht an. Ich las, wie gesagt, Humor in ihnen, Toleranz, sachliches Denken und Ehrlichkeit. Dieser Eindruck bestätigte sich, als er mir einen Heiratsantrag machte. Nach gründlichem Nachdenken, so schrieb er, sei er zu dem Schluß gekommen, daß wir heiraten sollten. Einmal, weil ich auf diese Weise mein Fernweh stillen könne, zum anderen, weil er sich eine deutsche Frau wünsche (daß ich nicht aus Bremen komme, sei bedenklich, aber nicht zu ändern) und außerdem, weil er aufgrund unseres Briefwechsels der Meinung sei, daß wir gut zueinander passen würden. Im übrigen vermute er auch, daß selbst Paare, die vor ihrer Hochzeit täglich zusammen waren, einander auch nicht viel besser kannten als wir. Jede Eheschließung sei ein Risiko.

Das Wort Liebe kam in diesem vernünftigen Heiratsantrag nicht vor.

Hieraus schloß ich, daß Peter Bendix entweder völlig unromantisch oder aber sehr ehrlich war.

Ich nahm seinen Antrag an.

3

Tante Wanda hatte also keine Ahnung, daß ich meinen Verlobten noch nie gesehen hatte. Das fand sie erst heraus, als ich schon auf dem Weg nach London war.

Ocean Queen hieß das Schiff, auf dem Peter Bendix meine Passage gebucht hatte. »Gute Reise, Theresa«, schrieb er dazu, »und viel Spaß in London, Las Palmas und Lobito. Diese Städte sind alle wesentlich hübscher als Walfischbai.«

Meine Ausreise war für Dezember gebucht, und bis dahin mußte ich viele Papiere zusammensuchen, um ein Visum für Südwestafrika zu erhalten.

Tante Wanda hatte ihre üblichen Stick-, Strick- und Häkelprojekte erst einmal aufgegeben, weil sie zwei Hochzeitskleider zu nähen hatte – eins mit Schleppe für Hildchen und ein kurzes für mich. Peter Bendix hatte mir zu einem schlichten Kleid geraten, weil unsere Hochzeit nur mit wenigen Gästen gefeiert werden würde.

Da Hildchen noch etwas Zeit hatte, wurde ich als erste benäht. Tante Wanda verfolgte mich mit einem ständig von ihrem Nacken baumelnden Zentimetermaß, zwischen den Lippen sprießenden buntköpfigen Nadeln und weißen Stoffteilen, die sie auf meinem Leib zusammensteckte. Vor den an meiner Haut vorbeiflitzenden Nadeln hatte ich höllische Angst, aber um das Ergebnis dieses gefährlichen Unternehmens machte ich mir niemals Sorgen, denn was Tante Wanda nähte, sah immer gut aus. Als ich schließlich in meinem fertigen Hochzeitsstaat in ihrem Schlafzimmer vor dem Spiegel stand, war sogar Hildchen zu einem positiven Urteil geneigt. »Du siehst … das Kleid sieht prima aus«, stellte sie fest. Ich starrte schweigend in den Spiegel, überlegte, ob ich auch Peter Bendix in diesem Aufzug und überhaupt gefallen würde, und brauchte einen Schluck

Wasser, weil ich vor Beklemmung schon wieder Halsschmerzen kriegte. Tante Wanda hielt mich zurück und zupfte an meiner Kopfbedeckung herum, einem weißen, duftig beschleiften Hut, den sie mir als Ersatz für einen Brautschleier verordnet hatte. Sie war mit mir zufrieden, das sah man ihr an. Während Tante Wanda sich ganz auf mein Hochzeitskleid konzentrierte, dachte ich über andere wichtige Bekleidungsstücke nach. Zum Beispiel über ein Nachthemd aus zartgelber Spitze, an dem ich eine Woche lang vorbeigegangen war, weil es mir zu teuer erschien. Ich glaubte, es dringend für mein Eheleben zu brauchen. Über alles, was damit zusammenhing, war ich natürlich gut informiert, ich lebte schließlich nicht auf dem Mond. Auch Alfred, der gelegentlich an mir interessierte Fußballspieler, hatte ständig versucht, mich zu weit über unseren Kuß vor der Haustür hinausgehendem Zeitvertreib zu überreden, doch ich hatte ihm immer leicht widerstanden. Peter Bendix' Briefe dagegen gaben mir zu denken. Wie schon erwähnt, waren sie interessant, humorvoll und ehrlich, so ehrlich, daß er nicht einmal vorgab, in mich verliebt zu sein. Romantisch veranlagt war er also offenbar nicht. So ein Mann mußte erobert werden: mit Spitzen, Parfüm und anderen noch zu entdeckenden Listen. Tante Wanda, welcher der heiße Roman im Büfett gehörte, und die schließlich auch mal verheiratet gewesen war, hätte vielleicht auch Verständnis gehabt, doch da ich es nicht sicher wußte, versteckte ich das Nachthemd vor ihr. Und ein Parfüm namens *Scheherezade* sparte ich auch für Afrika auf.

Inzwischen ging der November zu Ende, der Tag meiner Ausreise näherte sich. Mein Fernweh nahm ab, meine Halsschmerzen zu. Immer häufiger in leere Ecken starrend, entwarf ich unerwartete Ereignisse, die mir erlauben würden, die ganze Sache abzusagen, ohne mich total zu blamieren. Leider fand ich außer meinem plötzlichen Ende nichts überzeugend genug – und so weit wollte ich nicht gehen. Kurt Ocker war nach wie vor begeistert von der Idee und lud mich zu einem Abschiedsessen bei sich zu Hause ein. Er hatte eine hübsche Wohnung mit vielen blühenden Topfpflanzen und einem weißlackierten Babybett, in dem ein kleines Mädchen vergnügt vor sich hingluckste. Der stolze Vater nahm sein Töchterchen auf den Arm und brachte mich in Verlegenheit, indem er mir versicherte, daß Peter Bendix bald genau so reizende Kinder fertigbringen würde. Frau Ocker, eine schlanke, warme Heiterkeit versprühende Blondine, legte ihm sanft die Hand auf den Mund und schickte ihn ins Nebenzimmer mit dem Vorschlag, den Tisch zu decken. »Ganz langsam, bitte«, setzte sie hinzu, »damit Fräulein Fabian sich von dir erholen kann.« Mich stellte sie in der Küche zum Überwachen der brodelnden Makkaroni an, hantierte flink mit einer Reibe und unterhielt mich dabei mit launigen Beschreibungen ihrer anfänglichen hausfraulichen Mißerfolge. Dann schwieg sie und sah mich forschend an: »Wie geht es Ihnen wirklich, Theresa?«

»Nicht so besonders«, gab ich mit plötzlichem, eigentlich unbeabsichtigtem Freimut zu. Frau Ocker ließ ihre Reibe stehen und legte den Käse in die Schüssel. »Ach, du meine Güte«, sagte sie, »das hatte ich mir schon gedacht.« Schnell die Makkaroni von der Herdplatte ziehend, drückte sie mich auf einen Küchenstuhl und machte mir Mut. »Es wird alles gutgehen«, prophezeite sie. »Ich kenne P. C. nicht persönlich, aber nach den Aussagen meines Mannes ist er ein Goldschatz ... ein Goldschatz in der Wüste.« Sie lächelte mich an. »Er ist fest davon überzeugt, daß Sie glücklich werden. Und außerdem ... wenn Sie bei Ihrer Ankunft unüberwindliche Abneigung fühlen, können Sie ja immer noch nein sagen.«

Genau dieselben Worte hatte auch Peter Bendix in einem seiner Briefe gebraucht und absolute Ehrlichkeit auf meiner wie auf seiner Seite empfohlen.

Der Abend bei Ockers tat mir gut. Da ich in einem männerlosen Haushalt aufgewachsen war, wirkte ihr zärtliches Einvernehmen und heiteres Geplänkel wie eine Offenbarung auf mich. So schön konnte es also sein zu zweit! Ich beschloß, mir große Mühe zu geben und mit Peter Bendix eine ebenso glückliche Ehe zu führen.

An meinem vorletzten Arbeitstag erschien eine Dame von der Zeitung in unserem Büro. Sie stellte sich als Kurt Okkers Kusine vor und bat mich um ein Interview. Ein Interview! Ich hatte gerade ein halbes Kaiserbrötchen im Mund, schob die andere Hälfte verlegen in die Tüte zurück und starrte die Dame sprachlos an. Kurt Ocker war natürlich nicht da, er expedierte im Hafen ein Schiff nach Baltimore. Die Geschichte meiner durch ihren Vetter ermöglichten »Reise ins Glück« habe in ihrer Familie die Runde gemacht, ließ mich die Reporterin wissen, und da sie sehr ungewöhnlich sei, wurde sie diese gerne ihren werten Lesern ... und so weiter. Ob ich damit einverstanden wäre? »Nein!« wollte ich ihr sofort das Wort abschneiden, tat es aber leider nicht, weil mir etwas eingefallen war: Hildchen hatte noch nie in der Zeitung gestanden. Die würde sich wundern! Tante Wanda hatte recht – ich war noch nicht erwachsen.

Die Reporterin schrieb also alles auf, obgleich sie das meiste schon wußte, wünschte mir viel Glück und verabschiedete sich. Kurz danach rang ich meine Hände und wartete vergeblich auf Kurt Ockers Rückkehr ins Büro. Etwas nach fünf rief ich ihn zu Hause an. Er war noch nicht da. Ich raffte meine Sachen zusammen, fuhr mit der Bahn nach Hause und raste in eine Telefonzelle. »Herr Ocker!« schrie ich, als ich seine Stimme hörte. »Sie müssen mir helfen! Ihre Kusine darf das Interview auf keinen Fall in die Zeitung setzen, denn meine Tante hat keine Ahnung, daß ich P. C. noch nie gesehen habe.« Kurt Ocker, der offenbar von den Absichten seiner Kusine nichts gewußt hatte, erfaßte die Lage trotzdem sofort. Er hielt mir eine Predigt: »Sie hätten Ihrer Tante die Wahrheit sagen müssen«, warf er mir vor.

»Hab' ich aber nicht ...«, jammerte ich verzweifelt,

»und wenn sie's jetzt in der Zeitung liest ...« Ein Mann, der wartend vor der Telefonzelle auf und ab gegangen war, hörte meine Klagelaute, blieb stehen und zog die Augenbrauen hoch.

»Theresa, sind Sie noch dran?«

»Helfen Sie mir!« rief ich in den Hörer. Kurt Ocker versprach, sein Bestes zu tun. Ich räumte die Telefonzelle, mochte aber noch nicht nach Hause gehen und lief noch lange, wütend auf mich selbst, im Dunkeln herum.

Am nächsten Morgen grinste mein Kollege mich leicht verlegen an. Ihm war die Sache auch etwas peinlich.

»Ich glaub', ich war geistig umnachtet«, entschuldigte ich mich.

»Der arme P. C.«, meinte er nur. »Ich hatte Sie als geistig normal beschrieben.« Dann erfuhr ich mit Erleichterung, daß der Artikel nicht erscheinen würde. Kurt Okkers Kusine hatte es fest versprochen. Warum er einen Tag nach meiner Abreise trotzdem unter der Überschrift THERESA SUCHT IHR GLÜCK IN DER WÜSTE die Aufmerksamkeit meiner Tante fesseln konnte, habe ich nie herausgefunden.

An meinem letzten Abend in Hamburg, als Hildchen noch nicht zu Hause war, kam Tante Wanda mit einer flachen Schachtel in unser Kinderzimmer. Meine Koffer waren schon alle gepackt. »Dieses mußt du auch noch reinzwängen, Theresa«, sagte sie. »Hoffentlich gefällt es dir.« Mir wurde schon wieder weinerlich zumute. Tante Wanda, die ja nicht auf Geldbergen saß, hatte mich schon reichlich beschenkt. Vor allem mit einem Satz rotemaillierter Kochtöpfe und einer Bratpfanne. »Für Leber«, ordnete sie an. »Und wenn dir am Anfang beim Kochen was schiefgeht, brat es mit viel Zwiebeln auf, dann schmeckt es meistens doch noch ganz gut.« Was in der Schachtel war, konnte ich mir denken, denn Tante Wanda hatte schon festgestellt, daß mir noch Geschirrtücher fehlten. Als ich nun den Deckel hob und mein Spitzennachthemd sah, war ich zuerst vor Schrecken ganz stumm. Wie kam es in diese

Schachtel? Ich hatte es gestern ganz unten in meinem Koffer versteckt. »O, Tante Wanda …«, stotterte ich.

»Gefällt es dir?«

»Oh, Tante Wanda …« Mehr konnte ich nicht sagen. Tante Wanda freute sich an meiner Sprachlosigkeit. »Sehr praktisch ist's ja nicht, aber ich sah es im Schaufenster und ging gleich rein. Kochtöpfe sind nun mal wichtig, Theresa, aber was Hübsches noch viel mehr … Werd glücklich, mein Kind.«

Sie hob mein gesenktes Gesicht und gab mir einen Kuß.

4

Meine Stimmung in London stand unter Null. Ich konnte mich für nichts begeistern, weil ich Reste von Seekrankheit, Halsschmerzen und Heimweh nach Tante Wanda hatte. Und neben Herbert Balsam saß ich obendrein auch. Wir fuhren in einem Bus, der Bus fuhr durch lauter Nebel, und darum sah ich, was ich sah, durch eine Brille von grauverschmiertem Glas: Die Themse – sie schien wie die Elbe zu sein – ein ganz gewöhnlicher Fluß. Westminster Abbey war eine Kirche, doch hauptsächlich auch ein Massengrab. Ein Toter war sogar stehend begraben. Und was den Tower betraf … ein Bau voller schluchzender, kopfloser Geister. Wie gesagt, ich war in schlechter Stimmung und konnte mich für nichts begeistern.

Abends, beim Essen im Hotel, saß Herbert Balsam auch wieder neben mir: groß, mit hellem, enggewelltem Haar, rot-weiß gepunkteter Fliege und Dauergespräch. Er bot mir an, meinen Pudding zu essen, weil er mir sichtlich nicht schmeckte. An englischen Pudding müsse man sich erst gewöhnen, behauptete Balsam, den Teller mit meiner Portion zu sich herüberziehend. Er habe mit deutschem Pudding nichts gemein – nichts. Ich blickte auf das mit farbloser Soße übergossene, per Gabel in seinem Mund verschwindende Kuchenstück und dachte wehmütig an Tante Wandas Sonntagsnachtisch: goldgelb oder schokoladenbraun, sachte auf dem Teller wackelnd. Später kroch ich in mein englisches Bett, steckte zwischen den ungewohnten Laken und Decken wie in einem zu großen, kalten Briefumschlag und vermißte meine Federdecke genausosehr wie mein Kinderzimmer. Aber Hildchen vermißte ich nicht. Ich war noch immer wütend auf sie. »Theresakind, Theresakind«, hatte Tante Wanda gemurmelt, als ich mich auf dem Bahnsteig in Hamburg tränenreich an ihr festhielt. Der Abschied fiel ihr genauso schwer wie mir, das tat mir furchtbar gut. Aber Hildchen merkte es natürlich auch und sah schon wieder rot. Nicht mal Tante Wandas allerletzte Umarmung gönnte sie mir. Einfach meinen Ärmel ergreifend, schob sie mich in den Zug, weil ich diesen angeblich sonst verpassen würde. Der Zug hatte reichlich Aufenthalt, und einige durchreisende Passagiere gingen sogar ganz gemächlich auf dem Bahnsteig hin und her. Unter anderem Herbert Balsam, mit weithin leuchtender, rot-weiß gepunkteter Fliege und deutlich an Hildchen interessierten Blicken. Von mir nahm er erst Notiz, als wir uns in dem ansonsten leeren Abteil schon hingesetzt hatten und Hildchen, Bahnsteig und Tante Wandas unermüdlich winkender schwarzer Handschuh nicht mehr zu sehen waren. »War das Ihre Schwester?« begann er sofort ein Gespräch. Ich weinte hinter meinem nassen Taschentuch lautlos vor mich hin und wünschte nicht gestört zu werden. »Und ist sie noch zu haben?« Nun sank mein Tränenfänger doch herab. Streng blickte ich in Balsams scherzhaft zwinkerndes Auge und merkte bald, daß es gar nichts nützte. Nachdem er sich gemütlich ausgezwinkert hatte, lupfte mein Begleiter seinen Hosenboden von der Bank, um mein vom Gepäcknetz herunterbaumelndes Kofferschild zu lesen. »Aha! Aha! *Ocean Queen!* Na, das ist ja wunderbar. Da werden wir uns also noch öfter sehen!« War es möglich? Ja, es war: Mein schrecklich geselliges Gegenüber befand sich auch auf dem Weg nach Afrika. Allerdings nicht das erste Mal. Der Vielgereiste lehnte sich zurück, die Arme über seiner Brust verschränkend. Er kenne sich aus in Südwest, ließ er mich wissen. Und wenn ich irgendwelche Fragen hätte ... Dann hätte ich noch etwas warten müssen, denn erst mal fragte er mich: Woher ich ... wohin ich ... und warum ich ...?

Meine Antwort war kurz. »Walfischbai«, erwiderte ich. Das andere ging ihn ja wirklich nichts an. Ich kannte eben Südwest noch nicht, das andere wußte er nämlich schon.

»Walfischbai!« Sein ausgestreckter Zeigefinger schoß auf mich zu: »Walfischbai! Peter Bendix! Ja, Sie sind natürlich seine Braut!«

Aufspringend stellte er sich vor, schüttelte meine Hand und verwandelte sich in eine Aufsicht führende Glucke, weil ich die solo und schutzlos reisende »Bendix-Braut« war. »Ich schätze Ihren Verlobten«, beteuerte er mir. »Ich schätze und respektiere ihn. Wir kennen uns geschäftlich.« Und daß ich für die Dauer der Reise auf ihn, Balsam, zählen könne, erfuhr ich zu meiner Besorgnis auch. Das sei er meinem Verlobten schuldig. Im übrigen suche auch er eine Braut, setzte mein Beschützer, seine Stimme senkend, überraschend hinzu. Ach, Hildchen, dachte ich, da hast du vielleicht was verpaßt!

Das war bestimmt auch Balsams Meinung. Bevor ich von ihm erfuhr, was für eine gute Partie er war, rieb sein grünmelierter Jackenärmel das brezelartige B auf seinem Siegelring blank. Er sei Manager, verriet er mir, er reise geschäftlich, und zwar für ein Möbelgeschäft in Swakopmund. »Und Swakopmund ist ein Seebad, Swakopmund ist nicht wie Walfischbai, Fräulein Fabian. Sie haben wirklich Mut.«

»Warum?« fragte ich kühl und plötzlich heimlich besorgt. Wußte er etwa, daß Peter Bendix und ich uns nur brieflich kannten? Ging mein Verlobter mit unserem Geheimnis genauso unbedacht um wie ich? Nein, offenbar nicht. Balsam hatte an etwas anderes gedacht. Walfischbai sei äußerst riskant, warnte er mich. Wegen des Südwesters. Der Sand zerkratze nämlich die Möbel. »Das wußten Sie nicht?« Ich schüttelte den Kopf. Sorgen wegen unserer Möbel hatte Peter Bendix niemals erwähnt, aber daß der Südwester ein häufig wehender Sandsturm war, kam in mehreren seiner Briefe vor. Swakopmund, kaum eine Autostunde von Walfischbai entfernt, blieb, laut Balsam, von dieser Plage meistens verschont, weil es nicht in einer Bucht, sondern an der offenen Küste lag und der Südwester statt grauer Sandwolken frische Seeluft über die Dächer blies. Es gäbe eine nette Story, berichtete Balsam, sich grinsend in seiner Ecke räkelnd, und gab sie sogleich zum besten: »Das letzte, was Gott auf dieser Erde schuf, war Walfischbai, und da es ihm sofort ganz furchtbar mißfiel, begräbt er's immer wieder unter Sand.« Balsams Gefeixe reizte mich zum Widerspruch. »So?« nahm ich sofort Partei. »Ich bin ganz froh, daß es Walfischbai gibt. Als Swakopmund noch Hafen war, mußten die Schiffe meines Wissens draußen vor der Brandung ankern, und die meisten Passagiere gingen in Booten und nassen Unterhosen an Land.«

»Fräulein Fabian!« rief Balsam entsetzt und schob seine flache Hand auf mich zu, anscheinend um mir den Mund zuzuhalten. »Wenn Sie so unverblümt daherreden, kann man leicht den falschen Eindruck kriegen. Und Sie als Braut sollten da besonders vorsichtig sein!«

So fing meine Reise an, und so ging sie erst mal weiter. Der Zug ratterte, Balsam redete, draußen wurde es dunkel. Ab und zu nickte ich ein. Und zwischendurch erfuhr ich alles über Balsams ideale, noch zu findende Braut. Was er suchte, war furchtbar rar: ein Mädchen mit Beamtenblut. Ob ich wisse, was er meine? Er erklärte es mir. Sein Vater, pommerscher Landrat und leider schon verstorben, hatte nämlich die Tochter eines Postmeisters geheiratet und seinem Sohn geraten, nach einer ähnlichen echten Perle Ausschau zu halten.

Beamte gab es nach wie vor in Massen, erklärte er mir, doch die Qualität ihrer Töchter sei erschreckend gesunken, und darum kehre er auch diesmal unbeweibt nach Afrika zurück. »Bisher jedenfalls ...« Balsam machte eine Pause und sah mich bedeutungsvoll an: »Haben Sie schon mal ... ich meine, ist dieses Ihre erste Schiffsreise?« Die Antwort ahnte er sicher schon, denn er wartete sie gar nicht erst ab. »Sie werden sich nämlich wundern«, prophezeite er, »was auf einer langen Seereise so alles passieren kann.«

Und damit hatte er völlig recht.

Auf der nächtlichen Fähre nach England wurde ich meinen Beschützer für mehrere Stunden los, konnte es aber nicht gebührend genießen, weil Seekrankheit doppelt so schrecklich wie Balsams Gesellschaft war. Außer meinem aufgewühlten Magen und mir litten noch drei weitere weibliche Passagiere in den engen Kojen unserer Miniaturkabine vor sich hin. Müde, grünlichbleich und in der feuchten Morgenkälte bibbernd, stieg ich in England an Land. Die rot-weiß gepunktete Fliege schwirrte erneut auf mich zu. Wie gesagt, es gefiel mir dort nicht.

Am darauffolgenden Morgen im Hotel schien die Sonne durch das fremdartige Schiebefenster. Ich stieg aus meinem nunmehr zerknitterten Briefumschlag-Bett und eilte in den Speiseraum. Balsam, durchdringend nach Rasierwasser duftend, war schon mit seinem Frühstück beschäftigt. Er speiste Rührei und grauen Fisch. »When in Rome, do as the Romans do«, empfahl er mir und begann eine Plauderei über seine eigene erstaunliche Anpassungsfähigkeit, die vor allem seine verehrte Chefin Edwina Lord zu schätzen wisse. »Tolle Frau, sehr vermögend und sehr attraktiv.« Balsam griff zur Serviette und reinigte respektvoll seinen Mund.

»Und ihr Vater ist Beamter?« fragte ich nur so aus Spaß.

»Victor Lord? O nein, wo denken Sie hin! Hat Besitz und Geschäftsinteressen in jeder Ecke von Südwest. Macht auch gerade die ersten Supermärkte im Land auf.« Und mit der Tochter dieses bedeutenden Mannes stand Balsam, wie er mir stolz offenbarte, auf du und du. Er durfte sie beim Vornamen nennen. Edwina Lord war ein ergiebiges, mein ganzes Frühstück bereicherndes Thema, das merkte ich bald. Außer dem Möbelgeschäft in Swakopmund, erzählte Balsam hochachtungsvoll, besaß sie ein zweites in Windhuk, der Hauptstadt von Südwest, das führende am Platze natürlich. Und Lord hieße sie, obwohl schon zweimal verheiratet, nach wie vor, weil dieser Name in Südwest beinahe schon ein Titel sei – den lege man nicht ab. »Edwina kommt häufig nach Walfischbai, denn Mr. Lord lebt zeitweilig dort, und beide sind sehr gesellig. Sie werden sie kennenlernen«, versprach Balsam mir.

Als wir per Bus zum Hafen gelangten, spielte er wieder den Reiseführer. »Jetzt holen Sie besser die Schiffskarte raus. Dies hier sind die Prince Albert Docks, und da liegt unser Schiff.« Rundherum herrschte wilder Betrieb. Über uns schwebte ein mit Koffern zum Platzen geladenes Netz auf den rot-schwarz bemalten Schiffsschornstein zu. Die *Ocean Queen* ragte hoch aus dem Wasser, ihre Gangway glich einer breiten Brücke. Ich tat den ersten Schritt, blickte zur Reling empor und plötzlich, wie Sturmflut ohne Warnung, kam mein Fernweh zurück. Ich kriegte direkt eine Gänsehaut. Vor mir, unter Taschen und karierten Reisedecken schwankend, stieg eine Gruppe fremdländisch nuschelnder Passagiere an Bord – Portugiesen in Wintermänteln und Tropenhelmen, ein Anblick, den ich selig genoß: Sie und ich, Theresa Fabian, waren auf dem Wege nach Afrika!

Dann war ich an Bord, stand in der Eingangshalle und blickte mich staunend um. Dieses Schiff hatte keine Ähnlichkeit mit dem engen, dumpfen Schuhkarton, in dem ich über den Kanal geschaukelt war. Hohe Decken, hell getäfelte Wände, Spiegel. Und über allem schwebend ein mächtiger Kronleuchter, der die unter ihm quirlenden Passagiere wie eine strahlende Sonne beschien. Pässe und Schiffskarten wurden geprüft. Balsam, der Vielgereiste, konnte beides nicht finden. Während er Mantel, grünen Tweed und Hose beklopfte, bekam ich meinen Kabinenschlüssel ausgehändigt, machte vorsichtig einen langen Schritt, dann noch einen, und war um die nächste Ecke verschwunden. Ohne Balsam! Von nun an würde ich mich hinter meiner Sonnenbrille, siebenhundert Mitpassagieren und notfalls in einem der Rettungsboote verstecken. Ich brauchte keinen Beschützer! ... Außer vielleicht, um mir beim Auffinden meiner Kabine behilflich zu sein? Das Schiff hatte endlose Gänge, Kabinentür an Kabinentür, Pfeil nach links, Pfeil nach rechts, Treppe rauf, Treppe runter, meine Nummer gab es nicht. »This way, Madam.« Wie ein tröstlicher, weißer Leuchtturm tauchte ein hochgewachsener Steward vor mir auf und setzte mich auf den richtigen Kurs. »Herein!« rief eine Stimme, als ich an die Kabinentür klopfte. Drinnen sah ich als erstes zwei schlanke, hübsch geformte Beine von dem oberen der beiden Schiffsbetten herunterbaumeln. Das dazugehörige Mädchen hatte dunkles, kurz geschnittenes Haar, eine aparte Stupsnase und erfreut gehobene Augenbrauen. Flott, dachte ich. »Guten Tag«, sagte das Mädchen zu mir und dann: »Ach, diese Erleichterung. Ich hatte nämlich sehr befürchtet, daß Sie womöglich eine steinalte Großmutter wären.«

»So?« lachte ich, »wollen Sie mal die Fotos von meinen süßen Enkelkindern sehen?« Das Mädchen lachte auch, machte einen kühnen Satz von dem Bett herunter und stellte sich vor: »Pauline von Birnbach. Ich werde meistens Pix genannt.«

»Theresa Fabian«, sagte ich. »Und mich freut's übrigens auch, daß wir beide noch keine Großmütter sind. – Steigen Sie auch in Walfischbai aus?« Mein Gegenüber nickte: »Ja, ich geh' auf eine Farm. Und Sie?«

»Ich geh' … ich heirate.«

»Sie heiraten? Ach, Sie Glückspilz! Die ganz große Liebe?« Ich wurde rot und schwieg. Es klopfte – gerade zur rechten Zeit, fand ich, und eilte zur Tür. Draußen stand der freundliche, weiße Leuchtturm von vorhin und fragte nach Miß Fabian. »Madam, a telegram for you.« Er streckte es mir entgegen. Meine Hände verkrochen sich hinter mir. Ein Telegramm? Ich wollte keins. Das konnte nichts Gutes bedeuten! Dann war es doch in meiner Hand. »Ich weiß gar nicht, wer mir …«, flüsterte ich besorgt und machte den Umschlag auf: »Gute Reise, Theresa. Freue mich sehr auf dich. P. C.« stand auf dem Papier. Ich sank auf einen der beiden Kabinenstühle. »Von meinem Verlobten«, sagte ich, »er freut sich auf mich.«

»Na, das war nicht schwer zu erraten«, grinste meine Kabinengenossin. »Sie sehen nämlich plötzlich wie die Frühlingssonne persönlich aus, strahlend glücklich – und sehr verliebt.« Glücklich war ich wirklich in diesem Augenblick. Er freute sich sehr auf mich! Das hatte er zwar schon öfter geschrieben, aber so ein Extratelegramm …

Fräulein von Birnbach war inzwischen auf den anderen Stuhl geplumpst, streckte ihre hübschen Beine aus, faltete die Hände hinter dem Kopf und träumte laut vor sich hin. »Das würde mir ja auch gefallen, so bei der Ankunft in zwei männliche Arme zu sinken«, seufzte sie. »Was dagegen erwartet mich? Ein riesengroßes Fragezeichen!«

Nervöse Magenschmerzen wegen dieses am Ende ihrer Reise lauernden Satzzeichens schien die junge Dame allerdings nicht zu verspüren. Beim Kofferauspacken lernte ich ihre Familie kennen. Während ich meine bei Tante Wanda gelernten, sorgsam gefalteten Bruchkanten aufeinanderstapelte – Wintersachen links, bald zu benutzende Sommersachen rechts –, flog Pix' Bekleidung bündelweise in den schmalen Spind. Die von Birnbachs, erfuhr ich dabei, ein altes, wunderbar verlottertes Rittergeschlecht, seien im Laufe der Zeit leider immer ehrbarer geworden. »Besonders unsere Linie. Mein Vater ist Studienrat, meine Stiefmutter auch: Mathematiklehrerin.« Pix rümpfte ihre aparte Nase. »Aus mir wollte sie auch eine machen. Deshalb bin ich ausgerückt. Ich wollte Musik studieren, aber das wurde mir nicht erlaubt.« Pix warf einen eidottergelben Badeanzug an mir vorbei in den Spind.

»Musik?« fragte ich entzückt. »Gehen Sie auch so gern in die Oper?«

»Nein, ich spiele am liebsten Jazz.«

»Ach so«, sagte ich, »Jazz mag ich auch«, obgleich ich mehr bei Mondscheinsonate und Mozart zerschmolz. »Aber meinen Sie denn, daß Sie auf einer Farm …«

»Nee, natürlich nicht«, unterbrach mich Pix vergnügt.

»Deswegen geh' ich nicht nach Südwest. Ich möchte nur einfach ganz anders leben als zu Haus – ganz anders und weit, weit weg. Verstehen Sie das?« Ich sah sie begeistert an: Na also, es gab noch andere Mädchen, die von fernen Palmenhainen träumten! – Nur fand ich nach kurzem Überlegen, daß Pix wohl besser dran war als ich. Das große Fragezeichen am Ende ihrer Reise war kein Mann, dem sie womöglich nicht gefallen würde – oder umgekehrt –, sondern entfernte Verwandte auf einer Farm, die sich eine Haustochter mit Familienanschluß wünschten. Laut Pix hatten adelige schwarze Schafe schon unter Kaiser Wilhelm ihr Glück in Südwest gesucht und auch häufig gefunden. »Ich bin nicht das erste«, informierte sie mich.

Nach dem Kofferauspacken besahen wir uns das Chaos an Deck. Noch immer schwebte Gepäck durch die Luft. Markierte Kisten flitzten auf Gabelstaplern heran, ein Auto sank in die Ladeluke, irgendwo dröhnte ein Hammer auf Stahl. Es roch nach Schmieröl, Hafenwasser und Abenteuer. Pix hob schnuppernd die Nase: »Ich freu' mich auf Löwen … richtige, ohne Gitter. Die Viecher im Zoo interessierten mich nie. Sind Sie auch so aufgeregt wie ich?« Wir hingen über der Reling und grinsten uns wie zwei Verschwörer an. Löwen ohne Gitter! Theresa, du Glückspilz, dachte ich. Ganz egal, was von jetzt ab passiert, langweilig wird's bestimmt nicht werden.

In die Kabine zurückgekehrt, hockten wir auf meinem Bett und beguckten Fotos von Südwest. Pix zeigte welche von Farm Lauenthal und ich – na, ich beschrieb die meinen ja schon. Pix fand meinen Verlobten sehr sympathisch aussehend und reichte ihn mir zurück. »Was halten Sie von den Lauenthals?« wollte sie dann wissen. Ich sah mir diese Leute noch einmal an, vor allem Herrn von Lauenthals gehörnten, germanischen Helm. Weiter unten trug er einen mit Runen bemalten Sack und Lederlappen an den Füßen. Seine Frau war mit Indianerfedern dekoriert, sie schwang ein Beil. Ihre zahlreichen Kinder bestanden aus Wattebärten und geräumigen Kapuzen. Obwohl man auf Lauenthal, wie auf den meisten Farmen in Südwest, weitab vom nächsten Nachbarn wohne, pflege man dennoch Geselligkeit, hatte die Hausherrin an Pix geschrieben und zum Beweis diesen Schnappschuß von einem Kostümfest beigefügt. »Kostümfest mit Nachbarn!« begeisterte sich Pix. »Wenn ich da an meine Stiefmutter denke! Die verkehrte nur mit Pythagoras. Meine Mutter war ganz anders, sie liebte Musik.«

»Meine auch«, sagte ich erfreut. »Sie spielte gerne Mundharmonika und Ihre?« Pix schob mit gesenktem Kopf die in ihrem Schoß verbliebenen Fotos hin und her. »Meine spielte Klavier«, sagte sie, »jeden Tag – und dann kriegte sie eine Blinddarmentzündung und starb.« Wir schwiegen eine Weile, bevor ich – eigentlich unbeabsichtigt – weitersprach: »Ich weiß nicht mehr viel von meiner Mutter. Sie kam kurz vor meinem fünften Geburtstag um. Und die Nacht, in der es passierte, ist in meinem Gedächtnis wie ein großes, schwarzes Loch. Aber manches hab' ich nie vergessen. Einmal saßen wir beide am Küchentisch. Meine Mutter hatte eine blaue Schürze um und spielte auf ihrer Mundharmonika. Neben uns auf dem Herd kochten die Kartoffeln über. Sie guckte gar nicht hin, und ich sah's auch nur verschwommen, denn auf einmal schossen mir Tränen in die Augen, weil ihr Lied so sehnsuchtsvoll und traurig klang. Da legte sie die Mundharmonika schnell aus der Hand, nahm mich auf den Schoß und drückte mich ganz fest an ihre Schürze. Sie roch gut – nach Sonne und frischer Luft.« Ich schwieg, war sehr verwundert, daß ich einem fremden Mädchen erzählte, was ich sonst immer für mich behielt, und reichte Pix verlegen die verkleideten von Lauenthals zurück.

Bald darauf klopfte es ein zweites Mal an unsere Kabinentür. Ich machte sie auf. »Miß Fabian ...« Schon wieder stand der weißgestärkte Unheilsbote auf der Schwelle, schon wieder – es war kaum zu fassen – erschreckte er mich mit einem Telegramm. Diesmal wirklich und gründlich. Was ich las, warf mich fast um: »Sah Dein Zeitungsinterview. Reise auf keinen Fall ab. Bin krank vor Sorge. Komm sofort zurück. Tante Wanda.«

Kurt Ocker! war mein erster Gedanke. Ich werd' ihn erwürgen! Und seine Kusine auch! Nein, die bring' ich als erste um! – Ach, ich hatte ja selber schuld. War ich denn geistig umnachtet gewesen? Bloß um Hildchen zu übertrumpfen! »Sie sind ganz blaß«, flüsterte Pix besorgt. »Ist was Schlimmes passiert?«

»Meine Tante«, stammelte ich, »ist von meiner Heirat nicht sehr begeistert.«

»Und deshalb schickt sie Ihnen ein Telegramm? Das hört sich wie meine Stiefmutter an.«

»Nein, nein, so ist Tante Wanda nicht«, beteuerte ich. »Wahrscheinlich hat sie sogar – ich meine, sie ist immer sehr lieb und besorgt um mich.« Pix trat an das von buntem Baumwollstoff umrahmte Bullauge und blickte taktvoll in den sich langsam verdunkelnden Himmel, um mir Zeit für mich selbst zu geben. Ich schlich zu meinem Stuhl. Was nun? Tante Wanda, du bist so lieb, dachte ich, du sollst dir keine Sorgen machen, aber umkehren kann ich – will ich nicht mehr. Ich muß alleine erwachsen werden. An diesem Gedanken hielt ich mich fest, er wies mir bestimmt den richtigen Weg. Auf die Knie sinkend, zog ich meinen Koffer unter dem Bett hervor und grub mein Briefpapier aus. »Liebe Tante Wanda«, schrieb ich nach langem Nachdenken, tat einen zweiten Kniefall und flehte sie um Verzeihung an. Und um Verständnis auch. Und daß ich von nun an eine Säule der Vernunft sein würde, versprach ich in jedem dritten Satz. Peter Bendix sei ein grundanständiger Mensch, das habe mir sein Freund bestätigt. Kein Grund zur Sorge, Tante Wanda. Ausrufungszeichen.

Während ich so mein Gewissen – und hoffentlich bald auch meine Tante – beruhigte, flitzte Pix wie ein Jagdhund durch das Schiff, um eine englische Briefmarke aufzuspüren. Auf Pix konnte man zählen, das merkte ich damals gleich. Später, als wir den Zahlmeister fanden, ging sie ihm um den rotblonden Bart und klapperte mit den Wimpern. Der arme Mensch saß bis zum Hals in bestempeltem Papier, das Schiff war nämlich zur Abfahrt bereit. »Mein Brief, mein Brief«, bettelte ich. »Er muß noch vorher an Land.«

Der Zahlmeister, an exzentrische Passagierwünsche wohl gewöhnt, zeigte Nachsicht und freundlich blitzende Zähne. »No problem«, versprach er uns und steckte den Brief in einen Sack. MAIL stand auf dem grauen Leinen, und deshalb erfüllte mich Zuversicht.

Ich weiß nicht, ob dieser Sack ins Wasser fiel. Vielleicht verließ er niemals das Schiff, vielleicht ging er auch beim Postamt verloren, nur eines fand ich später heraus: Der Brief kam niemals an.

5

Moderne Schiffe gleiten schnell und scheinbar mühelos von Kontinent zu Kontinent. Daß sie dabei angestrengt knarren und stöhnen, bemerken Passagiere erst, wenn sie nachts in ihrer Koje erwachen und im Geiste die hoffentlich lochfreien Rettungsboote zählen. In der Biscaya blieben Pix und ich auch tagsüber im Bett und stöhnten fast so laut wie das Schiff. Draußen rührte der Sturm mit unermüdlichem Eifer einen brodelnden Waschkessel um und spritzte unser kleines Bullauge mit grauen Schaumfladen naß. Hinter den triefenden Scheiben schaukelte mal der Himmel, mal das graue Gebrodel auf uns zu. Ich legte mich schnell wieder hin und machte schaudernd die Augen zu. Unter mir, in Nachthemd und Trainingshosen, den Handspiegel auf den hochgezogenen Knien, hockte Pix in ihrer Koje und klebte sich Leukoplast hinter die Ohren. »Hier, Theresa, versuch du es auch!« Die rotweiße Rolle flog von unten her auf meine seekranke Brust. »Man kann nie wissen, vielleicht hilft's ja wirklich.« Leukoplast, diese Wundertherapie gegen Seekrankheit – viel besser als Tabletten – hatte uns unsere Stewardeß empfohlen. Miß Stonebridge war eine blaugrau gestreifte, mütterlich lächelnde Bohnenstange, die uns ersuchte, sie »Miß« zu nennen, während sie selbst Pix und mich mit »Madam« ansprach.

Da Madam und Madam zu appetitlos waren, um sich in den auch von anderen Passagieren leer gefegten Speisesaal zu schleppen, brachte Miß ein Tablett mit Tee und Toast in unsere Kabine – berühmte englische Heilmittel, wie sie uns verriet, nicht nur gegen Seekrankheit, sondern auch bei Durchfall, wochenlangem Regenwetter, dürftig geheizten Wohnungen, Langeweile im Büro und was einem sonst noch alles in England passieren konnte. Wir schütteten Zucker in den Tee, schlürften, versuchten uns an dem Toast und fühlten uns bald schon weniger lausig, weil Miß so nett zu uns war – fast so nett wie Tante Wanda, wenn ich's als Kind mit den Mandeln hatte und sie mir Himbeersaft und feuchtwarme Umschläge machte. Tante Wanda saß dann an meinem Bett, ich brauchte nicht zur Schule zu gehen, und Hildchen brachte mein Glück fast um. Herrlich war's! – Seekrank zu sein war nicht halb so viel Spaß.

Am nächsten Morgen, als Miß ihren graugelockten Kopf durch unsere Kabinentür steckte, ächzte das Schiff nur noch gedämpft, und der Vorhang vor unserer Garderobe stand nicht mehr schräg in der Luft. »Madam, your bath is ready«, sagte Miß zuerst zu mir und führte mich den Gang hinunter. Das Badezimmer war voller Seifenduft, ein Handtuch lag bereit, und die Wanne war bereits gefüllt – mit »heiß gemachtem« Ozean, wie ich staunend bemerkte. Frischwasser zum Abspülen gab es auch, aber nur eine Schüssel voll. Ich saß in der Wanne, schrubbte die letzten Reste von Seekrankheit weg und überlegte mir, ob Tante Wanda meinen Brief schon erhalten hatte. Hoffentlich. Oh, wenn sie nur wüßte, wie gut es mir gerade ging! Ich sank noch tiefer in das warme Wasser, schloß die Augen und malte mir den Augenblick aus, in dem Peter Bendix und ich uns zum erstenmal von Angesicht zu Angesicht gegenüberstehen würden. Es gab verschiedene Möglichkeiten. Erstens: stürmische Umarmung. Zweitens: Umarmung. Drittens: herzlicher Händedruck. Ich tippte auf drittens. Peter Bendix war ja nicht romantisch. Danach wrang ich meinen Waschlappen aus und stieg aus der Wanne. Die Wahrheit war, daß ich mir nicht zuviel erhoffen wollte. Ich hatte Angst davor, enttäuscht zu werden.

Nach dem Bad stand endlich wieder einmal der Speisesaal auf dem Programm, wo vom Sturm Wiederauferstandene ihr Frühstück genossen. Pix und ich holten sämtliche gestern verpaßten Mahlzeiten auf einmal nach. Es gab natürlich Tee und Toast, aber auch Orangenmarmelade, Bratkartoffeln, Eier und Fisch. Doch diese Art Frühstück erstaunte uns nun schon nicht mehr. Emsig kauend stellten wir mit süßem Erschrecken fest, daß jetzt sechzehn Tage voller Nichtstun vor uns lagen.

Was machte man also auf so einem Schiff? Die Betten machte Miß, das fanden wir bei der Rückkehr in unsere Kabine heraus und gingen daher wieder hinauf an Deck. Dort empfing uns ein schmeichelnder Wind, der herrlich warm vom Wasser her durch die Reling strich, obwohl es schon Mitte Dezember war. Ringsherum nichts als Wasser, leicht bedeckter Himmel und ein hausfraulich sauber gescheuertes Deck. In einem der an der Reling aufgereihten Liegestühle saß eine junge Frau mit von sich gestrecktem, weißen Gipsbein, rotkariertem Kopftuch und einem Baby im Schoß. Sie stellte sich als Jutta von Eckstein vor und lud uns ein, neben ihr Platz zu nehmen. »Farm Lauenthal?« Ja, natürlich kenne sie Lauenthals, erzählte sie uns, während das sehr aktive Baby ihr das Kopftuch über die Augen zog. Südwest war ein riesiges Land, wo dennoch jeder jeden zu kennen schien. So wußte man nicht nur in ganz Südwest, daß Frau von Eckstein beim Besuch der großväterlichen Burg in Hessen auf einer morschen Kellertreppe in die Tiefe gesaust war, es hatte sich auch schon rückwärts bei in Deutschland zu Besuch weilenden Südwestern herumgesprochen. Einige kamen zu uns herüber, fragten Frau von Eckstein über die Art des Bruches und die Anzahl der Treppenstufen aus und boten ihr an, das quirlige Baby zu hüten, was die eingegipste Mutter lachend von sich wies. Mit solchen kleinen Ungelegenheiten wurden Südwester Farmersfrauen anscheinend spielend fertig. Wir waren tief beeindruckt.

»So eine Superfrau bin ich in spätestens zwei Jahren auch«, behauptete Pix im Flüsterton, als wir später etwas abseits saßen.

Dann fuhren wir beide erschrocken zusammen, denn über uns hing plötzlich ein Gesicht, ein Gesicht mit rotweiß getupfter Fliege darunter. »Fräulein Fabian«, sagte Herbert Balsam mit vorwurfsvoll gekrauster Miene, »ich hab' Sie schon seit Tagen gesucht. Wo sind Sie bloß gewesen?«

»Im Bett«, gab ich zur Antwort, »weil ich seekrank war.«

»Aha«, nickte Balsam, dem so was natürlich nicht passierte, und blickte mich onkelhaft nachsichtig an. Dann sah er Pix' auf dem Deckstuhl ausgestreckte Beine und wurde schnell wieder jung. »Würden Sie mich bitte vorstellen, Fräulein Fabian«, ersuchte er mich, gleichzeitig die restliche Pix unter die Lupe nehmend: das aparte Stupsnasengesicht, die fein gezeichneten Brauen, das kurz geschnittene dunkle Haar. Balsam leckte sich die Lippen wie beim Anblick einer Schlagsahnetorte. Er zog einen freien Deckstuhl heran und tarnte Frage Nummer eins seiner Brauteignungsprüfung mit einem verbindlichen Plauderton: »Mein Kompliment, Fräulein von Birnbach, Ihr hübscher Pullover fiel mir schon von weitem auf. Ich wette, Sie haben ihn selbst gestrickt.« Pix sah an sich herunter, dann lachte sie ihn an. »Nee, aber selbst gekauft. Mir gefiel er auch sofort. Sah ihn im Schaufenster, war leider mal wieder völlig pleite, sauste zu einer Freundin, pumpte mir das Geld – alles in fünfzehn Minuten.« Balsam sah sehr entmutigt aus. In Pix war kein Tropfen von Beamtenblut, das fand er bald heraus. Er mußte erneut auf Brautsuche gehen. Trotzdem hielt er sich auch weiter pflichtbewußt in unserer Nähe auf, weil er leider immer noch mein selbsternannter Leibwächter war.

Zum Glück lernten Pix und ich in den nächsten Tagen eine Menge Leute kennen, die seine Anwesenheit angenehm verdünnten. Einige schleppte Balsam selbst an unsere Liegestühle heran, um uns mit ihnen bekannt zu machen. Er hegte und pflegte seine Südwester Bekanntschaften wie empfindliche Spargelbeete, weil er ihnen Edwina Lords moderne Sperrholzmöbel verkaufen wollte. Laut Balsam saßen die meisten von ihnen zu Hause noch auf klauenfüßigen, altmodisch betroddelten Sofas und waren mehr als reif für neue moderne Sitzgelegenheiten mit dazupassenden, nierenförmigen Tischen und anderem zeitgemäßem Qualitätsmobiliar.

»Der Markt ist da«, erläuterte Balsam Pix und mir, »aber leider nicht der Sinn für zeitgemäße Wohnkultur. Südwester haben vor allem Draht im Kopf. Hauptsache, die Beester sind gut eingezäunt. Was im Wohnzimmer steht, ist nicht so wichtig.«

»Die Beester??«

»Die Beester sind das Vieh«, dozierte Balsam. »In Südwest heißt vieles anders, müssen Sie wissen. Stief Beester, zum Beispiel, heißt viele Rinder, und wenn man irgendwo hinfährt, geht man auf Pad. Wege und Straßen werden nur Pad genannt.« Balsam zupfte an seiner Fliege und genoß es sichtlich, uns zu belehren. Eigentlich hätte er besser hinter ein Katheder als in ein Möbelgeschäft gepaßt.

Vier Tage nach unserer Abfahrt wurde es Sommer im Dezember. Blauer Himmel, blaues Wasser, und an Deck erblühte überall farbenfrohe Baumwollbekleidung. Selbst Balsam ließ seine Schleife in der Kabine und machte leger seine beiden obersten Hemdknöpfe auf.

»Liebe Tante Wanda«, schrieb ich auf meinem sonnenwarmen Liegestuhl, während das mit seiner Mutter durch eine lange Wäscheleine verbundene von Ecksteinsche Baby versuchte, meine weißen Sandalen abzulecken. »Liebe Tante Wanda, vielleicht schneit es jetzt schon in Hamburg, während ich mir hier in meinem Strandkleid an der Reling einen Sonnenbrand hole.«

Den nächsten Satz begann ich mit einem tiefen Seufzer. »Ich hoffe so sehr, daß Du Dir inzwischen keine Sorgen mehr machst. Es wird alles gutgehen, das verspreche ich Dir. Wenn Du Peter Bendix' Briefe gelesen hättest, würdest Du auch verstehen, warum ich ihn heiraten möchte.« Danach überwand ich mich sehr und schrieb: »Wie geht es Hildchen? Grüße sie bitte von mir.« Dann zuckte ich zusammen, weil Butzi von Eckstein in meinen Zeh gebissen hatte. Seine Mutter winkte lachend von ihrem Liegestuhl herüber und zog das angeseilte, krähende Nagetier zu ihrem Gipsbein zurück. Ich begann eine neue Seite: »Diese Reise fängt langsam an, ein himmlisches Vergnügen zu werden. Du kannst Dir nicht vorstellen, wie schön es ist, losgelöst von der Wirklichkeit zwischen Sonne und glattem blauen Wasser dahinzugleiten. Viermal am Tag unterbricht ein melodischer Gong die große Faulenzerei, um uns zu Tisch zu rufen. Dort geben wir uns der einzigen geregelten Beschäftigung hin. Aber so gut wie bei Dir schmeckt es nicht.

Eines wollte ich noch erwähnen, Tante Wanda. Pix ist mit einer Stiefmutter aufgewachsen. Wenn sie von zu Hause erzählt, wird mir so richtig klar, warum ich bei meinem Abschied von Dir den Bahnsteig unter Wasser setzte ...« Ich kaute an meinem Federhalter, schluckte ein paar plötzlich aufsteigende Heimwehtränen hinunter und merkte, daß ein Schatten auf mein besonntes Briefpapier fiel. »Nanu? Sie sitzen hier ganz allein?« fragte eine verwunderte Stimme neben meinem Liegestuhl. Ich hob den Kopf und blickte in ein gebräuntes, spitzbübisch grinsendes Männergesicht. »Meinen Sie mich?« Der Fremde nickte. »Sie sind die unter Bewachung reisende Bendix-Braut, nicht wahr? Wo ist Ihr Leibwächter? Warum paßt er nicht auf Sie auf?«

»Balsam?« Ich mußte lachen und sah mir den Fremden genauer an. Er war sehr attraktiv – gefiel mir aber trotzdem nicht. Genauso siegessicher lächelnd war auch Alfred, mein ebenfalls sehr ansehnlicher Fußballfreund, alle drei bis vier Wochen vor Tante Wandas Wohnungstür erschienen, wenn sein Klub ihn grade nicht brauchte. Ich kannte diesen Typ.

»Kennen Sie Balsam?« fragte ich.

Der Fremde nickte, sank aus seiner Höhe neben meinem Stuhl in die Hocke und blinzelte mich an. Nun sah er noch besser aus. Er hatte dunkle Augen, ein Grübchen im Kinn und blendendweiße Zähne. »Wie ich sehe, läßt er Sie nie aus den Augen. Ich wollte mich als Retter anbieten.« Plötzlich hatte ich Spaß an der Szene und hätte sie gerne noch etwas verlängert. Doch das gestand ich mir lieber nicht ein. »Nett von Ihnen«, sagte ich, »aber Sie brauchen sich nicht zu opfern. Ich bin nicht halb so hilflos, wie Sie denken.« Damit klappte ich meinen Briefblock zu, stieg mit großer Vorsicht über Butzi von Eckstein hinweg und ließ den Fremden, in der Hocke sitzend, neben meinem Deckstuhl zurück.

6

Die Sonne war schon untergegangen, als wir Gran Canaria erreichten und in den Hafen von Las Palmas einliefen. »Kneif mich, Theresa, damit ich weiß, daß dies alles wirklich passiert«, flüsterte Pix mir zu. Um uns war samtweiche, .schmeichelnde Nacht, Lichterketten grüßten vom dunklen Ufer, ein Tango wehte gedämpft über Reling und Deck.

Und Hildchen leert jetzt Bettpfannen aus, weil sie diese Woche Nachtdienst hat, dachte ich zufrieden. Dafür wurde ich prompt bestraft, denn Balsam kam mit über die Schulter geworfener Jacke zielbewußt auf uns zu. »Jetzt gehen wir gleich an Land«, bestimmte er. Hinter ihm folgten Roger und Tim, die zwei Türen nach links von Pix' und meiner Kabine wohnten. Beide waren Engländer, beide schwärmten für Pix, und alle drei zusammen schwärmten für Duke Ellington. Tim fiel durch eine sich ständig pellende, klassisch griechische Nase auf. Roger dagegen pellte nirgendwo, er war schon nach wenigen Tagen in der Sonne wunderbar bronzebraun gebrannt. Sie reisten von London zum Sambesi, wo sie das zerbröckelnde englische Weltreich als Polizeioffiziere stützen sollten. »Kaum zu glauben«, staunte Pix, »oder kannst du dir diese legeren Typen als uniformierte Säulen der Ordnung vorstellen?« Vorläufig liefen die Säulen in leicht zerknitterten Shorts herum und waren voller Musik. Tim mit ständig tappendem Fuß und Gebrumme: »rum rum rum he he he didelululu«, Roger abgehackt pfeifend. Im Speisesaal verbanden sie höfliche Manieren mit wölfischem Appetit. Und gute Unterhalter waren sie auch, wir verschluckten uns häufig vor Lachen. Darum freute es uns, als wir sie jetzt beide hinter Balsam auftauchen sahen. »Ich kenn mich hier aus, wir nehmen ein

Taxi, und dann zeig' ich Ihnen die Stadt«, ordnete dieser an. Pix lächelte über Balsams Schulter hinweg und verlor sich einen Moment in Rogers Augen. Nur langsam wandte sie sich ab. »Gut, wir gehen alle zusammen«, stimmte sie zu, »aber Marei kommt auch mit.«

Marei stand abseits allein an der Reling, als Pix sie herüberholte, um sie mit Roger und Tim bekanntzumachen. »How do you do?« Marei kratzte nervös ihren weißen Arm, warf auch einen schiefen, grüßenden Blick auf Balsam, den sie schon kannte, und wurde flammendrot. Balsam merkte es nicht, er guckte gerade woanders hin. Marei senkte die Augen. Sie war von breiter Figur und wirkte – wenn sie nicht errötete – auffallend bleich. Pix hatte sie im Speisesaal entdeckt, wo sie auch bei gutem Wetter seekrank und totenblaß trockenen Toast hinunterwürgte. »Wir müssen uns um sie kümmern.« Pix hatte mich zu der Bedauernswerten hinübergezogen und sich freundlich mit ihr unterhalten. Marei war Buchhalterin. Eine Bekannte hatte ihr eine Stellung in einem Hotel vermittelt. »In Swakopmund?« Pix war gleich wieder aufgesprungen, hatte Balsam, der natürlich in unserer nächsten Nähe Salz und Pfeffer über sein Frühstück streute, herbeigeholt und ihn vorgestellt. Plötzlich war Marei nicht mehr blaß gewesen, sie sah wie eine Mohnblume aus. Balsam merkte schon damals nichts. Er wollte zu seinem Rührei zurück, das sah man ihm deutlich an.

Der Taxifahrer am Kai war unerbittlich. Er kratzte seine aufgeknöpfte, mit Silberkreuz geschmückte haarige Brust, hielt vier gespreizte Finger plus zwei Daumen in die Höhe und schüttelte den Kopf. »No! No! No!« Dann ließ er die Daumen verschwinden und nickte. Sechs Personen waren zuviel, er wollte nur vier. Erst standen wir ratlos da, dann trat Pix in Aktion, sank voll Anmut auf ihr rechtes Knie, hob die bittend gefalteten Hände und flehte: »Si, si, si? Por favor!« Roger und der Taxifahrer waren gleichermaßen entzückt. Letzterer ergriff die Hände der Flehenden, zog sie empor und hielt sie noch ein bißchen fest, während wir anderen schon in sein Auto krochen. »Si, si, si!« lachte unser Chauffeur noch immer. Dann gab er Gas. Hui! Wir flogen um eine vierarmige Laterne herum, anschließend scharf in eine Kurve und brachen in kreischendes Lachen aus. Der Fahrer lachte sowieso. Als nächstes flogen wir geradeaus, es begann nach verbranntem Gummi zu stinken. Plötzlich kam noch eine Kurve. Pix fiel von Rogers Schoß, ich hatte Balsams Ärmel im Mund, und Balsam lag auf Marei, die erstickt in mehreren Sprachen um Hilfe schrie: »Hilfe! Stop! Por favor! I am sick!« Tim saß vorne, er wandte sich um und packte den Fahrer am Ärmel. »Stop! The lady is sick!«

»Si, si!« Der Fahrer grinste und raste weiter. »Nononono! Stop!« wiederholte Tim.

»Sisisi! Nonono!« Der wilde Mann am Steuer warf aufgebracht die Hände kurz in die Luft, nahm Kurs auf ein Schaufenster voller weißverzierter Kuchen und bremste das Taxi mit quietschendem Ruck. Balsam stieß hastig die Autotür auf, damit Marei so schnell wie möglich hinausplumpsen konnte. Es war auch schon höchste Zeit.

Danach gingen wir lieber zu Fuß, und Marei erholte sich langsam. Balsam, wie ein Leithund an der Spitze, führte uns durch eine Gasse, die auf das wunderbarste anders als eine Straße in Hamburg war. Winkelig und eng wie ein Korridor, voll romantischer Mauerbögen und flach an die Wand gedrückter Gitterbalkons. In einer Nische glühten rote Blumen. Wie schön es hier war! Ich ging ganz langsam und blickte zu dem schmalen, sternenbestickten Himmelsstreifen auf. Schon war Balsam wieder neben mir, mit ausgestrecktem Zeigefinger auf seine Armbanduhr pochend. »Fräulein Fabian«, mahnte er, »wenn wir weiter so trödeln, kriegen wir nichts zu sehen. Wir haben nämlich nicht sehr viel Zeit!« Hinter ihm war die Gasse zu Ende. Sie führte auf einen quadratischen, von Palmen umstandenen offenen Platz.

Palmen!! Ich blieb stehen und war entzückt. Balsam ergriff meinen Ärmel: »Dieses hier ist eine Plaza ...«

»Das hat Fräulein Fabian sich todsicher auch schon gedacht«, sagte jemand hinter uns. Der Fremde von heute morgen stand plötzlich da. Bei Mondschein sah er besonders umwerfend aus. Balsam runzelte seine Stirn. »Sie kennen sich?«

»Selbstverständlich«, behauptete der Fremde, nahm meinen Arm und führte mich an Balsam vorbei in einen trotz der späten Stunde noch hell erleuchteten Laden mit weit aufgesperrter Tür. Drinnen sah mich mein Entführer zufrieden lächelnd an. »Sehen Sie? Sie brauchen mich doch! Hier gibt es Filme, Bonbons, Ansichtskarten und keinen Balsam.«

»Seit wann kennen wir uns?« fragte ich steif.

»Oh, pardon.« Er ließ mich los und verbeugte sich leicht. »Mein Name ist Thorn. Philip Thorn. Und wie Sie heißen, weiß ich bereits.«

»Und daß ich verlobt bin, wissen Sie auch.« Thorn grinste. »Selbstverständlich«, sagte er – zum zweiten Mal, wie mir auffiel.

»Ist Ihr Wortschatz immer so beschränkt?« fragte ich schnippisch.

»Und sind Sie immer so undankbar?« In seinen Augen funkelte Spott. »Ich hatte gar nicht vor, Sie zu entloben, Fräulein Fabian. Ich sah nur, wie Sie von Balsam verhaftet wurden, und wollte Ihnen zur Flucht verhelfen.« Nun wurde ich rot und kam mir auf einmal humorlos und unhöflich vor. »Herr Balsam meint, mich beschützen zu müssen, weil er meinen Verlobten kennt«, erklärte ich ihm. Thorn lachte. »Und ich meine, Sie retten zu müssen, weil ich Balsam kenne.« Er beugte sich vor und senkte seine Stimme: »Mal ehrlich, reizt es Sie denn gar nicht, jetzt wegzulaufen und Las Palmas ohne Bewachung zu erleben?«

»Dooch ...«, sagte ich, obwohl ein unangenehmes Gefühl mich vor dieser Antwort warnte. »Übrigens bin ich gar nicht mit Balsam allein«, setzte ich schnell hinzu. »Wir sind eine ganze Gruppe.« Thorn steckte den Kopf aus der Ladentür, er blickte die Plaza hinauf und hinunter. »Im Augenblick sind wir nur noch zwei«, stellte er fest. »Die anderen sind verschwunden.«

»Nein!« Ich stürzte aus dem Laden, um die anderen zu suchen. Unter der dritten Palme holte Thorn mich ein. »Fräulein Fabian, Sie werden sich verlaufen!«

»Und das wäre *Ihre* Schuld! *Sie* haben mich in den Laden gelockt!«

»Stimmt«, sagte er freundlich und hielt mich am Ärmel fest. »Und deshalb werde ich mit Ihnen suchen.«

Zwei Stunden später tanzten wir Tango. Pix, Marei und die anderen waren noch immer verschwunden ... Aber nicht mehr lange, wie mir Thorn versicherte. Früher oder später käme nämlich jeder Tourist in diese Bar. Er kenne sich hier aus. Das war wahrscheinlich gut, denn um uns herrschte Gedränge und fast totale Finsternis, weil es außer Glühwürmchenlampen und glimmenden Zigaretten keine normale Beleuchtung gab. Nur für pedantische Gäste, die ihre Rechnung tatsächlich zu prüfen wünschten, knipsten die Kellner ab und zu ihre Taschenlampen an. Ich wollte gleich wieder gehen. Hier finden wir sie auch nicht, dachte ich – und gleich darauf. Theresa, du kannst immer noch nicht Tango tanzen. Schon wieder blamierst du dich! Thorn war sehr geduldig mit mir, drehte mich durch einen eben angeknipsten Taschenlampenstrahl und machte mir ein Kompliment: »Hübsch, wenn Sie so Ihre Schuhe betrachten, Fräulein Fabian. Sie haben schöne Wimpern. Das fiel mir heute morgen als erstes auf.«

Ich hatte gerade an Hildchen gedacht. Hildchen konnte nämlich fabelhaft Tango tanzen, und lange Wimpern hatte sie übrigens auch. – Na, sollte sie! Im Augenblick war ich ihr weit voraus. Ein Jammer, daß sie mich jetzt nicht sehen konnte, hier in dieser exotischen Bar, mit diesem Halbgott, der mir Komplimente machte! ... Plötzlich hatte ich bessere Laune, und mein dritter Fuß, der Thorn schon mehrmals auf die Schuhe getreten hatte, war auf einmal auch nicht mehr da. Wir tanzten distanziert, nicht Wange an Wange wie das übrige Gedrängel um uns herum. Thorns Hand lag so sittsam leicht an meiner Taille, daß ich sie gar nicht spürte. Er benahm sich musterhaft. Trotzdem – mein Gewissen regte sich. »Wir sollten jetzt lieber woanders suchen«, sagte ich. Thorn tanzte weiter, seine Zähne blitzten in der Dunkelheit. »Vorzugsweise in einer Kirche voller Beichtstühle, nehme ich an? ... Fräulein Fabian, wir haben jetzt lange genug gesucht – und Tango tanzen ist schließlich keine Sünde. Haben Sie wirklich seit Ihrer Trennung immer nur brav zu Hause gesessen?«

»Seit welcher ...« Ich kam vorübergehend wieder aus dem Takt.

»... seit der Trennung von Ihrem Verlobten«, erläuterte mein Begleiter mir. »Zwei Jahre sind eine lange Zeit. Wir sind auf dem gleichen Schiff in Walfischbai angekommen, Ihr Verlobter und ich. Daher weiß ich, wie lang ihre Trennung war.«

»Tatsächlich? Sie kennen ihn also auch?«

»Wir sind Kollegen«, sagte er.

»Bei Talbot & Steck?« Ein fremdes, rückwärts schwingendes Tangobein schritt quer durch meine Überraschung und brachte mich aus dem Gleichgewicht. »Hoppla!« lachte Thorn, weil ich plötzlich auf unmelodisch jammernden Klaviertasten saß, und zog mich schnell an seine Brust. Einen mehr als ausgedehnten Augenblick hielt er mich schweigend an sich gepreßt. Dann ließ er mich los und wahrte wieder Distanz – betonte Distanz sogar. Auch auf dem Rückweg zum Schiff versuchte er kein einziges Mal, meinen Arm zu nehmen. Er ging mit lässig in den Hosentaschen versenkten Händen neben mir her. Mir war's nur recht. Seine aggressive Aufmerksamkeit hatte mich halb mit geschmeicheltem Erstaunen und halb mit Unbehagen erfüllt – und mit einer inneren Stimme, die abwechselnd »Paß auf! Vorsicht!

Und nimm dich in acht!« zu mir sagte. Je sittsamer Thorn sich benahm, um so kleinlicher kam mir diese Stimme vor, und um so leichter war es, sie leiser zu stellen. Das tat ich, aber just in diesem Augenblick stand uns eine Gruppe einheimischer Frauen im Weg.

Südländisch dunkel, mit glattgescheiteltem Haar und anmutig um die Schultern gelegten langbefransten Umschlagetüchern, schwatzten sie vor einem mit Blumen berankten Gartentor. Schwatzten, flüsterten, lachten – und drehten sich alle gleichzeitig nach meinem Begleiter um. Hast du das gesehen? Die mahnende Stimme war gleich wieder da. Und diesmal kam sie mir besonders ungerecht vor. Was konnte Philip Thorn dafür, daß er nicht häßlich war?

Am nächsten Morgen waren wir wieder auf hoher See und lagen im Liegestuhl an Deck. Pix hatte Frau von Ecksteins Baby und ich einen halb geschriebenen Brief im Schoß. »Liebe Tante Wanda«, begann der Brief und ging genauso weiter wie meine vorherigen: Du brauchst Dir keine Sorgen zu machen und so weiter. Ganz bestimmt nicht. Letzteres wieder mit Ausrufungszeichen. Dann ging ich etwas weiter als in meinem ersten Brief und behauptete, meinen noch nicht gesehenen Verlobten besser zu kennen als Hildchen ihren schweigsamen Doktor, weil er mir so viele Briefe geschrieben habe. Beim Überlesen erschien mir diese Behauptung allerdings doch etwas kühn. »Donnerwetter!« flüsterte Pix in meine Überlegungen hinein. Als ich aufsah, ging Philip Thorn, nur mit Badehose und einem um den Hals geschlungenen Handtuch bekleidet, an uns vorbei. Er war nicht allein. Seine Begleiterin, ein Mädchen im grasgrünen Bikini, versprühte Verliebtheit wie eine Wunderkerze und stürzte sich hinter ihm her in den Swimmingpool. »Das war Philip Thorn«, sagte ich.

»Das war Philip Thorn?« Pix pfiff gekonnt durch ihre Zähne. »Und mit dem warst du die ganze Zeit in Las Palmas allein?«

»Ja, aber nicht so wie Roger und du!« Pix lächelte vor sich hin, machte hoppe hoppe Reiter mit dem Baby und sagte nichts. Roger und sie hatten Balsam und die anderen gestern abend ebenfalls »verloren«, und nach meiner Rückkehr aufs Schiff hatte Pix die nächste Stunde von Las Palmas mit Roger geschwärmt – vom ersten bis zum letzten Kuß, der leider vor unserer Kabinentür von dem nach mir herumschnüffelnden Balsam unterbrochen worden war. »Der Mensch ist eine Plage«, hatte Pix gejammert. »Warum kümmert er sich nicht lieber um Marei?«

Marei war heute nicht an Deck. Sie lag schon wieder seekrank im Bett. Pix und ich hatten sie vor und nach dem Frühstück besucht und ihr frische Luft an Deck verordnet, doch Marei hatte abgelehnt. Sie wollte lieber in ihrer Kabine sterben.

Butzi von Eckstein hatte inzwischen genug vom Hoppereitersport. »He, Knabe, dafür bist du noch zu jung!« Pix hielt dem kleinen Ungeheuer die an ihren Blusenknöpfen reißenden Patschhändchen fest. »Sag mal«, erkundigte sie sich dann, »wird man eigentlich automatisch blind, wenn man sich verlobt? Daß Philip Thorn so aussieht, wie er aussieht, hast du gestern abend nämlich nicht erwähnt.« Als ich schwieg, fragte sie weiter: »Was macht er denn in Walfischbai?«

»Einmannluftlinie.«

»Einmannluftlinie?«

»So nennt er es. Das Flugzeug gehört ihm allerdings nicht. Er fliegt für Talbot & Steck.«

»Das ist doch ...«

»Ja, dieselbe Firma. Mein Verlobter und er sind Kollegen.«

Pix nickte. »So wirkt er auch. Wie ein Draufgänger irgendwie. Wups ins Flugzeug und rauf in die Wolken! Afrikanische Wolken! Stell ich mir wunderbar vor.«

Kurz nach zehn tauchte Roger auf. Synkopen pfeifend, mit frisch rasiertem Bronzegesicht und noch nicht ganz trockengerubbelten Haaren schob er sich zwischen die weiße Reling und uns.

»Hallo, darling«, strahlte er auf Pix hinab. »Ich wußte gar nicht, daß du ein Baby hast.«

»Hallo, darling«, strahlte Pix in stotterfreiem Englisch zurück. »Ich werd' es sofort verschenken.«

Das war aber nicht so leicht. Butzi wollte weiter Knöpfe aufreißen, und seine Mutter war auch nicht erreichbar. Ihr rotkariertes Kopftuch wie zu einer Urteilsvollstreckung quer über die Augen gebunden, lag sie mit ausgestrecktem Gipsbein und entspannt verrutschter Unterlippe auf einem Liegestuhl und schlief. Die überall von sonnenwarmen Deckplanken aufsteigende Atmosphäre der Losgelöstheit von Alltag und Pflicht hatte auch diese patente Person übermannt.

So kam ich zu ihrem Kind, denn Pix und Roger zogen zum Ringtennis ab. »Theresa, du bist ein Engel. Wenn Tim kommt, spielt er mit dir.« Pix war voller Dankbarkeit und setzte Butzi in meinen Schoß, direkt auf meinen neuesten, fast fertig geschriebenen Reuebrief. »Äh, äh«, machte der Kleine – und gleich darauf ein unheilvoll konzentriertes Gesicht. Butzi, Butzi, wenn du dich jetzt auf Tante Wandas Brief vorbeibenimmst und ich alles noch einmal schreiben muß ...! Eilig das kleine Hinterteil lupfend, brachte ich den Schreibblock unter meinem Liegestuhl in Sicherheit. Und wahrscheinlich darum schob Butzi die ganze Sache noch etwas auf. Vorher kriegten wir Besuch von Philip Thorn. Ich sah ihn schon von weitem langsam in unsere Richtung schlendern – diesmal bekleidet und allein. »Aha, ich sehe, Sie üben sich schon«, begrüßte er mich, strich über Butzis drei goldene Härchen und setzte sich mit gekreuzten Beinen neben mich aufs Deck. »Wo ist Balsam? Warum beschützt er Sie nicht?«

»Beleidigt«, erwiderte ich. »Er hat mich heute morgen beim Frühstück verhört.«

»Und Sie ...« Thorn brach ab und lachte verstehend. »Worum ging's denn bei dem Verhör?«

Ich sah ihn an und war ganz unverblümt: »Er hat mich vor Ihnen gewarnt.«

»Sehr schmeichelhaft. Und darum ist Ihnen der Kragen geplatzt?«

»Nein, nicht deshalb. Er wollte mir nicht glauben, daß Ihr Betragen ziemlich einwandfrei war.« Thorn tat sehr entrüstet. »Ziemlich? Moment mal! Das finde ich ungerecht.« Die lange Umarmung beim Tango schien er demnach schon vergessen zu haben, das machte er sicher mit jeder so. »Ich muß jetzt gehen«, sagte ich. »Das Baby hat sich ...«

»Ja, man riecht es«, lachte Thorn.

Erst eine Stunde später, als ich mit Tim beim Ringtennis schwitzte, fiel mir ein, was ich vergessen hatte: den Brief! Um Himmels willen, den Brief! Wenn Thorn ihn gefunden ... er war nicht einmal zusammengefaltet ... wenn er ihn gelesen hatte! Außer in Hamburg würde nun auch auf diesem Schiff Peter Bendix' und mein Geheimnis kein Geheimnis mehr sein. Neugier, Geflüster und Fragen würden mir folgen auf Schritt und Tritt! »Excuse me, Tim, I will be back.« Wie ein hakenschlagender Hase sauste ich los, um Karten spielende, Brause schlürfende, Romane lesende und hinter Sonnenbrillen dösende Passagiere herum, die mir liegend, sitzend, stehend den Weg versperrten. Ich raste wie gejagt – und hätte es gar nicht nötig gehabt. Der Liegestuhl war unverrückt, und unter ihm lag der Brief. Schön, wenn so ein Sorgenbündel plötzlich von einem herunterrutschte! Nur ein leichtes Schuldgefühl blieb zurück. Las *ich* etwa anderer Leute Briefe? Nein. Warum dann traute ich Thorn das zu?

Nach dem Lunch verschwanden Pix und ich mit einer gefüllten Papierserviette in Kabine 210 und befaßten uns mit Marei. »Leicht verdaulicher Zwieback«, sagte Pix, »damit du endlich was in deinen Magen kriegst.«

Marei, einer tragischen Opernfigur gleichend, lag quer

über ihrem Bett: üppig, dramatisch bleich, mit zerwühltem Haar. Sie guckte den Zwieback nicht einmal an.

»Marei, Marei«, mahnte Pix mit wackelndem Zeigefinger, »was du vor allem brauchst, ist frische Luft. Wenn du jetzt nicht endlich aus deiner Koje rollst, wirst du bald wirklich in einem Sack über Bord geschmissen, und die Äquatortaufe verpaßt du außerdem!«

Marei waren Tod wie Taufe gleichsam egal, das sah man ihr an. Dennoch saß sie etwas später an Deck und knabberte Zwieback in frischer Luft.

»Siehst du, nun haben wir's doch geschafft.« Pix war sehr zufrieden.

Als Marei an die Reling trat, fragte Pix mich leise: »Glaubst du, daß sie sich eignet?«

»Du meinst für Balsam?«

Pix tippte an meine Stirn. »Nein, du Dussel, für Afrika, für Südwest! Du und ich, Theresa, wir werden's schon schaffen, aber Marei … Ich hab' das Gefühl, die packt das nicht.«

7

Am 18. Dezember um drei Uhr nachmittags überquerten wir den Äquator – ein Ereignis, das zunächst einmal offiziell nicht zur Kenntnis genommen wurde, weil Sonntag war. Englische Sonntage schienen notorisch ereignislos und nach dem Kirchgang strikt für Langeweile reserviert zu sein. Die sonntags nicht erlaubten Lustbarkeiten wurden allerdings am Montag gründlich nachgeholt.

Die Äquatortaufe fand in der heißen Vormittagssonne statt. Kinder unter 14 durften aufgeregt plappernd Schlange stehen, um sich vom König der Meere begießen zu lassen. Die nicht mehr ganz so jungen und nur zum Zuschauen eingeladenen restlichen Passagiere hingen in schwitzenden Trauben über der Reling des oberen Decks und grölten begeistert los, als Neptun endlich erschien. Er kam mit Dreizack, Bart und Krone, umwallt von grünem Bast. Seine Königin, ein Weib mit schwarz behaarten Männerbeinen und gelber Perücke, war obenrum mit einem zum Platzen ausgestopften Büstenhalter verziert.

Zwei Matrosen in Neptuns Gefolge schleppten sogleich den ersten Täufling, einen stämmigen Bengel in rutschender roter Badehose, vor Neptuns Thron, tauchten einen riesigen Blechbecher in ein mit Seewasser gefülltes Faß und leerten ihn über dem zappelnden Opfer aus. Der nächste Täufling lief darauf gleich weg, und mehrere andere folgten ihm nach. Als die Schlange sich so verdünnte, machten sich Neptuns Mannen über junge Mädchen in den Zuschauerreihen her, zerrten sie zum Wasserfaß und verhunzten ihnen die Frisur. Vorsichtshalber etwas zurücktretend, war ich deshalb sehr erschrocken, als plötzlich eine Hand auf meiner Schulter lag. Die Hand gehörte Balsam. Er trug ein in vier knotigen Zipfeln herunterhängendes weißes Taschentuch auf dem Kopf und sah ziemlich lächerlich aus. Zuerst war ich erleichtert, daß er es war, und dann enttäuscht, denn ich hatte gehofft, daß er während der restlichen Reise beleidigt sein würde. War er aber nicht. Ganz im Gegenteil. Mit mahnend steifem Zeigefinger drang er schon wieder uneingeladen in mein Privatleben ein. Diesmal ging es nicht um meinen guten Ruf, diesmal ging's um meinen Kopf. »Ich sehe, Sie haben Spaß, Fräulein Fabian«, begann er, der immer wilder werdenden Tauferei den Rücken zukehrend, weil er diese Show natürlich schon längst in- und auswendig kannte. »Für Sie ist dies alles eben noch ganz neu, das sieht man Ihnen an. Und die Tatsache, daß Sie hier am Äquator ohne Kopfbedeckung in der heißen Mittagssonne stehen, beweist übrigens auch, daß Sie zum ersten Mal in den Tropen sind. Haben Sie schon mal darüber nachgedacht, warum Frau von Eckstein nie ohne Kopftuch an Deck erscheint? Hm? Meine Chefin Edwina ...« Wie klug sich diese eindrucksvolle Person in der Sonne benahm, erfuhr ich nicht, weil sich außer Balsam plötzlich noch andere Leute mit meinem Kopf befassen wollten. Neptuns Hofstaat hatte nämlich mich als nächstes Taufopfer erst im Auge und dann im Arm. Ich wehrte mich. Oh, wie ich mich wehrte! Doch diese Kerle hatten Muskeln, und einer hatte Pferdezähne, die gelb und ungeputzt auf mich herunterlachten. »No, no, no! Let me go!« Natürlich hörten sie nicht auf mich. Ich trug Tante Wandas Meisterwerk, ein blau-weiß gestreiftes Baumwollkleid mit schmalen Trägern, in dem ich Peter Bendix zum ersten Mal begegnen wollte. Donnerwetter! sollte er denken, wenn er mich sah. O Gott, ich brauchte dieses Kleid, es stand mir so gut. Ich wollte keine Seewasserflecken! »Herr Balsam!« schrie ich in höchster Not – was mich noch heute verwundert. Offenbar hörte er schlecht. Nicht er, sondern Philip Thorn trat zwischen mich und das Wasserfaß. Er trug Shorts, sonst nichts. Was für Muskeln, meine Güte, dachte ich trotz meiner bedrängten Lage zum zweiten Mal. Und seine Zähne! Sie sahen so schön menschlich aus, er zeigte sie nämlich. »Let her go! This lady belongs to me. We have crossed the equator before«, sagte er lachend zu den beiden Matrosen, die ihm sofort diese Lüge glaubten. Er wirkte sehr überzeugend. Die Kerle ließen mich los, ich wurde nicht getauft, war frei – und überwältigt. Zum ersten Mal in meinem Leben hatte mich ein Mann beschützt, und ich merkte mit Erstaunen, wie gut mir das tat. Kein Wunder, daß Hildchen lieber einen großen Bruder als mich in ihrer Wohnung haben wollte. Und wie schade auch, daß ich Philip Thorn noch nicht kannte, als Hänschen und Fränzchen Poggensee, die Schrecken unserer Nachbarschaft, mich regelmäßig mit meinem eigenen Springseil verhauten. Ich sah meinen Retter dankbar an. Der hob die Hand. »Ein kleiner Schaden, aber hoffentlich leicht zu beheben«, stellte er lächelnd fest, ergriff einen meiner während der Rauferei abgerissenen Kleiderträger und legte ihn nonchalant auf meine Schulter zurück. »Oh ... ach ... hm«, sagte ich wortgewandt und bemerkte plötzlich, daß wir jetzt abseits von dem Trubel allein an der Reling standen. Thorn drehte den Rücken zum Meer und stand mir zugewandt. »Manchmal werden diese Burschen etwas zu grob«, meinte er, »aber indirekt haben sie Ihnen auch ein Kompliment gemacht. Häßliche Mädchen taufen sie nämlich nie.« Er schwieg und schien zu überlegen, ob er die Meinung dieser Burschen teilte, so nachdenklich sah er mich an. Ich guckte derweil auf den Ozean und wußte ziemlich genau, was er dachte. Ich war nicht häßlich, das stimmte – blaue Augen, rötlichbraunes Haar, normales Gewicht – aber zum Beispiel mit Hildchen verglichen, fiel ich keinem besonders auf. Nach mir drehte sich niemand um – schon gar nicht Männer wie Thorn. Ich hob den Kopf, begegnete seinem Blick und guckte schnell auf das Wasser zurück. Ob er jeden Tag ein anderes Mädchen küßte? Na, und wenn schon – was ging mich das an? Ich wandte mich ab, es war nicht gut, hier allein mit ihm an der Reling zu stehen. Drüben, neben einem Rettungsboot, tauchte etwas Weißes auf – Balsams verknoteter Kopf. Er reckte seinen Hals und sah zu uns herüber. »Ich muß jetzt gehen. Vielen Dank für Ihre Hilfe«, sagte ich. »Oh, mir war's ein Vergnügen.« Seine Mundwinkel hoben sich leicht, er neigte den Kopf und hielt mich nicht zurück.

Am nächsten Abend fand das Kostümfest statt. Sich zu verkleiden, sich zu verwandeln, nichts macht soviel Spaß wie das. Die große Frage ist immer nur: in wen oder was? »In Adam und Eva«, schlug Pix mir vor, denn es war schrecklich heiß. Sie, Marei und ich hatten unsere Liegestühle draußen an Deck in einen schattigen Winkel gerückt und pusteten in unseren Tee, der auch bei glühender Hitze jeden Nachmittag in vorgewärmten Silberkännchen das faule Gedöse an Deck unterbrach. Kleine Kuchenstückchen gab es auch dazu und Weißbrotschnittchen mit Gurkenscheiben und Brunnenkresse. Marei aß neuerdings mit. An Deck ging's ihr jetzt meistens gut. »Und was ziehst du an?« wollte Pix von ihr wissen. »Hast du schon eine Idee?«

»Ich brauch' keine. Ich geh' nicht«, sagte Marei.

»Doch, Marei, du kommst mit. Du gehst mit Theresa und mir!« Mareis Antwort war ziemlich erschütternd – zumindest für mich. »Am Anfang vielleicht«, erwiderte sie, »aber dann wär' ich doch bald allein. Du wirst mit Roger verschwinden und Theresa mit Philip Thorn.« Ich vergaß zu kauen und schluckte ganze Gurkenscheibchen runter. »Marei, ich bin verlobt! Wie kommst du darauf?«

»Na wie wohl? Er ist in dich verliebt.«

Wenn dieses Mädchen nicht seekrank war, wirkte es manchmal seltsam bestimmt, das fiel mir plötzlich auf. »Ich wette, das hat Balsam dir eingeredet«, sagte ich aufgebracht. Die arme Marei sank sofort in sich zusammen, denn Balsam sprach niemals mit ihr, und daran hatte ich nicht gedacht. Pix kam ihr, wie üblich, zu Hilfe. »Falls du dich wunderst, Marei, Liebe macht blind, oder besser gesagt, taub und blind. Theresa liebt ihren Verlobten, und deshalb hat sie noch gar nicht mitgekriegt, warum sich

Thorn gestern vor etwa 500 Passagieren zu ihrem Beschützer machte.«

Ich goß zuviel Milch in meinen Tee und schwieg. Was sollte ich auch sagen? Theresa liebt ihren Verlobten. Ich wünschte mir sehnlich, daß es so wäre, und hatte plötzlich statt dessen tief drinnen hinter meinen Rippen nur ein banges, hohles Gefühl.

Nach dem Tee fiel uns endlich was ein. Wir stiegen ins Schiff hinunter und suchten Miß, die um diese Stunde mit kleinen grünen Seifenstückehen und weißem Frottee von Badezimmer zu Badezimmer eilte, weil wohlerzogene Engländer vor dem Abendessen in die Wanne mußten. »Yes, yes«, Miß war auch bei feuchtem Hitzewetter freundlich und hilfsbereit. Sie lieh uns ihren Regenschirm, und daß Madam und Madam ihn etwas verändern wollten, fand sie auch alright. Indisch und opulent sollte er wirken, wie ein kleiner, exotischer Baldachin. Fransen und Buntpapier konnten wir in dem Schiffsladen kaufen, wo man sich heute um Schminke in allen Schattierungen riß. Dann nähten wir mit feuchten Fingern. Der Schirm sah wirklich gelungen aus, als er fertig war. Abends bei der Kostümparade hielt Pix ihn über meinen Kopf, der unter einem weißen Bettuchschleier schwitzte. Zwischen den immer feuchter werdenden Brauen trug ich einen dunklen Punkt. »Maharani and servant«, kündigte der Zeremonienmeister uns an, als wir an den Preisrichtern vorbeidefilierten. Pix trug Trainingshosen, Turban und braune Schminke. Der Schirm riß uns raus, wir kriegten einen Preis. Roger und Tim gratulierten uns. Sie trugen Togas und mit braunem Schuhband beschnürte Waden. Die Togas waren weiß. »Hübsch seht ihr aus, ihr zwei«, meinte Pix. »Und wie ich sehe, habt auch ihr die Betten abgezogen.« Roger stieg auf einen Stuhl, legte die Hände wie ein Sprachrohr um den Mund und rief: »Ladies and Gentlemen, get ready for Tom Jones!« Die Band legte los. Männer und Frauen tanzten getrennt in zwei Kreisen, einem inneren und einem äußeren, aneinander vorbei, und wenn die

Band stoppte, gehörte der nächste Tanz dem am nächsten stehenden Partner. Meiner trug ein rotes Trikot, Hörner auf dem Kopf und einen Namen, den er nicht verdiente: Balsam. »Hatte ich im Koffer«, erklärte er sein perfektes Kostüm, »da ich ja natürlich wußte, was man auf so einer Reise alles braucht … Nächstes Mal sind Sie auch schon besser vorbereitet, Fräulein Fabian«, prophezeite er, mein Bettuch betrachtend. Dann senkte er die Hörner an mein Ohr: »Und wenn ich mir noch einen Rat erlauben darf … Sie sind Weiße, sie sollten sich nicht zur Inderin machen. Das tut man in Afrika nicht!«

»It's hot!« stöhnte mein nächster Partner. Ich sah ihn ratend an: Wattebart und Schlüsselbund und ebenfalls abgezogenes Bett. Petrus vielleicht? Mein dritter Tänzer war ein Cowboy in Sandalen und der vierte ein Pirat namens Philip Thorn. Frau von Ecksteins rotkariertes Kopftuch um die Stirn gebunden, trug er eine finstere Augenklappe und im rechten Ohr einen goldenen Gardinenring.

Stand ihm alles ausgezeichnet. Ich guckte ihn aus unbestimmten Gründen lieber nur flüchtig an. Thorn hielt mich locker im Arm, sang den Text zu der Tanzmusik, welcher »Bongo, Bongo, Bongo … I don't want to leave the Congo …« lautete und betrachtete die Tröpfchen auf meiner Stirn.

»Wie wäre es mit etwas frischer Luft?« fragte er nach einer Weile. »Wollen wir an die Reling gehen oder möchten Sie lieber hier drinnen ohnmächtig werden?«

»Nicht nötig«, log ich schier zerschmelzend. Das amüsierte ihn. »Vor wem haben Sie die meiste Angst, Fräulein Fabian, vor Ihrem Verlobten, vor mir oder vor Balsam?«

Da ging ich doch mit ihm hinaus.

Draußen an Deck wehte eine Brise durch die warme Nacht. Ich nahm das Bettuch von meinem Kopf, und Thorn hängte es artig über die Reling. Nun trug ich nur noch eins, hoffte, daß es mir nicht vom Busen rutschen würde und zog es verstohlen hoch. »Balsam ist mir schnuppe«, sagte ich dabei. »Bravo!« Thorn grinste mich anerkennend an. »... und Ihrem Verlobten wahrscheinlich auch. Der war nicht halb so brav wie Sie, als wir zusammen nach Walfischbai reisten.«

»So?« Ich spitzte die Ohren. Peter Bendix nicht halb so brav wie ich? Interessant – aber eigentlich nicht verwunderlich. »Das kann man nicht vergleichen«, erwiderte ich. »Peter war damals schließlich nicht verlobt.« Wups, das war mir so rausgerutscht, und Thorn zog auch gleich die Augenbrauen hoch. Ich mußte den Fehler schnell reparieren. »Die Verlobung kam erst später und sozusagen heimlich«, informierte ich ihn. »Anfangs waren wir nämlich nur Kollegen.« Thorn war sofort im Bilde. »Aha, jetzt sehe ich den Unterschied«, stellte er fest. »Herr Bendix war nur heimlich und Sie dagegen sind unheimlich verlobt.« Sein unbedecktes Piratenauge blitzte mich durch das Halbdunkel an. Ich lachte laut. Eigentlich war er nett und amüsant. Warum lief ich ständig vor ihm weg? Sein Betragen seit Las Palmas war stets betont korrekt gewesen. Auch jetzt stand er zwei große Schritte von mir entfernt. Vielleicht hatte er recht, vielleicht hatte ich wirklich nur vor Balsam Angst. Ein unerträglicher Gedanke! Und daß es nicht so war, konnte ich mir leicht beweisen, der restliche Abend bot reichlich Gelegenheit.

In den Saal zurückgekehrt, tanzte ich wieder mit Thorn. Etwas später ein zweites Mal – und danach zählte ich nicht mehr. Zwischendurch standen wir am Partybüfett, aßen scharfen Curry, weil er fand, daß dieser zu meiner Verkleidung paßte, und lachten uns über seltsamen, mit Selleriewürfeln angereicherten Cocktails an, zu welchen er mich eingeladen hatte. Als das Fest zu Ende war, trug er mir mein an der Reling vergessenes Bettuch in die Kabine nach.

Ich legte es auf die Matratze zurück, stopfte die Zipfel unter die Ecken und dachte dabei an Marei. Sie war nicht zu der Party erschienen – und recht gehabt hatte sie auch.

8

Weihnachten unterm Sonnenschirm – ob man sich jemals daran gewöhnte? »Doch, ziemlich bald«, behauptete Frau von Eckstein, die unter einem saß, als Pix und ich den triefenden Butzi zu ihr zurückbrachten. »Leichter als an ein Gipsbein.« Sie klopfte seufzend darauf und wollte sich erheben, doch Marei, die neben ihr im Deckstuhl saß, kam ihr schnell zuvor. Sie rollte Butzi in ein mit Schaukelpferdchen bedrucktes Badetuch ein und rubbelte ihn trocken. Pix und ich tropften auch, weil wir Frau von Ecksteins kleines Ungeheuer im Planschbecken beaufsichtigt hatten – vorsichtshalber im Badeanzug. »Den würd' ich dir auch empfehlen.« Pix plumpste neben Marei auf das Deck und blinzelte zu ihr auf. »Nächstes Mal kommst du nämlich mit. In dieser Hitze macht es Spaß, sich von Butzi naßspritzen zu lassen.« Marei, die in ein loses Gewand von unbestimmter Tarnfarbe gehüllt war, sah neben Pix' sonnengelbem Badeanzug wie eine massive, graubraune Raupe aus. »Ich hab' gar keinen«, sagte sie.

»Oh, Marei, den brauchen Sie aber in Swakopmund! Da kann man so schön baden.« Frau von Eckstein klang sehr besorgt und griff in ihre große Leinentasche, in welcher sie zu jeder Zeit Windeln für Butzis Popochen, Sonnenhütchen für sein Köpfchen sowie Extrawäsche und eine Hundeleine für seinen Bauch mit sich führte. Ein von Butzi angenagtes Notizbuch enthielt dieser nützliche Riesenbehälter auch. Frau von Eckstein fand eine leere Seite und kritzelte einige Namen auf das Papier. »Hier, Marei, dies sind Swakopmunder Läden, wo es Badeanzüge gibt.«

»Ja, aber nicht in meiner Größe«, behauptete diese und sah statt Frau von Ecksteins Liste ihre in derben Ledersandalen steckenden, bleichen Füße an. »Nicht in deiner Größe? Aber sicher doch, Marei! Warum denn nicht?« Das riefen wir drei wie im Chor. Dieses bedauernswerte Mädchen war ein so hoffnungsloser Fall, daß wir alle gleich reagierten: betont erstaunt, betont ermutigend – und vielleicht auch heimlich froh, nicht so zu sein wie sie. »In Swakopmund gibt's alles zu kaufen«, teilte Frau von Eckstein uns mit. »Haarbürsten, Penatencreme, deutsche Illustrierte, Maggiwürfel, deutsche Bücher und Badeanzüge. Diese braucht man besonders. Ihr solltet mal sehen, wie es am Meer im Sommer wimmelt. Alles, was Beine und Auto hat, fährt zu Weihnachten an die Küste, um sich von der Hitze im Inland zu erholen. Und nächstes Jahr sind wir auch wieder da, Butzi und ich.« Frau von Eckstein ergriff ihren Sprößling, küßte sein Schlappermäulchen und lachte uns drei voller Vorfreude an: »Dann kann er schon ohne Leine laufen, und ich bin längst mein Gipsbein los!«

Nach dem Mittagessen befiel mich nicht zu verscheuchendes Heimweh nach Tante Wanda. Erst aß ich eine halbe Tafel Schokolade, und als es danach nicht besser wurde, beschloß ich, ihr ein Weihnachtstelegramm zu schicken.

Auf den steilen Treppenstufen zur Funkstation stand und saß schon eine ganze Schlange von Passagieren, die ihrem Heimweh ebenfalls telegrafisch beikommen wollten, weil heute Heiligabend war. Ich ließ mich auf der untersten Stufe nieder und begann mein Telegramm zu entwerfen: »Frohe Weihnachten, liebe Tante Wanda …«

Zum Abendessen machten wir uns fein. Der Speisesaal war weihnachtlich dekoriert, aber nicht so, wie wir es von zu Hause kannten. Nicht Tannenschmuck, sondern Stechpalmenzweige und Knallbonbons lagen auf den Tischen, und die englischen Passagiere hatten bunte Papiermützen auf. Für sie war Heiligabend ein geräuschvoller, fröhlicher Auftakt zum richtigen Weibnachtsfest am nächsten Tag. Nach dem Essen wurde getanzt. Roger und Tim luden Pix und mich dazu ein, aber erst nachdem sie alle Knallbonbons dicht an unseren Ohren zum Platzen gebracht hatten. »Merry Christmas! Merry Christmas!« Wir wurden durch eine Tür mit Mistelzweig gewirbelt und geküßt. Und dann stieg ein Passagier, der anscheinend mit Dudelsack reiste, auf das Podium und quetschte nun doch etwas Wehmutslaune über die bunten Papierhüte hin.

»Man gewöhnt sich ziemlich schnell an dieses Geräusch. Möchten Sie versuchen, dazu zu tanzen?« Philip Thorn, in blendendweißem Hemd und dunkelblauem Schlips, war neben mir aufgetaucht und wieder einmal schwer zu übersehen. »Ich weiß nicht«, gab ich zur Antwort, während mein Fuß schon einen großen Schritt in seine Richtung machte. Er führte mich aufs Parkett. »Hübsch sehen Sie aus heute abend.« Ich trug ein schwarzes, ärmelloses Kleid mit massiver Kette aus unechtem Gold und hätte fast »Sie auch« gesagt, schluckte es aber zum Glück hinunter. Statt dessen versuchte ich witzig zu sein. »Merken Sie was? Ich schone mal wieder das Parkett, weil ich die meiste Zeit auf Ihren Schuhen tanze.« Er lachte und zog mich einen Zentimeter näher an seinen Schlips heran.

»Verzeihung, das liegt natürlich an mir. Ich bin vom Lande, ich hab' noch viel zu lernen.«

»Sie? Vom Lande? Und das war wo?«

»Im Osten, da wo jetzt die Russen sitzen.«

Aha, das hatte ich mir schon gedacht. Ich tippte auf ein Rittergut, so sah er nämlich aus. »Alles futsch?« fragte ich. »Jawohl, alles futsch«, nickte er. »Hätten Sie Lust auf frische Luft, oder dürfen Sie heute wieder nicht?« Schlau, wie er's anfängt, dachte ich und ging trotzdem mit ihm raus. Draußen an Deck erstaunte uns Kerzengeflacker. Wir gingen langsam auf eine vertrautere Weihnachtsszene zu. Frau von Eckstein winkte uns heran. Sie saß mit Marei und Südwester Freunden rund um einen kleinen Tannenbaum, der künstliche, gerade Äste und schiefe rote Kerzen hatte. Balsam war auch dabei, er bot gerade Weingummimännchen von einem Pappteller mit Weihnachtsmuster an. Dabei fiel mir etwas ein. Ich stellte meine hohen Hakken auf das Deck, sauste barfuß in die Kabine und kam mit einem Schuhkarton zurück, den Tante Wanda mit Pergamentpapier und selbstgebackenen Spekulatius ausgelegt hatte. Nun wurde es doch noch schön.

Wir sangen »Stille Nacht« – zuerst etwas zaghaft und wackelig klingend unter dem dunklen, warmen Sternenhimmel, dann »O du fröhliche« und dann alles, was uns sonst noch an Weihnachtsliedern ins Gedächtnis rutschte. Zwischendurch griff jeder in den Schuhkarton, und Thorn, der neben mir saß, lobte Tante Wandas Kekse die ganze Zeit. Als er den letzten verpaßte, roch er an dem Pergamentpapier und tat so, als ob er weinte. Ja, und Balsam sprach mit Marei. Nicht lange, aber es reichte. Marei verfärbte sich rot, das fiel sogar im Halbdunkel auf. Ich hätte deswegen gar zu gerne heimlich erfreute Zwinkerblicke mit Pix getauscht, doch war sie leider mit Roger verschwunden. Erst im Morgengrauen kam sie auf Zehenspitzen in unsere Kabine zurück. Im Halbdunkel zum Waschbecken tappend, hielt sie sich erst meine und dann ihre eigene Zahnbürste dicht vor die Augen, legte beide aufs Glasbord zurück und stieg mit viel Geseufze und ungeputzten Zähnen ins Bett.

Als ich das nächste Mal erwachte, schien die Sonne durch das baumwollberüschte Bullauge auf mein Gesicht. »Frohe Weihnachten!« rief ich in Richtung unteres Bett. Aber Pix war noch nicht so weit. Sie kniff die Augen zusammen, rollte sich ein und zur Wand und schlief weiter. Das war mein Pech, denn als ich solo beim Frühstück saß, wurde ich von Balsam überfallen. Er trug Khakihosen mit exakten Bügelfalten und Möbelbroschüren unter dem Arm. »Ah, Fräulein Fabian! Gut, Sie sind allein. Ich muß mit Ihnen reden!«

»Frohe Weihnachten«, sagte ich.

»Ja, Ihnen auch«, wünschte er zurück. »Steward! Zwei weiche Eier und Kakao!« Während er diese Befehle erteilte, rutschte sein Stuhl so nahe an meinen heran, daß wir zu zweit vor meinem Teller saßen. »Dies ist mein letzter Versuch …«, begann er.

»Mein Frühstück zu essen?«

»Sie vor Thorn zu warnen!« Meine Güte! dachte ich, sobald die weichen Eier kommen, schmeiß ich sie ihm an die Augenbrauen! Da waren sie schon. Balsam hob den Eierlöffel – und ich sah tatenlos zu. Weil Weihnachten war. Und weil mir solche Szenen einfach nicht liegen. Balsam spitzte die Lippen und schlürfte etwas Kakao. Dann attakkierte er Ei Nummer eins und gleichzeitig mich: »Eine Frage, Fräulein Fabian: Was wohl, glauben Sie, würde Ihr Verlobter dazu sagen, wenn er Sie und Thorn so häufig zusammen sähe wie ich? Und wie wohl, meinen Sie, wird er reagieren, wenn er erfährt, daß Thorn bei der Äquatortaufe von Ihnen, seiner Braut, in aller Öffentlichkeit behauptet hat, ›This lady belongs to me‹? Etwas stark. Hm? Finden Sie nicht? – Oder …« Sein Eierlöffel stoppte auf halbem Weg in der Luft, sein Blick wurde scharf wie ein Spieß, »… hatte er etwa recht?«

»Jetzt reicht's mir aber!« fuhr ich ihn ziemlich leise an, obwohl ich zum Brüllen wütend war. »Haben *Sie* mir vielleicht geholfen bei der Tauferei? Nein, *Sie* haben bloß zugeguckt! Ein Glück, daß Thorn in der Nähe war. Der hat mehr Mumm im kleinen Finger als Sie im ganzen Leib, weil Sie nichts als eine gräßliche Schnattertasche sind!«

»She says, he is a dreadful blabbermouth«, übersetzte jemand eilfertig am Nebentisch. Balsam hatte es auch gehört. »Ihr Benehmen macht mich sprachlos, Fräulein Fabian!« Er rollte seine Möbelpreise auf, erhob sich voll gekränkter Würde und ließ mich neben seinen Eierschalen und einer halbleeren Tasse Kakao allein am Tisch zurück.

Pix lag noch immer im Bett, als ich wieder in die Kabine kam. Sie starrte mit weit geöffneten Augen die Streifen auf meiner über ihr schwebenden Matratze an. »Stell dir vor …«, begann ich, trübe und mutlos auf den Bettvorleger plumpsend und beschrieb ihr mein Frühstück mit

Balsam. »O du fröhliche ...«, lachte Pix. »Nun bist du ihn endgültig los, Theresa. Freut dich das nicht?«

»Doch, aber weiß ich denn, was er später meinem Verlobten erzählt?«

»Über Thorn und dich?« Pix schwang die sonnenbraunen Beine aus dem Bett und setzte sich neben mich. »Was kann er denn erzählen? Daß Thorn dir schöne Augen machte. Und deshalb bibberst du hier vor dich hin? Wem wird er glauben, Balsam oder dir?«

»Hm ...« Ich malte mit zitterndem Zeigefinger Kringel und Kreise auf den Bettvorleger.

Pix sah mir dabei zu. »Mir geht's auch nicht grade blendend«, seufzte sie plötzlich auf. »Roger meint es ernst, er will mich heiraten.«

»O Pix! ... Und du?« Sie sah mich hilfesuchend an. »Wie weiß man, wann es der Richtige ist, Theresa? Ich dachte sofort an dich. Hast *du* jemals Zweifel gehabt?«

»O ja, sehr sogar!« Ich nickte spontan. Und nachfolgend gleich noch zweimal hinterher. »Das gehört, glaub' ich, immer dazu ... Hast du ihn denn lieb?«

»Ja, hab' ich.« Pix blickte auf ihre schmalen, braunen Knie herunter und seufzte gleich noch einmal auf. »Aber ob's fürs ganze Leben reicht? Bei dir ist das anders, Theresa. Du weißt, zu wem du fährst. Würdest *du* einem Mann zum Sambesi folgen, den du kaum mehr als eine Woche kennst?« Als ich darauf nichts erwiderte, schüttelte sie ihren Kopf. »Siehst du? Dein Gesicht spricht Bände. Du machst dir Sorgen um mich. Brauchst du nicht. Ganz so verrückt, wie du denkst, bin ich nämlich nicht. Ab und zu bin ich ganz vernünftig – und deshalb tu' ich's auch nicht.«

Plötzlich tat mir mein Hals wieder weh. »Manchmal geht so was auch gut«, sagte ich hastig. »Mein Verlobter behauptet, daß die meisten Leute, wenn sie heiraten, nicht halb soviel voneinander wissen, wie sie denken. Vielleicht kommt's also gar nicht drauf an, wie lange man sich vorher kennt.« Pix zog die feinen Brauen zusammen. »Vielleicht nicht, vielleicht doch. Mein Vater zum Beispiel ...

Ich weiß noch ganz genau, wie schnell das damals ging mit seiner zweiten Frau. Hätte er sie besser und länger gekannt ...« Pix stand auf, strich ihr Nachthemd glatt und gab sich sichtlich Mühe, guter Laune zu sein. »Na, Schwamm drüber. Heut' ist Weihnachten, laß uns lieber daran denken. Wie wär's denn mit den Spekulatius? Rückst du die nun endlich raus?«

»Die sind schon alle«, sagte ich ehrlich zerknirscht. »Wir haben sie gestern abend an Deck gegessen, als du verschwunden warst.«

»Was? Und nicht mal Krümel habt ihr mir übriggelassen?« Pix riß ihr Handtuch aus dem Spind und drückte es an ihre Brust. »Jetzt bleibt mir nur noch eins: Ich schmeiß' mich in die Badewanne und werd' mich drin ersäufen!«

Draußen an Deck kriegte man auch keine Weihnachtslaune. Der Himmel war zu hoch und zu blau, und im Swimmingpool schossen bunte Badeanzüge hin und her. Philip Thorn stand, sachte tropfend, an der Reling. Hinter ihm hockte das Mädchen im grünen Bikini auf einem Badetuch und starrte bewundernd seinen feucht glänzenden, braunen Rücken an. Thorn bemerkte uns beide nicht. Sein Blick hing irgendwo am Horizont, sein Profil drückte tiefes Nachdenken aus.

Ich stieg zum Bootsdeck hinauf und fand einen abseits stehenden Liegestuhl. Dort dachte ich ebenfalls nach: über Kurt Ocker, über seine Wahnsinnsidee und wieso ich eigentlich darauf hereingefallen war. Würdest *du* einem Mann zum Sambesi folgen, den du kaum mehr als eine Woche kennst? Pix' Frage heute morgen hatte meine Lage plötzlich unbarmherzig grell beleuchtet. Tante Wandas telegrafisches Entsetzen hatte mich nicht halb so durchgeschüttelt. In ihrem Alter dachte man so, wie sie dachte, das war zu erwarten. In ihrem Alter kaufte man am liebsten mit Garantie. Aber Pix? Pix kaufte gern auf Pump, Pix war so jung wie ich, Pix freute sich auch auf Löwen ohne Gitter. Bei Männern dagegen ließ sie kluge Vorsicht walten.

Da war sie nicht so ein Federgehirn wie ich. Sie hätte Kurt Ocker ausgelacht, und dabei wär's geblieben.

Ob Peter Bendix jetzt die gleichen Ängste plagten wie mich? Ich machte die Augen fest zu und zwang ihn, mich warm und tröstlich anzulachen, so wie auf den Fotos, die sogar auf Tante Wanda einen guten Eindruck machten. Es nützte nichts. Er entzog sich mir und blieb ein verschwommener Schatten ohne Gesicht. Die Briefe, mit denen er mich erobert hatte, lagen im Koffer unter meinem Bett. Ich hatte sie seit Hamburg nicht mehr angesehen, das fiel mir plötzlich mit Beklommenheit ein.

Philip Thorn, von dem ich Weihnachten nur einen nassen Rücken zu sehen bekam, tauchte wieder auf, als wir Lobito erreichten. Draußen auf der Reede schoß eine Nußschale auf uns zu, der Lotse stieg auf einer Strickleiter an Bord. Es war früher Morgen, die *Ocean Queen* glitt durch glattes Wasser an reglosen Palmen vorbei. Vor uns am Kai lag eine portugiesische Fregatte, auf ihrem Deck stand eine Reihe blitzendweißer Uniformen in Achtungstellung. Zakkiges, kurzes Trompetengeschmetter stieg in die stille Luft, und mit ihm hob sich eine schlappe rot-grüne Fahne ruckweise dem blauen Morgenhimmel entgegen.

Thorn kam mit langen Schritten über das Deck auf mich zu und bot sich an, mir die Stadt zu zeigen. Ich war allein und sagte ja. Pix brauchte den Tag in Lobito, um Roger eine liebevolle Absage zu servieren. »Es ist viel, viel schwerer abzuweisen, als abgewiesen zu werden«, hatte sie mir beim Weihnachtsmahl, in ihrem Plumpudding herumstochernd, erklärt. Ich hatte gekaut, ihr reizendes Stupsnasenprofil betrachtet und das sehr bezweifelt. Wer noch nicht in Sibirien war, weiß auch nicht, wie kalt es da wirklich ist, hätte Tante Wanda, die sich gern in Vergleichen ausdrückte, dazu gesagt.

Übrigens: An Plumpudding muß man sich auch erst gewöhnen.

Als Philip Thorn und ich die Gangway herunterkamen, stand Balsam schon unten am Kai und putzte seine Sonnenbrille mit einem frisch entfalteten Taschentuch, damit er uns besser beobachten konnte. Sollte er! Während Pix schlaflos die ganze Nacht probeweise zarte Worte für den armen Roger zusammenreihte, hatte ich im oberen Bett, von einer Seite auf die andere rollend, meinem verständnisvoll zuhörenden Verlobten alles genau erklärt: Balsam war einfach unmöglich gewesen, die ganze Reise lang, und Philip Thorn war ein Musterknabe mit äußerst korrekten Manieren. Zwei Tage noch, und Peter Bendix und ich würden uns endlich von Angesicht zu Angesicht gegenüberstehen. Er würde mir glauben – er mußte mir glauben, weil ich die Wahrheit sagte.

Inzwischen stieg ich so sorglos wie möglich in ein klappriges, nach Bananen riechendes Taxi und fuhr mit Thorn davon.

Lobito war Afrika, so wie ich es mir erträumte, wenn ich in Hamburg Frachtbriefe tippte: Palmen, wohin man blickte, im Kolonialstil erbaute Häuser hinter Hibiskushecken, überall üppig wucherndes Grün. Gummibäume, die in Hamburg hinter Wohnzimmerfenstern vegetierten, ragten hier übers Dach. Theresa, sagte ich mir: Dies alles ist keine hinter deiner Schreibmaschine zusammengebraute Illusion, dies erlebst du wirklich … und Philip Thorn, dem du jetzt in der grellen Sonne verlegen in die Fotolinse blinzelst, ist auch kein Traumgebilde – er sieht nur so aus. Über mir und um mich herum baumelten Bananenstauden. Wir standen auf einem exotischen, offenen Markt, wo in gutgelauntem Durcheinander bunte Früchte, Gemüse, lebende Hühner und kunstvoll geflochtene Körbe und Schalen verkauft wurden. Alles mit minimaler Eile in waschküchenartiger Temperatur. Vor uns, unter einem schirmartigen Baum, sortierte eine mit Turban geschmückte Ebenholzmadonna kleine silbrigglänzende Fische aus. Links ein Haufen, rechts ein Haufen, und in der

Mitte saß ihr vergnügtes dickes Baby nackt auf einem bunten Baumwolltuch. Die meisten Verkäufe fanden auf dem Erdboden statt und wurden von den weiblichen Kunden mit Anmut auf dem Kopf nach Haus getragen. Thorn erstand eine Ananas und klemmte sich selbige unter den Arm. »Hätt ich nicht tun sollen«, stellte er gleich darauf fest. »Das Ding ist furchtbar stachelig.« Dann kam ihm eine Idee. Er nahm den Hut vom Kopf und benutzte ihn als Tüte. »So, nun kriegen wir beide gemeinsam einen Sonnenstich«, meinte er, mein Haar betrachtend. »Sie sollten übrigens in den Tropen nicht ohne Kopfbedeckung in die Sonne gehen, Theresa.«

»Und Sie reden genau wie Balsam.« Er grinste. »Ist das der Dank dafür, daß ich Sie hier galant vor dem rasenden Verkehr beschütze?«

Lobitos rasender Verkehr bestand aus gelegentlich auftauchenden Autos, Fahrrädern und gemächlich schreitenden Fußgängern. Trotzdem stand vor uns, in der Mitte eines offenen Platzes, ein schwarzer, mit weißen Gamaschen geschmückter Verkehrspolizist unter einem rot-weißem Sonnenschirm auf einem ebenso gestreiften Podest. Er hob seine weißbehandschuhte Hand und dirigierte uns würdevoll über den leeren, sonnengleißenden Platz. Thorn zog mich unter einen breiten, schattenspendenden Baum. Nicht weit von dem Baum ragte eine Kirche auf, vor welcher viele Leute standen. »Eine Hochzeit«, sagte er, »gucken Sie mal.« Eine portugiesische Hochzeit. Das soeben vermählte Paar war gerade aus der Kirche getreten und wurde draußen von Freunden und Verwandten beglückwünscht und umarmt. Ein mit geknickten Knien schwitzend herumspringender junger Mann fotografierte. Die weiblichen Gäste trugen kurze Spitzenschleier auf dem Haar, sie umflatterten die junge, schüchtern lächelnde Braut und küßten sie. Der Bräutigam, ein Mann mit buschigen, grauen Augenbrauen, stand beleibt und breitbeinig neben ihr. Er war mindestens doppelt so alt wie seine junge Ehefrau. Ich starrte ihn an, und statt fröhlicher Neugier packte mich plötzlich graues Unbehagen. Thorn streifte mich mit einem schnellen Blick. »Vernunftheirat«, kommentierte er. »Ich wette, die beiden kennen sich kaum. Aber so was kommt, wie Sie ja wissen, häufiger vor.« Er drehte der Hochzeit den Rücken zu und nahm mich kurz am Arm. »Kommen Sie, wir gehen zum Wasser. Da unten ist's hoffentlich kühler.« Ich trottete wortlos neben ihm her. Das kommt, wie Sie ja wissen, häufiger vor ... Wie hatte er das gemeint? Ob er doch etwas ahnte? Es fiel mir schwer, bei soviel Hitze klar zu denken. Thorn wischte sich auch die Stirn. »Was diese Gegend dringend braucht, ist ein herrliches Schneegestöber«, meinte er und fragte mich, ob dieses meine erste Weihnacht ohne Winterwetter, Eltern und Familie gewesen sei.

»Nur ohne Winterwetter«, sagte ich. »Meine Eltern sind tot.«

»Das tut mir leid, Theresa. Haben Sie Geschwister?«

»Nein, aber eine Kusine und eine Tante, die mich großgezogen hat. Und Sie?« Er überstieg einen auf dem Boden liegenden, im Schatten hechelnden Hund und schüttelte den Kopf. Sein Vater lebe schon lange nicht mehr, er habe ihn nicht gekannt, erwiderte er. Und seine Mutter sei vor einigen Jahren gestorben. Eine Weile gingen wir schweigend durch die drückende, feuchte Luft. Dann sprach er plötzlich weiter: »Meine Mutter war sehr fromm und neigte zu Wutanfällen. Ich glaub', das war meine Schuld.« Ich sah ihn betroffen an. Seine unerwartete Offenheit änderte unser bis dahin vorsichtig oberflächliches Gespräch. »Waren Sie ihr Sorgenkind?« fragte ich nach kurzem Zögern. »Ich war ihr einziges Kind und meinem Vater ähnlicher als ihr. Darum vertrugen wir uns nicht.«

»Und Ihr Vater?«

Er zuckte die Schultern. »Mein Vater lebte in Südwest. Er schickte mir einmal ein großes Paket – ein Zebrafell. Sonst hab' ich nie von ihm gehört.«

Wir hatten das Meer erreicht und setzten uns auf eine niedrige, den Strand begrenzende graue Mauer. Weiter unten, wo sich die Wellen brachen, ging ein dunkelhaariges Mädchen im weißen Kleid Hand in Hand mit einem jungen Mann barfuß durch den Sand. Thorn sah ihnen nach. Sein Blick berührte mein Herz. Allein und bedauernswert kam er mir plötzlich vor. Rabeneltern hatte er gehabt und eine Kindheit ohne Liebe. »Meine Tante war ganz anders«, sagte ich impulsiv und voller Dankbarkeit. »Sie war wunderbar zu mir, wie eine richtige Mutter.« Er hielt den gefüllten Hut vor seiner Brust, wandte den Kopf und sah mich an. »Und darum sind Sie so, wie Sie sind, Theresa.« Sein Ton und seine Worte ließen mich erröten. Er stand auf. »Wir sollten Ihrer Tante eine Freude machen«, schlug er mir lächelnd vor: »Theresa auf der Mauer – ein Schnappschuß mit afrikanischem Akzent.« Den afrikanischen Akzent zog er aus seinem Hut und setzte ihn auf meine Knie – mit Vorsicht, denn er pikste. »So, nun bitte recht freundlich.« Thorn nickte zufrieden, er trat zurück, ging im Halbkreis um mich herum und visierte mich durch die Kamera. Plötzlich ließ er sie sinken. Er nahm die Ananas von meinem Schoß und zog mich zu sich empor. »Theresa«, sagte er, »heirate mich.«

9

Drei Wochen später hieß ich Theresa Thorn. Am Morgen meiner Hochzeit erwachte ich mit einer schweren Last auf meiner Brust. Die Last war nicht nur mein Schuldgefühl, sondern in diesem Moment auch Wendy Talbots schwarzer Kater, der es sich auf mir bequem gemacht hatte.

Wendy, meine Gastgeberin, war auch meine Chefin. Darum schob ich ihr fettes Haustier so behutsam wie möglich auf den aus alten Florstrümpfen und Stoffresten gehäkelten Bettvorleger hinab. Genau wie bei Tante Wanda, dachte ich. Verglichen mit Tante Wandas farbenfrohen Handarbeiten sah dieses von Wendys verstorbener Mutter verfertigte Exemplar allerdings schäbig verblaßt und müde aus. Das lag am Sand. Balsam hatte recht gehabt, in Walfischbai war alles voller Sand. Draußen nichts als Sand und drinnen ebenfalls Sand: auf Fußböden, Teppichen, Telefonen, Schallplatten, Tellern, Brillen, Fensterbänken und natürlich Fensterscheiben. Sie wurden täglich abgefegt. Leider handelte es sich bei dieser Plage nicht um an Seebad und Urlaubswonne erinnernden weißen Zuckersand. Was in Walfischbai durch die Gegend wehte, war salzig, klebrig und grau.

Gegenüber von meinem Bett stand ein Kleiderschrank, der Balsam garantiert Magenschmerzen verursacht hätte, weil er so altmodisch und aus massivem Eichenholz war. Vor den schweren Doppeltüren hing mein Brautkleid: Bubikragen, zierliche, weißbezogene Knöpfe, bauschiger Rock. Als ich die bräutliche Pracht gestern auf dem Plättbrett schnell noch einmal aufbügelte, mußte ich ununterbrochen an Tante Wanda denken. Ihr erster Brief nach Afrika war an Herrn und Frau P.C. Bendix gerichtet gewesen. Mein Exverlobter hatte ihn ungeöffnet und ohne Kommentar bei mir abliefern lassen. »Liebe Theresa und lieber Peter«, hatte der Brief begonnen. Tante Wanda hatte uns in warmen und herzlichen Worten eine lange und glückliche Ehe gewünscht.

Meine drei Antwortbriefe, alle mit demselben Inhalt, aber unterschiedlich formuliert, lasen sich samt und sonders schlecht. Darum schickte ich sie nicht ab. So sorgsam ich auch die Worte wählte, durchstrich und mit anderen ersetzte, ich merkte schon bald, daß es unmöglich war, Tante Wanda meine plötzlich veränderte Lage zu erklären, ohne ihr Sorgenbündel erheblich schwerer zu machen.

... nur noch einmal, nur noch dieses letzte Mal muß ich dich enttäuschen, Tante Wanda, hatte ich gedacht, inbrünstig Falten in mein Brautkleid plättend, wo keine hingehörten ... Und danach werde ich ein musterhaftes Eheleben führen, an dem du selbst in der Ferne deine helle Freude haben wirst!

Als Vorbild schwebte mir dabei noch immer Frau Okker, die heitere, Makkaroni kochende Blondine mit ihrer Wohnung voller blühender Topfpflanzen vor. Ihr Mann würde von nun an bitter enttäuscht von mir sein, das bedachte ich dabei auch. Es war ein unerwartet heftiger Schmerz. Oben auf dem Eichenschrank, direkt über meinem Brautkleid, stand ein offener Pappkarton voller Rahmbonbons. Wendy und ihr Vater, Inhaber von Talbot & Steck, der größten Schiffsagentur und Speditionsfirma in Walfischbai, aßen sehr viel Süßigkeiten. Ihre Lieblingspralinen hießen »Silvermoon«, waren gelb oder rosa gefüllt und schmeckten schrecklich. Die Rahmbonbons der gleichen Marke dagegen waren nicht übel. Ich stieg aus dem Bett und nahm mir einen. »Iß so viel, wie du willst«, hatte Wendy mir erlaubt. Ich kaute, kraulte den schnurrenden Kater hinterm Ohr und überdachte, wie so oft in letzter Zeit, meine Lage. Heute war der Tag meiner Hochzeit. Meine nackten Füße fühlten den sandigen Bettvorleger unter sich, und trotzdem kam ich mir wie weit, weit draußen auf dem endlosen Ozean treibend vor – in einem

Kanu ohne Paddel. Ich hatte keine Ahnung, wohin ich trieb – schon seit Lobito nicht mehr. Ob alle Bräute sich so fühlten? Wahrscheinlich nicht. Die meisten tauschten ihren Bräutigam nicht so kurz vor der Hochzeit um.

Außer Rahmbonbons nahm ich an diesem Morgen auch mehrere Schlucke lauwarmen Kaffee ein. Ich hatte schon mein Brautkleid an und saß allein im Talbotschen Eßzimmer.

Petrus, Talbots schwarzer Hausangestellter, erschien in der offenen Tür, seine Zähne so weiß wie seine Schürze. Er musterte mich. »Beie mooi (sehr hübsch), Missi«, nickte er und klatschte bekräftigend zweimal in die Hände. Sein Beifall galt meinem Hochzeitskleid. Nun tauchte auch Philip hinter ihm auf, mit dunkelblitzenden Augen über einem beschleiften Bouquet weißer Nelken. Er legte es mir in die Arme und küßte mich. »Morgen, Theresa, du siehst wunderbar aus. Bist du fertig?«

»Ja, bis auf den Hut.« Ich war verlegen und plötzlich glücklich unter seinem Blick.

Draußen herrschte das übliche Morgenwetter in Walfischbai, es war nebelig und kühl. Aus den Schornsteinen der am Strand aufgereihten Fischfabriken kroch Fischgeruch in niedrigen, blaugrauen Schwaden über die Dächer der Stadt. Als Neuankömmling brachte mich der Gestank noch fast um, eine Zimperlichkeit, die ich lieber für mich behielt. Ich stellte meine Nase auf zu und holte durch die Zähne Luft.

Captain Talbot und Wendy warteten vor dem Haus. Sie waren schon früh im Hafen gewesen, um ein Schiff einzuklarieren. Peter Bendix, der dafür zuständige Angestellte, hatte vor einem Monat gekündigt. Captain Talbot stieg aus seinem Ford, dem einzigen grünlichen Farbfleck in der grauen, baumlosen Landschaft, und stopfte sein gewölbtes Hemd etwas fester in die Hose. Er war ein stattlicher, sonnengegerbter Mann mit ergrauendem, rotblondem Haar und hell bewimperten Augen. Wendy sah wie ihr Vater minus Schnurrbart aus und hatte auch meistens Hosen an. Heute trug sie allerdings zu ihrer weißen Bluse einen grauen Faltenrock und zwei lang herunterhängende Reihen ungewöhnlich schöner Perlen. Captain Talbot hatte sich nicht feingemacht. Das störte mich. Ich fand sein zerdrücktes, braunes Sportjackett für eine Hochzeit (und insbesondere meine Hochzeit) nicht festlich genug. Meine Hoffnung, daß er in letzter Minute schnell in sein Haus hinein- und dann nobel gekleidet wieder herausstürzen würde, erfüllte sich nicht. Statt dessen machte er die grüne Wagentür auf und sagte mit freundlichem Augenzwinkern: »Get in, you beautiful bride.«

Philip setzte sich neben mich, er legte den Brautstrauß in meinen Schoß und nahm meine Hand.

Petrus wedelte mit einem Handfeger nochmals die Autofenster ab, dann fuhren wir los. Die Trauung war für elf Uhr in der deutschen evangelischen Kirche in Swakopmund angesetzt. Hoffentlich war es dort hübscher als hier. Ich sehnte mich nach Palmen.

Walfischbai holperte baumlos an uns vorbei: Telegrafenmasten, niedrige, mit Dachpappe gedeckte Häuser, Bretterzäune mit vom Sandwind aufgerauhten, schmutziggrauen Bärten. Die Hauptstraße, eine ungeteerte Sandpad mit hölzernem Bürgersteig und Barbetrieb, war mehr Wildwest als Afrika. Ohne Cowboys allerdings. Statt Mann und Roß bewegten sich hier Landrover, Jeeps und ungespornte portugiesische Fischer durch das Bild. Zwischen Häusern und Bretterzäunen war jede freie Sandfläche mit zum Trocknen und Flicken ausgebreiteten Fischernetzen bedeckt. Captain Talbot fuhr quer über eins hinweg und setzte Kurs auf Swakopmund. Er liebte sein flachnasiges, chromverziertes, an ein Krokodil erinnerndes Auto, obwohl es gelegentlich im Sand steckenblieb. Heute allerdings nicht. Ein Straßenhobel, einer von vielen, die überall in Südwest, Sandwolken hinter sich aufwirbelnd, die ungeteerten Straßen glattkratzten, war vor uns auf dem Weg nach Swakopmund gewesen. Das machte den Captain sehr vergnügt. Er ließ sich von Wendy seine

Sonnenbrille putzen und zwinkerte uns im Rückspiegel zu. »Gute Pad«, stellte er fest und erklärte die vor uns liegende, glatte Straße zu einem guten Omen für unsere Ehe. »... so eine gute wie meine. Hatte Glück, war sechsundzwanzig Jahre mit der schönsten Frau von Südwest verheiratet.«

Wendy versuchte, ihm die geputzte Sonnenbrille auf die Nase zu drücken und gleichzeitig das Thema zu wechseln, doch ihr Vater ließ es nicht zu. Er setzte sich die Brille selber auf und beschrieb uns, wie das begehrteste Mädchen von Swakopmund damals seinen Heiratsantrag angenommen hatte: »Sie sagte nicht ja, sie sagte nicht nein, sie sagte: Ich wüßte nicht, was ich lieber täte, und ich war platt. Wer war ich denn schon?«

Wer Captain Talbot war, wußte ich zu diesem Zeitpunkt schon ziemlich genau. Seine Tochter, von Natur aus unverblümt und offen, hatte mir viel über ihn und ihre Mutter erzählt. Der Captain, ausgedienter Kavallerieoffizier, hatte sich nach dem Ersten Weltkrieg in Südwest nach einer neuen Karriere umgesehen und sich dabei in ein schönes Mädchen namens Martha Steck verliebt. Marthas Vater, ehemaliger Kapitän und Gründer einer Schiffsagentur in Swakopmund, hatte sich einen nach anderen Maßen geschneiderten Schwiegersohn gewünscht. Deutsch sollte er sprechen und zur See sollte er gefahren sein, damit er Begriffe wie F.O.B. und C.I.F. und Manifeste und Frachtbriefe unterscheiden konnte. Auf Captain Talbot paßte dieses Schnittmuster also nicht. Sein Titel war ein militärischer Rang, und statt Schiffsplanken hatte er bisher einen Pferdesattel unter sich gehabt. Er war in Indien geboren, in Kapstadt aufgewachsen und sprach nur englisch. Für die schöne Martha jedoch war er der Prinz aus einem fernen Märchenland. Hermann Steck, Marthas Vater, wußte, warum seine Tochter von Prinzen und fernen Königreichen träumte. Sie war eine Leseratte, die sich von romantischen Romanen ernährte. Und ausgerechnet er hatte ihr den Weg in die Silberwolken gewiesen, nachdem seine Frau gestorben war. Märchenbücher hatte er ins Haus gebracht, damit das mutterlose Kind weniger merkte, wie leer es war. Marthas schwarzes Kindermädchen, welches später auch für Wendy sorgte, erzählte noch heute, wie sich ihr quengeliger Schützling in ein zufriedenes, wenig Mühe machendes Kind verwandelte, denn von nun an lebte die kleine Missi nach der Schule auf Märchenschlössern, schwebte auf fliegenden Teppichen durch die Luft und verlor sich in Höhlen voller blitzender Schätze. Als sie alle Märchen auswendig kannte, las sie ihren ersten Roman. Danach begann sie, auf einen richtigen Prinzen zu warten, der sie von Kleinstadt und Wüste erlösen würde. Und er kam. Für eine ganze Weile brauchte Martha Steck keine romantischen Romane mehr zu lesen, weil sie selbst in einem lebte. Basil Talbot versprach ihr, sie nach Kapstadt zu verpflanzen, in einen Blumengarten am Fuße des Tafelbergs – sobald er es sich leisten konnte. Marthas Vater hatte andere Pläne. Nachdem er vergeblich mit der Faust auf den Tisch geschlagen und »nein« gebrüllt hatte, richtete er eine feine Hochzeit aus und stellte den unpassenden Schwiegersohn unter Anbringung einiger Abnäher und Verzierungen in seiner Firma ein. »Nenn dich *Captain Talbot*«, riet er ihm. »Das paßt gut in unser Geschäft, auch wenn das so 'n bißchen Vernebelung ist. Alles, was du sonst noch wissen mußt, bring ich dir bei.«

Etwas Wunderbares geschah: Der von seiner in den Wolken lebenden Tochter erwählte Märchenprinz entpuppte sich als Arbeitspferd. Während Basil Talbot seinen Schwiegervater beeindruckte, versuchte seine junge Frau, aus jedem Schilling, den er verdiente, ein Pfund zu machen, um den Umzug ins Paradies zu beschleunigen. Sie häkelte Bettvorleger, Topflappen, Läufer und Fußmatten aus alten Strümpfen und Unterhosen. Sie kaufte nie ein neues Kleid und war bei Swakopmunder Ladenbesitzern äußerst unbeliebt. Wendys Kommentar: »Meine Mutter wurde immer exzentrischer, und mein Vater nahm alles wohlwollend hin, weil sie so hübsch war und weil er ein schlechtes Gewissen hatte.«

Als Captain Talbot Philip und mich zu unserer Hochzeit fuhr, war Wendys Mutter schon mehrere Jahre tot. »Ungesunde Lebensweise, zu wenig Bewegung«, war die Diagnose des Arztes gewesen. Captain Talbot hatte seine Frau nicht in einen Blumengarten am Fuße des Tafelbergs verpflanzt, sondern nach Walfischbai, weil sich dort die Gelegenheit bot, in der Nähe seines neuen Büros zu wohnen. Das Haus, eine ehemalige Bäckerei, hatte zwei große Schaufenster, die einen weiten Ausblick auf graue Sandflächen boten. Die Ladenstube wurde in ein Wohnzimmer umgebaut, das Captain Talbot wunderbar hell und geräumig fand. Wendys Mutter hatte ihre Häkelnadel inzwischen weggeworfen. Nach dem Einzug in das Haus nahm sie mit dem Rücken zu den großen Fenstern in einem Korbsessel Platz und überließ Kind, Mann und Haushalt dem schwarzen Kindermädchen, das auch sie großgezogen hatte. Sie selbst kehrte in ihre Romanwelt zurück und stand nur selten aus dem Korbsessel auf.

Captain Talbot schien das in Ordnung zu finden. Auf meinem Weg zum Traualtar hielt er mir Wendys Mutter als löbliches Beispiel vor: »Sie war die ideale Ehefrau, sie wußte, was mir wichtig war. Als mein Schwiegervater starb, war ich manchmal Tag und Nacht im Büro. Sie hat sich nie beklagt, nie ein lautes Wort. In unserer Ehe gab's keinen Streit, und das lag nur an ihr.«

Philip nahm diese Beschreibung einer idealen Ehefrau zum Anlaß, seinen Ellbogen sanft in meine Rippen zu drücken und mich bedeutungsvoll anzugrinsen. Captain Talbot griff derweil in sein Jackett und holte eine Zigarre hervor. »... und wunderbar sparsam war sie obendrein«, fuhr er fort, Rauchwölkchen in das hopsende Automobil paffend. »Meine löchrigen Unterhosen zum Beispiel ...«

»Daddy«, unterbrach ihn Wendy irritiert, »mußt du im Auto rauchen? Theresa ist schon ganz blaß!« Erst nach dieser Behauptung drehte sie sich zu mir um, wies aus dem Fenster und wechselte schnell das Thema: »Sieh dir die Dünen da draußen an, Theresa. Angeblich die höchsten der Welt.«

Der Nebel hatte sich gelichtet, die Sonne schien. Rechts neben der Pad türmte sich die Namibwüste als hellgelbes Sandgebirge auf. Auf der anderen Seite rollte der Atlantik in mächtigen Brechern an den Strand. Wir fuhren, eine Sandwolke hinter uns aufwirbelnd, am Rande einer unbewohnten Welt entlang. Nirgendwo ein sichtbares Lebewesen, nirgendwo ein anderes Auto, nirgendwo ein Halm oder Blatt – nichts als Brandung und in der Sonne schimmernder Sand. Über allem spannte sich ein weiter, wolkenloser Himmel. Trotz oder vielleicht wegen ihrer Leere und Unberührtheit hatte die Landschaft einen geheimnisvollen Reiz. »Die Brandung ist hier überall sehr stark. Diese Küste ist berüchtigt und berühmt«, erklärte Wendy mir. »Nördlich von Swakopmund wird sie Skelettküste genannt. Meilenweit findet man menschliche Knochen, Schädel und Wrackteile am Strand, weil dort seit Jahrhunderten viele Schiffe in der Brandung zerschellt sind.« Philip hellte diese düstere Schilderung mit einem Lachen auf. »Na, Wendy, man kann dort aber auch Erfreuliches entdecken – Diamanten zum Beispiel«, sagte er, ihren roten Wuschelkopf von hinten betrachtend. Wendys Haar wirkte ungepflegt und strähnig. Sie war von morgens bis abends beschäftigt und hatte weder Zeit noch Lust, sich mit ihrem Äußeren zu befassen, das sah man ihr an.

Draußen tauchten jetzt gelegentlich über die Wellen streichende Kormorane, Pelikane und schließlich noch etwas Lebendiges auf: ein Angler, mutterseelenallein am Strand. Weiter entfernt wurden Häuser, Bäume und ein rot-weißer Leuchtturm sichtbar. »Ist es nicht hübsch hier?« Wendy blickte sich um, als wir in die Stadt einfuhren. Sie liebte Swakopmund, und mir gefiel es auch sofort.

Keine mit schmutzigem Sand verkrusteten Fenster und

Bretterzäune, kein Fischgeruch wie in Walfischbai. Hier wirkte alles freundlicher, sauberer, heller. Hier, an der afrikanischen Küste, lag eine deutsche Kleinstadt wie ein grünbetupfter Punkt in der sonnenbeschienenen Leere. Sogar Palmen gab es – eine ganze Allee in einem wohlgepflegten kleinen Park. Der Bahnhof, ein wilhelminisches Gebäude mit Bogenfenstern, Freitreppe und spitzem Turm, sah eher wie ein ländliches Schlößchen als ein Bahnhof aus. Hohe, fremdartige Nadelbäume ragten über die meist einstöckigen Häuser. Wendy wußte ihren Namen: Araukarien. Ihre weit auseinandergesetzten, wunderbar symmetrischen Zweige hoben sich wie dunkle Scherenschnitte gegen den blauen Himmel ab. Vor einem Haus mit quadratischem Fachwerkturm schwatzten zwei schwarze Frauen in langen, bunten Baumwollkleidern. Eine trug einen Korb auf dem Kopf. Ich war entzückt von dieser Szene. Halb exotisch, halb gemütlich war diese Stadt. Wie schön es wäre, hier zu wohnen! Ich blickte Philip hoffend von der Seite an. Ob er sich auch für Palmen begeistern konnte? – Und wenn nicht, für was? Ich hatte keine Ahnung. Weder er noch Captain Talbot blickten nach draußen. Beide waren in ein Gespräch über Diamanten vertieft. Illegal in der Namib »gefundene« und verkaufte Diamanten waren ein beliebtes Thema in Südwest. »Was mich am meisten wundert, ist, wie viele Leute tatsächlich glauben, daß sie dabei nicht erwischt würden«, bemerkte Captain Talbot, plötzlich auf die Bremse tretend. Das Auto hielt mit wildem Ruck, mein Brautstrauß rutschte mir vom Schoß. Philip hob ihn auf. Wir standen vor einem grau verputzten Gebäude mit der Aufschrift HANSA HOTEL, in dem wir unsere Flitterwoche verbringen sollten.

»Alle aussteigen!« ordnete Captain Talbot an, damit unsere Koffer vor der Trauung aufs Zimmer geschafft werden konnten. Dann schloß er ziemlich eilig den Kofferraum auf und verschwand im Hotel, um innerhalb dieses Gebäudes, wie er uns mitteilte, »nach den Pferden zu sehen«. Wendy schüttelte den Kopf und drückte sich unumwundener aus: »Ich muß auch mal«, ließ sie uns wissen und folgte ihrem Vater.

Ich wollte meine Blumen ins Auto legen und Philip beim Koffertragen helfen. »Nein, Theresa, dafür hat man hier Bedienstete«, hielt er mich zurück und setzte lachend hinzu: »Ich muß sie bloß erst mal finden.«

So stand ich plötzlich allein, mit Schleierhut und weißem Kleid, den Brautstrauß im Arm, auf dem sandigen Bürgersteig und kam mir vor wie ein verirrter, weithin schillernder Pfau. Verlegen guckte ich die Straße hinauf und hinunter. Nur wenige Leute waren zu sehen. Das erleichterte mich. Neben Captain Talbots Krokodil war ein ziemlich verbeulter Volkswagen geparkt. Eine Reihe Palmen zierte den Bürgersteig vor dem Hotel. Der Seewind fuhr raschelnd durch ihre Blätter, sonst herrschte Stille. Wie friedlich war diese nette kleine Stadt.

Links vom Haupteingang des Hotels ging plötzlich eine Seitentür auf. Ein Mann trat heraus. Sein Anblick entsetzte mich. Er maß mich mit einem schnellen, alles umfassenden Blick: den Schleierhut, das weiße Kleid, den Brautstrauß. Brennende Röte stieg mir ins Gesicht. Sein Gesicht war blaß und völlig unbewegt. Nur seine Augen zwangen mich, ihn anzusehen. Plötzlich wandte er sich ab, stieg in den Volkswagen ein und fuhr, mich in einer Staubwolke zurücklassend, davon.

»Unsere liebe Braut ist in Gedanken gaanz weit weg«, sagte Captain Talbot zu seiner Tochter. Ich zuckte zusammen, ich hatte ihre Rückkehr nicht bemerkt. Nun kam auch Philip mit den beiden schwarzen Kofferträgern aus dem Hotel. Sie musterten meinen Brautstaat, ihre Zähne blitzten mich an. Sie sind so freundlich, dachte ich, weil ich nichts anderes denken wollte. Ich nahm alles wie durch eine Glaswand wahr.

Vor der Kirche stand Marei. Sie hatte eines ihrer graubraunen Tarngewänder an, trug aber heute statt weißer Beine und derber Sandalen Nylonstrümpfe und Pumps. Sie umklammerte ein mit roter Schleife verziertes Päckchen und warf sichtlich nervöse Blicke in das Innere der Kirche. Philip war nett zu ihr, das erwärmte mein von Peter Bendix vereistes Herz. Er machte unsere Hochzeitsgäste miteinander bekannt. »Marei, dies sind unsere Trauzeugen Captain und Wendy Talbot. Und dies ist unser Ehrengast Marei.« Ihren Nachnamen Ungerbieler wußte er nicht, den setzte ich schnell hinzu.

Die Kirche, ein hübscher, hellverputzter Bau im Sand, sah wie eine süddeutsche Kleinstadtkirche aus. Drinnen empfing uns kühle Dämmerung, Orgelmusik – und ein weiterer Hochzeitsgast. Besser gesagt, er empfing uns nicht, er saß auf einer der leeren Bänke, erhob sich halb und nickte uns mit feierlicher Miene schweigend zu. Wir nickten alle ebenso schweigend zurück. Staunen erfüllte mich. Niemand hatte Balsam eingeladen, was wollte er hier?

Die Trauung begann mit einem Choral »Ein feste Burg ist unser Gott«, den unser Pastor, ein freundlicher, runder Herr, laut und meistens alleine sang. Pastor Wittke blickte dabei über Philip und mich hinweg auf einen fernen Punkt in der leeren Kirche. Was mochte er von uns denken? Ein Mädchen, das sein Versprechen brach, und ein Mann, der das Mädchen einem anderen … Meine Stimme klang so dünn und zittrig, daß ich nicht weitersang. Während der Trauung faßte Pastor Wittke hauptsächlich mich ins Auge. »Wo du hingehst, da will auch ich hingehen – das ist der Trauspruch, Theresa Fabian, der über Ihrem Weg als Ehefrau stehen soll … auch wenn er nach Walfischbai führt.« Den letzten Satz begleitete er unerwartet mit einem so warmen, ermutigenden Blick, daß mein Schuldgefühl von einer Flut guter Vorsätze hinweggewaschen wurde. Inbrünstig dankbar sah ich ihn an. Niemals mehr in meinem Leben würde ich jemanden enttäuschen, niemals mehr würde ich lügen! Das gelobte ich heimlich Philip, Tante Wanda und mir selbst. Gleichzeitig drängten sich aber auch andere, nicht zu meiner Inbrunst passende Dinge in mein Bewußtsein: Peter Bendix' blasses, unbewegtes Gesicht – und ein ständig wachsendes, ungläubiges Erstaunen darüber, daß ich mich hier in diesem Moment, in dieser Kirche ohne Tante Wandas Wissen und Erlaubnis mit Philip Thorn trauen ließ. Plötzlich erschien mir alles wie ein unmöglicher Traum – ein Traum, in dem ich »ja« sagte, als Pastor Wittke mich fragte, ob ich Philip Thorn heiraten wolle, ein Traum, in dem die Orgel plötzlich Mendelssohns Hochzeitsmarsch durch die andachtsvolle Stille brauste, ein Traum, in dem Philip und ich Arm in Arm aus der Kirche in den Sonnenschein traten.

Draußen wachte ich allerdings auf, denn Balsam stürzte auf uns zu. »Herr und Frau Thorn, ich beglückwünsche Sie!« Er ergriff und schüttelte meine Hand. »Sie müssen mir bitte erlauben, Ihr Glück und Ihr Heim vollkommen zu machen. Wir führen nur die beste Qualität.« Damit legte er Philip und mir je einen Möbelkatalog in die Hand. Marei sah ihn bewundernd an, Philip war sehr amüsiert, und ich hatte Angst, daß niemand Balsam daran hindern würde, seine Verkaufstätigkeit an unserer Hochzeitstafel fortzusetzen. Wendy war es, die den Unverscheuchbaren verscheuchte. Ihre hellbewimperten Augen blickten Balsam streng ins Gesicht: »Es wäre nett, Mr. Balsam, wenn Sie nun auch den eingeladenen Gästen erlauben würden, dem Brautpaar zu gratulieren und einige Fotos zu machen. Wie ich höre, ist Edwina in Swakopmund. Sie werden doch sicher erwartet?« War es der Name seiner Chefin oder war es Wendy selbst? Balsam nahm plötzlich gehorsam Haltung an wie vor einem General und verabschiedete sich.

Unsere Hochzeitstafel war ein festlich gedeckter Tisch im Speisesaal des Hansa Hotels. Es war Mittagszeit, der Saal voll besetzt. Pastor Wittke ging uns voran und grüßte freundlich nach links und rechts. Er kannte jeden in diesem Raum – und jeder hier schien unsere Geschichte zu kennen. Man legte Messer und Gabel nieder, drehte die

Hälse und starrte Philip und mich mit unverhüllter Neugier an.

Vor dem Essen gab es Sekt. Captain Talbot zog einen Bleistift aus seinem Jackett, klopfte an sein Glas und hielt eine nette kleine Rede, teils auf englisch, teils auf deutsch. »Walfischbai hat viele gute Seiten, die einem kurz durchreisenden Besucher nicht auffallen«, behauptete er zum Schluß. »Man kann dort wunderbar sparen, weil's kaum was zu kaufen gibt.« Wir lachten, und der Festredner überreichte Philip und mir einen Firmenumschlag mit der Aufschrift Talbot & Steck.

Der Umschlag enthielt einen Scheck. Mareis rotbeschleiftes Hochzeitsgeschenk war ein Zuckernapf aus weißem Porzellan. »Ich dachte, du könntest was Praktisches gebrauchen«, meinte sie. »Das Praktische ist, daß man die dazupassenden Teller und Tassen hier in Swakopmund kaufen kann.« Ich bedankte mich und fragte, wie es ihr in Swakopmund gefiele. Mareis Antwort war so düster wie ihr Tarngewand: »Nur noch 712 Tage, dann ist mein Kontrakt erfüllt, und ich kann wieder nach Hause zurück.«

»Nanu?« rief ich verwundert. »Es gefällt dir hier nicht? Swakopmund ist doch so hübsch!« Marei spießte grüne Bohnen auf ihre Gabel und schüttelte trübe den Kopf. »Das Hotel, in dem ich arbeite, ist total verkommen. Die Bücher stimmen nicht, und der Besitzer trinkt.«

»Nein, er säuft«, verbesserte Wendy Marei in ihrem etwas fehlerhaften Deutsch. Und das Hotel sei auch kein Hotel, sondern ein Drrreckloch, fügte sie hinzu – ein großer Jammer, denn man könne was draus machen. Wendy war stolz auf ihre Fähigkeit, geschäftliche Gelegenheiten aufzuspüren und auszunutzen. Hinter den Lagerschuppen der Talbotschen Schiffsagentur stellten Eingeborene unter ihrer Aufsicht Zementsteine her. Einen Fuhrbetrieb hatte sie auch. Er bestand aus einem schwarzen Fahrer mit Lastwagen, der täglich zwischen Walfischbai und Swakopmund durch den Sand ratterte. In diesem Augenblick jedoch war vielleicht Marei Wendys nächstes Projekt. Sie musterte sie von Kopf bis Fuß, sagte jedoch vorläufig nichts.

Beim Nachtisch wanderte Philips Hand unter der Tischdecke zu meinem Knie. »Ich möchte endlich mit dir alleine sein«, sagte er mir ins Ohr. Pastor Wittke bemerkte es und zwinkerte mir zu. Er saß zu meiner Rechten, sprach von Südwest und nannte es, wie die meisten weißen Südwester, »unser Land«, obwohl es viel mehr schwarze als weiße Einwohner hatte. »Aller Anfang ist schwer, besonders in Südwest«, meinte der nette Pastor, seine Zitronencreme löffelnd. »Aber wenn Sie sich hier eingelebt haben, hält dieses Land Sie fest. Dann wollen Sie nie wieder weg.« Ich nickte und glaubte ihm nicht, sah im Geiste den endlosen, grauen Sand von Walfischbai – und gleichzeitig Captain Talbots jetzt sehr rosiges Gesicht. Er saß mir gegenüber, war in bester Stimmung und hatte dezent den obersten Knopf an seiner Hose aufgemacht. Wiederholt die Nase wohlig schnuppernd in sein Kognakglas hängend, erzählte er wilde Geschichten aus dem alten Südwest. Mitten in einer spannenden Story, die in einem Bilderrahmen voller versteckter Diamanten gipfelte, klappte er allerdings seine goldene Taschenuhr auf. »Wendy, nun aber zurück ins Büro! Wir sind schon viel zu lange weg.«

Das war das Ende unserer Hochzeitsfeier. Pastor Wittke ging zurück in seine Kirche, Marei in ihr verkommenes Hotel, und die Talbots fuhren nach Walfischbai. Philip und ich standen vor dem Hotel und winkten ihnen nach.

Dann waren wir allein.

»Wir sollten deinen Brautstrauß ins Wasser stellen, Theresa.« Er ergriff meine Hand, führte mich die Treppe hinauf und schloß die Zimmertür hinter uns ab. Dann nahm er mir die Blumen aus dem Arm. Mein Herz klopfte. »Wir haben keine Vase«, sagte ich. Er lachte und knöpfte mein Brautkleid auf.

10

Am nächsten Morgen begegneten wir Pastor Wittke im Postamt von Swakopmund, wo ich Briefmarken für meine Beichte an Tante Wanda kaufte. »Aha, unser neuestes Ehepaar!« Er sah uns schmunzelnd an: »Ha'm Sie sich schon in der Wolle gehabt?«

»Ununterbrochen«, grinste Philip, den Arm um meine Schultern legend. Ich stand nur glücklich da und wäre diesem freundlichen Seelsorger am liebsten um den Hals gefallen, weil er uns wie ein ganz normales Ehepaar, und nicht wie Sünder behandelte. So verstehend und menschlich kam er mir vor, daß ich für einen kurzen, verrückten Moment erwog, ob nicht er statt meiner an Tante Wanda schreiben könnte: eine Art kirchlicher Bescheinigung vielleicht, aus der hervorging, daß Theresa Fabian jetzt unerwartet nicht Bendix, sondern Thorn hieße, daß aber sonst alles in bester Ordnung sei. »Und wann geht's zurück nach Walfischbai?« fragte Pastor Wittke in diesen schönen Traum hinein.

»Freitag.«

»Genießen Sie die Flitterwoche hier, Frau Thorn, und nicht den Brautspruch vergessen!« Er klopfte mir leicht auf den Arm. Dann ging er, um seine Post abzuholen, weil es – wie er uns erzählte – in Südwest keine Briefträger gab.

Ins Hotel zurückgekehrt, sammelte ich Federhalter, Briefpapier und meine Gedanken zusammen, um mit der Beichte an Tante Wanda zu beginnen. Philip blickte in meinen offenen Koffer, bückte sich plötzlich und hielt eines der gelben Spitzennachthemden in die Höhe. »Skandalös!« rief er begeistert. »Und das hast du mir unterschlagen, Theresa? Zieh es an, mein teures Weib!«

»Jetzt?« Ich ließ den Briefblock sinken, halb zögernd

und halb entzückt. »Philip, ich muß an meine Tante schreiben.«

»Nein, Theresa, du mußt Pastor Wittke gehorchen und deine Flitterwoche genießen!«

Nachmittags lagen wir am Strand. »Schwärmst du auch für Palmen?« fragte ich ihn.

»Für Palmen?«

»Ich meine, würdest du auch gern hier wohnen?«

»Gott bewahre, nein!« Seine Antwort enttäuschte mich. »Warum nicht? Hier ist es doch so hübsch.« Er drehte sich auf die Seite, stützte den Ellbogen auf und sah mich an: »Wir bleiben in Walfischbai, Theresa. Sobald ich genügend Geld zusammen hab', fang' ich dort meine eigene Luftlinie an.« Ich riß erschrocken die Augen auf. »Als direkte Konkurrenz zu den Talbots? Sie werden dir den Hals umdrehen!«

»Nee, werden sie nicht«, lachte er unbesorgt. »Guck dir Peter Bendix an, macht seine eigene Speditionsfirma auf, hat ihnen gerade die neue Fischfabrik als Kunden vor der Nase weggeschnappt und lebt immer noch.«

»Wendy behauptet, daß ihr Onkel dahintersteckt«, sagte ich. »Kennst du Victor Lord?«

Philip lachte. »Jeder in Südwest kennt Victor Lord.«

»Und warum sind er und Captain Talbot sich nicht grün?«

»Weil Victor Lord mit Captain Talbots Schwester verheiratet war«, erklärte Philip mir. Es sei schon ziemlich lange her und habe auch nicht lange gehalten, setzte er hinzu. Außer für seine Millionen sei Mr. Lord nämlich auch unter dem Titel Oberligaseitensprungolympiasieger bekannt.

»Was? Sag das noch einmal!«

»Oberligaseitensprungolympiasieger.«

»Aha«, lachte ich verstehend, »und darum hat Captain Talbots Schwester ihn verlassen.«

Philip nahm eine Handvoll Strand und streute ihn als

Kringel auf meinen Badeanzug. »Ja, darum hat sie ihn verlassen. Eine typische Ehefrau, so gar nicht verständnisvoll«, grinste er. »Verschwand mit ihrer kleinen Tochter, ließ keinen Abschiedsbrief, dafür aber zwei volle Nachttöpfe vor seinem ungemachten Bett zurück ... Darüber lacht man noch heut' in Südwest.«

Ich lachte auch, setzte mich auf und küßte das Grübchen in seinem Kinn. »Und wenn du mich betrügst, stell ich dir drei volle Nachttöpfe vor dein ungemachtes Bett«, warnte ich ihn. »Na, nun hab' ich wenigstens *einen* Grund dir treu zu sein, Theresa«, parierte er mit blitzendem Blick.

Ich muß an Tante Wanda schreiben, dachte ich, glücklich in die Sonne blinzelnd. Ich muß ihr unbedingt genau beschreiben, wie charmant, wie unglaublich gutaussehend und wie nett Philip ist. Vielleicht versteht sie mich dann besser. Ich schloß die Augen, begann im Geiste meinen Brief und schlief darüber in der Sonne ein.

Nachmittags hatte Philip eine Überraschung für mich. Er kaufte mir einen Tennisschläger. Ich war begeistert. In Hamburg war dieser Sport ein teures Vergnügen gewesen, zu teuer für mich jedenfalls. Und für Hildchen auch – das fiel mir nicht ohne Genugtuung ein. Ich saß nur kurz auf meinem hohen Roß. Als Philips erster Ball übers Netz geflogen kam, hüpfte ich erschreckt auf ihn zu und schlug in die Luft. Von da ab dachte ich nicht mehr an Hildchen, sondern jagte den Ball wie eine hungrige Katze die Maus. Der Tennisschläger war anfangs unerwartet schwer, und der Platz schien doppelt so groß wie von jenseits des Zauns. »Hab' ich mir doch gleich gedacht!« rief Philip nach einer ziemlichen Weile über das Netz. »Mein Weib ist ein Naturtalent!« Er lachte mich anerkennend an, und alles um mich herum war plötzlich in ein warmes, goldenes Licht getaucht. Ich schlug eine gute Vorhand übers Netz, als nächstes eine Rückhand, und dann quietschte hinter uns die Tür im Zaun. Ein Mann und eine Frau betraten den benachbarten Tennisplatz. Die Frau, eine Blondine mit elegantem Haarschnitt, langen gebräunten Reklamebeinen und knappen, weißen Shorts, kam zu uns herüber. »Ah, Philip!« unterbrach sie mit unnachahmlichem Hochmut unser Spiel. »Gut, daß ich dich hier finde. Ich brauche deine Dienste.«

Philip ließ den Tennisschläger sinken und sah die Dame höflich bedauernd an. »Hallo, Edwina. Ich bin im Moment auf Urlaub und kann dich leider …«

Edwina schnitt seine Worte mit einer Handbewegung ab. »Tut mir leid, du mußt mich Mittwoch nach Windhuk fliegen. Ich hab mit Captain Talbot telefoniert und alles mit ihm geregelt. Du kannst den Tag später nachholen.« Nach diesem gütigen Zugeständnis wandte sie sich an mich. »Die junge Frau Thorn, nehme ich an?« Ihr Blick war herablassend kurz. Philip reichte übers Netz, legte den Arm um meine Schulter und machte uns miteinander bekannt. »Meine Frau Theresa – Edwina Lord.« Edwina hielt es nicht für nötig, mir die Hand zu reichen. Sie nickte mir zu, sagte »How do you do?« und ließ uns wissen, daß wir jetzt weiterspielen dürften. Wir spielten nicht weiter, denn Philip sammelte unsere Bälle ein. Er gab sich ausgesprochen gut gelaunt. »Im Moment sind wir hier fertig«, behauptete er. »Man erwartet uns nämlich in Wimbledon. Bis Mittwoch also, Edwina!«

»Bis Mittwoch, Philip!« Edwina kehrte federnden Schrittes zu ihrem abseits stehenden Partner zurück, ohne uns mit ihm bekannt gemacht zu haben. Gleich darauf pfefferte sie rasante Bälle über das Netz.

Sie war auch im Tennis keine Anfängerin.

»Meine Güte, was für ein Weib«, staunte ich, als wir außer Hörweite waren. Philip ging schweigend neben mir her. Er gab nicht mehr vor, guter Laune zu sein. »Das sieht dieser Sippe ähnlich, meine Flitterwoche zu unterbrechen«, sagte er nach einer Weile bitter. Ich streichelte seinen Arm. »Es ist ja nur ein Tag.«

»Darum geht's nicht, Theresa! Ich hab's ganz einfach satt, von diesen Leuten beliebig herumdirigiert zu werden. Schon darum will ich selbständig sein.« Ja, das verstand ich – sehr gut sogar –, aber eines wunderte mich doch. »Ich dachte Captain Talbot verträgt sich nicht mit den Lords? Warum hat er ihr erlaubt, deinen Urlaub zu unterbrechen? Er hätte doch nein sagen können?«

Philip sah mich nachsichtig an. »Captain Talbot sagt niemals nein, wenn's ums Geldverdienen geht«, belehrte er mich. »Verpaßte Geschäfte sind ein Alptraum für ihn. Selbst wenn's nur eine Flugpassage nach Windhuk ist.«

Von da ab schaute ich überall mit Unbehagen nach Edwina aus. Ich hatte Angst vor ihrer Macht, Philip zu demütigen. Die Szene auf dem Tennisplatz ging mir nicht aus dem Sinn: ... Philip! Ich brauche deine Dienste! ... Ob sie mit jedem so sprach? Während sie ihn mit ihrem unerträglichen Hochmut übergoß, hatte ich sie ohnmächtig wütend betrachtet. Große Klasse, das mußte ich – wenn auch widerwillig – zugeben. Sie sah so langstielig und eisgekühlt wie ein teurer Kristallkelch aus. Philip gegenüber wählte ich allerdings andere Worte: »Tiefgefrorene Gans«, sagte ich. Er hatte kurz aufgelacht. »Nicht ununterbrochen. Sie kann sich verblüffend erwärmen.«

»Du meinst, wenn's ihr paßt?« Er zog mich in seine Arme. »Weißt du, was mir gerade einfällt? Wir sollten dir einen Bikini kaufen. Ich hab da einen im Fenster entdeckt, der wird dir auch gefallen.«

Am nächsten Abend war Tanz im Hotel. Bevor ich mich anzog, stieg ich wimmernd in ein kühles Bad. Der neue Bikini war ziemlich klein, ich hatte einen Sonnenbrand. Später tanzte ich wie ein glühender Ofen übers Parkett.

»Philip, deine Hand ist furchtbar heiß.«

»Das macht deine Nähe, Theresa.«

»Weißt du, an was ich jetzt gerade denke? An unseren ersten Tango in Las Palmas.«

»Bei dem ich mich in dich verliebte.«

»Weil ich beinah ein Klavier zerstörte?«

»Nein, weil du so stachelig tugendhaft warst.«

Stachelig tugendhaft? Bestimmt war er der einzige Mensch, der so von mir dachte. Ich kam aus dem Takt und trat ihm auf die Füße. »Mehr Trampel als tugendhaft«, seufzte ich.

»Meine Schuld, Theresa«, behauptete er galant. »Ich sollte Tanzstunden nehmen.«

»Das hat bei mir auch nichts genützt.« Ich blickte auf meine Schuhe und mußte dabei an Hildchen denken. »Du solltest mal Theresa sehen, wenn sie mit diesem schwitzenden Jüngling namens Wurz einen Tango stolpert«, hatte sie Tante Wanda vor Lachen prustend erzählt. »Er ist der Schrecken aller Mädchen und stürzt sich immer auf Theresa, weil sie auch zwei Klumpfüße hat.« Tante Wanda war damals sehr böse geworden.

»Ich war von Anfang an ein hoffnungsloser Fall«, bekannte ich resigniert, als wir zu unserem Tisch zurückgekehrt waren. Philip lachte, füllte unsere Gläser nach und tröstete mich. »Nicht so hoffnungslos wie ich. Als ich tanzen lernte, brach ich mir ein Bein.«

»Ach Philip, du bist rührend nett zu mir.«

»Doch wirklich«, beteuerte er. »Es war nämlich Selbstunterricht. Wir wohnten auf dem Land, auf dem Gut meines Onkels, wie du weißt. Ich hatte ein Grammophon. Als ich so richtig in Schwung kam, verrutschte das Zebrafell vor meinem Bett, und bums!, ich knallte hin.«

»O Philip!«

»Ja, das sagte meine Mutter auch – allerdings nicht so nett wie du.«

»Du meinst, sie war wütend auf dich?«

»Sie war wütend auf uns beide, auf mich und auf das Zebrafell. Es war ihr schon immer ein Dorn im Auge gewesen, weil es von meinem Vater kam. Sie nahm eine Schere, machte schnipp und schnapp und warf's auf den Müll.« Philip hob sein Glas und trank es in einem Zug leer. »Ich hab' es ihr nie verziehen.«

»Meine Güte, das war so ungerecht«, sagte ich.

»Sie war nicht immer so«, erzählte Philip weiter, langsam sein Glas auf dem Untersatz drehend. »Trotzdem ... als Kind wußte ich nie, was meine Mutter freuen oder in Wut versetzen würde. Manchmal lachte sie, wenn ich was Ungezogenes sagte, und nannte mich einen Schelm, manchmal schlug sie einen Stock auf mir kaputt ... und ich wollte ihr so gerne gefallen.«

»O Philip!« Ich griff spontan nach seiner Hand und legte den Mund an sein Ohr. »Komm, laß uns jetzt nach oben gehen, ich möchte gern mit dir alleine sein.« Kaum konnte ich es erwarten, die Zimmertür hinter uns zuzuschlagen und meine Arme um seinen Hals zu werfen. Es war dunkel im Zimmer, meine brennende Haut schmerzte unter seinen Händen. Es machte mir nichts aus.

Am Mittwoch flog er Edwina nach Windhuk. Ich wollte gleich an Tante Wanda schreiben, ging aber erst mal auf der Palmenpromenade spazieren, weil ich im Zimmer nicht nachdenken konnte. Draußen, unter dem hohen, blauen Himmel, würde es leichter sein, die rechten Worte zu finden. Wir taten unser Bestes, der Himmel und ich. Er dehnte sich hoch und blau wie gewünscht, ich ging ganz langsam und konzentrierte mich. Zwei Frauen auf einer Bank, die mich kommen sahen, ließen ihre deutschen Illustrierten sinken, steckten die weißen Hüte zusammen und flüsterten. Mein Fall war noch immer interessant in Swakopmund, er war überall bekannt. Nur Tante Wanda wußte noch nichts. Als ich auf der nächsten Bank beflüstert wurde, kehrte ich um, ging aber nicht gleich ins Hotel zurück. Die nächste Stunde verbrachte ich im Museum von Swakopmund, wo ich herausfand, daß im Jahre 1904 in Südwest ein blutiger Aufstand der Eingeborenen stattgefunden hatte. Gut, daß Tante Wanda nicht mit mir in diesem Museum war!

Dann besuchte ich Marei. In der Eingangshalle des Kronenhotels fielen einem als erstes der fleckige Teppich und ein zersprungener Wandspiegel auf. Es roch nach Bier, ungeleerten Aschenbechern und gebratenem Speck. Die Rezeption war unbesetzt. Neben dem Telefon lagen der Hörer, ein Handfeger, und eine graue Serviette einträchtig nebeneinander. In der Bar fand ich einen schwarzen Angestellten mit obligater weißer Schürze, der, auf einen Besen gestützt, im Stehen zu schlafen schien. Er schickte mich in die Küche. »Marei!« rief ich erstaunt, als ich dort angelangt war. »Was machst du hier in der Küche? Ich denk', du bist Buchhalterin?«

»Frühstück«, erwiderte Marei, eine Pfanne voller Spiegeleier rüttelnd. Sie trug einen weißen Kittel und ein stramm übers Haar gebundenes Geschirrtuch. Ich blickte auf meine Armbanduhr. »Frühstück? Ist das nicht ein bißchen spät? Und außerdem, was hast du damit zu tun?«

»Nix, außer daß ich Hunger hab'.« Marei zerschnitt die Spiegeleier, ließ sie auf mehrere Teller gleiten, legte Speck und Tomatenscheiben dazu und übergab die Portionen einem schwarzen Kellner, welcher damit in den Speisesaal stob. »Der Koch ist seit gestern verschwunden, der Besitzer schläft seinen Rausch aus, und die Gäste sind wahnsinnig wütend«, erklärte sie mir. »Kein Wunder«, sagte ich. »Wie hältst du das aus?« Marei zuckte die Achseln. »Nur noch 23 Monate und zwei Tage, dann bin ich hier raus.« Sie säbelte dicke Scheiben von einer Speckseite und schlug weitere Eier in die Pfanne. Zwischendurch filterte sie Kaffee, schickte den Kellner damit in den Speisesaal, bediente den Toaster und wischte stirnrunzelnd den grauverschmierten Eisschrank mit einem nassen Lappen ab. »Für 'ne Buchhalterin schmeißt du den Laden hier nicht schlecht«, bemerkte ich anerkennend. Das tat sie mit Bescheidenheit ab. »Ich bin halt auf 'nem Gasthof aufgewachsen, und mein Bruder hat ein Hotel. Da hab' ich oft geholfen.« Eier und Speck waren fertig. Sie füllte zwei Riesenportionen auf und schob mir eine davon zu. »Oh, danke nein … ich hab' schon heute morgen mit Philip … ich kann unmöglich …« wehrte ich ab. Marei aß erst ihren Teller leer und dann ein Ei und den Speck von meiner Portion. Ich sah ihr mit Besorgnis zu. Auf dem Schiff hatte sie zwar blasser, aber auch weniger massiv ausgesehen. Nun griff sie nach meinem Toast.

»Marei!« rief ich erschrocken.

»Was denn?« Sie knallte Butter auf den Toast.

»Du solltest … kommt Balsam manchmal hierher?« stotterte ich. Sie legte den Toast auf den Teller zurück. »Nein, natürlich nicht.«

»Was ist daran so natürlich?« wollte ich wissen.

»Die Gäste in diesem Hotel kommen wegen der Bar, das zieht bei Balsam nicht. Er trinkt nur Orangensaft.« Letzteres stellte Marei mit Hochachtung fest. Dann fragte sie mich nach Pix. »Ich hab' noch nichts von ihr gehört«, sagte ich. »Und du?« Marei schüttelte den Kopf. »Auch nichts, aber Frau von Eckstein hat mich angerufen. Hörte sich an wie vom Mond. Sie hat mir angeboten, als Haustochter auf ihre Farm zu kommen. Ich hab' ihr nämlich erzählt, wie's hier so zugeht.«

»Wirklich?« rief ich begeistert, »das wär doch wunderbar!« Marei schaufelte Zucker in ihren Kaffee und rührte ihn mit träumerischer Miene um. »Ja, das wär's. Aber es geht natürlich nicht. Kontrakt ist halt Kontrakt.« Ich starrte sie ungläubig an: »Das ist doch nicht dein Ernst!«

Sie schob ihren Stuhl zurück, deckte einen Teller über den ungegessenen Toast und räumte das Geschirr vom Tisch. »Was man versprochen hat, muß man halten«, sagte sie in den offenen Eisschrank hinein, ohne mich dabei anzusehen. Ich nahm's trotzdem persönlich, blickte auf meine Armbanduhr und verabschiedete mich.

Genau dasselbe wird auch Tante Wanda sagen, wenn sie meinen Brief erhält, dachte ich, etwas später in unserem Hotelzimmer den viel und fruchtlos umhergeschleppten Schreibblock anstarrend: Was man versprochen hat, muß man halten! … Ja, Tante Wanda, und genau das hatte ich vor. Ich wollte mich nicht in Philip Thorn verlieben. Unendliche Mühe hab' ich mir gegeben, ihn unsympathisch, nicht vertrauenswürdig, oberflächlich und von Frauen zu verwöhnt zu finden – nur hat es leider nichts genützt. Nicht das kleinste bißchen. Ich malte einen Palmenzweig auf das leere weiße Papier. Der Tag in Lobito kam zurück: ... Theresa, heirate mich! ... Ich hatte ja gesagt, sofort und ohne Zögern. Ich verstand es selber nicht. Und Tante Wanda würde es natürlich auch nicht verstehen, wie man Prinzipien und Selbstachtung so schnell und ohne Überlegung für einen Mann aus dem Fenster werfen konnte. Ich stützte den Kopf in die Hände und starrte bedrückt vor mich hin. Und dann tauchte, mitten in diesen trüben Gedanken, plötzlich ein Foto vor meinem inneren Auge auf. Das Foto war verblichen und alt, doch das Mädchen darauf noch ganz jung. Das Mädchen war Tante Wanda: Im kniekurzen Charleston-Kleid, ein Stirnband um die kurzen Löckchen gebunden, die lange schwarze Zigarettenspitze in der abgespreizten Hand, blies sie ihrem Verlobten mit übermütig gespitzten Lippen Rauchwölkchen ins Gesicht. Dieser lachte sie begeistert an. Er war ein auffallend gutaussehender Mann.

Plötzlich hatte ich Hoffnung. Ich schrieb das Datum nieder. Trotzdem war der Anfang immer noch schwer. Die Mitte war viel leichter, und am längsten war sie natürlich auch, denn da beschrieb ich Philip in allen liebenswerten Einzelheiten.

Was ich abschließend sagen wollte, hatte ich schon lange vorher gewußt: In einer Ehe mit Peter Bendix hätte ich viele Tränen vergossen. Das war mir am Tage meiner Ankunft in Walfischbai klargeworden.

11

Das Wetter – in meiner Heimatstadt ein oft zitiertes Beispiel für Ungewißheit und Wechsel – war in Walfischbai ein Muster an Beständigkeit. Meistens gab es nur zwei Varianten: Wenn morgens die Sonne schien, blies der Südwestwind am Nachmittag Sandfladen über die Stadt. Nebel und Wolken am Morgen dagegen verhießen einen ziemlich windstillen restlichen Tag, ohne Sand in Auge, Mund und Ohr. Auf alle paar Jahre irrtümlich auftauchenden Regen war man nicht vorbereitet. Er fiel häufig durch schadhafte Dächer erst auf Sofa, Bett oder Küchentisch und dann in hastig aufgestellte Töpfe und Eimer.

Unsere Wohnung bestand aus einem Raum. Das Zimmer hatte einen mit rotem Bohnerwachs polierten Steinfußboden, ein Waschbecken mit zwei Kaltwasserhähnen, Anschluß für eine Kochplatte und Ausblick auf flachen Sand, Schienenstränge und zum Trocknen ausgebreitete Fischernetze. Auf den Schienen rangierten vor allem in den ganz frühen Morgenstunden Lokomotiven unter Gepuff und qualvollem Quietschen vor unserer Haustür hin und her. Die einzige Badewanne im Haus wurde von Frau Heinze, Ehefrau eines bei Talbot & Steck angestellten Lageristen, verwaltet. Einmal in der Woche durften wir und andere Nachbarn sie benutzen, was Ellinor, ihrem sehr privaten Rassedackel auf die Nerven ging. Unser wöchentliches Bad vollzog sich unter Gebell, Gewinsel, Geheul, Geknurr und Kratzen an der Tür. Alles dieses, einschließlich einer im Freien stehenden, von aufgestapelten Karakulwollballen umrahmten Plumpstoilette, war mietfrei. Diese Tatsache wurde von Captain Talbot, dem Besitzer des Hauses, häufig und jovial in die verschiedensten Unterhaltungen mit seinen Angestellten eingeflochten.

Außer den Heinzes wohnten noch Frau Barth, ihr nachts

unheimlich schnarchender Ehemann und Miß Jones in unserem Haus. Miß Jones, eine der wenigen unverheirateten jungen Frauen in Walfischbai, betrieb ein Bordell in ihrem Zimmer. Philip fand das amüsant, und mich überraschte es täglich aufs neue, denn Miß Jones wirkte sehr solide und arbeitete tagsüber fleißig, von Wollballen und Sardinenkartons umgeben, ebenfalls im Talbotschen Lagerhaus. »Dieses Mädchen ist in jeder Hinsicht ein Ferkel«, bemerkte Frau Heinze nach meinem ersten Bad, mit der erregt winselnden Ellinor und einer Dose Scheuersand vor der Badezimmertür, auftauchend. »Erst mal dieser Lebenswandel, und dann daß sie nicht badet. Noch kein einziges Mal in über einem Jahr. Und glauben Sie mir, Frau Thorn, dafür müssen wir alle dankbar sein, weil wir uns sonst wer weiß was in dieser Wanne wegholen würden.«

Für unsere tägliche Reinigung breiteten Philip und ich ein Plastiktuch vor unserem Waschbecken mit den beiden Kaltwasserhähnen aus. Die sich dort bildenden Pfützen trugen wir nach vollendeter Morgentoilette an vier Zipfeln vor die Haustür und warfen sie mit Schwung in die Wüste. Bei dieser Tätigkeit sahen wir eines Morgens ein kleines rotes Auto quer über Schienen und Fischernetze auf uns zusausen. Ein junger Mann mit Henkelohren und fröhlichem, warmem Blick stieg aus und kam mit ausgestreckter Hand auf mich zu. »Willkommen am hintersten Ende der Welt, Frau Thorn. Mein Name ist Schmidt, Werner Schmidt. Ihr Mann und ich sind gute Freunde … oder besser gesagt, wir waren es mal. Er reiste nämlich auf Urlaub nach Deutschland, trat klammheimlich in den Ehestand, und jetzt kennt er mich anscheinend nicht mehr.« Philip sah ungewohnt verlegen aus. »Tag, Werner, du Quatschkopf«, sagte er und stellte mich vor, obwohl das offenbar unnötig war. Zwischen uns hing das tropfende Plastiktuch. Ich reichte Werner Schmidt die Hand, der warf einen amüsierten Blick auf den noch immer unentschlossen dastehenden Philip. »Wissen Sie was? Ich glaub', er hat Angst vor Babys. Seitdem wir eins haben, läßt er sich nämlich nicht mehr bei uns sehen. Das müssen wir ihm gemeinsam abgewöhnen, Frau Thorn. Ich lade Sie hiermit beide für morgen Abend zum Sundowner ein. Und garantiert ohne Babygeschrei. Der Kleine ist so friedlich wie sein Vater.«

»Was ist ein Sundowner?« fragte ich, als der friedliche Vater im Raketentempo davongesaust war. Philip erklärte mir, daß ein Sundowner ein geselliger Umtrunk bei Sonnenuntergang sei.

»Zu dem du offenbar keine Lust hast? Seid ihr wirklich befreundet? Er scheint ein netter Kerl zu sein.«

»Ja, ist er.«

»Und seine Frau?«

»Heißt Ute. Sie ist Malerin.« Philip schüttelte die letzten Tropfen vom Plastiktuch. »Wir sagen lieber ab, Theresa. Morgen paßt's nicht gut. Ich muß zwei Amerikaner zur Mine nach Tsumeb fliegen. Das hätt' ich ihm gleich sagen sollen.«

»Ich dachte, du bist schon nachmittags wieder zurück?«

»Nur vielleicht.«

Philip erklärte mir, daß Amerikaner unberechenbar seien. Manchmal wollten sie außer der Mine auch Elefanten sehen, und dann wäre er erst übermorgen wieder da.

Er sagte ab, kam aber am nächsten Nachmittag ohne Verspätung ins Büro zurück.

Ich war dabei, endlose Ladungen von Dosensardinen, mit und ohne Tomatensoße, auf Schiffsmanifeste zu tippen.

Genau wie in Hamburg, dachte ich, nur die Ladung ist Fisch und die Schreibmaschine geht nicht. Sie benahm sich wie ein bockiger Ackergaul, weil sie alt und versandet war. Wendy, in Khakihosen, aufgekrempelten Blusenärmeln und Bleistift hinter dem Ohr, stand mir mit Rat und Tat zur Seite. »Du bist zu ungeduldig, Theresa, du mußt ihr helfen«, sprach sie, eine begütigende Hand erst auf mich und dann auf die bockige Schreibmaschine legend.

Ich fand, daß die Grundidee umgekehrt war und schlug den Kauf einer neuen Schreibmaschine vor. Nein, das wäre Geldverschwendung, alte Maschinen seien viel solider gebaut, und die neue wäre auch gleich wieder voller Sand, behauptete Wendy, sich dabei mit dem Bleistift am Kopf kratzend. Plötzlich stutzte sie und fiel zu meinem Erstaunen vor mir auf die Knie. »Pferdefliege, Theresa. Nimm sie mir ab.« Sie legte ihren roten Wuschelkopf in meinen Schoß. Ich saß ganz steif. Pferdefliegen waren hinterlistige, platte, braune Insekten, die, ungeachtet ihres Namens, vom benachbarten Rinderschlachthaus herkamen, lautlos und samtweich auf den Talbotschen Büroangestellten zu landen pflegten und dicke, schmerzhafte, sich oft entzündende Beulen hinterließen. Gut behaarte Häupter waren ihr bevorzugtes Ziel. Man mußte sie dort wie Beeren aus einem Busch herauspflücken und ihnen den Kopf abreißen. Totzuschlagen waren sie nicht, weil sie eine Hornrüstung hatten. Mir grauste vor ihnen. »Wendy, ich hol' deinen Vater oder Herrn Heinze ...«

»Untersteh dich, Theresa!« knurrte Wendy. »Los, nimm das Ding! Den Kopf reiß' ich ihm selber ab.« Sie ergriff meine steife Hand und führte sie in ihr rotes Haargebüsch. »Da!« sagte sie, als ich das harte zappelnde Insekt voll Abscheu zwischen meinen Fingern spürte. Wendy war schon wieder auf den Füßen und klopfte ihre Hose ab. Erst dann nahm sie mir die Fliege aus der Hand, trennte mit scharfem Fingernagel den Kopf vom Rumpf und ließ die zweigeteilte Leiche im Papierkorb versinken. »Siehst du, Theresa, wie gut das auch ohne Männer ging? Wir Frauen haben genausoviel Mumm. Wir wissen's nur nicht.«

Während dieser Behauptung kam Philip durch die Tür. Erst verzog er hinter Wendys Rücken komisch irritiert sein Gesicht, dann ging er um sie herum, grinste und stimmte ihr zu. Ich, Theresa, zum Beispiel, habe Mumm für zwei und würde das gleich beweisen, verriet er Wendy und mir. Und zwar bei einem Rundflug über Walfischbai. Captain Talbot habe es erlaubt.

»Während der Arbeitszeit und mit Firmenbenzin«, staunte Philip lachend, als wir zum Flugplatz fuhren. »Ich kriegte den Mund kaum wieder zu. Weißt du, wenn ich erst selbständig bin, flieg ich dich täglich durch die Gegend.« Die von mir gezeigte Begeisterung war nicht ganz echt. Ich freute mich vor allem auf die Landung nach unserem heutigen Flug.

Der Flugplatz war eine Sandfläche am Rande der Stadt und als solcher nur an einem schlappen Windsack zu erkennen. »Ist es vielleicht zu windig, Philip?« Er lachte und schob mich in die Cessna, welche, wie mir nicht entging, nur einen Motor hatte. Dieser legte geräuschvoll los. Wir sausten dahin, schneller und schneller, und plötzlich rutschte der Sand unter uns weg zusammen mit meinem Magen. Ich kniff die Augen zu, riß sie aber schnell wieder auf, um die immer weiter nach unten sinkende Erde nach geeigneten Stellen für eine Notlandung abzusuchen – falls der Motor aussetzen sollte. Dabei sah ich soviel kahlen flachen Sand, daß ich etwas weniger angstvoll schwitzte. »Na, Thereschen, macht's dir schon Spaß?« schrie der Pilot durch den Motorenlärm. »Ja, ganz tolles Erlebnis!« schrie ich zurück.

Philip flog einen Bogen über das Meer und dann ziemlich niedrig ans Land zurück. Unter uns, am Rande einer Lagune, bot sich ein für Walfischbai seltenes Bild: Häuser, von sorgsam gehegten Bäumen, Blumen und Rasen umgeben, eins sogar mit Swimmingpool. Hier wohnten Elitebürger der Stadt: Manager der Fischfabriken und Bankfilialen und andere Personen von Bedeutung. »Victor Lord!« rief Philip über den Motorenlärm zu mir zurück und wies mit ausgestrecktem Zeigefinger nach unten. Mr. Lord, der Berühmte, nur mit ultrakurzer Badehose bekleidet, die Arme und Beine leicht gespreizt, lag neben seinem Swimmingpool und bräunte seinen Körper. Selbiger wurde, wie man sich erzählte, mit täglichen Portionen von Wurzelsaft und Seilspringen jung gehalten. Von oben sahen wir auch, daß Mr. Lord gerade Besuch bekam. Ein

Auto hatte angehalten, sein Besitzer war auf dem Weg ins Haus. Gut, daß Wendy das nicht sah. Das Auto war ein altersgrauer Volkswagen, der auf Wendy stets wie ein ekliger Mistkäfer wirkte, weil sein Besitzer ein Verräter und Talbots neueste Geschäftskonkurrenz war.

Nun flogen wir über die Mitte der Stadt. Die Hauptstraße, mit ihren nur von kahlen Telegrafenmasten überragten niedrigen, grauen Häusern, zog sich wie ein Lineal durch den Ort. Sie begann und endete im leeren Sand. Wie einsam diese kleine Stadt zwischen Meer und grenzenloser Wüste lag – und wie geschäftig sie trotzdem war: Rauch quoll aus einem erzbeladenen Güterzug, der raupengleich zum Hafen kroch. Rauch quoll aus einem Schlepper, der neben einem rotschwarzen Frachtschiff langsam aus der Bucht dem offenen Meer entgegendampfte. Langgestreckte Lagerschuppen, Kräne, vor Anker liegende Fischerboote. Öltanks, silbrig in der Sonne glänzend. Wahllos in den Sand gesetzte Wohnhäuser – viele mit Abstand wahrenden Nebengebäuden für schwarzes Hauspersonal und Plumpstoiletten. Nun tauchte eine neue weiße Kirche auf, sie war noch nicht vom Sandwind ergraut. Und nun ein Tennisplatz. Ein Tennisplatz? »Philip, ein Tennisplatz!« … Wir waren schon drüber hinweg. Eine mächtige gelbe Dünenkette, ein Haufen Hütten im Sand: die Eingeborenensiedlung, Location genannt. Ich reckte meinen Hals, ich wollte sie ganz genau sehen … Wir waren schon drüber hinweg. Der Boden kam uns langsam näher … und mit ihm ein Friedhof. Ach Gott, was für ein Anblick das war! Ein schiefer, quadratischer Zaun. Halb im Sand verschwundene Kreuze. Kahle, verwehte, trostlose Gräber. Ich starrte nach unten, und plötzlich umkrallte mich eisige Angst. Bloß niemals hier begraben werden! Bloß niemals in Walfischbai sterben! – Philip zog eine Schleife aufs Meer hinaus, dann setzte er zur Landung an. Ich fühlte dankbar festen Boden.

»Na, mein Schatz, wie war's?« Er sah mich so erwartungsvoll an, daß ich ihn nicht enttäuschen konnte. »Großartig!« Ich machte eine Pause – und dann brach es doch aus mir heraus: »Was für ein schrecklicher Friedhof! Wie entsetzlich, da eingescharrt zu werden!« Ich packte seinen Arm: »Philip, versprich mir …« Plötzlich kam ich mir hysterisch vor und brach verlegen ab. »… ein Staatsbegräbnis?« Er vollendete meinen Satz und schüttelte belustigt den Kopf. »Wenn's vorbei ist, ist's vorbei, Theresa, dann ist's egal, wo man liegt. Da fühlst du weder Marmor, Blumen oder Sand.«

Wir stiegen ins Auto und fuhren zurück. Ich hielt die Hände im Schoß verkrampft, kam mir ziemlich lächerlich vor und plante dennoch erneut unseren baldigen Umzug nach Swakopmund, weil man dort zweifellos hübscher begraben wurde als hier.

»Was sagst du zu Bendix?«

Ich zuckte zusammen. »Bendix?«

Philip nickte. »Hast du sein Auto nicht erkannt? Geht bei Victor Lord ein und aus und hat sich nun tatsächlich auch seine neuen Supermärkte als Kunden geangelt.« Ich wußte nicht, was ich dazu sagen sollte. Ich dachte so wenig wie möglich über Peter Bendix nach. Wendy sagte um so mehr, als Philip Victor Lords ultraknappe Badehose und leider auch Peter Bendix' Besuch erwähnte. »Opportunist!« Sie klappte mit lautem Knall ihr Auftragsbuch für Mauersteine zu und sah mit grimmiger Miene auf ihre sommersprossigen Hände hinab. »Mein Onkel schiebt ihm bloß die Geschäfte zu, weil er uns Talbots ärgern will. Und das nutzt Bendix aus. Freu dich, Theresa, daß es mit euch nichts geworden ist. Er ist ein skrupelloser Egoist!« Wendy holte Luft und rundete diese Feststellung mit »… wie die meisten Männer« ab. Worauf Philip, die Mundwinkel verziehend, in Captain Talbots Büro verschwand.

»Warst du schon mal in der Location, Wendy?« fragte ich.

»… und wir Frauen sind so borniert, wir unterstützen das noch! Stehen wir uns etwa gegenseitig bei? Nein, bloß nicht! Guck dir meine Kusine Edwina an! Sobald sie konnte, ließ sie ihre Mutter im Stich und lief zu ihrem Vater über. Weißt du, Theresa, es ist schon ekelhaft, wenn man sieht, wie käuflich die meisten Leute sind und wie sie nur an sich selber denken! Während Edwina im weißen Mercedes durch die Gegend schaukelt, muß meine arme Tante in ihrer Pension in Kapstadt für fremde Leute Frühstück machen. Und denke bloß nicht, daß ihre eigene Tochter ihr jemals hilft!«

Nein, so sieht sie nicht aus, dachte ich. Aber daß sich Edwinas Mutter täglich im Morgengrauen mit vielen Tassen Kaffee, Toaströsten und Spiegeleiern für ihre Gäste abmühte, kam mir ebenso unwahrscheinlich vor. Fast jeder Haushalt hier hatte schwarze Angestellte, und Hotels und Pensionen natürlich auch. Diese weißbeschürzten Helfer stellten morgens ein Tablett mit frischgekochtem Kaffee oder Tee vor die Schlafzimmertür, deckten den Frühstückstisch, fegten, wuschen die Wäsche, schrubbten Badewannen, Töpfe und Pfannen, paßten auf die Kinder auf – und waren anscheinend immer guter Laune. Das war erstaunlich. Machte es ihnen gar nichts aus, in ihrem eigenen Land wie arme Verwandte zu leben? Was dachten und fühlten sie wirklich?

»Wendy, warst du schon mal in der Location?« fragte ich zum zweiten Mal, als die Lords verdammt und erledigt waren. »Nein!« Wendy wirkte erneut irritiert. »Da hab' ich nichts zu suchen. Und falls du vorhast, da hinzugeben, rat ich dir entschieden ab. Die Eingeborenen schätzen es nämlich gar nicht, wenn Weiße bei ihnen herumschnüffeln. Und wenn du, wie die meisten Neuankömmlinge, meinst, daß sie's nicht gut genug haben, dann täuschst du dich gewaltig! Bevor wir Weißen kamen, schlachteten sich die Stämme hier nämlich gegenseitig ab. Kein Mensch war seines Lebens sicher. Guck dir meine Fine an. Geht's der etwa schlecht?« Fine, Wendys altes Kindermädchen, das sie großgezogen hatte, während ihre Mutter Romane las, lebte von einer von Captain Talbot bezahlten Pension in der

Location, tauchte aber regelmäßig im Talbotschen Haushalt auf, um Petrus, den Hausboy, anzuschnauzen, weil die Wäsche im Sandwind auf der Leine hing, oder mit Wendy zu meckern, weil diese nach wie vor nicht Kinder, sondern Mauersteine produzierte. Petrus wie Wendy versprachen stets, sich zu bessern, und wenn Fine in ihrem langen bunten Kattunkleid und Turban wieder davongeweht war, tippte sich Wendy an den Kopf und lachte. »Schwer auf dem Holzweg ist sie, wenn sie glaubt, daß ich jemals heirate. Schlechte Beispiele sind viel wirksamer als gute. Ich will nicht so wie meine Mutter werden, ich bleib' mein eigener Herr.«

»Ja, Fine geht es gut«, sagte ich. »Du kennst sie schon so lange und weißt, was sie wirklich denkt. Aber all die anderen, sie leben in einer getrennten Welt. Glaubst du, sie sind wirklich so heiter und zufrieden, wie sie tun?«

»Warum willst du das wissen, Theresa? Glaub mir, sie sind wirklich anders. Sie sind viel unkomplizierter als du und ich.«

»Und der Hereroaufstand gegen die deutsche Schutztruppe, der war auch unkompliziert?« Wendy lachte. »Theresa, das war 1904! Da war noch nicht mal mein Großvater Steck im Land.«

Nach Büroschluß durften wir in die Badewanne. Heute war der uns zugeteilte Tag. Als Philip und ich über Schienen und Fischernetze auf unser Haus zustapften, sahen wir, daß Miß Jones' Bordell heute schon früh eröffnet war. Vor ihrer nach draußen führenden Zimmertür kniete ein Mann und spähte durchs Schlüsselloch. Noch bevor er uns bemerkte, wurde die Tür von innen aufgerissen, ein zweiter Mann, dieser mit fliegenden Hemdzipfeln, Unterhose und erhobener Faust, stürzte heraus. Der Kniende flog in den Sand und hielt sich sein Kinn.

»Ein Skandal! Es ist noch nicht mal dunkel!« empörte sich Frau Heinze, die von ihrem knurrenden Minidrachen bewachte Badezimmertür aufschließend. Sie hatte den

Vorfall durch ihre Küchengardine mit angesehen. Zierlich, mit aufgetürmten grauen Haaren und strengen Lippen, funkelte sie mich durch ihre randlose Brille an. »Ich kann's nicht erwarten, Captain Talbot mitzuteilen, daß er sich seine freie Wohnung an den Hut stecken darf. Sobald wir genug gespart haben, sind wir raus aus diesem Sandloch und kaufen uns in Deutschland ein Haus, wo kein Dreck durch die Gegend weht. Wenn wir damals gewußt hätten, wie Captain Talbots versprochene freie Wohnung aussieht, wären wir lieber in Hannover geblieben, obwohl's da nix als Trümmer gab!« Nach dieser Bekanntmachung schlappte Frau Heinze ihren nassen Wischlappen über Ellinors wimmernde Schnute, stellte ihre Vimdose ab und verschwand. Als ich in die Wanne stieg, tauchte sie unerwartet wieder auf. »Tschuldigung, hab' nichts gesehen«, beteuerte sie. »Aber falls Sie immer noch Topfpflanzen wollen, ich hab' 'n paar Ableger draußen für Sie.« Bums! machte die Tür, und Ellinor begann ihr Winselbellkonzert.

Bis zum Kinn im warmen Wasser liegend, roch ich genüßlich an der Fliederseife und überlegte, ob ich Philip statt nach Swakopmund auch lieber nach Deutschland zurücklocken wollte. Nein! – Erstaunlich, wie schnell und bestimmt mir diese Antwort kam. Besonders, wenn man bedachte, daß ich hier nur alle sieben Tage in eine Badewanne durfte, daß ich Tante Wanda vermißte, daß mir davor grauste, hier begraben zu werden, und daß es weit und breit keinen Palmenhain gab. Was also hielt mich hier? Die Aussicht auf Palmen in Swakopmund, dieser Kleinstadt mit ihrer verlockenden Mischung von Heimat und Afrika? Ich schrubbte an mir herum, dachte unentwegt darüber nach und war, als ich aus der Wanne stieg, noch immer nicht zu einer logischen Antwort gekommen.

Die von Frau Heinze in drei leere Konservendosen eingepflanzten Ableger waren so zierlich und klein wie sie selbst. Ich stellte sie auf unser Fensterbrett und fand, daß sie nicht die gleiche Wirkung wie die blühenden Topfpflanzen in Frau Ockers heller, anheimelnder Wohnung hatten. Diese lichte, heitere Blondine war nach wie vor mein heimliches Vorbild. Sie tauchte in unregelmäßigen Abständen vor mir auf und spornte mich an, es ihr gleichzutun. Heute riet sie mir, richtige Blumentöpfe zu kaufen und Philip mit einem besonders guten Abendbrot zu überraschen, wenn er aus der Wanne kam. Da ich weder Makkaroni noch eine Reibe für Käse hatte, kochte ich Milchreis, weil das mehr Arbeit als die sonst abends von mir servierten belegten Brote machte.

Philip, der nicht bei Tante Wanda aufgewachsen war, hatte nicht das gleiche gute Verhältnis zu Milchreis wie ich. Er aß ein paar Löffel voll, dann wollte er Wurstbrot haben. Frau Ocker, so vermutete ich, hätte das mit Humor akzeptiert, und daher tat ich es auch. »Der Flug heut' war eine Wucht«, log ich, meinen zweiten Teller Milchreis mit Zimt und Zucker bestreuend. »Ich hatte nur beim Einsteigen Angst.«

»Hab' ich dir doch gleich gesagt, du hast mehr Mut als die meisten Frauen.« Nach diesem Kompliment musterte mein Ehemann kopfschüttelnd den vor mir stehenden Brei. »Dieses süßliche Zeug, daß du das magst. Du bist so gar nicht der Typ dafür.«

»So?« fragte ich. »Für was bin ich denn der Typ?«

»Für Mettwurst und Abenteuer.« Damit legte er eine Scheibe Wurst auf meinen Tellerrand. »Du bist der Typ, mit dem man Pferde stehlen kann, du paßt in diese Gegend. Und daß du nach Afrika gingst, um einen Mann zu heiraten, den du noch nie gesehen hattest, gefiel mir von Anfang an genausogut an dir wie deine stachelige Sittsamkeit.« Ich war halb geschmeichelt, halb erstaunt und berichtigte ihn. »Danke, Philip, aber daß ich Peter Bendix nicht persönlich kannte, hab' ich dir erst nach deinem Heiratsantrag erzählt.«

»So?« Er zog amüsiert einen Mundwinkel hoch. »Ich hab's aber trotzdem lange vorher gewußt. Es stand in einem Brief an deine Tante, den ich unter deinem Deckstuhl fand.«

Ich ließ den Löffel sinken und schluckte. »O Philip, du hast ihn also doch gelesen!«

»O Theresa, guck mich nicht so entrüstet an!«

»Der Brief war an meine Tante gerichtet, nicht an dich!«

Er nahm mir den Löffel aus der Hand und zog mich auf seinen Schoß. »Der Brief war an deine Tante gerichtet, das stimmt. Aber *du* hattest ihn geschrieben, und darum hab' ich ihn gelesen. Ich wollte alles über dich wissen, ich war schon damals in dich verliebt. Und in der Liebe, mein sittsames Mädchen, ist alles erlaubt.«

Wahrscheinlich hatte er recht. Ich erwiderte seinen Kuß. Und war trotzdem enttäuscht, daß mein damals gehegter Verdacht berechtigt gewesen war.

12

Jeden Vormittag verteilte Wendy Post im Büro.

»Einer aus Deutschland und einer von hier.« Sie legte die beiden Briefe, einen rechts und einen links, neben meine launische Schreibmaschine. »Was ist, Theresa? Warum guckst du mich so an? Freust du dich nicht?«

»Ich brauch' 'ne neue Schreibmaschine!«

»Lies deine Post und geh zum Mittagessen«, empfahl Wendy mir. »Wenn du was Gutes im Bauch hast, siehst du alles anders.«

Vorläufig sah ich Tante Wandas Brief und wagte nicht, ihn aufzumachen. Der andere war von Pix. Was hatte Tante Wanda geschrieben? Bestimmt, was ich verdiente: daß sie sehr, sehr enttäuscht von mir war und daß sie mich nie mehr wiedersehen wollte. Ich hielt den ungeöffneten Brief in der Hand, sah ihren traurigen Blick, war plötzlich wieder zehn Jahre alt und von Kopf bis Fuß aus Blei. Nach einer Weile nahm ich den anderen Brief und machte ihn auf.

Liebe Theresa,

In diesem Moment kommt es mir so vor, als sei es schon hundert Jahre her, seitdem wir uns bei dem Ankunftstrubel in Walfischbai so hastig auf Wiedersehen sagten, weil von Lauenthals zur Farm zurück mußten. Inzwischen hab' ich oft an den ersten Tag unserer Reise zurückgedacht, sehe dich im Schiffsspind exakte Bruchkanten stapeln und staune noch immer, daß ein Mädchen mit solchem Ordnungssinn so viel Verwirrung und Erstaunen anrichten kann.

Wie ist es inzwischen weitergegangen? Nachdem es mich fast umbrachte, Roger einen Korb zu geben, wage ich nicht, mir auszumalen, wie Dein erstes Treffen mit Peter

Bendix verlief. Der arme Kerl. Was hat er gesagt? Wie hat er es aufgenommen? Bitte schreibe bald!!!

Und wie geht es Marei? Kümmerst Du Dich um sie? – Von Roger bisher kein Wort. Vielleicht sitzt er genauso tief im Busch wie ich und hört sich Duke-Ellington-Platten an. Ich allerdings nur bis zehn. Dann wird hier nämlich der Strom abgeschaltet, alles versinkt in Finsternis, und jeder verfügt sich ins Bett. So geht es auf einer Südwester Farm zu. Der Strom wird selbst gemacht und vieles andere auch. Vielleicht ist die frühe Dunkelheit der Grund für die große Familie hier. Mein Gott, Theresa! Schaff Dir nie sieben Kinder an, selbst wenn sie so süß wie diese sind. Stell Dir Butzi von Eckstein mal sieben vor. Und vier davon sind *ZWILLINGE!* Bisher hab' ich hier noch nicht eine einzige Party – mit oder ohne Kostüm –, dafür aber massenhaft laufende Nasen, Geschrei und zerschrammte Knie erlebt.

Morgens um sechs geht es los und hört den ganzen Tag nicht mehr auf. Das Klo ist der einzige Ort, wo ich den Schlüssel umdrehen und mich vor diesen niedlichen Ungeheuern verstecken kann. Übrigens: Das Klo ist ein Wasserklo. Farm Lauenthal, obwohl mitten im Busch, ist eine Mischung von beinah modern und Altertum. Herr von Lauenthal hat Zugesel, Pferde zum Reiten, einen Landrover und einen offenen Jeep. Frau von Lauenthal hat häufig Migräne, ein seit Jahren unrepariertes, teppichbedecktes Loch in ihrem Wohnzimmerfußboden und einen Kakteengarten, in dem sie Saft für Marmelade erntet. Kakteengelee! Schmeckt prima und kommt mir so exotisch wie die ganze Gegend hier vor, die wunderbar wild und afrikanisch ist. Die Farm ist riesengroß. Die Rinder grasen in weitverstreuten Herden und heißen hier Beester – wie ich, durch Balsam belehrt, ja schon wußte. Grasen ist übrigens leicht übertrieben. Das Land ist ziemlich trocken, weil es dieses Jahr nicht genug geregnet hat. Das kommt anscheinend häufig vor. Regen ist das große Thema hier. Wußtest Du, daß es in Südwest nur drei Flüsse gibt, die ständig Wasser führen? Alle anderen sind ausgetrocknete Flußbetten, die sich nur bei Regen füllen. Sie werden Riviere genannt. Herr von Lauenthal benutzt sie als Straßen, wenn er über seine Farm fährt. Manchmal nimmt er mich mit. Ich möchte, daß Du das auch erlebst! Man stürzt im offenen Jeep über steile Hänge ins Rivier hinunter, das Steißbein jammert, der dornige Busch zerkratzt die Haut, und durch den wirbelnden Staub fühlt man das Glück eines großen Abenteuers. Steig ins Flugzeug, Theresa, und komm mit Philip auf Besuch. Von Lauenthals sind wirklich nett, und gastlich sind sie auch. Übrigens kennen sie Philip, weil in Südwest anscheinend tatsächlich jeder jeden kennt. Philips Vater war Verwalter auf einer Nachbarfarm (dreißig Kilometer entfernt). Er starb an einer Blinddarmentzündung, weil zu weit von einem Krankenhaus entfernt. Wußtest Du das? Genauso kam auf einer anderen Farm ein preußischer Prinz ums Leben. Ist aber schon lange her.

Was einem hier noch passieren kann: Frau von L. sah neulich den Gürtel ihres Mannes im Bücherschrank. Als sie ihn wegnehmen will, weil er nicht dahingehört (sie ist beinah so ordentlich wie Du), richtet er sich plötzlich auf und streckt seine Zunge raus: eine Pythonschlange!!! Meterlang!!! Herr von L. hat sie erschossen, im Wohnzimmer, mitten zwischen Goethe und Theodor Storm! Er ist ein großer Jäger und schießt unser Mittagessen häufig im Busch. Kudubraten ist ökonomischer als seine Beester, die er als Schlachtvieh verkauft. Er hat einen schwarzen Schatten namens Lukas, der ihn als Fährtenleser zur Jagd und auch sonst überallhin begleitet. Die beiden sind zusammen aufgewachsen. Die Eingeborenen auf der Farm sind friedliche, freundliche Leute, die schon seit Großvaterzeiten auf entfernte Weise zur Familie gehören. Ich sehe sie mir an, denke an die Mau-Maus in Ostafrika, die so häufig in der Zeitung auftauchen, und frage mich, ob die Leute hier noch lange so friedlich bleiben. Schließlich gehörte ihnen früher das Land. Für von Lauenthals ist das kein Thema. Sie lesen zwar die Zeitung von vorne bis hinten und sind gut (wenn auch verzögert) informiert, behaupten aber, daß hier alles ganz anders sei, weil die Eingeborenen sich freuen, eine ordentliche Regierung und bezahlte Arbeit zu haben.

Zehn vor zehn! Ich muß mich beeilen. Gleich ist es aus mit Duke Ellington und Licht. Hat Balsam Dir schon ein modernes Sofa verkauft? Und hattest Du schon das Glück, seine erlauchte Chefin Edwina kennenzulernen? War das etwa die sommersprossige Khakifrau mit Löwenmähne, die bei unserer Ankunft aus einem Lastwagen sprang und die Zollbeamten herumkommandierte? Dabei fällt mir ein: Löwen hab' ich noch nicht gesehen.

Zum Schluß noch eine Frage, die ich vielleicht nicht fragen sollte: Der Mann mit dem roten Nelkenstrauß, war das Peter Bendix? Ich sah ihn zwischen den wartenden Leuten am Kai. Er tat mir furchtbar leid.

Verzeih mir, Theresa. Für Dich war's sicher auch nicht leicht. Schreib mir bald, daß Du jetzt glücklich bist.

Gute Nacht,

Pix

Tante Wandas Brief war wesentlich kürzer:

Meine liebe Theresa!

Ich muß zugeben, daß ich nach Erhalt Deines Briefes mehrere schlaflose Nächte hatte. Das soll kein Vorwurf sein. Um es gleich vorwegzunehmen:

Ich bin Dir nicht böse. Nur für wenige Leute ist der sogenannte Lebensweg eine mit deutlichen Wegweisern ausgestattete gerade Straße. Die richtige Richtung muß man meistens über viele Umwege ganz alleine finden. Vielleicht verstehe ich Dich besser, als Du denkst. Schon als Kind hattest Du neben Deinem Sinn für Beständigkeit und Ordnung einen Hang zu Abenteuer und Unüberlegtheit. Darin gleichst Du Deiner lieben Mutter. Es ist nicht leicht, so gegensätzliche Eigenschaften im Gleichgewicht zu halten, besonders nicht, wenn man so jung ist wie Du und zum ersten Mal liebt. Selbsterkenntnis erwirbt man meistens wie Falten und graues Haar, nämlich langsam und erst in späteren Jahren. Das weiß ich aus eigener Erfahrung. Ich war auch einmal jung, Theresakind.

Mein größter Wunsch ist, daß Du glücklich bist. Und vergiß nicht, was immer Du tust, und wo immer Du bist, Du kannst auf mich zählen.

Tante Wanda

Eine Sturmflut von Erleichterung, Reue und Liebe stieg in mir auf. Ich legte den Kopf auf die Schreibmaschine und gab mir Mühe, nicht auf die Tasten zu heulen. Es gelang mir nicht ganz.

Rumsbums! machte eine Tür. Ich hörte Wendys Schritte. Sie stand schon neben mir, als ich mit dem Handrücken ganz schnell über meine Augen wischte.

»Meine Güte, Theresa!« Nach einem kurzen Blick auf mein Gesicht drehte sie sich auf dem Absatz um und stürmte in Captain Talbots Büro. Nach drei Minuten stürmte sie wieder heraus – ich hatte mir inzwischen hastig die Nase geputzt.

»Also gut, Theresa, du kriegst 'ne neue Schreibmaschine. Mein Vater ist damit einverstanden!« Ich riß nur sprachlos die Augen auf. Wendy zog sich einen Stuhl heran, plumpste auf den Sitz und stützte die Ellbogen auf meinen Schreibtisch. »Ehrlich gesagt, ich find's abscheulich, wenn Frauen sich auf Tränen verlassen, um zum Ziel zu kommen. Wir hätten ja auch vernünftig über dieses Thema reden können. Gibst du das zu?«

»Wendy, ich hab' doch gar nicht wegen der Schreibmaschine ...«

Sie beugte sich vor, ihre Augen verengten sich: »Was ist los, Theresa? Hat Philip etwa ...«

»Philip? Nein, ich hab' vor Freude geheult, weil meine Tante ... Ach, das ist alles viel zu kompliziert ... Kann ich trotzdem 'ne neue Schreibmaschine haben?«

Wendy stand auf, ihre Antwort war vage: »Zeit zum Mittagessen! Ein Glück, daß alles in Ordnung ist, Theresa. Du hast mich ganz schön erschreckt!« Sie eilte davon.

Da ich, dank Tante Wanda, zwar mehrere Kochtöpfe, jedoch nur eine Kochplatte hatte, gingen Philip und ich mittags meistens ins Pelikan Hotel. Heute war Montag und daher, anscheinend seit eh und je, allgemeiner Waschtag in Walfischbai.

Vor jeder Haustür qualmte ein Feuer, vor jedem Feuer hockte eine in Turban und bauschigen Kattun gehüllte schwarze Waschfrau im Sand. Einige rührten die im verrußten Waschtopf blubbernde Wäsche wie Erbsensuppe um, andere waren schon dabei, die gargekochten Laken, Handtücher und sonstigen Wäscheteile auszuwringen. Was später auf der Leine hing, war nicht lilienweiß, dafür sorgte die Waschmethode und der häufig die Wäscheleine umwirbelnde Sand. Außer Fischmehlgeruch lag heute ein Hauch von Seifenduft über der Stadt.

Im Gegensatz zu anderen, nur dem Alkohol geweihten, an der Hauptstraße gelegenen Etablissements war das Pelikan Hotel mehr für seinen Mittagstisch berühmt, der wie ein Riesenmagnet täglich hungrige Junggesellen aus jeder Himmelsrichtung an seine Fleisch- und Suppentöpfe zog. Der Speisesaal war immer voll besetzt, und Philip und ich hatten fast nie einen Tisch für uns allein. Auch heute wurden wir jovial an den großen, runden Stammtisch der Hagedorn-Germanen gewinkt. Hagedorn & Söhne war eine Firma, die in ihren zahlreichen Südwester Filialen Importgüter wie Drahtrollen, Rosenthal-Porzellan, Bauholz, Mausefallen, Besen, versilberte Bestecke und Zinkeimer verkaufte. Ebenfalls importiert waren viele der männlichen, jungen deutschen Angestellten, die in Laden und Lagerhaus ihr Fernweh stillten und in Walfischbai unter dem Gruppennamen Hagedorn-Germanen bekannt waren.

Bevor ich mich setzte, schlich mein verstohlener Blick, wie jeden Tag, zu dem Tisch am Fenster, wo Peter Bendix mit seinem Freund Dr. van Heerden zu essen pflegte. Heute war er nicht da. Statt seiner saß Balsam mit dem jungen Arzt zusammen. Dr. van Heerden löffelte seine Suppe, und Balsam redete, halb in dessen Teller liegend, auf ihn ein.

An unserem eigenen Tisch stillten die Hagedorn-Germanen ihren ersten Hunger schon vor der Suppe, indem sie Säulen von Brotscheiben dezimierten. Diese bestrichen sie mit zitronengelber Butter, machten mir Komplimente, weil ich das einzige weibliche Wesen in ihrem Blickfeld war, und lobten meinen Pullover. Genau dasselbe Gelb wie die rapide abnehmende Butter, stellten sie fest. Ich saß, fühlte leicht verlegen ihre Blicke – und plötzlich auch ein Krabbeln unter dem gepriesenen Kleidungsstück. Ein Krabbeln! Ich kriegte sofort eine Gänsehaut. »Philip! Eine Pferdefliege! Sie sitzt unter meinem Pullover!« tuschelte ich entsetzt in sein Ohr. Er war nicht halb so alarmiert wie ich. »Wenn's geht, zieh dich nicht hier vor den Germanen aus!« riet er mir leise. In großer Hast den Speisesaal verlassend, flüchtete ich in einen langen, halbdunklen Gang. Kein Mensch weit und breit, nur gedämpftes Klappern von Bestecken und Geschirr. Das Damenklo war um die Ecke des Ganges und noch viel zu weit weg. Darum entblößte ich mich schon hier bis zum Kinn. Das platte, braune Insekt saß auf meiner Haut, ich fegte es schnell herunter. Es kam sofort mit ausgebreiteten Flügeln zielbewußt zu mir zurück. Ich rannte, drehte eine Pirouette, stolperte über den Läufer und dann gegen ein um die Ecke biegendes, männliches Jackett. Das Jackett gehörte Peter Bendix. Er sah auf mich herunter, auf meinen halb in die Höhe gezogenen Pullover und dann die zwischen meinen Augenbrauen landende Pferdefliege. Ein kompletter Alptraum mit allem Drum und Dran. Im nächsten Moment hatte er die Fliege von meiner Stirn gepflückt und geköpft. Ich drückte mich platt an die Wand, starrte ihn an und vergaß, mich zu bedanken. Er schien es auch nicht erwartet zu haben. »Ich bin zu gut zu dir, Theresa«, sagte er, drehte sich um und war im nächsten Augenblick im Speisesaal verschwunden. Ich blickte ihm nach. Was war das? Eine weitere Beleidigung? Oder hatte ich wirklich so etwas wie einen Funken von Belustigung in seinem Blick gesehen?

Als ich gekämmt und voll bekleidet in den Speisesaal zurückkehrte, war er bereits in seine Mahlzeit und ein Gespräch mit Dr. van Heerden vertieft. Nicht einmal eine Sekunde lang sah er zu mir herüber. Ich war wieder Luft für ihn.

Balsam hatte inzwischen seinen Standort gewechselt. Das heißt, er stand nicht, sondern saß auf meinem Platz, von wo er über meine erkaltende Suppe hinweg mit einer Predigt über Segen und Bedeutung eines behaglichen Heims zu Philip und den Germanen durchzudringen versuchte. Diese sprachen über hiesige Biere und hörten nicht zu.

Balsams dozierender Zeigefinger sank herab, als Philip ihn unterbrach: »Herr Balsam, würden Sie bitte meine Frau an ihre Suppe lassen!« Balsam schüttelte meine Hand, überließ mir meinen Stuhl und zog sich einen anderen heran. Eigentlich sieht er gut aus, dachte ich. Ob Marei ihn deshalb liebenswert fand? Philip warf einen Blick auf meinen Pullover. »Alles in Ordnung?« fragte er leise, sein Männergespräch nur einen kurzen Moment unterbrechend. Balsams Aufmerksamkeit dagegen durfte ich länger genießen. Etwas hinter mir sitzend, ließ er seinen Werbemonolog über meine Schulter fließen: »Wir sprachen gerade darüber, wie wichtig ein gemütliches Zuhause auf einem so kahlen Fleckchen Erde wie Walfischbai ist, Frau Thorn. Man zieht die Vorhänge zu, freut sich an seiner Einrichtung und merkt nichts mehr von Sandsturm und Fischmehlgeruch. Haben Sie schon den Ankauf neuer Möbel erwogen? Unser Geschäft in Swakopmund hat ein weitgefächertes Angebot, und falls Sie sich schon vorher orientieren möchten ...« Er legte mir einen Katalog auf die Serviette in meinem Schoß. Gleichzeitig wurden mir Spaghetti mit roter Soße serviert. Balsam ließ den Kellner an mich heran, rückte aber gleich wieder an meine Schulter zurück. Marei hätte das sicherlich mehr genossen als ich.

»Wie geht es Fräulein Ungerbieler? Sehen Sie sie manchmal in Swakopmund?« fragte ich. Balsam legte seine hohe Stirn in bedauernde Falten: »Nein, fast nie. Aber man hört die tollsten Gerüchte.« Ich ließ erschrocken ein Bündel Spaghetti auf den Teller fallen. »Über Marei?« Balsam nickte mit steifem Bedauern.

»... und Herrn Emmerich, ihren Chef.« Ich war sprachlos. Das konnte doch nicht sein, er war viel älter als sie. »Herr Emmerich trinkt, müssen Sie wissen.« Bei dieser Enthüllung senkte Balsam seine Stimme auf Flüsterstärke, obwohl außer mir niemand an unserem Tisch auch nur die geringste Absicht zeigte, ihm zuzuhören.

»Er hat sich, wie man hört, im Vollrausch den Bauch aufgeschnitten, und zwar mit seinem Taschenmesser.« Ich hielt entsetzt die Luft an. »Und Marei?«

»... kam dazu, als er eine Nadel einfädelte, um sich selbst wieder zuzunähen.« Erst lachte ich los, hustete Spaghetti und dann schämte ich mich.

»Die arme Marei!« Sie tat mir wirklich leid.

Balsams Miene dagegen drückte vor allem Verwunderung aus: »Fräulein Ungerbieler hat Herrn Emmerich ins Hospital geschafft. Sie besucht ihn täglich, und niemand versteht, warum sie nicht einfach kündigt und sich eine andere Stellung sucht. Ziemlich borniert, nicht wahr? Sie soll nämlich tüchtig sein und könnte leicht was Neues finden.« Ich legte meine Gabel hin und blickte Balsam verweisend an: »Tüchtig ist sie, darauf können Sie sich verlassen. Und einfach so abhauen würde sie nie! Und wissen Sie auch, warum? Weil sie das hat, was Sie Beamtenblut nennen!« Als Balsam schwieg und nicht mal mit der Wimper zuckte, legte ich impulsiv meine Hand auf seinen Arm. »Sie ist ein fabelhaftes Mädchen, Herr Balsam. Könnten Sie sich nicht ein bißchen um sie kümmern?« Balsam klickte abrupt seine Aktentasche zu. »Nein, Frau Thorn, dazu hab' ich keine Zeit.« Er erhob sich und ging zu Peter Bendix und Dr. van Heerden zurück. Ich sah ihm nach, war ihn los und trotzdem nicht glücklich, weil ich Marei eher bloßgestellt als geholfen hatte. Mir saßen die Worte wirklich zu lose, ich war zu unüberlegt. Meine Tante hatte leider recht.

Am nächsten Abend schrieb ich an Tante Wanda und versprach, von nun an vermehrte Selbsterkenntnis und Vernunft schon früher als graues Haar und Falten zu erwerben. Daß ich Philip vermißte, schrieb ich auch. Er hatte mehrere Flüge im Inland zu erledigen, ich war zwei lange Tage allein. »Wenn ich erst mein eigenes Flugzeug hab', nehm' ich dich mit, dann kannst du auch Pix besuchen, sooft wie du willst«, hatte er mir beim Abschiedskuß erneut versprochen. Wie nur konnte er hoffen, jemals genügend Geld für ein Flugzeug zusammenzukratzen? Wir sparten, aber im Augenblick konnte ich nicht mal Marei in Swakopmund besuchen, weil wir kein Auto besaßen. Manchmal kam ich mir wie ein im Wüstensand steckengebliebenes Fahrzeug vor. Ich saß in Walfischbai fest, und die Wunder dieses Landes waren vorläufig unerreichbar für mich.

In meinem Brief an Tante Wanda schrieb ich davon aber nichts. Das hätte sie nur traurig gemacht. Und Hildchen hätte es vermutlich gefreut. Ein Grund mehr, meinen Brief mit einem rosa Buntstift fortzusetzen: »Denke bitte nicht, liebe Tante Wanda, daß ich hier furchtbar schwitzen muß. Das tut man nur im Innern von Südwest. Hier an der Küste sorgt eine kalte Meeresströmung, genannt Benguela-Strom, dafür, daß es fast nie zu heiß oder zu kalt in Walfischbai ist. Ein wirklich wunderbar ausgeglichenes Klima. Auch einen Regenschirm braucht man nicht. Ich wette, darum beneidet ihr mich. Dafür regnet es Sand, doch das ist angenehmer als richtiger Regen. Man schüttelt ihn einfach ab und wird nicht triefend naß wie in Hamburg. Von Skorpionen und Schlafkrankheit hab' ich hier noch nichts gehört, und auf Schlangen trifft man auch nur weiter draußen in der Wüste. Walfische sieht man hier ebenfalls nicht. Der Ort hat seinen Namen, weil er früher ein Hafen für Walfangflotten war. Er ist so klein, daß man alles zu Fuß erreichen kann. Unser Büro ist nur zehn Minuten von unserer mietfreien Wohnung entfernt. Meine Kollegen bei Talbot & Steck sind sehr nett und interessant. Einige wohnen im selben Haus wie wir. Unser Buchhalter, ein älterer Herr, lud Philip und mich vor einigen Tagen zum Abendessen ein. Das wunderte mich, denn er ist Witwer und lebt allein in einem kleinen Haus mit Schränken voller Schallplatten. Daß er einen schwarzen Koch hat, wußte ich nicht. Dieser servierte uns ein elegantes Dinner auf schönem Porzellan mit Silberbestecken und Kerzenlicht. Es gab Kalbsfrikassee mit Pilzen, Schokoladenpudding und nach dem Essen klassische Musik: das Forellenquintett und die Neunte von Beethoven auf vielen Platten und daher mit vielen Pausen. Vor dem Auflegen staubte Herr Reese, unser Gastgeber, jede Platte liebevoll mit einem großen Rasierpinsel ab, damit der Sand sie nicht zerkratzte. Es war ein wirklich schöner Abend. Bald gehen wir wieder aus. Auf einem der Schiffe findet nämlich eine Cocktailparty statt. Darauf bin ich schon sehr gespannt.«

Der restliche Brief beschrieb meinen Rundflug über Walfischbai – ein großartiges Abenteuer, so wie das ganze Leben hier. Den Friedhof ließ ich aus. Zum Schluß erwähnte ich noch meine hübschen Topfpflanzen, die geselligen Mahlzeiten im Pelikan Hotel und meinen neuen Tennisschläger. Schöne Grüße an Hildchen setzte ich auch hinzu. Das war ich Tante Wanda schuldig.

13

Vor der in meinem Brief erwähnten Cocktailparty fand ein Begräbnis statt. Timo, Herrn Reeses schwarzer Koch, kam eines Morgens mit verstört aufgerissenen Augen ins Büro gestürzt und teilte Captain Talbot unter Händeringen mit, daß er seinen Mister tot im Sessel aufgefunden habe. Dr. van Heerden wurde gerufen und stellte Herzschlag fest. Herr Reese war friedlich zurückgelehnt neben einem Glas Rotwein und der halb gespielten Egmont-Ouvertüre gestorben. Die Beerdigung wurde für den nächsten Morgen angesetzt. »In Afrika kommt jeder innerhalb von 24 Stunden unter die Erde«, ließ Philip mich wissen. »Kühlanlagen gibt's hier nicht.« Als er sachlich und nüchtern auch noch Informationen über Fliegen, Fäulnis und Verwesungsgeruch dazusetzen wollte, hielt ich mir die Ohren zu.

Ein weiteres Unglück war, daß ich ohne ihn zu dem schrecklichen Friedhof mußte, weil auf den Besucherstühlen in Captain Talbots Büro zwei mit Zielfernrohren und Gewehren beladene belgische Großwildjäger saßen, die er ins Inland zu fliegen hatte. »Geschäft ist Geschäft«, war Captain Talbots Ansicht, und ebenfalls, daß ich das Ehepaar Thorn auch allein bei diesem traurigen Anlaß vertreten könne.

Am nächsten Morgen war der Sarg noch nicht fertig. Das Begräbnis wurde auf nachmittags verschoben.

Wendy, schon mit einer schwarzen Bluse und ihrem grauen Ausgehfaltenrock bekleidet, stand in der offenen Bürotür und betrachtete stirnrunzelnd den strahlend sonnigen Morgenhimmel. Sie prophezeite schlechtes Wetter für die zweite Hälfte des Tages. Und so kam es auch. Als Herrn Reeses Sarg auf Talbots offenem Lastwagen, gefolgt von den Autos der Trauergäste, zum Friedhof holperte, heulte ein wüster Sandsturm über ihn hin. Neben ihm, auf der Ladefläche, saß Timo mit gesenktem Kopf und hielt einen auf dem Sargdeckel hin- und herrutschenden weißen Nelkenstrauß fest. Als ich zwischen Wendy und Captain Talbot vor dem sandumwirbelten, frisch ausgehobenen Erdloch inmitten der windschiefen Kreuze und verwischten kahlen Gräber stand, kniff ich die Augen zu und biß ganz fest die Zähne zusammen, um von dem Jammer der Szene nicht überwältigt zu werden. Nur einmal hob ich den Kopf zu den übrigen Trauergästen auf und begegnete unerwartet Peter Bendix' auf mir ruhendem Blick. Da riß ich mich noch mehr zusammen. Doch als wir dann durch den gegen die Autoscheiben peitschenden Sand zur Stadt zurückfuhren, nützte auch das angestrengteste Zähneknirschen nichts mehr. Ich brach in Tränen aus. Wendy saß vorne neben ihrem Vater und versuchte, mich mit ungewohnt weicher Stimme zu trösten. »Wein nicht, Theresa. Er hatte einen schönen Tod.« Quatsch, dachte ich, in wütender Trauer ungehemmt weiterheulend, er war ein schönheitsliebender, liebenswerter Mensch, der hier soeben wie ein Hund verscharrt worden ist.

Die Cocktailparty, veranstaltet zu Ehren von Sir Arthur Pratt, dem durchreisenden Generaldirektor der Royal Star Reederei, fand bei besserem Wetter statt. Captain Talbot, der zu meiner Hochzeit und Herrn Reeses Beerdigung in seinem zerdrückten braunen Sportjackett erschienen war, legte zu diesem Ereignis einen dunklen Anzug und goldene, mit Schiffsankern verzierte Manschettenknöpfe an. Er war Agent der einladenden Reederei und somit Gastgeber auf diesem Fest. Wendy trug frisch gewaschenes Wuschelhaar, zu ihrem grauen Ausgehfaltenrock heute wieder eine weiße Bluse, ovale Brillanten in den Ohren, drei große, von einer Platinkette schlenkernde Brillanten auf der Brust und einen von Brillanten eingefaßten Riesensaphir an ihrer rechten Hand. Der Anblick seiner festlich funkelnden Tochter ließ ein Lächeln unter Captain Talbots graugeflecktem Schnurrbart erblühen und rief Erinnerungen an sein glückliches Eheleben wach. »Den Schmuck hat Wendy von ihrer Mutter geerbt«, erzählte er Philip und mir auf dem Weg zum Hafen. »Sie war so wunderbar anspruchslos. Ab und zu ein Buch, mehr brauchte sie nicht zum Glücklichsein. Das hat mich immer besonders angespornt, sie wie eine Fürstin zu verwöhnen.« Die an Wendy blitzenden Juwelen waren nur ein Bruchteil des Talbotschen Familienschatzes. Captain Talbot hatte sich sein schlechtes Gewissen allerhand kosten lassen.

Das Schiff, auf dem die Cocktailparty stattfand, lag, über die Toppen geflaggt, am Kai. Hinter den aufgereihten bunten Fähnchen versank die rote Abendsonne im Meer. Die Gangway strahlte in frisch gestrichenem Weiß, ein Hauch von festlicher Erwartung lag in der lauen Luft.

Leider ging erst mal etwas schief. Von einem der neben dem Schiff in Ruhestellung aufragenden Kräne leckte ein unfestlicher Schmierklecks herunter und landete auf meiner hellblauen Seidenschulter. Captain Talbot schlug ›gar nicht drum kümmern‹ und Philip warmes Wasser vor. Wendy dagegen war mehr für Papiertaschentücher. Sie zog mich hinter ein Rettungsboot. Dort rückte sie dem Schmierfleck mit sachlich aufgesetzter Brille, sanftem Getupfe und dann zunehmend ärgerlichem Gerubbel zu Leibe. Als er ihr widerstand, erklärte sie ihn für fast unsichtbar und eilte zur Gangway zurück, um ihrem Vater beim Empfang der Gäste behilflich zu sein. Gerade zur rechten Zeit, denn Sir Arthur und Lady Pratt erschienen in Begleitung des Kapitäns an Deck. Philip und ich wurden ihnen als erste Gäste vorgestellt. Sir Arthur, ein Herr mit Adlernase und fliehendem Kinn, sagte »How do you do?« Lady Pratt war lebhaft, gesprächig und einfarbig elegant: silbergraues Haar, silbergraues Seidenkleid, silbergraue Perlen, silbergraue Zähne. Sie fand es ›charming‹, daß wir so jungverheiratet waren und riet mir, gut auf Philip aufzupassen. »Devilishly goodlooking«, raunte sie mir, ihn mit Wohlgefallen betrachtend, zu. Philip machte artig Konversation: »Wie gefällt Ihnen Walfischbai, Lady Pratt?« Die Lady, Veteranin unzähliger Cocktailparties, hatte auch für schwierige Fragen eine diplomatische Antwort parat: »Faszinierend«, sagte sie, »ein wirklich faszinierender Ort.« Einen Augenblick schweifte ihr Blick über die niedrigen Häuser im Sand, dann wandte sie sich den nächsten ihr von Captain Talbot und Wendy vorgestellten Gästen zu.

Philip und ich lehnten an der Reling und sahen den Talbots bei ihren gesellschaftlichen Pflichten zu. Er hatte seinen Arm,.den Schmierfleck verdeckend, um meine Schultern gelegt und versprach mir, daß dieser den ganzen Abend dort liegenbleiben würde. »Ach Philip!« Ich mußte lachen und sah entzückt zu ihm auf. Lady Pratt hatte recht. Kein Mann hier war so gutaussehend, so charmant wie er. Boshaft war er allerdings auch. »Guck dir diese beiden Arbeitspferde an«, flüsterte er mir mit einem Blick auf Wendy und den Captain zu. »So viel Geld und so wenig Stil. Im Vergleich zu den anderen Frauen sieht Wendy wie ein mit Lametta behängter Weihnachtsbaum aus.«

Das stimmte leider. Die anderen Frauen erstiegen die Gangway in zierlichen Partysandalen und modisch gebauschten Cocktailkleidern. Als Ausgleich für fischmehlparfümierte Luft und sandverschleierte Fensterscheiben wurden in Walfischbai tätige Führungskräfte besser als an blumenreicheren Orten bezahlt. Das sah man ihnen und ihren Ehefrauen an. Sie konnten sich häufige Reisen leisten und waren in jeder Hinsicht ›up to date‹. Als Spitze dieser Elite kam Victor Lord glattgescheitelt, braungebrannt und jugendlich federnd die Gangway herauf. Hinter ihm Edwina in gelber Shantungseide mit schmalen Trägern. »Ohne Begleiter?« Philip wunderte sich. Edwina führte sonst stets einen Mann an der Leine. Natürlich auch diesmal, das erwies sich bald. Ihr Begleiter, von Philip als Schoßhund vom Dienst tituliert, obwohl er so lang wie ein

Fahnenmast war, kam etwas später mit ihrer im Auto vergessenen Stola über dem Arm angestürzt. Er war derselbe wie auf dem Tennisplatz in Swakopmund. Captain Talbot, Victor Lord und ihre Töchter tauschten inzwischen schon begrüßende Redensarten aus. Edwinas maliziöser Blick glitt von Wendys grauem Faltenrock zu den Brillanten auf ihrer Brust. »Aparte Kombination«, sagte sie.

»Danke, deine auch«, erwiderte Wendy. Eine reich beringte Dame stürzte mit ausgestreckten Händen auf die Gruppe zu: »Edwina, you look wonderful!« Edwina, langstielig, blond und ohne Schmuck sah wirklich wonderful aus. Statt Juwelengefunkel trug sie zur gelben Seide nur nackte braune Haut – viel Rücken und viel Busen. Captain Talbot schickte sich an, die Pratts mit den Lords bekannt zu machen. »Nicht nötig, Basil.« Victor Lord kam ihm zuvor und erwähnte ein Bankett im Londoner Whitehall Club, bei dem er die Ehre hatte, Sir Arthur … und so weiter. »Aber ja doch!« rief Sir Arthur, ob er sich nun erinnerte oder nicht. Er schüttelte die Lordschen Hände und sah sich dabei Edwinas Busen an. »Alter schützt vor Torheit nicht«, war Philips Flüsterkommentar. Dann wurde er von Captain Talbot gebeten, Lady Pratt einen Whisky von der Bar zu holen, weil sie dringend einen brauchte.

Die Mehrzahl der Gäste hatte schon ein Glas in der Hand. Sie standen Gläser, glimmende Zigaretten, herumgereichte Leckerbissen und verbindliche Worte jonglierend in großen und kleinen Gruppen an Deck herum und vermieden es, sich hinzusetzen, weil die Flucht aus schleppenden Gesprächen dann komplizierter war.

»Ah, Frau Thorn! … und diesmal ohne triefenden Plastikteppich!« Ich wandte mich um und erkannte den Lachshappen kauenden Gast. »Ah, Herr Schmidt! … Und diesmal ohne rote Rakete!« Wir reichten uns lachend die Hand. »Und wo ist Philip?«

»An der Bar.«

»Aha!« nickte er, steckte seine zerknüllte Papierserviette in die Hosentasche und legte den Arm auf die Reling.

»Nette Party, finden Sie nicht? Für mich ist dieses alles noch neu. Ich gehör' noch nicht lange zur Prominenz.«

»Und wir überhaupt nicht«, sagte ich. »Wir sind nur hier, weil die Talbots nett zu uns sind.«

Er klopfte mir auf die Schulter. »Ich lad' Sie trotzdem zu uns ein.«

»Danke, das ist nett von Ihnen. Wir kommen gern.« Nun sah er sich suchend um. »Meine Frau ist auch hier, sie taucht wahrscheinlich demnächst hier auf. Läßt Philip Sie immer so lange allein?«

»Darf ich Sie auch mal was fragen, Herr Schmidt?« Er setzte eine konzentrierte Miene auf und sagte: »Schießen Sie los!«

»Warum importiert Hagedorn keine Blumentöpfe?«

»Weil ich erst seit kurzem Manager von dem Saftladen bin ... mein Gott, dieser Lachs ist große Klasse!« Er angelte zwei mit Spritzrosetten verzierte Happen von einem vorbeischwebenden Tablett und drückte mir einen in die Hand. »Hier, Frau Thorn, essen Sie. Auf die Blumentöpfe müssen Sie leider 'n bißchen länger warten. Aber Sie kriegen sie, dafür werd' ich sorgen. Vermissen Sie Blumen sehr?«

»Ja. So sehr, daß ich nachts von Oasen träume.«

»Sie leben doch in einer«, lachte er. »Nur daß hier statt Palmen Telegrafenmasten, Kräne und Fabrikschornsteine aus dem Wüstensand wachsen. Eine Industrie-Oase, würde ich sagen. Die meisten Leute kommen hierher, um ihr Bankkonto aufzufrischen, und wenn sie genug zusammenhaben, schwirren sie wieder ab.«

»Sie auch?« fragte ich.

»Ne, nix zu machen!« Werner Schmidt fuhr sich mit der Zunge über die Zähne und schüttelte den Kopf. »Hab' grad 'nen Rasen gepflanzt – jeden Halm einzeln. Den lass' ich nicht im Stich.«

»Jeden Halm einzeln?« staunte ich. »Ist das Ihr Ernst?«

»Jawohl, ja, immer schön in Reihen.« Er nickte. »Nur so wächst Gras in der Wüste.« Dann grinste er plötzlich.

»Und wissen Sie was? Ich hab' mich nicht halb so doll dabei angestrengt wie Captain Talbot, der schon seit 'ner halben Stunde versucht, Sir Arthurs Aufmerksamkeit auf sich zu lenken, während der sich ununterbrochen nur mit Victor Lord unterhält. Interessanter Mann, dieser Lord, finden Sie nicht auch? Scheint immer gleich der Mittelpunkt zu sein. Der Bürgermeister von Swakopmund küßte ihm vorhin fast die Hand. Und Edwina erst ... oh, là là!« Ganz Sir Arthurs Meinung, das sah ich auch.

Captain Talbots Miene dagegen drückte Überdruß mit seiner Nebenrolle aus. Er kippte zwei große Schlucke Whisky und machte dem Frust ein Ende, indem er plötzlich mit Nebelhornstimme: »Ladies and Gentlemen! Darf ich um Ihre Aufmerksamkeit bitten!« in das allgemeine Cocktailparty-Gebrabbel rief. Dann wölbte er würdig die Brust und hielt eine Rede, die englisch begann und endete, dazwischen aber auch deutsche und afrikaanse Sätze enthielt, weil das im vielsprachigen Südwest so üblich war: »Es ist uns allen eine große Ehre und Freude, Sir Arthur und Lady Pratt hier in Walfischbai willkommen zu heißen ...« Nach dieser Einleitung erging sich Captain Talbot in ein Loblied mit vielen Strophen auf den unvergleichlichen Service der Royal Star Reederei, in dem auch viel von Talbot & Steck die Rede war. Zum Schluß bekannte der Redner seinen unerschütterlichen Glauben an die Zukunft von Südwest. »Well said! Well said!« klatschte Sir Arthur als erster kräftig Beifall. Dann hob er seine Adlernase etwas höher und begann seinen eigenen Lobgesang auf den unvergleichlichen Service der Royal Star Reederei, allerdings mit weniger Strophen, weil er Talbot & Steck nicht so oft wie sein Vorredner erwähnte. Captain Talbot strahlte trotzdem Zufriedenheit aus. Er winkte Wendy und ihre Kamera heran, weil er mit den Ehrengästen fotografiert werden wollte. Eine Hand auf Sir Arthurs Schulter legend, posierte er lächelnd zwischen ihm und der Lady. Dann allerdings warf ihm Sir Arthur Fliegenbeine in die Suppe, weil er unbedingt auch mit Victor Lord und Tochter vor die Linse wollte. Captain Talbot ließ ihn – aber nur ein einziges Mal. »Ladies and Gentlemen!« rief er dann zum zweiten Mal, sich dabei schnell zwischen die Lords und Sir Arthur schiebend, »im Speisesaal wartet das kalte Büfett! Ich wünsche Ihnen Bon Appetit! – Lady Pratt, darf ich bitten?« Er bot ihr seinen Arm.

Die übrigen Gäste folgten ihnen nach. Werner Schmidt machte sich auf die Suche nach seiner Frau, und ich sah mich nach Philip um. Wir fanden sie beide abseits der Party zusammenstehend, Philip mit gerunzelter Stirn. »Na, da seid ihr ja«, sagte Werner Schmidt und machte mich mit seiner Frau bekannt. »Ute ist Malerin«, setzte er, zärtlich über ihre Haare streichend, hinzu. »Wenn ich Ihnen ihre Bilder zeige, Frau Thorn, träumen Sie nicht mehr von Oasen. Mit ihren Augen gesehen wirkt Walfischbai nämlich ganz anders.« Ute Schmidt war brünett und zierlich. Wenn sie lächelte, bezauberten ihre Grübchen, und wenn sie sprach, ihre rauhe, warme Stimme.

»Träumen Sie wirklich von Oasen?« fragte sie mich. »Von Oasen und einem Tennisplatz, den sie aus der Luft gesichtet hat«, kam Werner Schmidt meiner Antwort zuvor. »Ich hab' ihr bereits erklärt, daß selbiger der Firma Hagedorn gehört und daß sie mit uns spielen darf, wenn sie sich dort besser benimmt als ihr Mann, der uns nie gewinnen läßt ... ah, Wendy! Nette Party.« Wendy eilte blitzend heran und empfahl uns, schnellstens zum kalten Büfett zu gehen, bevor nur noch Gerippe und Zahnstocher übrig seien. Dann hatte sie noch einen Vorschlag: »Philip, du setzt dich mit deinem Teller am besten zu Lady Pratt. Ich glaub', etwas Ansprache täte ihr gut. Sie hat nach dir gefragt, weil sie sich sehr für Fliegerei interessiert.«

»Ja, und für Piloten, die so aussehen wie du anscheinend auch«, gab Werner Schmidt dem von Wendy abgeführten Philip feixend mit auf den Weg.

Während des Essens durfte ich das Schmidtsche Baby mit und ohne Windeln bewundern. Der Vater trug einen Stapel Fotos in seiner Jackentasche mit sich herum und reichte mir eins nach dem anderen über meinem Hühnersalat zu. »Ein außergewöhnlich schönes Kind«, war sein begleitender Kommentar. »Ganz die Mama, außer, daß er nur ein Grübchen hat.« Werner tippte auf das winzige Kinn. Ute zog ihn dabei am Ärmel, denn sie mußten nach Haus, um das Baby zu füttern.

Als Schmidts gegangen waren, saß ich eine Weile allein mit meinem leergegessenen Teller auf dem Schoß und hörte dem mich umgebenden Stimmengewirr zu. »... keinen Penny gibt die Fabrik für Reklame aus! Und wissen Sie was? Silvermoon-Pralinen verkaufen sich trotzdem phänomenal, weil Qualität die beste Reklame ist!« behauptete Captain Talbot hinter einem immer dichter werdenden Vorhang von Zigarrenrauch. »... nein, Verehrteste, Schiffsküchen ohne Kakerlaken gibt's einfach nicht«, versicherte ein jovialer Herr Edwinas reich beringter Freundin, die darauf betroffen ihre mit Roastbeef vollgespießte Gabel auf den Teller zurücksinken ließ. »... ja, das ist sie ...«, sagte eine gedämpfte, aber immer noch zu laute Frauenstimme hinter mir. »Sie hat ihn wirklich grausam bloßgestellt. Kommt hier an und heiratet einen anderen. Schrecklich für den armen Kerl ... aber erstaunlich auch. Statt wegzulaufen von hier, wo jeder sein Fiasko kennt, bleibt er, macht sich selbständig, und so wie man hört ...«

Ich stand auf und schlich nach draußen an die Reling. Dort hörte ich den leise gegen die Schiffswand schwappenden Wellen zu und versuchte, mein wieder wachgerütteltes Schuldgefühl über Bord zu werfen. Es hielt sich eisern an mir fest. Nach einer Weile hörte ich Schritte, und Wendy tauchte neben mir auf. »Theresa, warum stehst du hier so ganz allein?«

»Weil du Philip mit Lady Pratt verkuppelt hast«, beschwerte ich mich. »Oh, god bless him«, lachte Wendy erleichtert. »Er macht sich großartig. Lady Pratt schnurrt wie die Katze am Kachelofen. Ich hatte schon Angst, daß sie womöglich eine Szene macht, weil Sir Arthur den ganzen Abend an Edwinas Busen klebt. So richtig ähnlich sieht ihr das, halbnackt auf einer Cocktailparty zu erscheinen!« Wendy merkte nicht, daß Edwina, ein Glas in der Hand, plötzlich hinter ihr stand. »Wendy, du erstaunst mich«, begann Edwina spöttisch lächelnd. »Seit wann ist Mode ein Thema für dich? Ich dachte, du hast nichts als Mauersteine im Kopf.« Wendy blieb erstaunlich friedlich, sie machte eine Handbewegung zu mir hin. »Edwina, ich möchte dich mit Theresa Thorn bekannt machen.« Edwina sah mich nur flüchtig, den Schmierfleck auf meiner Schulter dagegen ausführlicher an. »Freut mich, Sie kennenzulernen«, sagte sie, mir so bedeutend, daß ich mehrmals vorgestellt werden mußte, bevor man sich an mich erinnerte. Sie hatte sich schon zu Wendy zurückgewandt. »Wie ich sehe, habt ihr die gesamte Konkurrenz zu dieser Fete eingeladen – außer Peter Bendix natürlich. Nehmt ihr ihn nicht ernst? Oder nehmt ihr's ihm immer noch übel, daß er jetzt selbständig ist?«

Wendy sah plötzlich nicht mehr so friedlich aus. »Beides«, schoß sie zurück. »Und wenn er euch nicht mehr braucht, werdet auch ihr bald merken, daß keine Spur von Loyalität in ihm ist.« Edwina legte den Kopf in den Nakken und lachte. »Ach Wendy, manchmal bist du beinah amüsant. Wie kommst du bloß darauf, daß er uns braucht?« Sie leerte ihr Glas. Dann warf sie es mit lässig geknickter Hand in einem eleganten Bogen über Bord, kehrte uns ihren halbnackten Rücken zu und schritt auf anmutig klickenden Sandaletten davon.

Wendy blickte über die Reling, da wo das Glas an der Schiffswand zerschellt war. »In meiner Gegenwart benimmt sie sich besonders unverschämt«, erklärte sie mir, nicht sonderlich erschüttert. »Ihr macht's nämlich Spaß, mich zu reizen. Als Kind ging sie so mit meinem Spielzeug um.«

Bevor wir nach drinnen zurückkehrten, hakte sie sich bei mir ein. »All dies Bla-Bla mit Leuten, die einem so schnuppe sind«, seufzte sie. »Gestern Abend war's viel amüsanter. Ich las ein Buch über Alexander den Großen. Faabelhaft! Alexanders Mutter, so schreibt der Autor, wurde Witwe aus eigenem Entschluß. Wie findest du das?« Wendy fuhr sich lachend durch ihr Wuschelhaar. Sie fand Alexanders Mutter in Ordnung, das sah man ihr an. Wendy las gern – genauso gern wie ihre Mutter. Da sie sich aber keine Ähnlichkeiten mit ihr erlaubte, las sie niemals am Tag und niemals Romane. Erst nach dem Abendessen pflegte sie mit einer Schachtel Silvermoons auf ihr Sofa zu fallen, um sich dort in geschichtliche Werke zu vertiefen. »Wirkliche Begebenheiten und Personen sind wesentlich unterhaltsamer als Romanfiguren, weil man von ihnen was lernen kann«, belehrte sie mich.

Im Speisesaal wurde inzwischen Kaffee, Brandy, Likör und, auf Wunsch von Sir Arthur, Musik auf Schallplatten serviert. Er tanzte mit Edwina und Philip mit Lady Pratt. Die machte es besser als ich und trat ihm kein einziges Mal auf die Füße. Plötzlich war ich trotz ihrer silbergrauen Haare eifersüchtig auf sie. Nach diesem Tanz war es Zeit für Otto Bayer, sich vorbereitend zu räuspern. Otto war Manager einer Fischfabrik. Er sang auf jeder Party, weil es schwer war, ihn davon abzubringen. »Alleiiin, wieder alleiiin ...«, hob er in vehementer Wehmut an. Auf diese Arie folgte ein englisches Trinklied, und dann rief jemand: »Otto, sing das Zulu-Lied«, weil das, geflüsterten Kommentaren zufolge, seine beste Nummer war. »Hei sike sumbaa ...« Sobald er loslegte, sprang Lady Pratt zu jedermanns Erstaunen aus ihren Schuhen und stampfte auf silbergrauen Seidenstrumpfsohlen, umwirbelt von silbergrauen Perlen, einen rhythmischen Zulutanz aufs Parkett. Sie sah so mitreißend aus, daß es auch Sir Arthur in den Füßen zuckte. Er sprang auf die Tanzfläche und zog Edwina hinter sich her. Die war als Zulutänzerin nicht halb so gut wie Lady Pratt, weil ihr dauernd das gelbe Shantungkleid vom Busen rutschte. Nach etwa drei Minuten gab sie auf. Sir Arthur und die Lady machten alleine weiter. Sie stampften, plötzlich Spaß aneinander habend, mal gebückt, mal aufgerichtet umeinander herum. Otto Bayer sang, wir anderen sangen mit und klatschten rhythmisch dazu in die Hände. Dabei kam Philip zu mir zurück. »Du hast mich den ganzen Abend mit dieser wilden Frau betrogen«, flüsterte ich vorwurfsvoll. »... und hab' mich dabei nur nach dir und deinem Schmierfleck gesehnt«, beteuerte er, den Arm um meine Schultern legend. »Wo sind Schmidts?«

»Zu Hause. Sie müssen ihr süßes Baby füttern.« Das nächste sagte ich ihm ins Ohr. »Weißt du was? Ich glaube, wir sollten auch eins versuchen. Ich hab' mir ihre Fotos angesehen. Hättest du nicht Lust?« Seine Miene verfinsterte sich, er sagte nichts. »Genauso hast du geguckt, als du dich heute mit Ute Schmidt unterhieltst. Hat sie dich etwa mit demselben Vorschlag geärgert?«

»Ist dies ein Verhör oder was?« Seine Stimme klang so laut und gereizt, daß ich erschrak. »Nein, nur ein Witz«, gab ich leise zurück. Warum war er plötzlich schlechter Laune? Mochte er etwa Kinder nicht? Während ich, emsig weiterklatschend, bedrückt darüber nachdachte, ging Lady Pratt die Puste aus. Sie fiel, ihre silbergrauen Beine von sich streckend, auf einen Stuhl und wischte sich die Stirn mit einem spitzenumrahmten Taschentuch. Sir Arthur nahm ihre andere, herunterbaumelnde Hand und küßte sie. »You are really something, my dear«, sagte er anerkennend. Nach kurzem Verschnaufen verlangte er Tangomusik und zog seine Frau erneut aufs Parkett. Edwina überließ er ihrem Begleiter, der nicht nur so lang, sondern beim Tanzen auch so steif wie eine Fahnenstange wirkte. (Was ich – im Hinblick auf meine eigenen Talente – vielleicht aber gar nicht erwähnen sollte.) Kurz vor Mitternacht hielt auch Victor Lord eine Rede, die große Ähnlichkeit mit den vorher gehaltenen Reden hatte. Er lobte den unvergleichlichen Service der Royal Star Reederei, dankte ihr im Namen aller Gäste für die unvergleichliche Party und bekannte zum Schluß auch seinen festen Glauben an die Zukunft von Südwest.

Als Captain Talbot und Wendy uns zu Hause absetzten, war es schon so spät, daß selbst bei Miß Jones nichts mehr los war. Ihr Bordell lag im Dunkeln. Philip war noch immer ziemlich schweigsam. »Hat Lady Pratt dich geärgert?« fragte ich vorsichtig. Er schlug gähnend die Bettdekke auf. »Nein, eigentlich war sie ganz in Ordnung. Trotzdem freu' ich mich auf den Tag, an dem mir niemand mehr befehlen kann, mit silbergrauen Mumien zu flirten.« Dafür hatte ich Verständnis. Ich beugte mich zu ihm hinunter und küßte ihn. »Schlaf schön, Philip, morgen früh flirtest du hoffentlich wieder mit mir.«

Dann lag ich im Dunkeln, konnte nicht einschlafen und ließ noch einmal die Party und ihre Gäste an mir vorüberziehen: Edwina, ihr Glas in elegantem Bogen über Bord werfend. Werner Schmidt, stolz einen Stapel Babyfotos aus der Jackentasche ziehend. Redner, die angestrengt auf die (weiße) Zukunft von Südwest vertrauten, und Lady Pratt, umwirbelt von silbergrauen Perlen, die ihren Mann mit einem Zulutanz zurückerobert hatte. Dann stand plötzlich Wendy neben meinem Bett. Sie beugte sich über mich. »Ich habe einen Entschluß gefaßt«, flüsterte sie mit dunklem, starren Blick. »Alexander der Große schnappt uns eine Agentur nach der anderen vor der Nase weg, und die Lords helfen ihm dabei. Es ist Zeit, ihm das Handwerk zu legen.« Ich schleuderte meine Decke zur Seite und sprang aus dem Bett. »Nein!« schrie ich, Wendys weiße Ausgehbluse packend. »Ich weiß, was du vorhast, ich laß es nicht zu. Hörst du mich? Du darfst ihm nichts tun!« Dann wachte ich auf und nicht Wendy, sondern Philip beugte sich über mich. »Theresa, warum stöhnst du so? Wovon hast du geträumt?«

Ich mußte mich erst besinnen. »Von … Alexander dem Großen«, murmelte ich, obwohl ich im Traum wie im Halbschlaf wußte, daß es eigentlich ganz jemand anders war.

14

Mehrere Wochen später bat Captain Talbot Philip in sein Büro. »Was ich zu sagen hab', wird Sie erfreuen, mein lieber Thorn. Sie kriegen eine neue Wohnung – mietfrei natürlich. Genauer gesagt, Sie kriegen ein ganzes Haus.« Noch genauer gesagt, war dieses Haus schon sehr alt, wurde uns aber mit einer besonderen Empfehlung angeboten: »Unser lieber Reese hat sich dort sehr wohl gefühlt«, sagte der Captain jovial, »und ich hoffe, Sie und Theresa werden dort ebenso glücklich sein.«

Wie bitte? In einem häßlichen grauen Steinwürfel, in dem gerade jemand gestorben war? Nein, bloß nicht! war mein erster Gedanke. Dann fiel mir ein, daß der Steinwürfel ein jederzeit zugängliches Badezimmer ohne Hundegebell und keinen Bordellbetrieb hatte. An Herrn Reese selbst dachte ich auch – so, wie ich ihn manchmal frühmorgens durchs Fenster vor seiner Haustür gesehen hatte: barfuß, im gestreiften Schlafanzug, sich wohlig in der Morgensonne reckend. So wohlig, als stünde er auf einer blumigen Bergwiese und nicht im öden Wüstensand. Befürchtungen, daß dieser ausgeglichene, glückliche Mensch als ein sich über sein trostloses Grab beklagendes Gespenst in dem Steinwürfel herumspuken würde, waren offensichtlich lächerlich. Ganz im Gegenteil, sein Beispiel sollte mich inspirieren: Du wirst jetzt eine Küche haben, Theresa. Lern Kochen, kauf Kerzen und versilberte Bestekke bei Hagedorn und überrasche Philip mit einem stilvollen Abendessen!

Aber erst mal mußten wir natürlich umziehen.

Im Büro wurde Herr Reese durch eine Frau ersetzt. Mrs. Odette Moran hatte bisher als Buchhalterin in einer Fischfabrik gearbeitet. »Phantastisch tüchtig, eine Zahlenkünstlerin«, so führte Wendy sie ein – und ein Opfer männlicher Grausamkeit war sie außerdem. Das war für Wendy ein weiterer Grund, sie zu fördern. Odette Morans Ehemann hatte Selbstmord begangen – ohne guten Grund und, laut Wendy, auf besonders rücksichtslose Art. »Eines Morgens schlägt sie die Decke zurück, und da liegt er – mit zerschossenem Kopf im blutigen Ehebett! So fand sie ihn! Der Mann war ein absoluter Egoist! Natürlich zahlen wir ihr ein besonders gutes Gehalt, dafür hab' ich gesorgt. Sei du auch extra nett zu ihr, Theresa!« Das war ich natürlich – Mrs. Morans Tragödie war schrecklich genug –, fand aber in weniger teilnahmsvollen Momenten, daß Wendy ihre Unterstützung hilfsbedürftiger Frauen auch auf mich ausdehnen könnte, indem sie mir endlich eine neue Schreibmaschine kaufte. Als ich vorsichtig davon anfing, klopfte sie mir nachsichtig auf die Schulter: »Nun mach mal Pause, Theresa, schließlich hast du grad erst ein neues Haus gekriegt.«

Auch mit anderen Wünschen stieß ich auf Widerstand. Als Philip hörte, daß wir in naher Zukunft versilberte Bestecke, Kerzen und Porzellan benötigten, schüttelte er den Kopf. »Wozu?« Ich erinnerte ihn an Herrn Reeses denkwürdiges Abendessen. »Ach so!« Er lachte. »Warum willst du jetzt unbedingt kochen, Theresa? All dieses Zeugs kannst du kaufen, wenn ich selbständig bin.« Ich nickte seufzend und sah mich als ergrauende Matrone, umgeben von den Söhnen der Hagedorn-Germanen, noch immer im Speisesaal des Pelikan Hotels zitronengelbe Butter essen. »Ach, Philip, so ein Flugzeug kostet ein Vermögen! Wie sollen wir das jemals zusammensparen?« Er blinzelte mich an. »Vielleicht schneller, als du denkst, mein Schatz. Das wirst du schon sehen.«

Ich ging trotzdem zu Hagedorn, wenn auch mit reduzierten Absichten. Mein Einkauf bestand aus zwei eleganten weißen Kerzen. Dann sah ich eine Reibe, die mich an den Abend bei Ockers erinnerte. Die legte ich auch noch dazu.

Werner Schmidt hielt sein Versprechen, er lud uns zum Tennis ein. »Ganz wie in alten Zeiten, nur besser, weil wir jetzt Theresa als ständigen Partner haben!« rief er zufrieden über das Netz, als wir das erste Doppel begannen. Ich spielte wie die Anfängerin, die ich war, Philip um so besser. Wir gewannen. Nach drei verlorenen Sätzen schob Werner uns fluchend in sein rotes Auto und lud uns zum Sundowner ein. Ute saß neben ihm und lächelte. Sie sagte nie viel – vielleicht, weil ihr Mann so redselig war.

Schmidts wohnten in einem neuerbauten, noch weißen Haus an der Lagune. Sie hatten eine Terrasse mit Blick auf dunkelblaues Wasser und rosa Flamingos. Vor der Terrasse grünten Tamarisken und der handgepflanzte Rasen, den Werner nicht im Stich lassen wollte. Wie schön es hier war! Wir saßen draußen in den schrägen Strahlen der Nachmittagssonne unter einem buntgestreiften Gartenschirm. Plötzlich hatte Walfischbai für mich ein neues Gesicht bekommen. Ute brachte ein Tablett mit kaltem Zitronentee und kriegte dafür einen Kuß auf die Nasenspitze. »Danke, mein Engel«, sagte ihr Ehemann, »aber wir Männer zischen wohl lieber ein Bier.« Nach den ersten durstigen Schlucken forderte Werner mich launig auf, aus Philip einen besseren Menschen zu machen. »Als Freund ist er ein Skandal. Spielt auf meinem Tennisplatz, säuft mein Bier und läßt mich trotzdem nie gewinnen. Der typische Parasit! Prost, Philip, du kriegst noch deine Strafe! Prost Theresa, viel Glück im neuen Haus!« Natürlich erschien auch Schmidt junior auf der Terrasse. Er wurde in Vaters Arme gelegt und nahm keine Notiz von uns, weil er wie ein Murmeltier schlief. Wir durften ihn nur flüsternd bewundern. »Meine Henkelohren hab' ich ihm nicht vererbt«, stellte Werner zufrieden fest, »das hab' ich wirklich gut gemacht.«

Am nächsten Tag beschrieb ich Wendy begeistert das Schmidtsche Familienglück in allen wunderbaren Einzelheiten: Tennis, den friedlich schlummernden Marzipansäugling, die Terrasse, die grüne Rasenfläche, die graziösen Flamingos in der Lagune. Wendy war beeindruckt – auf ihre Art. »Daß ihr Schmidts in drei Sätzen geschlagen habt, find' ich großartig. Dabei muß ich sofort an Edwina denken. Jedes Jahr in den Sommerferien spielten wir als Kinder Tennis in Swakopmund, und jedes Jahr zerschlug sie fast ihren Schläger vor Wut, weil ich immer besser war als sie.« Wendy grinste zufrieden vor sich hin. »Mein Gott, was strengte sie sich an – und war und blieb doch eine Flasche.«

Inzwischen aber nicht mehr, war ich versucht zu erwähnen, doch dann fiel mir etwas ein. »Ich wette, du könntest sie immer noch schlagen, wenn du nur etwas üben würdest«, sagte ich und bemerkte außerdem, wie schade es sei, daß Talbot & Steck nicht auch einen Tennisplatz hätten. »Hmm, ja«, Wendy dachte nach, dann grinste sie wieder. »Du meinst, wir sollten einen anlegen, damit ich Edwina …« Sie unterbrach sich und überlegte. »Weißt du was? Ich werd' mit meinem Vater reden. Im Grunde ist die Idee nicht schlecht, denn andere hätten ja auch was davon.«

Von da an sah ich schillernde Zukunftsvisionen am Wüstenhorizont: Philip und ich im eleganten Ballwechsel auf dem neuen Talbotschen Tennisplatz und anschließend – warum auch nicht? – auf unserem eigenen handgepflanzten Rasen vor dem Steinwürfel kühle Getränke schlürfend. Es war beinah so schön wie bei Schmidts. – Den Rasen müßte ich alleine pflanzen, das war mir klar. Philip war kein Gärtner.

»Na, wen Captain Talbot uns wohl als nächstes in unsere Badewanne setzt«, war Frau Heinzes Kommentar, als ich ihr von unserem bevorstehenden Umzug erzählte. »Etwa diesen Portugiesen, der schon zweimal nach ihrem Mann gefragt hat, Frau Thorn? Soll der etwa als nächster hier rein?« Ich wußte nichts von einem Portugiesen und zuckte die Schultern. Frau Heinze stemmte die Hände in die Hüften. »Wenn man uns hier nun auch noch portugiesische Fischer reinsetzt, geh' ich sofort nach Deutschland zurück, das hab' ich meinem Mann bereits gesagt. Irgend jemand sollte den Captain mit einer Lupe versorgen, damit er sich die Leute, die er anstellt, etwas besser ansehen kann. Ist der Mann mit Blindheit geschlagen? Das beste Beispiel ist Miß Jones. Sieht er nicht, was die hier treibt?« Frau Heinze trat etwas näher an mich heran und senkte ihre Stimme. »Mrs. Moran ist auch so ein Fall. Jeder bedauert diese Frau und keiner fragt, *warum* sich ihr Mann erschossen hat.«

»Ja, aber ...« Frau Heinze winkte verächtlich in meinen Satz hinein: »Seien wir doch mal ehrlich, Frau Thorn. Abgesehen von den Leuten, wie Sie und ich, die es hier aushalten, um Geld zu sparen, ist Walfischbai ein Sammelplatz für zweifelhafte Typen. Herr Reese zum Beispiel – ja, ja, ich weiß, man soll über Tote nichts Schlechtes sagen –, aber dieser Mann war stets guter Laune. Warum? frag ich sie. An einem Ort, wo nie ein Vogel singt? Wo jedes Auto, jedes Fahrrad sofort verrostet, weil die Luft entweder zu feucht, zu salzig oder voller Drecksand ist? War der Mann verrückt, oder was? Nicht mal einen Rassehund kann man hier ungestraft halten!« Frau Heinze unterbrach ihren Redeschwall und blickte auf Ellinor hinunter, die wie eine pralle braune Wurst ungewöhnlich träge auf der Badezimmermatte lag. Sie hob die Hündin vorsichtig auf. »Schwanger«, teilte sie mir düster mit. »Sie sind die erste, die's erfährt. Unsere Ellinor hat sich rumgetrieben! Hat sich schänden lassen! Von den Hunden in der Location!«

Als wir umzogen, war der Traum vom Tennisplatz schon ausgeträumt. Captain Talbot fand die Idee einer ›Sportanlage‹, wie er sich ausdrückte, zu kostspielig und schlug statt dessen den Kauf einer Tischtennisplatte vor. Wendy gab nicht so schnell auf. Zufriedene Angestellte rentierten sich immer, erklärte sie ihm. Ihr Vater schien diesen Hinweis vernünftig zu finden. Er dachte mehrere Tage darüber nach, dann gab er ihr recht. »Zufriedene Angestellte rentieren sich wirklich«, sagte er zu seiner Tochter. »Und darum werden wir unsere mietfreien Wohnungen durch den Einbau von Wasserklosetts verbessern. Das erhöht den Grundstückswert, und die Angestellten brauchen dann nicht mehr durch den Sandwind zu laufen, wenn sie mal müssen.«

Meine schillernden Zukunftsvisionen waren auf einen noch zu pflanzenden Rasen zusammengeschrumpft.

Wendy sah mir meine Enttäuschung an. »Du freust dich nicht auf deine neue Toilette«, warf sie mir vor. »Doch. Es ist nur ...« Ich hörte lieber auf. Wendy, die wohl auch enttäuschter war, als sie zugeben wollte, sah mich ermunternd an. »Was ist, Theresa? Warum sprichst du nicht weiter?«

»Ach, ich ... ich hätte nie gedacht, daß es in Afrika so langweilig sein kann«, fuhr es aus mir heraus, »und ein Tennisplatz wäre ...« Wendy zog ihre dichten roten Brauen zusammen. »Langweilig?« unterbrach sie mich empört. »Das ist doch wohl nicht dein Ernst! Südwest ist nicht langweilig! Es steckt voller Abenteuer!«

»Ja, aber nicht für mich!« schrie ich zurück. »Philip fliegt durch die Gegend, du fährst mit deinen Autos, wohin du willst, und ich sitz' immer auf demselben Stuhl hinter dieser verrosteten Schreibmaschine und guck' durch dieselben sandigen Fensterscheiben auf dasselbe Stückchen Sand!«

Erschrocken brach ich ab und legte die Hand auf meinen Mund. Was fiel mir ein, hier so herumzuschreien? »Sorry«, murmelte ich, hob den Kopf und erwartete Wendys strafenden Blick. Die sah aber gar nicht vorwurfsvoll aus. Sie guckte durch die von mir bemeckerten blinden Scheiben nach draußen und überlegte. Dann nickte sie. »Du hast ja recht, Theresa. Aber nur, weil du noch nichts gesehen hast.« In ihren sonst so nüchtern blickenden, blaßblauen Augen leuchtete plötzlich romantische Begeisterung. »Glaub mir, Theresa, wer hier lebt, hat das große Los gezogen. Südwest, mein Südwest, das du noch nicht gesehen hast, hat alles das, wovon in enge Städte eingepferchte

Leute nur träumen können: Stille, Weite, Himmel, freie wilde Tiere und Berge und Täler, die vielleicht noch nie ein menschlicher Fuß betreten hat.« Wendy schwieg eine Weile, dann schüttelte sie den Kopf. »Daß meine Mutter das alles im Stich lassen wollte, werd' ich nie verstehen.« Ihr Blick zeigte an, daß sie plötzlich wieder so nüchtern wie ihr Auftragsbuch für Zementsteine war. »Und übrigens, Theresa, selbst die nähere Umgebung von Walfischbai ist interessant. Warum kauft sich Philip kein Auto? Er verdient doch schließlich genug. Er kennt die ganze Gegend hier und könnte dir alles zeigen.«

Ja, das stimmt, hätte ich zugeben müssen und konnte Wendy doch nicht erklären, daß Philip all sein Geld für ein Flugzeug sparte, um ihr und ihrem Vater Konkurrenz zu machen. »Und Fahren lernst du bei mir«, beschloß Wendy nun. »Männer haben dafür zu wenig Geduld. Was sie nämlich heimlich denken, ist, daß Frauen hinter einem Autosteuer nichts zu suchen haben. Sobald du deine Fahrprüfung bestanden hast, fährst du nach Swakopmund und besuchst Marei. Das täte euch beiden gut. Weißt du, sie gefällt mir immer besser. Schmeißt anscheinend inzwischen das ganze Hotel. Fixes Mädchen. Jedesmal, wenn ich reingeh', um sie von dir zu grüßen, staune ich.« Wendy unterbrach sich, blies die Backen auf und pustete den Sand von einer auf meinem Schreibtisch liegenden Akte ins Büro. Ich sollte mal die Eingangshalle sehen, fuhr sie dann fort. Die Sessel seien immer noch abgewetzt, aber man setze sich nicht mehr auf Fusseln und Krümel. Der fleckige Teppich sei weg, der Spiegel mit dem Sprung sei auch nicht mehr da und statt nach kalter Asche und vergossenem Bier rieche es jetzt nur noch nach Bohnerwachs. Nach dieser Beschreibung machte Wendy eine Pause, und ihre Miene nahm einen Ausdruck der Besorgnis an, weil jetzt Mareis Bekleidung an der Reihe war. »Früher sah sie wie ein wandelndes Soldatenzelt aus – das war schon schlimm genug. Aber jetzt ist's leider noch schlimmer. Jetzt läuft sie nämlich von morgens bis abends in einem weißen Kittel herum. Bei der Figur! Das graubraune Zeug sah besser aus. Man müßte ihr helfen, Theresa, und mit ihr reden. Nicht den Schimmer einer Ahnung hat sie, nicht den leisesten« – hierbei schnippte Wendy mit den Fingern –, »daß eine Frau, die im Berufsleben steht, auch auf ihr Äußeres achten muß.«

Bei letzterem Ausspruch erhob meine Chefin sich, zog ihren Bauch sekundenlang ein und machte zwei aufgeplatzte Druckknöpfe an ihrer zerknitterten Bluse zu. »Denk mal drüber nach, wie wir ihr helfen könnten, Theresa.« Dann stampfte sie nach draußen und rief: »Johannes, wo bist du?«

Kurz danach wurde es heller im Büro. Johannes, der Office Boy, fegte von draußen die Fensterscheiben ab und verbesserte meine Aussicht auf den langweiligen, grauen Sand.

Balsam erschien an einem späten Nachmittag, als wir schon umgezogen waren, und entschuldigte sich, daß er nicht eher gekommen war. Ich hatte ihn gar nicht eingeladen und stand mit einem von Werner Schmidt geliehenen Spaten vor unserem Haus, weil ich Philip mit den ersten Reihen unseres zukünftigen Rasens überraschen wollte. Er flog zwei Tage im Norden von Südwest. Balsam sah sich den Steinwürfel abschätzend an. »Selbst ein so schlichtes Haus wie dieses kann man in ein wirklich behagliches Heim verwandeln«, tat er mir in herablassend tröstendem Tonfall kund und machte, wie erwartet, seine Aktentasche auf. »Nett von Ihnen, daß Sie gekommen sind«, sagte ich, meine Stirn abwischend, weil der Boden ziemlich hart war, »aber wir brauchen keine neuen Möbel.« Balsam nahm meine Hand vom Spatenstiel und legte einen Stapel Kataloge in sie hinein. Er hätte mich wirklich sofort nach unserem Einzug ins neue Heim aufgesucht, wiederholte er sanft, wenn seine Chefin Edwina sich nicht im Augenblick auf einem wohlverdienten Urlaub in den Bergen der Schweiz befände. »Sie wissen, was das bedeutet, Frau

Thorn: Verantwortung! Ich halte die Zügel allein in der Hand, ich hab' nur wenig Zeit. Trotzdem bin ich hier zu Ihren Diensten.« Ich stützte mich auf den Spaten und sagte ihm zum zweiten Mal, daß wir wirklich keine neuen Möbel brauchten. Er machte Kugelaugen. »Ts, ts, Frau Thorn, Sie sind doch nicht etwa der Konkurrenz ins Netz gegangen? Möbelmeier verkauft Ihnen heute, was schon gestern unmodern war. Der Mann ist meilenweit hinterm Mond zurück. Klauenfüße! Fransen! Wollen Sie wirklich so leben?«

»Wir haben Herrn Reeses Möbel, sie sind noch im Haus und bleiben erst mal da«, sagte ich. »Seine Erben wollten sie nicht.« In Balsams Miene dämmerte plötzlich Verstehen auf. Aha, so sei das also, nickte er, in vertrauliches Murmeln übergehend. »Selbstverständlich können Sie auch in Raten zahlen, Frau Thorn. Finanzielle Schwierigkeiten sind keine Schande.«

»Nein, bestimmt nicht, und wir haben auch keine!« knurrte ich und stieß den Spaten wütend in den Sand. Mein Besucher sah mir kopfschüttelnd zu. Für solche Arbeiten stelle man hier Eingeborene an, belehrte er mich. Die Löhne seien so minimal, daß sich auch Leute in bescheidenen Verhältnissen eine Hilfe leisten könnten.

Noch ein Wort, dachte ich, noch ein einziges Wort, und ich ramm' ihm den Spaten in den Bauch! »Ach, übrigens, Frau Thorn, Fräulein Ungerbieler sendet herzliche Grüße.« Ich vergaß meine Mordideen. »Wirklich? Haben Sie sie besucht?« Balsam setzte seine formellste Möbelverkäufermiene auf und berichtigte mich. »Die Unterredung war geschäftlicher Art. Fräulein Ungerbieler hat Herrn Emmerich den Ankauf neuer Sessel für die Hotelhalle vorgeschlagen. Anscheinend hält er große Stücke auf sie.«

»Na, jedenfalls einer, der Köpfchen hat«, sagte ich, aber leider pikste dieser Stachel Balsam nicht. Er zuckte nur die Achseln. »Ich würde sagen, daß Herr Emmerich vor allem einen selbsterworbenen Leberschaden hat. Es bleibt abzuwarten, ob er sich länger als einige Wochen auf den von Fräulein Ungerbieler verordneten Orangensaft beschränkt. Ehrlich gesagt, ich bezweifle es. Der Mann fing das Saufen an, als seine Frau im Kindbett starb, schon lange her, und das bügelt auch Fräulein Ungerbieler nicht in einigen Wochen wieder aus.« Balsam bückte sich und nahm seine Aktentasche auf. »Es freut mich, daß wir ehrlich und offen miteinander reden konnten, Frau Thorn. Bitte vergessen Sie nicht, daß Ratenzahlung keine Schande ist und daß ich Ihnen stets zu Diensten bin.«

Er stieg in sein Auto, ich sah ihm nach. In spätestens zwanzig Minuten hat er Peter Bendix berichtet, daß seine ehemalige Braut in bedauernswerter Armut lebt, dachte ich und stampfte so wütend auf den Spaten, daß er bis über den Stiel im Sand versank.

Als Philip zurückkehrte, merkte er leider nichts. Ich nahm ihn beim Ärmel, zog ihn vor die Haustür und wies auf meine Pflanzung. Es war Nachmittag, Sandwind schlug gegen den Steinwürfel, die spärlichen grünen Halme zitterten alle in eine Richtung und wurden zusehends grauer. »Oh, du holde Gärtnersfrau«, lachte Philip, »wo hast du denn die Ableger her? Von Werner Schmidt?« Ich nickte. »Nun sei bitte nett, Philip, und begeistere dich. Ich hab' mich nämlich furchtbar dabei angestrengt.«

»Das sollst du aber nicht, Theresa. Sobald ich selbständig bin, schmeißen uns die Talbots nämlich aus dem Haus, und dann hast du den Rasen ganz umsonst gepflanzt.« Ich sah meine hilflosen Hälmchen an, und mütterliche Besorgnis erfaßte mein Herz. »Na, das hat ja wohl noch etwas Zeit«, meinte ich beinahe hoffnungsvoll. »Weniger als du denkst.« Philip zog mich ins Haus und schob mir einen der hochlehnigen, altmodischen, von Herrn Reeses Erben verschmähten Eichenstühle zu. »Großes Geheimnis, Theresa. Also Mund halten! Ich hab' mich nämlich auch furchtbar angestrengt und einen Partner gefunden, der mir helfen wird, mein Flugzeug zu finanzieren. Du wirst ihn bald kennenlernen.«

Philips Partner kam eine Woche später abends zu Besuch. Er sollte einen guten Eindruck von uns haben, das war mal klar. Ich steuerte Herrn Reeses alten Staubsauger mit so viel Elan durch die Stube, daß er mehrere Teppichfransen verschlang. Danach putzte ich die runzligen Ledersitze der Eichenstühle mit Schuhcreme blank, legte ein Kissen über die Mulde im Sofa, stellte die beiden weißen, bei Hagedorn gekauften Kerzen auf den Tisch, rieb Käse, würfelte Schinken, kochte Makkaroni.

Philips Partner, Senhor Pereira, war Portugiese und gefiel mir sofort. Er hatte dunkles, in quergelegten Strähnen sorgfältig über seine kahle vordere Kopfhälfte gekämmtes Haar, einen um so dichter sprießenden, nach oben gebogenen Schnurrbart und darunter ein strahlendes Lächeln. »Ah, Senhora Thorn!« Er küßte meine Hand und brauchte sich nicht weit herunterzubeugen, denn er war nicht viel größer als ich. Seine freundlichen Worte über das innere Dekor des Steinwürfels waren ermutigend. Er lobte alles, was er sah: Herrn Reeses verbliebener, nunmehr lückenhaft befranster Teppich war ein antikes Meisterstück, die mit Tante Wandas blauem Kreuzstich bestickte Tischdekke ein seltenes Kunstwerk und meine mit Lampenfieber servierten Makkaroni, von denen er zwei Portionen aß, ein denkwürdiger kulinarischer Gipfel. So viele nette Komplimente! Ich seufzte glücklich und war versucht, dem reizenden Gast auch meine vielversprechenden Grashalme vor der Haustür zu zeigen, doch dafür war es schon zu dunkel. Nach Verzehr der ersten Makkaroniportion hob Senhor Pereira sein Glas und stieß mit mir und Philip an. »Auf unsere Partnerschaft! Auf Wohlstand und Erfolg!« nuschelte er feurig mit seinem starken portugiesischen Akzent. Die Männer leerten ihr Glas, ich leerte meins, und die letzten Reste meines hausfraulichen Lampenfiebers schwammen davon. »Zum Nachtisch gibt's Pfirsiche«, teilte ich Senhor Pereira kichernd mit. »Aus der Blechdose, weil ich noch nichts anderes kochen kann.« Unser galanter Gast küßte schmatzend seine Fingerspitzen und zog ein entzücktes Gesicht. Philip dagegen holte eine weitere Flasche Wein aus der Küche. Er sagte: »Damit die Dinger besser rutschen«, und fluppte den Korken heraus. Ein wunderschöner, beschwingter Abend in immer schöner werdender Umgebung! Ich saß im goldenen Stehlampenlicht und fühlte warme Dankbarkeit. Senhor Pereira sichtlich auch. Er blieb bis weit nach Mitternacht und auch weiterhin in guter Laune, als ihm ein Pfirsich am Schlips entlang auf die Hose glitschte. »Sie und Philip werden meine Gäste sein!« nuschelte er begeistert, während ich ihn mit einem feuchten Geschirrtuch betupfte. »In Mozambique! In Lourenco Marques! Im wunderschönen Polana Hotel! Ah, Senhora Thorn! Solche Eleganz! Solche Riesengarnelen! So ein Genuß!! Sie müssen kommen!!! Schon bald!!!!«

Das Morgenlicht war ungewöhnlich grell. Ich setzte schon im Bett meine Sonnenbrille auf. Mein Schädel brummte, mein Magen grollte, und im Büro mochte ich Wendy nicht in die Augen sehen. Die Gewißheit unseres baldigen Verrats – so jedenfalls würde Wendy es nennen – lag wie ein Haufen ihrer Zementsteine auf meinen verkaterten Schultern. Das Mittagessen schob ich zur Seite und trank stattdessen sämtliche auf dem Tisch erreichbaren Wassergläser leer. »Wann meinst du denn, wird es was mit Senhor Pereira?« fragte ich Philip auf dem Rückweg zum Büro, heimlich einen kleinen Aufschub erhoffend. »Schon bald, aber ein genaues Datum steht noch nicht fest.«

»Und war Pereira schon immer reich? Woher kriegt er das ganze Geld?« Philip erklärte mir alles. Sein Partner habe eine Nase für Investitionen, informierte er mich. Er schnüffele Gewinne schon von weitem aus und mache weltweite Geschäfte. Wir gingen auf der sandigen Wildwest-Hauptstraße gerade an den Bartüren vorbei. Eine von ihnen schwang plötzlich auf. Ein Fischer stürzte nach draußen und hielt sich den Kopf. Ich sah ihm teilnahmsvoll nach. Mitleid, plötzlich ging mir auf, was das wirklich war. »Wie viele Gläser hab' ich gestern Abend schätzungsweise getrunken, Philip? Drei? Fünf? Zwanzig?« Er grinste, blieb vor Hagedorns mit gutbürgerlichen Kochtöpfen, Teekesseln und Holzlöffeln dekoriertem Schaufenster stehen und legte den Arm um meine Schultern. »Es war den Kater wert, Theresa. Bald geht's uns besser, das wirst du sehen. Und damit du dich leichter an den Gedanken gewöhnst, gucken wir uns jetzt schon ein paar Silberbestecke an.«

Als wir eine Weile später den Laden wieder verließen, hatten wir eine Einladung zum Langustenfischen angenommen und sehr zu meinem Erstaunen eine Säge gekauft. Die angebotenen Silberbestecke waren nicht nach Philips Geschmack gewesen. Ich stimmte ihm zu. »Mir gefielen sie auch nicht besonders, aber warum du diese Säge kaufen mußtest, ist mir wirklich schleierhaft.«

»Na, warum wohl, Theresa?« Nachsichtig lächelnd sah er auf mich herunter. »Weil man immer eine gebrauchen kann – nur Frauen stellen solche Fragen.«

15

Am nächsten Sonntag holte uns Werner Schmidt in seinem neuen Landrover zum Langustenfischen ab. Die rote Rakete hatte er verkauft, weil für einen Familienvater ein seriöseres Fahrzeug nach seiner Ansicht geeigneter war. »Das einzig Wahre in Südwest«, freute er sich, das graue Autoblech wie die Flanke eines edlen Rennpferdes streichelnd. »Vierradantrieb!! Fährt selbst im dicksten Sand ohne steckenzubleiben! Und rosten tut er auch nicht so leicht ... aber Ute hat ihn natürlich trotzdem eingewachst.« Er warf ihr eine Kußhand zu, machte Philip und mich mit Bob und Vicky Nelson bekannt, die auch in dem Auto saßen, und dann brauste er los, mit so viel Elan, daß wir wie Kegel durcheinanderfielen. »Werner! Die Flaschen!« rief Ute warnend. Die Flaschen, welche mit uns fuhren, waren voller Windhuk-Bier. Zwei davon schwangen in nasse Socken gestopft unten vorm Auto festgebunden, um so auf altbewährte Südwester Weise im Fahrtwind gekühlt zu werden. Werner nahm sofort den Fuß vom Gaspedal – zersplittertes Bier war weniger Bier, das machte ihm angst.

Etwas zahmer brummten wir hinter den aufgereihten Fischfabriken am Meeresufer entlang. Man schaute auf Schornsteine, graue Mauern, grauen Sand. Doch danach wurde es hübscher. Ein heller Strand breitete sich vor uns aus, graugrüne, schaumgekrönte Brecher rollten heran, sanftgeschwungene Dünen tauchten auf. Werner fuhr plötzlich wieder schneller, er begann zu jodeln, was herrlich übermütig und unmelodisch klang. Wir hielten uns aneinander fest. »Werner, Werner! Die Flaschen!«

Diesmal hörte er nicht, er wollte seinen Wagen testen und fuhr mit geblähten Nüstern in ein von Wellen ausgespültes Loch. Bums! Wir saßen fest. »Versteh' ich nicht, dieser Wagen soll doch ...« Werner stieg aus. Wir anderen auch. Dann buddelten wir. Ziemlich lange und mit den Händen, weil wir, im Gegensatz zu vernünftigen Südwestern, keine Schaufel im Auto hatten. Die führten wir nicht mit, weil ein Auto wie dieses niemals im Sand versank. Werner ließ auch jetzt nichts auf seinen Liebling kommen. Er gab dem Loch die Schuld – und wir ihm viele neue Namen, von denen keiner schmeichelhaft war. Besonders nicht, während wir schieben mußten. Während wir stemmten und stöhnten, gab Werner hinter dem Steuerrad Gas, und – siehe da! – sein Stahlpferd sprang aus dem Loch und war wieder flott. »Antilopengleich!« rief er, hielt sich aber von nun an möglichst auf ebenem Sand. Mir tat es heimlich leid. Der Plumps ins Loch und das Gebuddel, fand ich, waren eine Gaudi gewesen. Endlich erlebte ich hier mal was! Die Gegend, die wir nun durchfuhren, gefiel mir auch. Sie sah nach Abenteuer aus – wenn auch längst vergangenem Abenteuer. Vor uns, knapp vor der wilden Brandungszone, ragte plötzlich etwas aus dem Sand, das Gerippe eines Schiffes. Zerbrochen, leergewaschen und dennoch voll von unerzählten Geschichten lag es da. Wer war auf diesem Schiff gesegelt? War's schon lange her? Und war es auch Fernweh gewesen, das die Leute auf dem Schiff an diese ungezähmte Küste verschlug? Was war aus ihnen geworden? Waren sie in der Wüste verdurstet? – Werner fuhr einmal um das Wrack herum. »Man findet hier so viele«, sagte er. »Dieses liegt anscheinend schon ewig hier.«

Vicky Nelson, die neben mir saß, hob nur kurz den Kopf. Sie hatte Shorts mit makellosen Bügelfalten an und blickte trauernd auf einen ihrer leuchtendrot lackierten Fingernägel nieder, der beim Buddeln abgebrochen war. Der Farbton sei Edwinas Empfehlung gewesen, erzählte sie mir und sah mich prüfend von der Seite an. »Kennen Sie Edwina Lord?«

»Ja.«

»Und waren Sie schon in ihrem Haus?« Ich verneinte

und ahnte, daß dies ein Minus war. Vicky schien dort ein häufiger Gast zu sein. Bob, ihr Mann, sei ›die Nummer zwei‹ in seiner Bank, erfuhr ich von ihr, und habe laufend mit den Lords Kontakt. »Edwina gibt himmlische Parties«, begeisterte Vicky sich. »Das kann auch Ute bezeugen.« Ute, freundlich und ziemlich schweigsam wie immer, zeigte ihre reizenden Grübchen und sagte: »Ich war erst einmal bei den Lords.« Nun, das würde sich bestimmt bald ändern, weil Werner ja jetzt Manager sei, versprach Vicky ihr. Dann wandte sie sich zu mir zurück. »Edwina lädt nur … interessante Leute ein«, informierte sie mich. Das mache ihre Parties so unvergeßlich. Das und natürlich das Lordsche Haus. Man ahne nicht, daß es so was in Walfischbai gäbe, wenn man dort noch nicht eingeladen war. Vicky beschrieb mir das Haus, die letzte dort erlebte himmlische Party und »Edwinas Zunge in Madeira, welche butterzart, elegant und ebenfalls himmlisch war«. Werner lachte, als er das hörte, und hielt den Wagen an. »Heute abend kriegst du frische Langusten, Vicky«, versprach er ihr. »Und wenn du die auf dem Teller hast, vergißt du Edwinas butterzarte Zunge.«

Wenig später stand er zwischen flachen, ins Meer hinausragenden Felsen bis zur Brust im Wasser und erklärte Philip und Bob, wie man Langusten fing. Wir Frauen sahen von oben zu. »Diese Klippen hier sind wie Etagenhäuser. Für Langusten. Und weil jetzt Ebbe ist, sieht man das Dach. Die Wohnungen sind weiter unten. Man taucht, greift in die Höhlen und Ritzen, und wenn die Mieter zu Hause sind, zieht man sie einfach raus.« Philip war schon während dieser Erklärung im Wasser verschwunden, kam bald wieder hoch und warf mir den ersten Mieter vor die Füße. Ich sah erschrocken auf ihn hinab. Die mir bis dahin begegneten Langusten waren von Mayonnaise begleitet gewesen und sahen unendlich sympathischer aus als diese braun gepanzerte, mit Stielaugen und krabbeligen Stelzbeinen ausgestattete Riesenspinne. »Schnell, Theresa, steck sie in den Sack!« forderte Philip mich auf. »Nein!«

schrie ich entsetzt zurück. »Sie hat ein Schild auf dem Rükken, auf dem ›Berühren Verboten‹ steht.« Die Männer lachten, tauchten und warfen uns den nächsten grausigen Leckerbissen zu. »Ich würd' ja lieber sterben, als da unten in dem dunklen Wasser diese Biester aus den Felsen zu klauben«, sagte ich zu Ute, die in einem roten Badeanzug vor einer Segeltuchtasche hockte und ihr zwei lange Holzlöffel entnahm. Mit diesen hob sie die erste Languste vorsichtig auf. Die armen Dinger sähen zwar fürchterlich aus, erklärte sie mir dabei, seien aber ziemlich wehrlos, weil sie keine Scheren hätten. Ich sagte »Hm«, sah mir die armen Dinger genauer an und zog trotzdem meine Zehen ein. »Da, guckt euch diesen an! Der Opa vons Janze!« rief Werner. »Und hier kommt sein Enkel!« Den hatte Philip erwischt. Die beiden Langusten landeten auf der Felsplatte, eine groß, die andere klein. Ich mußte den Sack aufhalten, und Ute schob den Opa per Holzlöffel hinein. Vicky sah zu. »Wieviel haben wir schon?« fragte Werner. »Vier!« rief Ute sich verzählend und schob die kleine Languste, während Vicky mit erneutem Unmut ihren abgebrochenen Nagel studierte, sanft ins Wasser zurück. Ohne mich anzusehen, ohne ein Wort. So ging es weiter. Die Männer fischten mit großem Hallo und warfen uns ihre wehrlose Beute zu, ich hielt den Sack auf, Ute schob die Langusten hinein, und wenn Vicky Nelson nicht guckte, ließ sie sie entkommen. Ich sagte nichts und half ihr dabei. Ab und zu legte ich die Hand vor meinen Mund, um nicht unbändig loszulachen. Die Sonne schien, das Wasser blinzelte uns mit hundert Lichttupfen an, und die Welt war so schön und so absurd wie bei meinem ersten Schwips.

Nach einer Weile stemmte Werner die Arme auf den Felsrand und schwang sich kraftvoll an Land. »Und wieviel ham' wir jetzt?«

»Schwer zu sagen, wenn sie alle so durcheinanderkrabbeln«, meinte Ute, ihm zärtlich das nasse Haar hinter die prominenten Ohren streichend. »Wollt ihr nicht erst mal Pause machen?« Werner blickte in den Sack. Erst sagte er:

»Weniger als ich dachte«, dann: »Gute Idee« und schließlich mit Donnerstimme: »Bier her!« Dieser Ruf trieb auch Philip und Bob Nelson aus dem Wasser. Außer Bier gab es über offenem Feuer gegrillte Würste und drei Kartoffelsalate: Utes, Vickys und meinen ersten, der etwas zu kühn gepfeffert, aber sonst genießbar war.

Vicky aß von all diesem nichts. Sie begnügte sich mit einer in zierliche Scheiben zerlegten Apfelsine. Nach dem Essen zeigte Werner seine neuesten Babyfotos herum, und danach ruhten sich die Männer unter über die Augen gelegten Hüten im schmalen Autoschatten von der Langustenjagd aus. Ute setzte sich mit ihrem Skizzenblock weit von uns weg und wurde ein ferner roter Punkt am Strand. Ich wollte unter meinem breiten Hutrand in der Sonne dösen, aber Vicky ließ mich nicht. Sie lag zwecks gleichmäßiger Bräunung mit heruntergezogenen Badeanzugträgern auf einem flauschigen, gelben Badetuch und redete wie aufgezogen. Eine Apfelsine, erfuhr ich von ihr, das sei ihr Mittagessen, heute und jeden Tag, weil man als dicke Frau in gesellschaftlicher Hinsicht ein garantierter Mißerfolg sei. Mabel Smith zum Beispiel, Frau eines Bankmanagers, wiege beinah zweihundert Pfund und wirke schon aus diesem Grunde niemals elegant. »Mabel und John werden nicht halb so oft eingeladen wie Bob und ich, obwohl er Bobs Vorgesetzter ist«, vertraute Vicky mir an. »Und trotz seiner Position schickt Edwina ihnen niemals eine Weihnachtskarte.« Vickys Ton ließ mich vermuten, daß dies für John und Mabel ein schwerer Schicksalsschlag war. Sie hatte sich inzwischen aufgesetzt und wechselte, prüfend meine Taille betrachtend, plötzlich das Thema: »Ist Philip auch so auf Nachwuchs versessen?« fragte sie mich. »Bisher noch nicht.«

»Bob leider ununterbrochen, und das ist Werners Schuld. Er zeigt ihm dauernd Babyfotos.« Vicky seufzte. Was so ein Kind für die Figur einer Frau bedeute, sei ihrem Mann leider völlig egal, fuhr sie fort. Bob halte ihr Ute als Beispiel vor, die sei auch nach dem Baby so schlank wie ein Reh. Vicky, die so dünn wie ein Streichholz war, sprach plötzlich im Flüsterton weiter: »Und trotzdem tut Ute mir furchtbar leid. Depressionen nach der Geburt eines Kindes kommen nämlich häufig vor, und Ute ist ein typischer Fall. Merken Sie auch, wie schweigsam sie ist? War sie früher nie. Man sieht's auch ihren Bildern an. Nicht den hübschen von Dünen und Wellen mit Sonnenuntergang, sondern denen, die sie heimlich malt. Kreuzigungsszenen! Grausig! Ich fand es nur durch Zufall heraus, weil sie sie niemandem zeigt. Und ich weiß auch warum. Die Figur am Kreuz ist sie selbst. Sie selbst! Buchstäblich übel wurde mir. Ute am Kreuz! Mit blutenden Händen und Füßen. Und Nägeln so dick wie … wie diese Holzlöffelstiele. Wenn das nicht Bände spricht! Natürlich glaubte Bob mir kein Wort. Das war nicht Ute, sagte er, du hast nicht richtig hingeguckt. Das war ein ganz normales religiöses Bild. Ihr Vater ist schließlich Missionar im Owamboland. Daß Kinder ein wahres Kreuz sein können, kommt ihm gar nicht in den Sinn.« Vicky warf einen waidwunden Anklageblick in Richtung ihres schlummernden Mannes, dann sank sie auf den gelben Flausch zurück und hielt für kurze Zeit den Mund.

Am frühen Abend kehrten wir nach Walfischbai zurück und fuhren am Lordschen Haus vorbei. »Victor hat Besuch«, rief Vicky und reckte ihren Hals, um festzustellen, wer hier heute eingeladen war. Eines der vor dem Haus geparkten Autos war auch mir bekannt. Vickys Lippen bewegten sich: »Walters, Browns, Bendix …« Sie streifte mich mit einem schnellen Blick, öffnete den Mund zu einer Bemerkung, entschloß sich aber, sie heil und ungesagt hinunterzuschlucken.

Bei Schmidts war schon der Tisch gedeckt, als wir sandig und sonnenverbrannt aus dem Landrover stiegen. Utes zu Besuch weilende Mutter hatte ihren kleinen Enkel auf dem Arm und empfing uns in der offenen Terrassentür. Mein Herz machte einen Sprung, weil sie Tante Wanda so ähnlich sah: grader Rücken, duftiges weißes Haar, lange schmale Hände. Werner nahm ihr den Sohn aus dem Arm und hielt ihn zungenschnalzend hoch in die Luft. Dann durfte Ute ihn auch mal küssen, was sie zärtlich und – wie ich feststellte – kein bißchen leidend wirkend tat. Vor dem Essen sprach Utes Mutter ein Tischgebet und dankte dem Himmel für den Segen des Meeres, der auf zwei goldgeränderten Bratenplatten in der Tafelmitte stand. Utes Nasenspitze war tief über ihre gefalteten Hände geneigt. Sie erwiderte meine sich verstohlen zu ihr hinüberschleichenden Blicke nicht. Ob sie sich jetzt auch über die dem siedenden Waschtopf entkommenen Langusten freute? Ich trank ein halbes Glas Wein, aß viel Reis, grünen Salat und schließlich auch den ersten Langustenbissen. Meine Güte! Werner hatte recht, was Besseres gab's wirklich nicht!

Hildchens Hochzeit erlebte ich per Brief, Tante Wanda schilderte sie in allen Einzelheiten und schickte auch viele Fotos.

»Du hast recht, liebe Tante Wanda«, schrieb ich zurück. »Hildchen sah wirklich wie eine Märchenprinzessin aus.« Dies zuzugeben, fiel mir ganz leicht, weil Hildchen jetzt mit ihrem langweiligen Doktor und ich mit einem charmanten Mann, nach dem sich jede Frau über zwölf umdrehte, verheiratet war. Trotzdem stieg ein Seufzer in mir auf, bevor ich weiterschrieb, denn dieser Mann war häufig nicht zugegen. Auch heute Abend saß ich hier allein, und ein Blick auf die hohe, von Herrn Reeses Erben ebenfalls verschmähte Standuhr bestätigte mir, daß Philip sich wieder einmal verspätet hatte.

»... vielen Dank auch an Hildchen für die Fotos von ihrer neuen Wohnung«, schrieb ich nach dem Seufzer weiter. »Ihre Frage, ob es hier überhaupt Möbel gibt, kann ich zum Glück mit ja beantworten. Modern sind sie auch, genauso modern wie die auf ihren Fotos. Wir haben nur bisher noch keine gekauft, weil wir, wie ich ja schon schrieb, wahrscheinlich bald wieder umziehen werden, sehr bald sogar. Philips Partnerschaft mit Senhor Pereira ist jetzt genau besprochen und festgelegt. Wenn Philip sein eigenes Flugzeug hat, kann ich öfter mit ihm mitfliegen, und darauf freue ich mich sehr, denn im Augenblick sehen wir uns nicht genug. In dieser Woche war er zwei Tage weg, nur einen Tag zu Haus und ist seit Mittwoch schon wieder im Inland unterwegs. Heute abend kommt er aber zum Glück zurück – wenn auch verspätet, wie ich gerade feststellen muß. Seine Passagiere sind nicht immer pünktlich.

Nun zu Deinen Fragen, liebe Tante Wanda: Ja, ich benutze meine Küche und Deine Töpfe. Und die Bratpfanne auch. Sie hängt über meinem Herd und erinnert mich an Dich. Leber hab' ich allerdings noch nicht versucht, weil Philip keine mag. Er ist mehr für Würste und Steak. Seine Lieblingsspeise sind Langusten, wie ich ja schon schrieb. – Peter Bendix: Nein, wir sprechen nicht miteinander. Er ist noch in Walfischbai, aber wir gehen einander aus dem Weg. – Und nun zu Deiner letzten Frage, Tante Wanda: Ja, man merkt noch immer, daß Südwest früher eine deutsche Kolonie war. Ein Drittel der weißen Bevölkerung ist deutsch, und Deutsch ist immer noch eine der drei Amtssprachen hier. Die beiden anderen sind Englisch und Afrikaans, die Sprache der Afrikaaner, Nachfahren der Buren. Ebenso gehören auch die Eingeborenen verschiedenen Stämmen an, die alle ihre eigene Sprache haben. Der größte Stamm sind die Owambos. Bei all diesem Sprachengewirr ist die Verständigung oft schwer – besonders zwischen Schwarz und Weiß. Unser Office Boy, ein junger Owambo namens Johannes, der auf einer Missionsschule war, spricht auch fließend englisch, eine Seltenheit. Daher ist er der erste Eingeborene, mit dem ich mich wirklich unterhalten kann – wenn er dazu aufgelegt ist. Er gehört einer Häuptlingsfamilie an, liest sehr viel und fällt mir schon darum auf, weil er im Gegensatz zu anderen Eingeborenen entweder brummig verschlossen oder aber sehr offen mit mir ist. Neulich, als ich Frachtbriefe für Fischkonserven tippte, fegte er draußen die Bürofenster ab. Plötzlich kommt er mit seinem Besen herein und stellt herausfordernd fest, daß ich im Büro säße, weil ich weiß sei und daß er die Fenster saubermachen müsse, weil er schwarz sei. ›Ist das fair?‹ fragte er zum Schluß. Ehrlich gesagt, kommt mir Frachtgewichte und Markierungen auf Frachtbriefe zu tippen genauso interessant wie Fensterputzen vor, aber ich wußte schon, was er meinte. Und ich gab ihm recht. Ein intelligenter Mann wie er sollte bessere Berufsaussichten haben als Botengänge und Saubermachen. Ich glaube, daß die meisten Weißen hier nicht darüber nachdenken, weil sich die große Mehrzahl ihrer schwarzen Angestellten anscheinend ohne Widerstand ausnutzen läßt. Die Frage ist, wie lange noch? ...«

Die Uhr schlug sieben, Philip war immer noch nicht da, obwohl er schon nachmittags zurück sein wollte. Draußen war es jetzt dunkel. Ich unterbrach meinen Brief und deckte den Abendbrottisch: Teller, Bestecke, zwei Gläser. »Kein Milchreis! Untersteh dich, Theresa!« hatte Philip mich heute morgen am Telefon aufgezogen. »Du brauchst nicht zu kochen, ich bring' was ganz Besonderes mit.« Der Tisch wirkte sehr kahl. Ich stellte die beiden, bei Senhor Pereiras Besuch ziemlich weit heruntergebrannten weißen Kerzen in die leere Mitte, zündete sie probeweise an und pustete sie zwecks Erhaltung schnell wieder aus. Ach Philip, beeile dich, wünschte ich mir. Erstens hab' ich Sehnsucht nach dir, und zweitens knurrt mir der Magen.

Im Küchenschrank stand noch eine halbleere Dose mit ebenfalls von Senhor Pereiras Besuch übriggebliebenen Erdnüssen. Die stellte ich neben mich auf die Sofalehne, nahm den Briefblock auf die Knie und schrieb weiter. Besser gesagt, dachte ich erst mal darüber nach, ob ich Tante Wanda den rebellischen Johannes lieber unterschlagen sollte. Womöglich stellte sie sich ihn als messerzückenden Terroristen vor und machte sich unnötig Sorgen. Als zahmere Themen kamen mir mein Gras oder vielleicht Talbots Curry-Dinner in den Sinn. Mein Gras gedieh, weil ich es täglich begoß. Und wenn ich es weiter bewässern könnte, würde es zu einem richtigen Rasen zusammenwachsen, dessen war ich sicher. Eine völlig nutzlose Prognose, wie mir Philip jedesmal klarmachte, wenn er mich draußen mit meinem Wassereimer erwischte, denn unsere Ausweisung aus dem Steinwürfel stünde unmittelbar bevor. Daß unser nächster Umzug eine Ausweisung sein würde, schrieb ich Tante Wanda nicht, das behielt ich lieber für mich. Trotz meiner guten Vorsätze, niemals mehr zu lügen, war es schwierig, meiner Tante gegenüber immer und ganz bei der Wahrheit zu bleiben, wenn sie sich keine Sorgen machen sollte. Das hatte ich schon bald herausgefunden. Auch das Curry-Dinner bei Talbots beschrieb ich ihr nicht ganz genau so, wie es wirklich war. Einiges ließ ich aus. Zuerst wollte ich nämlich nicht gehen. »Es ist schon schwer genug, Wendy den ganzen Tag im Büro in die Augen zu sehen«, sagte ich zu Philip. »Ich bin heilfroh, wenn ich ihr abends entwischen kann. Manchmal kommt's mir so vor, als wenn sie ahnt, was wir vorhaben.«

»In welchem Fall sie uns bestimmt nicht eingeladen hätte«, beruhigte Philip mich lachend. »Natürlich weiß sie nichts, Theresa. Und natürlich müssen wir hingehen. Fines Curry ist nämlich besonders gut.«

Das schwor auch Captain Talbot, dessen Lieblingsereignis eine Curry-Mahlzeit war. Mehrmals im Jahr kehrte Fine, Wendys altes Kindermädchen, aus ihrem Ruhestand in die Talbotsche Küche zurück. Im langen Kattunkleid, mit roter Schürze und gelbem Turban zwischen Herd und Küchentisch hin- und herfegend, hackte sie Gurken, Tomaten und Zwiebeln, warf mit Bananenschalen um sich und streute reichliche Mengen Curry in einen großen schwarzen, dampfenden Topf. Der Duft hing wie Nebel im ganzen Haus. Captain Talbot sog ihn mit weitgeblähten Nüstern ein. Sein Schnurrbart bebte begeistert, als wir uns zu Tische setzten. »Fine, Fine«, schmunzelte er, ihren rot-schwarz-gelb gemusterten Ärmel streichelnd, »dein Curry ist der beste der Welt.« Und als sie draußen in der Küche war: »... weil er nach dem Rezept meiner lieben Frau bereitet worden ist.«

Wendy rollte die Augen gen Himmel und bemerkte, den Captain berichtigend, daß das Rezept aus Indonesien stamme. Dann reichte sie mir schnell die erste Schüssel zu. »Erst nimm Reis, Theresa, dann den Curry, und dann von alldem hier etwas obendrauf.« Dabei wehte ihr Arm über zahlreiche, auf dem Tisch zusammengedrängte Schüsseln, die mit gewürfelten Gurken, Tomaten, Ananas, Kokosflokken, Rosinen sowie Chutney und gebratenen Bananen angefüllt waren. Ein exotisches Mahl – welches unerwartet auch einer Gedächtnisfeier glich, weil Captain Talbot die ganze Zeit – und häufig mit vollem Mund – Lobreden auf seine verstorbene Ehefrau und deren unermüdliches Wirken am Küchenherd hielt, während wir anderen auf die mit windgeblähten Segelschiffen bedruckte Tischdecke weinten. Das lag am Curry, er war unheimlich scharf. Und das mußte er sein, wie Captain Talbot mir, seine Augen mit der Serviette wischend, erklärte. Nichts auf der Welt sei fürchterlicher als labbriger Curry – von warmem Whisky mal abgesehen. Das sei das Schlimmste, was einem passieren könne. Ich schluckte Bier in Riesenmengen, mein Atem war eine Feuersäule, und mein Herz so schwer wie ein Mauerbrocken, weil Philip und ich wahrscheinlich schon bald noch über labbrigem Curry und warmem Whisky ganz oben auf Captain Talbots schwarzer Liste stehen würden.

Die Erdnußdose war beinah leer, und Philip immer noch nicht da. Ich machte sie lieber zu, um mir nicht den Appetit auf seine Überraschung zu verderben. Als ich sie in den Küchenschrank stellte, klopfte jemand an die Haustür. Ich ging und machte sie auf. Draußen im Dunkeln stand Captain Talbot. Seine Miene war so bleich und starr, daß ich erschrak. Schreckliches stand mir bevor, das wußte ich sofort: Er hatte Philips Pläne aufgedeckt und war gekommen, um uns mit seinem Zorn zu überschütten. Meine Stimme zitterte. »Philip ist noch nicht da«, sagte ich und ließ ihn ein. Wir setzten uns. Einen Augenblick war es unheimlich still. Dann knarrte Captain Talbots Stuhl. Er beugte sich vor und nahm meine Hand. Er sagte: »Theresa … es ist ein Unglück passiert. Sie müssen jetzt sehr tapfer sein … Philips Maschine ist abgestürzt. Er ist … er hat es nicht überlebt.«

16

Zuerst glaubte ich ihm nicht. Und Philip würde ihm auch nicht glauben, das dachte ich sofort, obwohl es völlig sinnlos war. Es konnte nicht sein – ein solches Schicksal war für andere reserviert. Philip konnte nichts passieren. Er war zu sorglos, zu gutaussehend und zu jung, um so plötzlich und grausam zu sterben. Und er war ein guter Pilot – jeder sagte das. Irgendein anderes Flugzeug war abgestürzt. Es war dunkel, ein monumentaler Irrtum lag hier vor. Und wenn Philip gleich nach Hause kam und davon hörte, würde er den Kopf in den Nacken legen und laut ins Zimmer lachen.

Er kam nicht nach Hause. Und sein Tod war genauso schwer zu begreifen, wie alles, was danach geschah.

Irgendwann tauchte Wendy auf, mit einem weißen Kopfkissen und aufgerollter Wolldecke unter dem Arm. Sie bestand darauf, die Nacht auf Herrn Reeses Sofa zu verbringen. Sie sagte nicht viel, strich mir nur häufig übers Haar und schlich wie in einem Krankenzimmer auf Zehenspitzen hin und her. Ihr Blick ging über die beiden unbenutzten Gedecke auf dem Tisch. Sie flüsterte Captain Talbot etwas zu, schlich hinaus und kam nach einer Weile mit einem kleinen Topf und einer Röhre Schlaftabletten zurück. Im Topf war eine Hühnersuppe, die machte sie in der Küche warm. »Versuch zu essen, Theresa. Nur ein kleines bißchen. Du brauchst jetzt deine Kraft.«

Sie führte mich zu dem dampfenden Teller, das zweite Gedeck hatte sie abgeräumt. Ich nahm gehorsam den Löffel und schluckte – einmal, zweimal, dann ging es nicht mehr. Wendy strich mir erneut übers Haar, schlich in die Küche, fand ein Glas, füllte es mit Wasser. »Hier, Theresa, nimm diese Tabletten. Sie werden dir helfen zu schlafen.

Du brauchst jetzt deinen Schlaf.« Captain Talbot erhob sich von seinem Stuhl. »Sie sind nicht allein, Theresa. Wendy und ich werden Ihnen in allem zur Seite stehen. Das Begräbnis ...« Ich fuhr zum ersten Mal aus meiner Betäubung auf. »Nicht in Walfischbai! Philip wird nicht hier begraben! Das lass' ich nicht zu!« Captain Talbot setzte sich wieder hin. »Theresa, liebe Theresa ...«, seine Stimme war voll sanfter Geduld, »... ich weiß, wie schwer und unerträglich dieser Gedanke ...« Ich ließ ihn nicht aussprechen, mein Rücken war plötzlich so steif wie ein Brett. »Nicht hier! Ich lass' es nicht zu! Er verdient ein menschliches Grab. Die beiden Passagiere waren von Swakopmund. Er kann doch bestimmt mit ihnen zusammen beerdigt werden.« Captain Talbot schüttelte traurig den Kopf. »Nein, das wird nicht gehen. Philip hat hier in Walfischbai gewohnt, er kann nicht in Swakopmund ...« Wendy unterbrach ihren Vater. »Wäre es nicht besser, wenn Theresa erst mal ihre Nachtruhe hat? Morgen früh läßt sich das alles viel leichter besprechen.« Sie trug die ungegessene Suppe zum Ausguß, machte eine meiner geballten Fäuste auf und tat die Schlaftabletten hinein. Captain Talbot erhob sich zum zweiten Mal, er legte den Arm um meine Schultern. »Wir sprechen morgen früh weiter, Theresa.«

Wendy brachte ihn zur Tür, dann schob sie mich ins Schlafzimmer und schlug die Bettdecke auf. »Hast du die Tabletten genommen?« Ich nickte. »Du mußt das Wasser austrinken, das ist wichtig.« Sie drückte mich aufs Bett und zog mir die Schuhe aus. »Ach, Wendy, das kann ich doch allein.« Zehn Minuten später lag ich auf meinem Kopfkissen, Wendy zog die Decke fürsorglich bis an mein Kinn. »Die Tabletten wirken sofort. Frau Heinze hat sie mir gegeben. Ich selbst hab' so was nicht im Haus. Sie sagt, eine Frau in den Wechseljahren ... well, never mind. Schlaf, Theresa, so kannst du wenigstens alles für einige Stunden vergessen.« Sie streichelte mein Gesicht, knipste die Nachttischlampe aus und verließ das Zimmer auf Zehenspitzen. Ich schlief nicht. Ich hatte die Tabletten nicht genommen. Ich weinte auch nicht, dazu hatte ich keine Zeit. Ich starrte mit trockenen, brennenden Augen ins Dunkel. Dort sah ich die kahlen, sandumwirbelten Gräber, die windschiefen Kreuze. Ich drehte mich auf die Seite, blickte auf den Lichtstreifen unter der Zimmertür und sah das gleiche Bild.

Es mußte einen Ausweg geben! Ich mußte ihn nur finden.

Nach einer Weile fand ich ihn.

Von da an lag ich ganz still und starrte voll verzweifelter Ungeduld auf den hellen Streifen unter der Tür. Ach, Wendy, hör doch auf zu lesen, wünschte ich mir. Bitte, bitte, leg dich hin und schlaf! Es war schon Mitternacht, als sie endlich das Licht ausknipste. Eine Viertelstunde verging. Ich glitt aus dem Bett, war im Nu wieder angezogen, öffnete lautlos die Tür und spähte über den Gang. Schwaches Mondlicht fiel durch das Wohnzimmerfenster. Wendys auf dem weißen Kopfkissen ruhendes Gesicht war mir zugekehrt, ihr Arm hing über dem Sofarand. Unter der schlaffen Hand lag ihr Buch und ein Häufchen zerknülltes Bonbonpapier. Schlief sie? Ich wagte einen Schritt in den Gang. Der Fußboden knarrte. Erschrocken wich ich ins Schlafzimmer zurück und machte die Tür wieder zu. Es war besser, durchs Fenster zu steigen.

Draußen war es kalt und still. Der weiße Kirchturm ragte ins Mondlicht, alles andere verschwamm im grauen Dunkel. Ich begann zu laufen, verfing mich in einem der ausgebreiteten Fischernetze und fiel hin. Ich stützte mich gleich wieder auf, ich mußte weiter. Doch dann sanken meine Arme plötzlich unter mir weg. Ich fiel vornüber und blieb liegen. Nicht einmal sehen durfte ich ihn! Captain Talbot hatte mir abgeraten. Ich drückte die Stirn in das rauhe Netz und biß die Zähne zusammen. Nicht einmal sehen durfte ich ihn! Nach einer kurzen Weile raffte ich mich auf und lief weiter. Plötzlich zerfetzte lautes Bellen die Stille. Eine Meute verwilderter Hunde jagte heran. Ich drückte mich an einen sandigen Bretterzaun und holte nicht einmal Luft. Sie fegten an mir vorbei.

Dann kam ich zu dem Haus. Vor dem Eingang war ein Windfang mit verglaster Tür, neben dem Windfang zwei Fenster. Hinter ihnen brannte trotz der späten Stunde noch Licht. Ich stellte mich auf die Zehenspitzen und hörte eine Schreibmaschine. Sehen konnte ich nichts. Auf einmal war ich atemlos vor Angst und erwog wieder umzukehren. Dann klopfte ich doch an die verglaste Tür. Niemand hörte. Ich reckte mich so hoch es ging und klopfte ans Fenster. Das Tippen drinnen hörte auf, ein Stuhl wurde verschoben. Ich hielt mich an meinen Ärmeln fest.

»Theresa?« Er stand in der offenen Tür und starrte mich ungläubig an. Dann ging sein Blick über meine Schultern, wohl um Philip zu finden. Er wußte es noch nicht. »Ich muß dich sprechen, Peter«, sagte ich. Er trat zur Seite und ließ mich ein.

Das Zimmer war wie beim ersten Mal, nur nicht so tadellos aufgeräumt. Auf dem übervollen Bücherbord, mit Bücherstapeln obendrauf, stand ein hochkant gestelltes Bügeleisen. Unten, neben dem Bord, lagen Schraubenschlüssel in verschiedenen Größen und ölbefleckte Handschuhe. Auf dem Tisch, da, wo jetzt die Schreibmaschine, umgeben von Aktenordnern und Geschäftspapieren, stand, hatte ich damals seinen roten Nelkenstrauß zurückgelassen.

Wir setzten uns. Er sah mich abwartend an, doch ich konnte nichts sagen. Was tat ich hier? Ich war vermutlich verrückt geworden. Als die Stille sich ausdehnte, fragte er ruhig: »Warum bist du gekommen, Theresa?« Ich brachte es schließlich leise heraus: »Philip ist … Philip ist heute nachmittag abgestürzt. Hier an der Küste. Er ist tot.« Plötzlich stand er neben mir. »Mein, Gott! Das ist doch nicht möglich!« Ich starrte auf meine Hände. »Du mußt mir helfen. Wenn er hier auf diesen elenden Friedhof kommt, sterb' ich auch. Ich lass' es nicht zu, ich will, daß er in Swakopmund begraben wird, mit Gras und Blumen und Bäumen.« Er war sofort im Bild. »Und du glaubst, daß ich dir helfen kann, durch jemanden, der Einfluß hat«, stellte er sachlich fest. Ich sah ihn hoffnungsvoll an. »Mr. Lord könnte doch vielleicht ... die beiden Passagiere waren von Swakopmund. Captain Talbot sagt ...« – plötzlich war es unheimlich schwer, die Tränen zu unterdrücken – »... er sagt, es ginge nicht und daß man keine Ausnahme macht.« Er dachte eine kurze Weile nach, sein Ton war sehr behutsam.

»Vielleicht hat er recht. Wir werden sehen.«

»Du willst mir wirklich helfen?«

»Ich will es zumindest versuchen.«

»Danke, Peter.« Er nahm sein Jackett vom Haken und blickte auf seine Armbanduhr. »Ich bring' dich jetzt nach Haus.«

Draußen gingen wir schweigend nebeneinander her. Nur einmal blieb er plötzlich stehen, sein Gesicht war im Dunkeln. »Ich hoffe, daß ich dir helfen kann, Theresa.« Dann waren wir am Steinwürfel angelangt und standen vor der Haustür. Was nun? Ich schlich am Eingang vorbei auf das Fenster zu und flüsterte meine Erklärung: »Wendy schläft auf meinem Sofa ... sie weiß nicht ...« Er nickte. Er war anscheinend immer sofort im Bilde, das hatte ich schon am Tag meiner Ankunft gemerkt. »Kann ich dir helfen?« fragte er ebenfalls flüsternd. »Das Fenster ist ziemlich hoch.«

»Nein, danke.« Ich stemmte die Arme aufs Fensterbrett, kletterte ins Zimmer, drehte mich zurück und sagte leise nochmals meinen Dank. Er wandte sich zum Gehen. »Ich hoffe, du kriegst deinen Wunsch, Theresa.« Wenig später war er im Dunkeln verschwunden. Ich machte das Fenster zu, fiel wie ein Bündel Lumpen auf mein Bett und weinte.

Captain Talbot glaubte ehrlich, daß Philips Begräbnis in Swakopmund hauptsächlich ihm und seinem Einfluß zu verdanken war. Hauptsächlich. Es hätten sich aber auch andere dafür eingesetzt, erklärte er mir. So sei das eben in Südwest. Man helfe sich gegenseitig aus – besonders, wenn jemand von einem so schweren Unglück getroffen worden sei wie ich. Er und Wendy ließen mich keinen Augenblick allein. Sie waren rührend zu mir. An Philips offenem Grab hielten sie mich auf beiden Seiten sanft und besorgt am Ärmel, obgleich es gar nicht nötig war. Ich stand wie ein ausgeleerter Automat und konnte keine Träne mehr weinen. Nur eines fühlte ich: tiefe Dankbarkeit, daß dies ein richtiger Friedhof mit Pflanzen und Bäumen war.

Dann fuhren wir durch die Wüste nach Walfischbai zurück. Die Trauergäste kamen ins Talbotsche Haus. So viele. Alle hatten ein Glas in der Hand, und alle waren so nett zu mir. Victor Lord küßte meine Hand. Ich sah ihn – wenn auch nicht deshalb – deutlich dankbar an. Zu sagen wagte ich nichts. Sogar Edwina war gekommen – in elegantem Schwarz, das Vicky Nelson, in gedämpft gesprudelter Bewunderung, hinreißend fand. Nur Peter Bendix sah ich nirgendwo, er war auch nicht zum Begräbnis erschienen. Jeder bot sich an: »Theresa, wenn ich Ihnen irgendwie helfen kann …« Werner Schmidt nahm immer wieder meine Hand und drückte seine echte Trauer nicht so konventionell wie die anderen aus: »Theresa, Theresa, was ist das bloß für eine verdammte Schweinerei.« Ute war krank und daher zu Hause geblieben.

Ich saß, hörte allen zu, nickte, sagte hundertmal danke und wünschte mich weit, weit weg. Schließlich schlich ich wirklich davon, um mich für eine kurze Weile in Wendys Fremdenzimmer zu verstecken. Dort sank ich auf das Bett, wo ich einige Nächte schlafen sollte. Ich durfte nicht in meinem Haus alleine sein, das hatte Wendy so bestimmt. Das Zimmer war angenehm still. Und unverändert: der verblaßte, von Wendys Mutter gehäkelte Bettvorleger, der nicht abgerissene Abreißkalender, der mächtige Kleiderschrank, an dem mein Hochzeitskleid gehangen hatte, und obendrauf der Karton mit Silvermoon Rahmbonbons. Hinter mir lag, genau wie an meinem Hochzeitstag, Wendys Kater zusammengerollt auf dem Bett und schlief. Ich starrte auf den Kalender, versuchte, an nichts zu denken, wußte, ich mußte zurück zu den Trauergästen, blieb aber trotzdem sitzen. Plötzlich drangen näher kommende Stimmen in die friedliche Stille ein. Wendy und Edwina. Sie gingen an meiner angelehnten Tür vorbei und betraten das Nebenzimmer. Edwina sprach von einer Adresse, die sie brauchte, Wendy machte Schubladen auf und zu. Ich hörte ihr geräuschvolles Suchen und dann Edwinas Stimme: »... sie waren mit Langusten übersät, als man sie fand. Wußtest du das? Grausig, so zu enden – und in Philips Fall besonders bedauerlich. Er hatte einen selten schönen Körper.«

»Mein Gott, Edwina, du solltest dich schämen!«

»So? Sollte ich das?« Edwina klang eher amüsiert. »Ich bin nicht die einzige, die das bezeugen kann – bei weitem nicht, das kannst du mir glauben! Und lange her ist's außerdem.«

»Hoffentlich!« knurrte Wendy, während Edwina schon weitersprach: »Die meisten Frauen liefen ihm nach, und wenn ihm mal eine widerstand, hielt das auch nicht lange an, weil er eben wirklich unwiderstehlich war. Es machte Spaß, sich von ihm erobern zu lassen, er kam bei jeder zum Ziel. Außer bei mir allerdings. Mich wollte er nämlich außerdem heiraten – mit allem Drum und Dran.« Edwina lachte trocken auf. »Besonders natürlich mein Drum und Dran. Ein kleiner Pilot mit großen Ambitionen! Warum er sich schließlich an ein so unbedeutendes Mädchen wie Theresa gebunden hat, war mir gleich ein Rätsel – und ihm wohl auch ziemlich bald. Er ist ihr nicht lange treu geblieben. Thelma Dexter erzählte mir ...« Wendy schob mit lautem Knall eine weitere Schublade zu. »Jetzt reicht's mir, Edwina! Verschon mich mit diesem widerlichen Tratsch! Hier ist die Adresse, schreib sie dir auf. Ich muß zu den anderen Gästen zurück.« Edwina lachte laut. »Wendy, du änderst dich nie! Weißt du, was du bist – und schon immer warst? Langweilig! Unheilbar langweilig!«

»Danke, Edwina. Von dir gesagt, ist das ein Kompliment.«

Abends saß Wendy an meinem Bett. »Du warst sehr tapfer, Theresa.« Ich blickte ihren verwaschen karierten Morgenrock an und hatte jetzt noch mehr als zuvor nur einen Wunsch: allein zu sein. Wendy machte die Glasröhre mit Frau Heinzes Schlaftabletten auf. »Hier, nimm noch mal zwei. Du siehst miserabel … das einzige, was dir jetzt helfen kann, ist Schlaf.« Diesmal konnte ich es nicht erwarten, bewußtlos zu werden. Während ich die Tabletten schluckte, schüttelte Wendy mein Kopfkissen auf. Ich warf die Arme um ihren Hals. »Wendy, du bist so lieb zu mir, ich werd' das nie vergessen.« Sie sagte nichts. An ihrer sommersprossigen Nase kullerten plötzlich zwei dicke Tränen herunter. Sie wischte sie schnell mit ihrem Handrücken ab.

Als ich am nächsten Morgen die Augen aufmachte, beugte sie sich über mich. Ich war verwirrt und erschrocken. »Hast du etwa die ganze Nacht an meinem Bett gesessen?« Sie schüttelte den Kopf. »Ich muß jetzt ins Büro, Theresa, mein Vater auch. Wir sind zum Mittagessen wieder da. Petrus hat dein Frühstück gerichtet. Es ist wichtig, daß du was in deinen Magen kriegst.« Im Gegensatz zu gestern war ihr Ton sehr forsch. Was dieser zu mir sagte war: Es ist Zeit, sich zusammenzureißen, Theresa! Get up and get going! Das war ihre gut gemeinte Therapie für mich. Ich machte meine Augen gleich wieder zu. Sie hatte keine Ahnung, daß ich mitgehört hatte, was Edwina ihr gestern erzählt hatte. Edwinas Stimme war noch immer in meinem Ohr. Ich wollte sie nicht hören, ich wollte schlafen – lange, lange. Wenn's ging, ohne jemals wieder aufzuwachen. »Du mußt an deine Tante schreiben, Theresa«, bestimmte Wendy, sich von meinem Bettrand erhebend. »Sie weiß noch nichts. Und je eher du mit den Danksagungen für die Blumen und so weiter anfängst, um so besser. Das wird dich ablenken und alles viel leichter machen.« Ja, ja, Wendy, dachte ich, nun geh schon ins Büro und laß mich in Ruh!

Sie ging. Und ich blieb weiter im Bett. Ich lag mit geschlossenen Augen und dachte immer im Kreis herum. O Philip! Du und Edwina? Und heiraten wolltest du sie? Ach, das war schon lange her, das hatte sie selbst gesagt. Und trotzdem – warum hast du es nie erwähnt? Und was hast du sonst noch alles für dich behalten? Daß du mir nicht lange treu geblieben bist? Ich schlug die Decke zurück und sprang aus dem Bett. Wendy hatte recht, ich mußte Danksagungen und vor allem an Tante Wanda schreiben. Nur so konnte ich Edwinas Stimme leiser stellen.

Wendy war zufrieden mit mir, als sie mittags nach Hause kam. Der Brief an Tante Wanda war geschrieben, und Fine hatte Frikadellen gebraten. Als sie hörte, daß Talbots einen Hausgast hatten und warum, kam sie sofort buntfarbig herangeweht und hatte die Bratpfanne auf den Herd geknallt. Ich saß und aß – ich hatte keine Wahl. Wendy, Fine und der Captain zählten mir jeden Bissen in den Mund. Nachmittags klingelte das Telefon. Pix war am Apparat. »Theresa? Endlich! Ich konnte dich nirgendwo erreichen ... Ist es wahr?« Ihre Stimme klang weit, weit weg. »Ja«, sagte ich. Einen Augenblick war nur ein Knattern und Rauschen im Hörer, dann kam ihre Stimme zurück »... und Frau von Lauenthal lädt dich herzlich ein. Bitte, bitte, Theresa, ich hoffe du kommst, es wäre wirklich gut für dich.«

Abends gab es keine Schlaftabletten. Statt dessen trank ich unter Wendys Aufsicht Milch. Keine richtige, die gab es nicht in Walfischbai. Wendy bestimmte aber, daß mich das aus Trockenmilch angerührte, warm gemachte weiße Zeug trotzdem einschläfern würde.

Mir fielen die Augen wohl wirklich zu, denn später wachte ich im Dunkeln auf – von meinem eigenen Stöhnen. Langusten! Sie krochen von allen Seiten, riesigen

Heuschrecken gleich, mit gierig suchenden Fühlern und glotzenden Augen auf Philip zu. Er konnte ihnen nicht entkommen und ich ihm nicht helfen. Ich lag von Grausen gelähmt und konnte nur stöhnen.

Von da ab hatte ich Angst zu schlafen, und Edwinas Stimme nahm ihren Kehrreim wieder auf. Mehrere Nächte ging es so. Dann sagte ich schließlich »Shut up!« zu Edwina und beschloß, ihr nicht mehr zu glauben, weil sie nichts als eine boshafte Klatschbase war. Von da an schlief ich etwas besser, und Wendy erlaubte mir, mit meinem Kulturbeutel und einer Dose Trockenmilch in den Steinwürfel zurückzukehren.

Das Thema, was nun aus mir werden würde, war in unseren Gesprächen bisher nicht erörtert worden. Das schnitt jemand anders mit mir an.

Ich ging allein nach Haus. »Nein danke, Wendy, du brauchst mich nicht zu stützen, und den Weg find' ich auch ohne Hilfe.« Sie stand in der Tür, die Fingerspitzen zweifelnd an die Lippen gelegt, und sah mir nach. Es war noch hell. Kurz vor dem Steinwürfel sah ich einen verbeulten Volkswagen. Unter ihm ragten zwei lange, angewinkelte Männerbeine hervor. Ich blieb stehen. »Theresa?« Der Besitzer des Autos kroch gelenkig ans Tageslicht und klopfte den Sand von seinen Hosen. Er sah mich prüfend an. »Geht's dir einigermaßen, Theresa?«

»Ja, so einigermaßen«, sagte ich und bot meine Hilfe an. Er stieg ins Auto, drehte den Schlüssel, der Motor sprang an. »Wie du siehst, benimmt er sich wieder.«

»Ich wollte dir nochmals danken, Peter.«

»Keine Ursache.« Er war wieder ausgestiegen, strich sein dichtes, dunkelblondes Haar aus der Stirn und lehnte sich ans Auto. »Ich würde gerne was mit dir besprechen, Theresa ... wenn auch nicht hier auf der Straße. Wann und wo könnten wir uns treffen?« Ich hob die Schultern. »Heute abend – morgen abend. Oder wie's dir sonst am besten paßt. Und wo ich wohne, weißt du ja.«

Wir einigten uns auf den nächsten Abend.

Vor meiner Haustür stand eine große braune Tüte mit Brot, Äpfeln, Salat, Käse und Butter – von Wendy für mich bestellte Vorräte. Drinnen knipste ich als erstes alle Lampen an, um die graue Leere zu verscheuchen. Dann fiel ich am Küchentisch auf einen Stuhl und stützte den Kopf in die Hände. Nach einer Weile tropften die Tränen durch meine Finger auf den Tisch ... Heute vor einer Woche hatte er mir hier gegenüber gesessen ... mit erwartungsvoll blitzenden Augen, den Küchenstuhl lässig zurückgekippt ... und jetzt ... Mein Kopf sank nach vorn auf den nassen Tisch.

Draußen war es völlig dunkel, als ich endlich aufstand und die Tüte auspackte.

Ich kochte Tee, legte ein Stückchen Brot und Käse auf die Untertasse und dachte nach. Was wollte Peter Bendix mit mir besprechen? Was gab es zwischen uns zu besprechen? Nichts. Es sei denn ... nein, der Verdacht war so absurd, daß ich ihn gleich beiseiteschob.

Am nächsten Abend stieg der Verdacht erneut in mir auf. Ich stand am Fenster und sah ihn, hochgewachsen, schon von weitem erkennbar, im Halbdunkel über die graue Sandfläche kommen. Er hielt, wie damals bei meiner Ankunft, einen Nelkenstrauß in der Hand. Diesmal waren die Nelken weiß und offenbar extra bestellt. Man konnte sie hier nicht kaufen. Ich ließ ihn ein. Er überreichte mir die Blumen. »Mein Beileid, Theresa. Ich glaub', das hatte ich bisher noch nicht gesagt.« Ich dankte ihm und stellte den Strauß in einen Milchtopf, weil ich keine Vase besaß. Dann nahmen wir Platz – er auf einem der hochlehnigen, steifen Stühle, und ich in der Sofakuhle versinkend. Er sah sich flüchtig im Zimmer um. Ich wollte ihm gleich noch einmal für alles danken. »Deine Hilfe, und Mr. Lords, hat alles viel leichter für mich gemacht, Peter. Ohne dich wär Philip jetzt hier auf diesem elenden Friedhof ...« Plötzlich konnte ich nicht weitersprechen. Er ließ mir Zeit, mich zu fassen, dann schüttelte er den Kopf. »Ohne mich wärst du jetzt noch in Hamburg, Theresa ... und wesentlich besser dran als hier. Das liegt mir sehr auf der Seele. Das und mein Benehmen bei deiner Ankunft auch. Es war ... ich hatte bis dahin nicht gewußt, was für ein schlechter Verlierer ich bin ... Ich hoffe, du kannst mir verzeihen.«

»Ach ... das war auch meine Schuld.«

Mein Blick war auf den verblichenen Teppich gerichtet. Wohin führte dies alles? Was kam als nächstes? Glaubte er wirklich ... Ich runzelte die Stirn, hob den Kopf und sah ihn an. Er mich auch – mit einem nachdenklich lächelnden Blick. »Es wird dich sicher verwundern, Theresa, wenn ich dir sage, daß du mich an meinen Vater erinnerst.« An seinen Vater? Ja, ich war wirklich verwundert. Warum verglich er mich mit einem alten Mann? Das Lächeln in seinen Augen vertiefte sich, während er weitersprach: »Als ich noch in Bremen war, tat mein Vater viele meiner Vorschläge mit einer Handbewegung ab. Unreife Äpfel nannte er sie. Was ich dazu sagte, läßt sich denken. Wir waren niemals einer Meinung. Heute allerdings ...« – er hob die Schultern – »... bin ich nicht mehr so sicher, daß er immer im Unrecht war. Was ich ihm vorschlug, war vermutlich genausogut durchdacht wie meine brillante Heiratsidee, ohne die dir viel erspart geblieben wäre.«

»Nein«, widersprach ich ihm sofort. »Es war *mein* Entschluß, nach Südwest zu kommen und *mein* Entschluß, Philip zu heiraten. Du hast damit nichts zu tun.« Er ließ mich ausreden und nickte. »Außer, daß ich mich verantwortlich fühle ... und darum bin ich hier.« Die nächsten Worte sagte er mit freundlicher Behutsamkeit: »Walfischbai ist kein Ort für eine alleinstehende Frau, Theresa. Wäre es nicht besser für dich, so bald wie möglich nach Hamburg zurückzukehren?« Als ich darauf nichts erwiderte, sprach er weiter: »Ich würde dir in jeder Weise behilflich sein, und ... ich hoffe, du verstehst mich richtig ... natürlich auch finanziell.«

Meine Antwort klang so eisig, daß ich selbst erschrak. »Hat Balsam dir eingeredet, daß ich meine Rückpassage nicht selbst bezahlen kann?« Er sah mich so betroffen an, daß ich sofort Gewißheit hatte. Es stimmte also! Balsam hatte ihm vorgeschwatzt, daß ich mit Philip in bedauernswerter Armut lebte. Und nun saß er hier, kam sich mildtätig vor und demütigte mich! (Na, aber nicht absichtlich, meldete sich schüchtern mein Verstand zu Wort, bevor ihn mein blinder Zorn verschüttete.) »Bitte geh jetzt!« Ich mühte mich so hoheitsvoll wie möglich aus der Sofakuhle heraus. Er blieb sitzen. »Theresa«, sagte er unverändert ruhig. »Ich bin nicht hier, um dich zu kränken. Bitte, hör dir bis zu Ende an, was ich zu sagen hab'.« Ich stürmte zur Haustür und machte sie auf. »Mein Privatleben geht dich nichts mehr an. Du selbst hast mir das bei meiner Ankunft gesagt, und wenn du's vergessen hast, ist das dein Problem, nicht meins!« Nun erhob er sich doch, in seinen Augen brodelte Ärger. »Erstaunlich, wie jemand mit einem so fabelhaften Gedächtnis gleichzeitig so begriffsstutzig sein kann«, stellte er sarkastisch fest. »Begriffsstutzig?« Das hatte mir noch keiner gesagt, in meinem ganzen Leben nicht! Ich funkelte ihn an, er stand schon vor mir in der Tür. »Ganz recht, Theresa, das bist du: begriffsstutzig! Absichtlich begriffsstutzig! Du *willst* mich mißverstehen, und das ist *dein* Problem!«

Er ging an mir vorbei, überquerte mit langen Schritten die sogenannte Straße vor meinem Haus, und dann verschluckte ihn die dunkle Nacht.

Ins Zimmer zurückgekehrt, starrte ich wütend seine Blumen an und erwog, sie wegzuwerfen. Diesmal sprach mein Verstand etwas lauter. Theresa, sagte er zu mir, laß die Nelken schön, wo sie sind. Erstens siehst du hier nur selten Blumen, und zweitens können sie nichts dafür.

17

Wendy fand es gut, daß ich wieder hinter meiner Schreibmaschine saß – gut für mich, weil es für Trauer keine bessere Ablenkung als Arbeit gab, und gut für Talbot & Steck, weil Berge von Frachtbriefen zu tippen waren. Mittags machten wir Pause, saßen zwischen all dem Papier und kauten Leberwurstbrote. »Ich hoffe, daß du dir abends was kochst, Theresa. Du bist zu dünn. Hast du gestern was Ordentliches in den Bauch gekriegt?«

»Nein, ich hatte Besuch.«

Na, das hätte ich vielleicht nicht erwähnen sollen. »Du hattest Besuch?«

Ich sagte ihr, wer der Besucher war, und mein Zorn flammte plötzlich wieder auf. »Ja, Peter Bendix. Er schlug mir vor, so bald wie möglich nach Hamburg zurückzugehen. Walfischbai sei nicht der richtige Ort für eine alleinstehende Frau.« Wendy vergaß zu schlucken. »Das ist so typisch!« Zusammen mit dem empörten ›T‹ sprang ein Krümel aus ihrem Mund und fiel auf einen Frachtbrief. Sie wischte ihn unter den Tisch. »Das ist so typisch Mann! Frauen können dies nicht, Frauen können das nicht! Und was hast du dazu gesagt?«

»Daß ihn mein Privatleben nichts angeht.«

»Gut! … Aber du hättest ihm auch klarmachen sollen, daß man als Frau sehr gut alleine hier leben kann, ob ihm das nun paßt oder nicht. Man braucht dazu keinen Mann!« Plötzlich stockte sie. »Oder willst du etwa wirklich zurück?« Ich rieb meine Stirn und seufzte. »Das weiß ich nicht, Wendy, ich denke dauernd darüber nach.«

»Und ich genauso.« Wendy warf ihr halb gegessenes Wurstbrot aufs Pergamentpapier und rückte ihren Stuhl etwas näher zu mir heran. »Daß dieser Bendix dich so kurz nach … daß er dich schon gestern mit seinen arroganten

Ratschlägen überfallen hat – kein Kommentar! Ich hatte nämlich vor, dir viel mehr Zeit zu lassen. Aber nun ... hör zu, Theresa, du bist zu smart, um hier tagein, tagaus Frachtbriefe zu tippen. Wir könnten Partner sein und irgendein Geschäft auf die Beine stellen.«

»Partner?« Das erinnerte mich an Philip und Senhor Pereira. O Gott! Wendy durfte das nie erfahren!

»Ja, richtige Partner, Theresa. Ich geb' das Geld, du deine Arbeit, und wir teilen uns den Profit. Es wimmelt hier von Möglichkeiten. Was ist, hättest du Lust?«

Das kam so überraschend, ich holte erst mal Luft. »Aber wie ... aber an was für ein Geschäft hattest du denn gedacht?«

»Haach«, rief Wendy, »die Liste ist endlos. Bedenke, was es hier alles nicht gibt! Zuerst mal frische Milch.«

»Ja, weil wir mitten in der Wüste sitzen.«

»Kein Problem, Theresa. Hab' ich mir schon öfter überlegt. Man könnte in den Dünen einen Kuhstall bauen, die Beester mit Luzerne füttern ...«

»Nicht schlecht«, unterbrach ich sie, »außer natürlich, daß ich nicht weiß, wo bei einer Kuh hinten und vorne ist.« Sie nickte unverdrossen. »Es war auch nur ein Beispiel. Nächster Vorschlag: Friseurladen. Die Frauen hier würden uns die Füße küssen.«

»Ach, Wendy, mich würden sie erwürgen, weil ich nicht mal Lockenwickler in meine eigenen Haare drehen kann.«

»Alright, was sagst du zu dieser Idee: Wir machen einen Modeladen auf.« Einen Modeladen? Dazu sagte ich erst mal nur: »Hmm!« Schöne Kleider tauchten vor mir auf, ganze Reihen, flotte Blusen, leuchtende Farben, ein Schaufenster, täglich neu von mir dekoriert – mein Gott, das wäre wirklich was. »Siehst du, Theresa?« freute Wendy sich. »Nun hab' ich dich, das seh' ich dir an. Und weißt du, was ich außerdem seh'? Profit – ganz erheblichen sogar!« Sie machte begeistert grinsend ihre mit ausgeleierten Knopflöchern verzierte graue Wolljacke auf. »Guck dir die

Frauen hier an, die meisten sehen wie Kartoffelsäcke aus. Hast du das noch gar nicht gemerkt?« Ich sah mir meine Chefin an und mußte zum ersten Mal wieder lachen. »Na, Wendy – manche schon, aber die an der Lagune ...«

»Die an der Lagune werden unsere besten Kunden sein, weil sie nun nicht mehr nach Windhuk müssen, wenn Edwina eine Party gibt«, behauptete Wendy triumphierend und rieb sich die Hände.

Im Hafen lief ein Frachtschiff aus. Drei lange, baßtiefe Abschiedssignale hallten vom Meer herüber, der Schlepper brummte dreimal grüßend zurück. Good bye. Ich sah dem langsam ins Abendrot davongleitenden Schiffsschornstein nach und hatte schlimmes Heimweh nach Tante Wanda. Wie schön es wäre, jetzt den Kopf an ihre Bluse zu legen und ihre tröstliche Wärme zu spüren. Sie würde so lieb zu mir sein: Theresakind, mein armes Theresakind!

Selbst Hildchen würde Mitleid mit mir haben. Bei diesem Gedanken stockte mein Schritt. Eine Weile stand ich da, dann ging ich langsam weiter nach Hause. Ich wollte nicht nach Hamburg zurück, das wußte ich plötzlich ganz genau. In Hamburg mit Mitleid empfangen zu werden, war schlimmer, als hier allein zu sein.

Ich schloß die Haustür auf und sank in die Sofaecke. Die graue Leere überwältigte mich. So sehr ich auch versuchte, Philips Gesicht vor mein inneres Auge zurückzurufen, es gelang mir nicht. Dafür tauchte Edwina vor mir auf, Edwina, die ich nicht sehen wollte. Sie lächelte mich boshaft an und sagte, was ich nicht hören wollte: »Es machte Spaß, sich von ihm erobern zu lassen! Er kam bei jeder zum Ziel! Er ist ihr nicht lange treu geblieben!«

Ob dieses alles wirklich nur Klatsch und Erfindung war? Ja, bestimmt! Jedes Wort! Ich stand auf und ging in die Küche, dort fiel ich auf den nächsten Stuhl. Müde war ich, hundemüde. Wendy hatte recht, ich sollte etwas essen. Danach würde mir besser werden. Ich nahm Tante Wandas Pfanne vom Haken und schlug zwei Eier hinein.

Dann ging ich durchs Haus und knipste überall die Lampen an. Nun sah alles freundlicher aus. Plötzlich stand ich still und lauschte. Knarrten die Dielen im Gang? Nein, das waren die brutzelnden Eier. Die Flamme war wahrscheinlich zu hoch. Ich eilte in die Küche zurück.

Mein erster Blick fiel auf die Fenster. Wer hatte die Vorhänge zugezogen? Dann sah ich den Mann.

»Senhor Pereira!« Erleichtert seufzte ich auf. »Sie haben mich sehr erschreckt.« Er ergriff meine Hände, »Senhora Thorn, meine liebe Senhora Thorn!« … und sah mich lange voll tiefer Trauer an. Nach einer Weile entzog ich ihm meine Hände und stellte schnell den Gasherd ab. »Wollen wir uns ins Wohnzimmer setzen, Senhor Pereira?«

»Nein, nein«, er wehrte ab und ließ sich am Küchentisch nieder. Sein trauriger Blick begann einen Rundgang durch den Raum: Wände – Herd – Stühle – Schrank. Dann ruhte er wieder auf mir. »Es ist so erschütternd, so traurig, Senhora Thorn. Ich war schon dreimal hier, um Sie zu besuchen, aber Sie waren nie da.« Er hob die Hände. »Alles war dunkel.« Ich erklärte ihm, daß ich fast eine Woche bei Talbots gewesen sei. »Ah so.« Er sah sich wieder in der Küche um und nickte. »Es macht nichts, Senhora, nun sind Sie hier, nun werden wir sprechen.« Er blickte mich abwartend an. Ich ihn auch. Es folgte eine lange Stille, und als ich immer noch nichts sagte, seufzte Senhor Pereira auf. »Es ist nicht gut, so viel Zeit zu vergeuden, Senhora Thorn. Wir müssen ehrlich miteinander sein.«

»Ehrlich?«

Er beugte sich vor und nickte wieder. »Wo sind die Diamanten?«

»Die Diamanten?« Ich starrte ihn an. »Welche Diamanten?« Nun lächelte Senhor Pereira, und durch den Nebel meiner Verwirrung bemerkte ich, daß er ungewöhnlich lange, spitze Eckzähne hatte. »Senhora Thorn, Sie müssen mir die Wahrheit sagen.«

»Ich weiß nicht, wovon Sie sprechen.« Senhor Pereira lächelte weiter. Gleichzeitig griff er in die Jackentasche, nahm etwas heraus und klappte es auf. Es war ein langes, spitzes Messer. Er legte es vor sich auf den Küchentisch. »Philip hat sie irgendwo versteckt«, nuschelte er. »Wo sind sie?« Mein Herz klopfte bis zum Hals. War dies ein Alptraum? Nein, in einem Alptraum war ich meistens wie gelähmt und konnte mich nie bewegen. Hier fegte ich plötzlich das Messer vom Tisch. Als nächstes war die Bratpfanne in meiner Hand, und eine Sekunde später knallte sie dumpf auf Senhor Pereiras Kopf. Er starrte mich an und stöhnte. Ein matschiges Spiegelei hing kurz auf seinem Ohr, dann fiel es herunter. Sein Blick glitt schlangengleich hinterher und suchte dann das Messer. Ich ging erneut auf ihn los, er war nicht groß, das gab mir Mut. Ich traf ihn am Hinterkopf, denn er lief vor mir weg und zur Haustür hinaus. Draußen kreischten plötzlich Autobremsen. Senhor Pereira starrte wie ein geblendeter Hase ins Scheinwerferlicht, er hielt seinen gelbbeschmierten Kopf, dann schlug er einen Haken und entkam in die Dunkelheit.

»Theresa! Mein Gott, was ist hier los?« Peter Bendix war aus dem Auto gesprungen. Er starrte die Bratpfanne, mich und dann nochmals die Bratpfanne an. Als ich stumm und unbeweglich stand, stellte er die Scheinwerfer ab, machte die Autotür zu, nahm mich beim Arm und führte mich ins Haus. Er ging sofort in die Küche. Dort nahm er mir die Pfanne aus der Hand. Sein Blick eilte über die umgefallenen Stühle, verspritztes Spiegelei und das Messer auf dem Boden. »Was um Himmels willen ist hier los?« Als ich noch immer schwieg, stellte er die Stühle wieder auf. »Setz dich, Theresa.« Ich setzte mich. »Willst du mir nicht sagen, was hier vorgefallen ist?« Als ich weiter stumm blieb, befühlte er meine Hände. »Du bist eiskalt.« Er sah sich suchend um, verschwand im Schlafzimmer, kehrte mit einer Wolldecke zurück und legte sie um meine Schultern. »Hat er … soll ich Dr. van Heerden holen?«

»Nein! Mir ist nichts passiert!« Meine Stimme funktionierte plötzlich wieder. Ich war schon aufgestanden, ergriff ein Tuch und wischte die Eierfetzen vom Fußboden auf. Als ich nach dem Messer griff, hielt er mich zurück. »Theresa, die Polizei ...« Ich drehte mich schnell zu ihm um. »Nein, auf keinen Fall! Ich will keine Polizei.«

»Hat es was mit Philip zu tun?« Ein Glück, daß er immer so rasch kapierte. Ich nickte. »Willst du mir sagen, was?« Als ich zögerte, überzeugte mich etwas in seinem Blick, daß es besser war, die Wahrheit zu sagen. »Ich weiß es nicht genau.«

»Wer war der Mann mit dem Messer?« Ich sagte es ihm. »Und was wollte er?«

»Diamanten. Er ... er behauptet, Philip habe sie irgendwo versteckt.«

»Und du weißt, wo sie sind?« Ich sah ihn an und hoffte, daß er mir glauben würde. »Philip hat sie niemals erwähnt, mit keinem Wort. Ich wußte nur, daß er sich ein eigenes Flugzeug kaufen wollte. Senhor Pereira wollte es finanzieren.«

Einen Augenblick war es still in der Küche. Er nahm einen Stuhl und setzte sich. »Theresa«, sagte er dann. »Hier geht's wahrscheinlich um sehr viel Geld. Pereira kommt wieder, darauf kannst du bauen. Und das nächste Mal wirst du ihn nicht mit deiner Bratpfanne verscheuchen, weil er nämlich mehr als nur ein Messer in der Tasche haben wird. Es ist besser, du rufst die Polizei.« Ich packte ihn am Ärmel. »Nein, bitte! Ich will nicht, daß ganz Südwest ... bitte ruf nicht die Polizei!« Er saß und überlegte. Dann stand er auf, ergriff das Messer, klappte es zu und steckte es in die Tasche. »Du kannst auf keinen Fall hier alleine bleiben. Ich werd' heut nacht hier schlafen.«

»Nein, geh nach Hause!« beschwor ich ihn. »Ich will nicht, daß du für Philips Ruf dein Leben riskierst.«

»Ich auch nicht«, stimmte er mir trocken zu, ging ins Wohnzimmer und sah sich das ausgekuhlte Ledersofa an. Dann überlegte er weiter: »Das Auto muß weg, sonst weiß hier bald jeder Bescheid. Bitte schließ die Haustür hinter mir ab, ich bin in einer Viertelstunde wieder da.«

Ich trat ihm in den Weg. »Bitte, Peter, komm nicht zurück. Ich hab' wirklich keine Angst.« Er drehte sich um. »Laß uns nicht schon wieder streiten, Theresa, sei ein nettes Mädchen, und schließ jetzt die Haustür ab. Ich bin gleich wieder da.« Ich schloß die Haustür ab, und er war tatsächlich gleich wieder da – im Dauerlauf, wie es schien. Wir gingen ins Wohnzimmer. »Ich versteh' das alles nicht«, sagte ich mit zitternder Stimme und hielt mich an einer Stuhllehne fest. »Meinst du wirklich, daß Pereira zurückkommt?«

»Sonst wär' ich nicht hier.« Sein Blick ging durchs Zimmer. »Wo in diesem Haus würdest du etwas verstecken, das niemand finden soll?« Ich dachte nach, ich war so müde, mir fiel nichts ein. »Wir müssen trotzdem suchen«, bestimmte er. Er durchsuchte die Küche, ich das restliche Haus. Um zwei Uhr morgens gaben wir auf. Wir hatten nichts gefunden. »Vielleicht waren sie im Flugzeug«, vermutete ich und war so erschöpft, daß ich kaum sprechen konnte. »Das wär' nicht gut«, stellte er fest. »Ich hoffe, daß Pereira so bald wie möglich findet, was er sucht, dann bist du ihn nämlich los. Bis dahin ...« Er ging in die Küche, nahm die für mich geholte Wolldecke vom Stuhl. Dann setzte er sich aufs Sofa, zog seine Schuhe aus und fragte: »Gehst du morgen ins Büro?« Als ich bejahte, nickte er zufrieden. »Gut. Unter Wendys Schutz bist du sicher. Pereira kommt wahrscheinlich erst im Dunkeln zurück, und bis dahin bin ich wieder hier.«

»Peter ...«

»Geh schlafen, Theresa!« Er streckte sich auf dem Sofa aus, warf die Wolldecke über sich und kehrte mir den Rükken zu.

Am nächsten Morgen stemmte Wendy rosig ausgeschlafen die Hände auf meinen Schreibtisch. »Na? Gut geschlafen, Theresa? Hab' die ganze Nacht von unserer pausenlos klingelnden Ladenkasse geträumt. Du auch?«

Ich hatte gerade an Pereiras charmantes Tigergebiß gedacht. Wendy musterte mich und runzelte ihre Stirn. »Du siehst nicht gut aus! Trinkst du deine Milch? Soll ich heute Nacht bei dir schlafen? Dann könnten wir über den Laden reden, und du bist nicht so allein.«

O Gott, das fehlte mir noch! »Danke, Wendy … das Dumme ist … ich komm' nach Hause, falle sofort wie ein Sandsack in mein Bett und schlafe. Das macht wahrscheinlich die Milch, meinst du nicht? Warum reden wir nicht jetzt?« Nein, konnten wir nicht. Wendy mußte mit einer Ladung Stückgut nach Swakopmund, weil ihr Lastwagenfahrer, der verdammte Kerl, total besoffen war. Zuviel selbstgebrautes Bier. »Ich werd' Marei von dir grüßen«, versprach sie mir.

Dann war ich allein und hatte Zeit, mir immer wieder vorzustellen, was passieren würde, wenn Senhor Pereira zu seinem nächsten Besuch erschien. Todsicher eine Schießerei! Und wenn er nun Peter Bendix … Ich stützte den Kopf in die Hände und erkannte erneut, wie rücksichtslos ich ihn gefährdete – nur um Philips Ruf zu schützen. Oder war es mein eigener? Es blieb nur eins: Ich mußte sofort zur Polizei. Nein, nicht sofort, erst mußte ich Peter Bendix informieren, damit er sich aus der Sache heraushalten konnte. Ich griff zum Telefon. Mr. Bendix war nicht im Büro. Ob er mich anrufen könnte? Nein, das ginge nicht gut. Ich legte wieder auf, ich mußte warten. Senhor Pereira versüßte mir die Wartezeit. Er tauchte, dreimal so groß wie er wirklich war, mit einem Revolver hinter meiner Schreibmaschine auf und zielte liebenswürdig nuschelnd zwischen meine Augenbrauen.

Gestern Nacht hatte ich nicht halb so viel Angst vor ihm gehabt wie jetzt am hellen Tag. Ich war in mein Bett gefallen und hatte tief und fest geschlafen. Weil er vor mir weggelaufen war? Weil Peter Bendix nebenan auf meinem Sofa lag? Er hatte im Morgengrauen an meine Tür geklopft. Zerknülltes hellblaues Hemd, zerknitterte Khakihosen, flüchtig aus der Stirn gestrichenes Haar. Nur seine Augen waren unverändert wach. Und ebenso unverändert war unsere Konversation:

»Ich geh' jetzt, Theresa. Schließ die Haustür ab. Wenn's dunkel wird, bin ich wieder da.«

»Peter, wirklich, ich kann alleine mit Pereira fertig werden.«

»Nein, kannst du nicht!«

Also schloß ich wieder gehorsam die Haustür ab. Dann versank ich, auf der Bettkante sitzend, in tiefes Nachdenken und erlebte noch einmal den Augenblick, in dem ich, auf Knien Diamanten suchend, seine mit rotem Gummiband gebündelten Briefe in meinem Koffer fand, während er nebenan in der Küche meine Schüsseln, Tassen und Töpfe umkehrte.

Pereira kam früher als erwartet zurück. Er hatte es eilig gehabt, das sah ich auf den ersten erschrockenen Blick, als ich am späten Nachmittag mein Haus betrat, in dem der ehrenwerte Senhor wie ein Orkan gewütet hatte: umgeworfene Stühle, umgeworfener Tisch, dazwischen herausgerissene Schubladen; der zu einem faltigen Bergkamm zusammengeschobene Wohnzimmerteppich, verstreute Kissen, Wäsche, mein auseinandergerissenes Bettzeug, der aufgeklappte Koffer, Peter Bendix' nunmehr ungebündelte Briefe, Philips Jacken und Hosen – alle mit umgestülpten Taschen, alles wild durcheinandergeworfen.

Pereira hatte gründlich gesucht – und schließlich gefunden, was er suchte. Im Wohnzimmerfußboden, da, wo vorher der Teppich lag und über ihm der Tisch gestanden hatte, sah ich ein quadratisch ausgesägtes, nicht sehr großes Loch. Das Loch war leer. Dunklen feuchten Sand enthielt es, sonst nichts. Philips Säge – nun wußte ich plötzlich, warum er sie gebraucht hatte.

Als erstes schnauzte Peter Bendix mich an. Es war fast dunkel, als er zu Fuß erschien. »Verdammt noch mal, Theresa! Warum hast du die Haustür nicht abgeschlossen?« Ich holte tief Luft. Und was, verdammt noch mal, gibt dir das Recht, mich so anzubrüllen? Bevor ich das wirklich sagte, fiel mir ein, wie tief in seiner Schuld ich stand. Ich drehte mich wortlos um und ging ihm voran ins Wohnzimmer zurück.

»Ach du Schande!« Er riß die Augen auf, machte zwei Riesenschritte durch die chaotische Szene und kniete vor dem dunklen Loch. Seine Hand tastete unter die Bohlen. »Na, einiges wissen wir nun«, bemerkte er dann trocken. »Daß die Diamanten futsch sind«, sagte ich. »Und daß Pereira schlauer war als wir.« Er hatte sich wieder aufgerichtet, blickte, die Arme verschränkend, auf mich herab und grinste plötzlich. »Trotzdem ganz schön peinlich für ihn, wenn man an seinen gestern von zarter Hand erlittenen Dachschaden denkt, meinst du nicht auch?«

War es die Erinnerung an Pereiras mit Spiegelei verschmierten Kopf? Auf einmal begann er zu lachen, so unbändig und unwiderstehlich, daß ich mit ihm lachen mußte. Wir standen, bogen uns und fingen immer wieder aufs neue an.

»Du bist ein patentes Mädchen, Theresa«, sagte er schließlich, mich anerkennend betrachtend. Das machte mich verlegen. »Und du … ich hätte doch zur Polizei gehen sollen, das ging mir heute vormittag auf. Ich wollte dir vorher Bescheid sagen, konnte dich aber nicht erreichen. Ich … ich hätte dich nie in diese Sache verwickeln dürfen.«

»Die Verwicklung war meine Entscheidung, Theresa.« Er war schon dabei, die umgeworfenen Stühle wieder aufzustellen. Ich sah ihm mit tatenlos herunterhängenden Armen zu und mußte mich plötzlich setzen.

»Wie konnte Philip nur …«, brach es gegen meinen Willen aus mir heraus. »Wie und wo kann er bloß an die Diamanten gekommen sein?« Er streifte mich mit einem kurzen Blick, setzte eine Schublade ein und zuckte die Achseln. In einem der Sperrgebiete in der Namib vielleicht, vermutete er, obgleich sie bewacht würden. Oder auch in Oranjemund, obgleich es hermetisch abgeriegelt sei. Illegal geschürfte Diamanten seien nicht leicht zu finden und schwer zu verkaufen, trotzdem würden sie gefunden, und trotzdem würden sie verkauft. In diesem Lande sei die Versuchung immer da.

Während er das sagte, stand ich wieder auf und kam mir dabei wie ein hohler Baum mit losen Wurzeln vor. Nur der kleinste Stoß, und bestimmt fiel ich um. »Wenn ich nur wüßte, was ich tun soll«, sagte ich, und meine Stimme klang so wackelig, wie ich mich fühlte. »Aufräumen«, empfahl er mir sachlich und sanft, »... und vorsichtig sein. Pereira kommt wahrscheinlich nicht zurück, aber ausgeschlossen ist es nicht. Und so lange wir's nicht wissen, werd' ich weiter auf deinem Sofa schlafen.«

»Nein, das ist nicht nötig!« Doch, sei es, bestimmte er, von meiner Meinung unbeeindruckt. »Sei vernünftig, Theresa! Diesmal wirst du nicht allein mit ihm fertig, du unterschätzt Pereira.«

»Und du bist genau wie dein Vater«, entfuhr es mir. Er zog den Teppich wieder glatt, richtete sich auf und hob die Augenbrauen. »So, meinst du? Und was weißt du von meinem Vater?«

»Nicht viel, aber die Art, wie du ihn erwähntest, sagte mir genug. Er ... er verglich deine Idee, mich zu heiraten, mit unreifen Äpfeln.«

Ich schwieg betroffen und stellte mir stumm eine Frage: Was hatte das mit Pereira zu tun? Warum hatte ich das gesagt? Er schien sich dasselbe zu fragen und sah mich nachdenklich an. Dann lachte er. »Und das gefiel dir nicht? Mein Vater wußte aber gar nichts von dieser Idee. Wir sind – wir haben keinen Kontakt.« Ich zuckte die Achseln. »Was ich wirklich meine, ist, daß du hier einfach die Zügel ergreifst, und von da an wird so gefahren, wie du es für richtig hältst.«

»Nur, weil es nötig ist«, stellte er freundlich fest.

»Ist es aber nicht.« Er musterte mich. »Um jedem Zweifel vorzubeugen, Theresa, ich bin nicht sonderlich wild darauf, mir hier auf deinem Berg-und-Tal-Sofa blaue Flekke zu holen. Je eher ich in mein Bett zurückkann, um so besser. Wie wär's, wenn du für einige Zeit verreist?«

»Das hatte ich grade beschlossen.«

»Gut, und wohin?«

»Auf eine Farm. Ich bin eingeladen worden.«

»Zu von Lauenthals?« Ich starrte ihn an. »Du kennst sie?« Ja, er kenne sie, informierte er mich. Dr. van Heerden und er seien einige Tage auf einer Nachbarfarm gewesen, hätten ebenfalls von Lauenthals besucht und dabei auch Pix kennengelernt. »Wirklich? Warum hast du das nicht vorher erwähnt?« Seine Antwort kam sehr prompt. »Weil wir offenbar jede verfügbare Minute dazu ausnützen müssen, uns in den Haaren zu liegen.«

»Das war nicht meine Schuld.«

»Wie du meinst, Theresa. Jetzt räumen wir auf, und ich bleib' hier.«

Also räumten wir auf, und er blieb da. Da ihn niemand sehen sollte, vor allem Pereira nicht, zog er überall die Vorhänge zu. »Und was meinst du, passiert, wenn er wirklich kommt und dich entdeckt?« fragte ich ihn. »Weit weniger, als wenn du alleine wärst.«

In diesem Augenblick klopfte es. Wir sahen uns an. »Who is it?« Meine Stimme klang seltsam atemlos, so wie nach einem langen Dauerlauf. Es war nicht Pereira, es war Werner Schmidt. Ich ließ ihn ein, während mein erster Besucher sich unsichtbar machte. Werner umarmte mich brüderlich, folgte mir in das schon ziemlich aufgeräumte Wohnzimmer und plumpste ins Sofa. »Muß gleich wieder los, Theresa. Wollte nur sehen, ob du irgendwelche Hilfe brauchst.«

»Danke, Werner, im Augenblick nicht. Geht's Ute wieder besser?«

»Ja, sie berappelt sich langsam. Und du, Theresa, wie kommst du klar?« Es sei alles in Ordnung, sagte ich ihm. Werners kantiges, offenes Gesicht drückte Zweifel aus. Er seufzte und ließ mich in warmen Worten wissen, wie sehr auch er Philip vermisse, weil er ein so feiner Kerl und sein bester Freund gewesen sei. Schon darum könne ich stets auf ihn zählen. »Immer und in allem, Theresa … Garantiert!« Ich hörte seiner gutgemeinten Tröstung tränenlos zu und dankte ihm. »Philip wäre stolz auf dich, Theresa. Kein Geheule, kein Zähneklappern. Du bist ein tapferes Mädchen.« Werner stemmte sich aus dem ausgekuhlten Sofa hoch und legte den Arm um meine Schultern. »Sag mir Bescheid, wenn du was brauchst, ich komm' sofort.«

Peter Bendix war dabei, seine über den Boden verstreuten Briefe aufzusammeln, als ich nach Werners Abgang in der Schlafzimmertür erschien. »Schreibfaul war ich nicht«, meinte er, einen Stapel auf die Kommode legend. »Hast du die wirklich alle gelesen, Theresa?«

»Nein, nur aufgemacht und dann weggepackt.« Er nickte, lachte kurz auf. »Tja, diese Antwort hab' ich vermutlich verdient.« Plötzlich schämte ich mich. Meine Güte, wie unleidlich ich mich benahm! Was konnte er dafür, daß mir nach Werners lieben Worten mehr denn je zum Heulen war? »Ich hab' sie alle gelesen, Peter«, sagte ich leise. »Und das nicht nur einmal.« Danach trat eine Gesprächspause ein, in welcher er die Briefe in seiner Hand und ich mir meine Schuhspitzen besah. Schließlich sagte ich: »Du mußt hungrig sein, möchtest du was essen?« Er blickte, die letzten Briefe aufhebend, in der Hocke sitzend zu mir auf. »Spiegeleier à la Theresa, vielleicht?« Nun mußten wir beide lachen. »Nein, heute nicht«, versprach ich ihm, »diese werden ganz friedlich auf einem Teller serviert.«

Dann saßen wir zusammen am Küchentisch und aßen. Die Szene kam mir unwirklich vor – unwirklich, weil sie beinahe gemütlich war. Bisher war fast jede Begegnung mit ihm nur Drama und Sturm gewesen.

Ich sah ihn verstohlen über den Tellerrand an. Sein Schlips hing hinter ihm über dem Stuhl, seine Hemdsärmel waren aufgekrempelt, seine Tischmanieren tadellos.

Die Fotos in seinen Briefen hatten nicht gelogen, er strahlte auch in Wirklichkeit Selbstvertrauen und Gelassenheit aus. Nun blickte er auf. »Wie geht es deiner Tante, Theresa?« Aha, dachte ich und wußte sofort Bescheid. Jetzt pirscht er sich auf Umwegen erneut an sein wirkliches Thema heran: Geh nach Hamburg zurück, Theresa! Da bist du besser aufgehoben, das siehst du nun wohl selber ein … Ziemlich komisch, wenn man bedachte, daß ich mich zu der Vermutung verstiegen hatte, er sei trotz allem noch immer an mir interessiert.

»Meiner Tante? Im Augenblick geht's ihr wahrscheinlich nicht so gut, weil sie meinen Brief erhalten hat. Ich erwarte ihr Telegramm.« Er nickte verstehend: »Theresa, komm sofort zurück!«

»Hm, so ungefähr«, sagte ich und sah ihn herausfordernd an: Hier hast du deine Gelegenheit, Peter, ganz ohne Umwege, nun sag es schon!

Er sagte es nicht, er aß den weitgereisten, etwas schlappen Salat und sprach statt dessen über Pereira. »Wenn er während deiner Reise nicht hier einbricht, ist das ein Zeichen dafür, daß er alles gefunden hat, was er sucht«, meinte er schließlich. »Dann kommt er wahrscheinlich nicht zurück, und du bist sicher vor ihm.«

»Das bin ich bestimmt schon heute.« Er trank seinen Tee, lachte und schüttelte den Kopf. »Ich glaubte, dich aus deinen Briefen ziemlich gut zu kennen, Theresa, aber daß du so eigensinnig bist, merkte man ihnen nicht an.«

»So?« Ich legte schnell meine Gabel hin und widerstand dem Verlangen, meine Arme empört in die Seite zu stemmen. »Und wer, würdest du sagen, hat hier in *meinem* Haus seit gestern nichts als eigenmächtige Entscheidungen getroffen, ohne die Bohne auf mich zu hören?«

»Ich dachte, wir wollten die Eier in Frieden essen, Theresa.«

Sehr gelenkig, wie er vom Thema absprang, wenn's brenzlig wurde.

Sein Sprung zum nächsten Thema war eine Frage: Ob

ich schon mal auf einer Farm gewesen sei? wollte er wissen. »Nein, ich hab' überhaupt noch nichts von Südwest gesehen«, erwiderte ich. Wups, das war mal wieder typisch. Ich hätte denken sollen, bevor ich das sagte. »Philip wollte mir alles zeigen, sobald er sein eigenes Flugzeug hatte«, setzte ich eilig hinzu.

Und gleichzeitig wurde mir klar, wie sinnlos diese Worte waren, weil ich ihm – und mir selbst –, was Philip anbetraf, nichts aber auch gar nichts mehr vormachen konnte.

Ich senkte den Kopf und kratzte auf meinem Teller herum. Nun gut, Peter, hab Mitleid mit mir! Gleich wirst du mich wahrscheinlich fragen, ob ich Geld für die Zugfahrt nach Otjiwarongo brauche.

Nein, so weit ging er diesmal nicht. »Der Tapetenwechsel wird dir guttun«, bemerkte er statt dessen in seinem irritierend freundlichen Ton. Ich hatte eine kratzige Antwort auf der Zunge, schluckte sie aber heil hinunter. Das Loch, in dem du sitzt, hast du dir selber gegraben, sagte mein sich unerwartet zu Wort meldender Verstand zu mir. Und ob du's nun zugibst oder nicht, dein ungeladener Gast meint es gut mit dir. Er benimmt sich sehr nobel. Benimm du dich auch!

Ich räumte die Teller ab, goß ihm frischen Tee in die Tasse und fragte: »Warst du lange bei Lauenthals?«

»Nein, nur kurz. Ich hab' viel Arbeit hier und kann nicht lange weg.«

»Wie geht dein Geschäft?« Er nahm einen Zipfel der Tischdecke hoch, grinste und klopfte auf das Holz darunter. »Nicht schlecht. Will Wendy mich immer noch ermorden?« Das brachte mich zum Lachen. »Ich fürchte, ja.«

»Wußte sie, daß Philip ihr Konkurrenz machen wollte?«

»Um Himmels willen, nein!« rief ich entsetzt, den Teetopf beinah in die Salatschüssel stellend. »Und sie darf's auch nie erfahren! Weißt du, Wendy sieht die Dinge auf ihre Weise, sie ist sehr loyal, das mußt du verstehen. Man kann sich keine bessere Freundin wünschen. Ich hab' sie sehr gern.«

»Du brauchst sie nicht zu verteidigen«, sagte er lächelnd, »ich mag sie auch. Liest sie immer noch historische Werke?«

»O ja, jeden Abend, und ich übrigens auch. Das ist ihre für mich verschriebene Therapie: Geschichte – und ein Modeladen.«

»Ein Modeladen?« wiederholte er verwundert. »Du sollst dir neue Kleider kaufen?«

»Nein, verkaufen. Sie hat mir eine Partnerschaft angeboten.« Er sah mich eine Weile an. »Hmm«, sagte er dann. »Gute Idee.«

Das war's. Kein: Aber … Keine Warnung: Theresa, das kannst du nicht und so weiter. Kein: Geh lieber nach Hamburg zurück. Ich war sprachlos – wenn auch nicht lange. »Das ist deine ehrliche Meinung?« Er leerte seine Tasse und stand auf. »Das ist meine ehrliche Meinung. Du wirst es schon schaffen, Theresa. Darf ich dir jetzt beim Abtrocknen helfen?«

18

Wendy hatte einen Sitzplatz für mich reserviert und brachte mich zum Zug. Es war noch stockdunkel, als sie mich aus meinem Kopfkissen schüttelte. »Viertel nach vier, Theresa, steh auf!« Sie hatte die Nacht in meinem Haus verbracht, weil ich sonst womöglich verschlafen würde. Mein Sofa war ein Magnet für Personen, die alle umsichtiger, schlauer und stärker waren als ich.

Als wir zum Bahnhof gelangten, herrschte noch immer kalte Dunkelheit. Es war Winter. Über dem leeren, spärlich beleuchteten Bahnsteig ragte wartend ein Zug, der sich als so zugänglich wie eine feindliche Festungsmauer erwies: vier Hühnerleitersprossen, weit auseinandergesetzt, führten steil nach oben. Die Abteiltür ging nach innen auf, verwehrte aber dem emporklimmenden, kofferschleppenden Passagier durch ständiges Zuknallen den Eintritt, weil sie mit einer erstklassig funktionierenden Sprungfeder ausgestattet war. In diesem Zug mit Gepäck zu reisen, war keine gute Idee. Das allerdings ging mir erst später beim Umsteigen auf. In Walfischbai war Wendy noch da, wir meisterten alles zusammen. War die Festung erst mal erstürmt, so wartete drinnen ein erstaunlich gemütliches Abteil: grüne Lederpolster, Schiebefenster mit Moskitogaze und Holzrollo, ein Waschbecken mit Deckel, das auch als Tisch diente.

Nur war es leider hundekalt.

Wendy holte fürsorglich meinen Bademantel aus dem Koffer und warf ihn in meinen Schoß. »Bald wird's wärmer, Theresa.« Sie knöpfte ihre schlappe graue Wolljacke bis oben hin zu und zog die Ärmel über ihre Hände. Ihre Augen glänzten. »Du wirst begeistert sein«, versprach sie mir. »Endlich siehst du Südwest, und du weißt nicht, was da auf dich wartet.«

Der Zug fuhr pünktlich ab, ich hing aus dem Fenster. Wendy winkte mir mit beiden Armen hinterher, ohne die Hände aus den Ärmeln zu nehmen. Auf dem leeren Bahnsteig sah sie plötzlich klein und einsam aus. Ich schob das Fenster zu, setzte mich auf die grüne Lederbank und wußte selbst nicht genau, warum ich prompt in Tränen ausbrach. Weil ich hier alleine saß und Wendy vermißte? Weil Tante Wandas Telegramm betonschwer und unbeantwortet in meiner Handtasche lag? Weil ich Philips Brief an Ute Schmidt gelesen hatte? Durch meine tränennasse Linse betrachtet, erschien mir das Leben auf einmal wie ein langer, schäbig verblichener Teppichläufer, der voller tückisch ausgefranster Löcher war, damit man besser stolpern konnte.

Und hundekalt war's außerdem immer noch. Ich hüllte mich in den Bademantel und fror vor mich hin. Nach einer Weile fiel ich auf die Bank und schlief ein. Als ich erwachte, schien die Sonne ins Abteil. Links und rechts vom Zug erstreckte sich die Namib mit ihren sanft geschwungenen Dünen. Ich schlief wieder ein. Dann hielt der Zug an einer Station. Die Station war nur ein Schild. Ich öffnete das Fenster, und eine wunderbare Wärme strömte ins Abteil. Draußen lag eine unermeßliche, stille Weite. Steppe mit gelblichem Gras, das sich im leichten Winde wiegte. Durch das Gras liefen drei Strauße! Im Hintergrund ragten senkrecht gefurchte Berge in den blauen Himmel. Eine Gruppe Springböcke stob ins Bild, braunweiß gestreifte Gazellen, die ab und zu, mitten im Lauf, wie aus schierem Übermut plötzlich mit senkrecht gestreckten Beinen hoch in die Luft schnellten.

Von da ab klebte ich ununterbrochen verzaubert am Fenster. Außer Straußen und Springböcken tauchten mehrmals auch Zebras und Oryxantilopen auf. Mittags gelangten wir nach Usakos, einer kleinen Stadt mit niedrigen Dächern, die zwischen buschbetupften Hügeln in einem sonnigen Talkessel schmorte. Ein Zugbegleiter erschien und wies mich freundlich darauf hin, daß ich nun aussteigen müsse, da dieser Zug nach Windhuk führe, der Zug nach Otjiwarongo ginge um zwei Uhr. Das hatte ich nicht gewußt. Ich sammelte meinen schweren Koffer, die Handtasche, noch eine Tasche mit Proviant sowie den Bademantel zusammen und zwängte mich aus dem Abteil die fürchterliche Hühnerleiter hinunter, wobei ich die Zugtür mit dem Koffer blockierte, damit sie nicht zuschlug. Drüben, jenseits der Schienen, winkte das Bahnhofshotel. Ich ächzte hinüber. Das Hotel wirkte gemütlich und hatte einen hübschen Innenhof, wo man unter Palmen kühle Limonade trinken konnte. Ich saß, schlürfte und blickte in das langersehnte, gefächerte Grün. Hier war es schön und wunderbar still – beinah wie ausgestorben. Usakos hielt Mittagsruhe.

Kurz vor zwei schleppte ich mein Gepäck und mich durch die glühende Mittagshitze zum Bahnhof zurück, wo auf dem gleichen Gleis wie vorhin ein Zug stand. Ob er nach Otjiwarongo ginge, fragte ich einen schwarzen Eisenbahner, was dieser mit »Ja, Missis«, bestätigte. Weiter hinten auf dem Bahnsteig hockten mehrere schwarze Reisende in buntem Kattun um ihre Bündel herum in der Sonne. Sie waren noch nicht eingestiegen und wußten wahrscheinlich warum. Über mir, ungefähr auf meiner Kopfhöhe, war die Abteiltür. Ich machte sie auf und schrie auf gut Glück in den Waggon hinein. Siehe da, eine schwarze Hand kam um die Ecke und hielt die Tür für mich auf. Als ich mit meinen Siebensachen in den Gang plumpste, zeigte sich auch das zu der Hand gehörige freundliche Gesicht. »Dies der Zug nach Otjiwarongo?«

»Ja, Missis.« Das Abteil, in das ich eintrat, kam mir sehr bekannt vor – kein Wunder, es war mein vorheriges. Ich verstaute mein Gepäck und sah aus dem Fenster, der Zug fuhr nicht ab. Ein weißer Eisenbahner kam daher, der mir auf meine Frage sagte, dies sei nicht der richtige Zug, ich müsse zum hintersten Gleis gehen. Sonst war er nett und half mir, den schweren Koffer, die Handtasche, die Provianttasche und den Bademantel die Hühnerstiege herunterzuzerren. Nach ein paar Schritten auf dem Bahnsteig hielt er plötzlich inne: »Ich würde Ihnen aber raten, doch mit diesem Zug zu fahren.« Ich unterdrückte ein irres Lachen. Dieser Zug ginge zwar auch nach Otjiwarongo, tat er mir kund, aber erst um sechs Uhr abends. Der andere um zwei sei ein Güterzug, er habe nur ein Abteil, es sei total überfüllt, damit könne ich nicht fahren. Also zurück in mein altes Abteil. Als erstes packte ich den Bademantel ein. Das war gut, denn um vier kam ein Beamter und ersuchte mich auszusteigen. Dieser Zug ginge doch nach Windhuk, der um sechs nach Otjiwarongo würde neu eingesetzt.

Wendy hatte recht gehabt, ich wußte nicht, was mich erwartete, als meine Reise begann.

Als ich Usakos in dem richtigen Zug verließ, war ringsherum nichts mehr zu sehen, weil die Nacht schon angebrochen war. Ein Steward erschien und verwandelte die grüne Lederbank in ein weiß bezogenes Bett. Ich verriegelte die Tür, kaute zu trockenen Krümeln zerfallenes Käsebrot, einen Apfel, Silvermoon-Rahmbonbons und griff zu meinem mir von Wendy verordneten Buch – machte es aber nicht auf. Mein Blick hing an dem im Rhythmus der Schienen hin- und herschwingenden Holzrollo, ohne es zu sehen. Ich dachte an Philips Brief und an Tante Wandas Telegramm.

Das Telegramm hatte wie erwartet gelautet: »Theresa, komm sofort zurück!«

Wie konnte ich ihr erklären, warum ich hierbleiben wollte? ... Liebe Tante Wanda, bin sehr allein. Habe schreckliches Heimweh nach Dir und würde mich gern an Deiner Bluse ausheulen. Kann trotzdem nicht kommen, weil mir der Gedanke, wie ein geprügelter Hund in mein Körbchen zurückzukriechen, nicht gefällt.

Diese Absage in so sorgsam gesponnene Worte einzuwickeln, daß sie Tante Wanda nicht hundert schlaflose Nächte bereitete, war unheimlich schwer. Ich hatte es schon mehrere Male vergeblich versucht.

»Ratata ratata«, machte der Zug. Wendys Buch rutschte von der Bettdecke und fiel zu Boden. Ich stieg aus dem Bett, stieß mich am Waschbeckentisch, kroch mit brummendem Ellbogen und dem Buch unter die warme Decke zurück. »The Life and Times of Elizabeth I«. Unter dem Titel sah mich Elizabeth mit augenbrauenlosen Augen über ihrer eleganten, steifen Halskrause an. Wendy hielt große Stücke auf sie, das läßt sich denken. Diese Tochter eines äußerst ungemütlichen Ehemannes hatte mehr Rückgrat und Köpfchen bewiesen als die meisten Männer ihrer Zeit – weswegen es auch keinem gelungen war, sie am Traualtar in Ketten zu legen. »Semper idem« (immer dieselbe) war ihr Motto gewesen. Sie blieb ihr eigener Herr. Und – dachte ich – wenn *sie* Affären hatte, schlug sie sich todsicher nicht, von Reue gepeinigt, mit fingerdicken Nägeln selbst ans Kreuz. Arme Ute! Sie tat mir schrecklich leid. Vicky Nelson hatte recht gehabt, als sie mir Utes heimliche Bilder beschrieb – wenn auch nicht ganz. Was diese Bilder wirklich erzählten, fand leider ich heraus. Ich hätte es lieber niemals entdeckt. Philips Brief an Ute lag unter seiner wild verstreuten Kleidung. Pereira hatte ihn vermutlich in einer Jackentasche entdeckt und aufgerissen, obwohl er bestimmt keine Diamanten versprechenden Beulen hatte. Ich hob ihn auf und las:

»Ute, Deine ständigen Ermahnungen, mich in Luft aufzulösen, werden mir langsam lästig. Ich versuche, Dir und Werner aus dem Weg zu gehen. Es ist nicht meine Schuld, daß er uns dauernd einlädt.

Warum nimmst Du alles so ernst? Warum kannst Du nicht einfach vergessen, was zwischen uns war? Ich möchte es Dir empfehlen. Es wäre das beste für Dich, für Werner und das Kind. P.«

Wie hatte er's bei ihr angefangen? Einer Frau, die glücklich verheiratet war? Auch mit Charme, klug dosierter Zurückhaltung und Schilderungen seiner liebeleeren

Kindheit? Wandte er bei Widerstand immer die gleiche richtige Formel an? Eine lieblose Kindheit – das wirkte vermutlich auf jede Frau, die nicht aus Granit gemeißelt war. Ein schöner Mann mit heimlichen Wunden rührte unfehlbar ans Herz, das hatte ich selbst erlebt. Ute war nicht aus Granit. (Sie hatte sogar ein Herz für Langusten.) Wie konnte sie Philip widerstehen? Genausowenig wie ich. Und wie viele andere außer uns? – Ach Philip, hoffentlich warst du nicht wirklich so, wie ich dich jetzt sehe. Hoffentlich hast du wenigstens ab und zu Gewissensbisse gehabt! Die graue Enttäuschung in mir ist so viel schwerer zu ertragen als der Schmerz bei deinem Tod – und ich darf sie mit niemandem teilen. Das mir bezeugte Mitgefühl für eine Witwe war manchmal erstaunlich tröstlich. Mitleid mit einer enttäuschten, betrogenen Ehefrau dagegen tat so wohl, wie auf glühenden Kohlen zu wandeln – besonders, wenn ich dieses Mitleid in Peter Bendix' verstohlenen Blicken sah. Je weiter mich dieser Zug von ihnen entfernte, um so besser.

Pix holte mich am nächsten Vormittag vom Bahnhof Otjiwarongo ab. Sie sah reizend aus: knapp sitzende Khakishorts über Hüfte und Popo, Khakihut mit kleidsamer Krempe, adrett aufgerollte weiße Blusenärmel, Straußenledergürtel. Wir lagen uns in den Armen, turnten die steile Hühnerleiter rauf und runter, zogen mein Gepäck aus dem Zug und schleppten es zum wartenden Landrover. »Herr von Lauenthal wollte, daß Lukas mit mir fährt, damit wir uns beim Koffertragen nicht die Arme auskugeln, aber ich wollte erst mal mit dir alleine sein.« Sie sah mich schnell von der Seite an. Der Umgang mit einer trauernden Witwe war wahrscheinlich wie ein Spaziergang durch ein Minenfeld, das las ich in ihrem vorsichtig tastenden Blick. Man bewegte sich nur auf Zehenspitzen. Was durfte man sagen und was nicht? Würde ich umgehend oder erst später in Tränen ausbrechen? War Lachen in kleinen Portionen erlaubt? Durfte man Philip jemals erwähnen?

»Du kannst dich ganz normal benehmen«, sagte ich. »Und Lachen ist auch nicht verboten.«

»Ach, Theresa!« Sie setzte die beiden Taschen ab und umarmte mich zum zweiten Mal.

Dann stiegen wir ins Auto und fuhren unter dem weiten Südwester Himmel nach Lauenthal.

Die Pad war ziemlich holprig, da natürlich aus Sand. Sie führte durch fahlgelbes, mit Schirmakazien betupftes Veld. Hin und wieder ragten zwischen ihnen in der Sonne braungebackene Termitenhügel, kleinen Pyramiden gleichend, auf. Webervogelnester hingen von den Zweigen der Bäume wie aus Stroh geflochtene Tannenbaumkugeln herab. Ab und zu tauchten Erdmännchen auf, standen in starrer Wachsamkeit da und waren blitzschnell wieder verschwunden. Nach einer Weile kamen wir zu einem aus Drahtreihen und knorrigem Holz bestehenden Zaun, ein schiefes Gatter versperrte die Pad. Die erste Farm. Ich mußte aussteigen, das Gatter öffnen, Pix fuhr durch, ich machte es wieder zu. So ging es alle paar Kilometer: aussteigen, aufmachen, durchfahren, zumachen. Dazwischen Grillengezirpe und angriffslustige Fliegen. Auf diese Weise durchfuhren wir mehrere Farmen, doch außer den Zäunen deutete nichts auf menschliche Bewohner hin, nicht einmal weidendes Vieh. Nach beinah zwei Stunden Fahrt ragten in der Ferne eine Gruppe hoher schlanker Zypressen und ein Windmotor über Veld und Zäunen auf. Wir waren angekommen.

Mein erster Tag auf Farm Lauenthal endete pünktlich um zehn Uhr abends, als die Lichtmaschine abgeschaltet wurde. Auf dem Nachttisch neben meinem Messingbett stand zwar eine dicke weiße Kerze, aber ich zündete sie nicht an. In Dunkelheit und Stille unter einer weichen weißen Federdecke liegend, ließ ich die Bilder und Eindrücke des Tages wie einen aus Fragmenten wahllos zusammengestückelten Film an mir vorüberziehen: die um einen großen quadratischen Platz gebauten, einstöckigen Wohngebäude – Haupthaus, Gästehaus, Großmutterhaus. Riesige, auf dem Platz im spärlichen Gras herumeilende Mistkäfer. Die große Wohnveranda mit Geweihen und gemütlichen Korbsesseln voller Kissen aus demselben geblümten Baumwollstoff wie Frau von Lauenthals verblichener Rock. Herrn von Lauenthals forsch blitzende, dunkle Augen. Klein Mirandas koketter Blick. Kaiser Wilhelm und Bismarck, schwarz eingerahmt, über Herrn von Lauenthals mächtigem Eichenschreibtisch. Omi von Lauenthals für immer unter einem Dornenbaum geparktes Vorkriegsluxusauto. Und der große Bücherschrank voll mit Schiller, Goethe, Stifter und Storm, in dem Herr von Lauenthal die Python erschossen hatte, ohne auch nur einen einzigen Buchstaben beschädigt zu haben.

Wenn Balsam jemals hiergewesen war, so hatte er keine Spuren hinterlassen. Neuanschaffungen gehörten nicht zu Herrn von Lauenthals Prioritäten, besonders nicht, wenn es sich um Hausrat oder Bekleidung handelte. Seinen Hut hatte, Pix' geflüstertem Kommentar zufolge, schon sein Vater getragen. Dietrich von Lauenthal hegte und pflegte, was er besaß. Nach seiner Ansicht hatte er Sinn für Tradition, nach Meinung seiner Frau preußische Notstandsallüren. Er war ein zierlicher, gutaussehender, stets in strammer Haltung herummarschierender Mann, von dem in Südwest allgemein behauptet wurde, daß er kein Lauenthal, sondern der Sohn eines Prinzen aus historisch bedeutsamer Familie sei – ein Gerücht, das Herr von Lauenthal nicht aktiv zu entkräften suchte. Irmgard, seine Frau, glich einer blassen, hochgewachsenen, ihrem kleineren Mann zuliebe stets leicht vornübergeneigten Blume. Pix hatte mir geschrieben, daß die Blume Mutterwitz und häufig Migräne hatte. Gutherzig war sie auch, sonst hätte sie mich nicht eingeladen. Alle, mit Ausnahme von Großmutter Lauenthal, behandelten mich so behutsam wie eine angeknackste Tasse aus dünnstem Porzellan. Omi dagegen nahm mich nach dem Mittagessen mit ihrer dünnen, ausgetrockneten Hand beiseite und riet mir, mich nicht zu lange und zu tief in mein Witwentum zu vertiefen, weil man in seiner Jugend nichts anbrennen lassen dürfe. Dazu sei sie nämlich zu kurz. »Kein Mann ist unersetzlich, mein Kind, und das Leben ist voll von interessanten Möglichkeiten. Nutzen Sie diese – ich hab's auch getan.« Damit wallte sie, aufmunternd ein Auge zusammenkneifend, in ihrem Morgenrock aus dunkelroter Seide an einem Mistkäfer vorbei in ihr Großmutterhaus, welches man uneingeladen nicht betreten durfte. Diese Regel galt vor allem für ihren Sohn. Omi fand seine mit Ermahnungen, Vorwürfen und Mißbilligung gespickte Unterhaltung stinklangweilig, wie sie jedem versicherte. So sehr Herr von Lauenthal den Verdacht, der Sohn eines Prinzen zu sein, auch schätzte, so wenig gefiel ihm anscheinend der Grund dafür. Er war für Tugend – besonders bei Frauen. Und in seinen Augen war Omi, die in ihrer Jugend weder das Lauenthalsche Farmhaus noch ihre Tugend zufriedenstellend gehütet hatte, auch als Großmutter eine absolute Fehlanzeige. Nicht nur, daß sie lieber Patiencen legte, als ihren sechs Enkelsöhnen Wolljacken für kühle Wintermorgende zu stricken, sie verlegte auch öfter unauffindbar ihr Gebiß, eine Nachlässigkeit, die alle möglichen Unbequemlichkeiten zur Folge hatte: erstens die erhebliche Ausgabe für ein neues Gebiß, zweitens die lange Autofahrt nach Windhuk, und drittens die Tatsache, daß man in Windhuk im Hotel übernachten mußte, weil der Zahnarzt keine Sprechstunde mehr hatte, wenn man mit Omi erschien. Sie war weder bei Feuer noch Erdbeben und schon gar nicht für falsche Zähne, die doch nie richtig paßten, vor elf Uhr morgens aus dem Bett zu kriegen. Omi schlief so oft und so lange, wie sie wollte. Sie war auch undankbar, denn sie schätzte die Gnade, ein hohes Alter erleben zu dürfen, nicht gebührend.

Nach einigen Tagen gaben Pix und Lauenthals es auf, mich wie angeknackstes Porzellan zu behandeln – vermutlich, weil es ihnen zu unbequem war oder vielleicht auch, weil sie mich niemals mit einem feuchten, an die Augen gedrückten Taschentuch sahen. Die blondschöpfigen, größeren Jungen luden mich zu Spazierfahrten in einem zweirädrigen Eselkarren und zum Schwimmen ein. Der Swimmingpool war ein kreisrundes, mannshoch über dem Boden gemauertes Becken, in dem das durch ein knarrendes Windrad emporgepumpte Wasser für Vieh und Bewässerung aufbewahrt wurde. Man stieg auf ein als Leiter dienendes, altes Benzinfaß, schmiß sich ins Wasser – und erfror! Es war Winter. Die Tage waren sonnig und warm, aber nachts senkte sich Kälte über das Veld. Nachdem ich meinen Mut im kalten Wasser und auf einem schwankenden, hinter vier Eselsohren herfliegenden Karren bewiesen hatte, wurde ich in die Fütterung der Mistkäfer, auch Chochas genannt, eingeweiht. Jeden Morgen zum Frühstück gab es Milipapp, einen dicken Maisbrei, und jeden Morgen ließen die Kinder einige Brocken auf ihrem Teller zurück, die sie draußen den auf hohen Beinen herbeieilenden Chochas servierten. Damit diese mit ihrer Beute nicht gleich wieder davonstelzten, banden die Jungens vorübergehend ein Käferbein mit Nähgarn am nächsten Grashalm fest, was die speisenden Insekten offenbar wenig störte. Sie standen wie angebundene Hunde und fraßen genüßlich den Frühstücksbrei.

So oft sie es mir erlaubten, half ich Frau von Lauenthal und Pix in Haus, Küche und Gemüsegarten. Meistens hatten sie die Hilfe des schwarzen Hauspersonals, aber häufig auch nicht, weil diese freundlichen Leute auf Pünktlichkeit, Zuverlässigkeit und flottes Arbeitstempo nicht so große Stücke hielten wie Europäer. Eine Ausnahme waren Lukas, Herrn von Lauenthals schwarzer Schatten, der sich nur sonntags betrank, und seine große, schlanke, in die üblichen engtaillierten, bunten, langen Kleider gehüllte Damarafrau Katrina, welche die Lauenthalschen Wäscheberge wusch und dann mit einem schweren, schwarzen Kohleeisen wieder ziemlich glattbügelte. Sie lebten in einiger Entfernung vom Farmhaus in einer Gruppe von Pontoks, die ich sehr klein, sehr dunkel und sehr ärmlich fand. Pix pflichtete mir bei, und Herr von Lauenthal führte das auf unsere Unkenntnis afrikanischer Sitten zurück. Die Eingeborenen sähen ihr Haus anders als Europäer, erklärte er uns. Sie benutzten es nur zum Schlafen, bei Regen und zum Aufbewahren ihrer Habe. Ihr Leben spiele sich im Freien ab. Ich sah mir die vor ihrem Pontok mit einem dreibeinigen Eisentopf über offenem Feuer kochende Katrina an. Sie sah zufrieden aus. So hatten ihre Vorfahren auch vor Erscheinen der Weißen gekocht. Hatte Herr von Lauenthal recht? Oder wünschte sie sich heimlich Glasfenster, mehr Platz und einen Herd wie den der Missis, welcher ihr nicht den Pontok vollqualmte?

Omi von Lauenthal hatte in ihrem Großmutterhaus nicht nur große Fenster, sondern auch lange Vorhänge aus verblaßtem goldgelben Samt, ein breites weiß-goldenes Bett und einen runden Tisch voller gerahmter Fotos, auf denen das unter dem Dornenbaum zerfallende Vorkriegsluxusmobil noch nagelneu und voller heiter winkender Gäste war. Wenn Omi in ihren jungen Jahren nicht nach Berlin reisen konnte, hatte sie Besuch gehabt. Ein verschwenderischer Lebensstil, der laut Herrn von Lauenthal, ihren Mann und die Farm ruinierte und ihre Nachkommen zu doppelter Sparsamkeit zwang. Auf einem Foto lugte Omi hoch zu Roß so kokett wie ihre Enkeltochter Miranda unter einem malerisch breitrandigen Hut hervor. Auf dem nächsten hing sie im flotten Schneiderkostüm erwartungsvoll lachend über der Reling eines Ozeandampfers namens *Kamerun.* Dann kam das Foto mit dem gesprungenen Glas. Es zeigte Omi in großer Balltoilette mit Schleppe und Perlen im Haar. Sie hatte es gegen die Wand geknallt, als sie sich im Spiegel mit ihrem vergangenen Selbst verglich. »Ach ja, und das ist leider auch schon wieder furchtbar lange her«, bemerkte sie halb munter, halb resigniert, als wir vor dem runden Tisch gemeinsam von einer Station ihres Lebens zur nächsten gingen. Ich sah auf Omi im Ballkleid hinab und fragte mich, mit welchem Prinzen sie wohl … Oder hatte sie das ganze Gerücht etwa nur zu ihrem eigenen Amüsement in Umlauf gesetzt? Omi liebte Gerüchte, sie waren wie Rosinen in ihrem trockenen, grauen Alltagsbrot. Wenn Herr von Lauenthal im Jeep, seine Zäune und die Beester inspizierend, durch die Gegend fuhr, saß sie häufig auf seinem reich geschnitzten, durchgesessenen Schreibtischstuhl und hörte sich unter Bismarcks eisernem Blick die Telefonate anderer Leute an. Farm Lauenthal hing mit den Telefonen anderer Farmen an der gleichen Leitung. »Zweimal lang, einmal kurz, Omi! Du weißt doch, das ist nicht für uns!« rief Frau von Lauenthal hinter ihr her, als das Telefon klingelte. Omi war trotzdem schon, ihren Morgenrock raffend, ins Wohnzimmer gestürzt und holte sich ihre Rosinen. »Wagners jüngste Tochter wird in Deutschland Latein und Mathematik studieren«, teilte sie uns hinterher mit. »Hab' ich schon lange drauf gewartet. Schlechte Erbmasse. Hat krumme Beine wie die Mutter und Wagners Gorillagesicht, da beißt natürlich keiner an.« Nach kurzem Nachdenken setzte sie noch »Ein Glück, daß Miranda mir ähnlich sieht«, hinzu. Die Kleine war zwar erst vier Jahre alt, würde aber – laut Omi – auf ihrem Lebensweg zahlreiche Männerherzen brechen und zwischendurch Großgrundbesitz im südlichen Deutschland heiraten (adeligen natürlich). Im Osten war ja leider alles weg. Oder vielleicht im Norden? Nein. Omi liebte Berge. Flachland war zu langweilig, genauso wie ihr märkisches Elternhaus. Deswegen hatte sie nach Afrika geheiratet, obwohl sich mehr als ein Dutzend Freier nach der jungen Baroneß die Finger leckten. »Ich hatte keine Ahnung, was mich hier erwartete«, sagte Omi, mit mir auf der Veranda im Korbstuhl hinter ihren Patiencen sitzend. Sie blickte zu ihrer durch den stacheligen Kakteengarten schreitenden Schwiegertochter hinüber. »Irmchen hatte es leichter, weil sie in Südwest geboren ist – aber trotzdem sollte sie keine weißen Söckchen tragen, das verdirbt die Linie ihrer Beine, finden Sie nicht auch? Mein Gott, sie war eine bildschöne Braut. Und dann kamen die Kinder! Viel zu viele. Das war so rücksichtslos von Dietrich – wenn auch nicht, daß zweimal gleich zwei auf einmal kamen. Zwillinge liegen auf Irmgards Seite, das war nicht seine Schuld. Irmchen trug das alles mit Humor – und immer dasselbe Umstandskleid.« Omi schüttelte den Kopf. »Nix als Söhne kriegte sie und wollte doch genauso gerne ein Mädchen haben wie ich. Wir hatten die Namen schon ausgesucht: Viktoria, Dagmar oder Elisabeth. Und wie heißt das Kind, als es endlich kommt? Miranda! Mein Sohn bestand darauf. Ich war platt. Wie kam er bloß auf Miranda? Irmchen nahm's mal wieder mit Humor. Seine allererste Liebe, enthüllte sie mir. Eine Münchner Schauspielerin. Was? Dietrich und 'ne Schauspielerin? Nun war ich noch platter als platt. Jawohl, sagte Irmchen. Mein Dietrich, dein Sohn, ist ein stilles Wasser, ein Mann mit Vergangenheit. Ist das nicht wunderbar?« Omi, die kein stilles Wasser war, grunzte. »'n bißchen hat er wohl doch von mir. Nur leider nicht genug.« Sie sah mich boshaft fragend an: »Hat er bei Ihnen schon mit seinem Kostümfest angegeben? Die einzige Fete, die er je hier veranstaltet hat. Endlich war in diesem Haus mal wieder was los. Irmchen sammelte Hühner- und Geierfedern, nähte Kapuzen, bastelte Bärte für die Kinder, einen Tomahawk für sich und Hörner für Dietrich. Sie hatte so viel Spaß und hinterher monatelang keine Migräne mehr. Humor hat sie, Köpfchen hat sie – aber gewitzt? Nix zu machen! Wenn man keinen Grund hat, nach Windhuk zu fahren, erfindet man eben einen, nicht wahr? Alles, was Irmchen sich gönnt, ist ab und zu nach Tsumeb zu ihrer Schwester zu fahren. Und wenn sie zurückkommt, geht sie aufrecht, weil Ada ihr den Rücken gradegeboxt hat. Das hält dann ein bis zwei Tage an, und danach macht sie sich für Dietrich wieder kleiner und krumm.« Omi neigte sich über die Korbsessellehne zu mir herüber und war im Begriff, einen unglaublich perfiden Verdacht zu äußern, das sah man an ihrem Gesicht. »Ich glaub', sie liebt ihn«, raunte sie mir zu.

Abends nach zehn, wenn die Lichtmaschine abgeschaltet war, hockten Pix und ich bei Kerzenlicht mit bis zu den Schultern hochgezogener Federdecke auf meinem breiten, leicht durchgelegenen Messingbett. Es war urgemütlich. »Ist es möglich, daß Omi ihre falschen Zähne absichtlich verschwinden läßt, damit sie hin und wieder nach Windhuk fahren kann?« fragte ich Pix. »O Gott, das laß bloß Dietrich nicht hören!« Wir prusteten in die Bettdecke und überlegten uns, wo Omi die verlorenen Zähne wohl deponierte? »Nicht im Ascheimer, dafür ist sie zu raffiniert«, meinte Pix. »Vielleicht füllt sie langsam aber sicher das Loch im Wohnzimmerfußboden auf, weil Dietrich doch nie unter den Teppich guckt und immer behauptet, man sieht es nicht!«

Mitten im Lachen fiel mir aber natürlich das Loch in meinem eigenen Wohnzimmerfußboden ein. Mein streng bewahrtes Geheimnis – mein mit Peter Bendix geteiltes Geheimnis. Wie kam es, daß ich niemals Zweifel an seinem zuverlässigen Schweigen hatte? »... und das beste an der Sache ist, daß Omi auch gleich eine Nacht im Thüringer Hof dabei rausschlägt, weil sie sich weigert, früh aufzustehen«, amüsierte Pix sich weiter. »War Peter Bendix eigentlich lange hier?« fragte ich. Pix sah mich erst nur verwundert an – der Themenwechsel war ja auch sehr abrupt. »Nur einen Nachmittag«, sagte sie dann. Als ich darauf schwieg, sprach sie vorsichtig weiter: »Es war ein kurzer Kaffeebesuch. Er und Dr. van Heerden kamen zu Pferd. Ich ... weißt du, Theresa, ich fand ihn sehr sympathisch, gleich auf den ersten Blick. Liegt's an den Augen? Oder an seinem Lachen? Er wirkt intelligent ... Siehst du ihn manchmal?«

Nicht nur manchmal, dachte ich. Das letzte Mal, als er meine Zahnpasta benutzte, weil er zur Übernachtung stets nur eine Zahnbürste in seiner Jackentasche mit sich führte. Danach war er im Dunkeln eilig aus dem Fenster gesprungen, denn Wendy hatte mit ihrem Kopfkissen vor der Haustür gestanden und partout die Nacht vor meiner Abreise auf dem vielbeschlafenen Sofa verbringen wollen.

»Ja, wir sehen uns ab und zu, Walfischbai ist schließlich keine Großstadt«, sagte ich.

»Und es macht dir nichts aus, wenn wir über ihn reden?« Ich zog die Knie bis ans Kinn und schüttelte den Kopf. »Omi mochte ihn auch«, erzählte Pix gleich weiter. »Als die beiden jungen Männer auf den Hof geritten kamen, hättest du sie sehen sollen. Sie flutschte in ihr Haus, zog den Morgenrock aus und warf sich Null-Komma nix in Schale. Irmchen und Dietrich waren auf Jagd. Wir tranken alle zusammen auf der Veranda Kaffee, und hinterher sagte Omi zu mir: ›Pix, dieser Bendix ist zwar nicht von Adel, aber er kommt aus einem guten Stall, das sieht man ihm an. Und was mir außerdem gefällt: Schlagfertig ist er auch. Er wäre was für dich.‹«

Es herrschte eine kleine Stille. Dann räusperte ich mich. »Mit anderen Worten, du hast dich in ihn verliebt.« Pix guckte plötzlich halb verschmitzt und halb verträumt. »Nee, ich sprach die meiste Zeit mit seinem Freund. Ich fand's nämlich furchtbar unhöflich, daß Omi pausenlos nur mit Peter Bendix flirtete. Sie findet Afrikaaner ungehobelt, engstirnig und langweilig. Weißt du, auf Dr. van Heerden paßte diese Beschreibung nicht, das merkte ich bald, als wir uns unterhielten. Er spielt sogar Klavier.«

»Und deshalb gefällt er dir?«

»Unter anderem«, sagte Pix und schwang die Beine aus meinem Bett.

Als sie gegangen war, blies ich die Kerze aus, rollte in mein weiches, warmes Matratzental und stellte mir Pix und Dr. van Heerden zusammen vor – vierhändig am Klavier. Er würde wahrscheinlich Chopin spielen und sie natürlich Jazz. Roger hatte besser zu ihr gepaßt.

Ob es stimmte, daß Gegensätze sich anzogen? Hatte ich mich deshalb in Philip verliebt? Draufgänger heiratet braves Mädchen. So jedenfalls sah ich ihn, so sah er mich. Oder war ich für ihn nur ein bequemer Ausweg gewesen, weil er fürchtete, daß Ute ihn zum Vater ihres Kindes erklären könnte?

Wie gut, daß ich nicht auch dieses Geheimnis mit Peter Bendix teilen mußte. Und Philips andere Affären? Ob Peter Bendix von ihnen wußte? Er, und vielleicht ganz Südwest? Kein Wunder, daß er Mitleid mit mir hatte. Ich warf mich auf die andere Seite, das Messingbett stöhnte, ich innerlich auch. Ich wollte schlafen, nicht weiter nachdenken und tat es doch. Was hatte Peter Bendix an mir gefallen? Ganz am Anfang, bevor ich ihn enttäuschte? Meine Briefe. Was hatte ich geschrieben? Alles mögliche und unheimlich viel – ich wußte es nicht mehr genau. »Ich glaubte, dich ziemlich gut zu kennen«, hatte er neulich zu mir gesagt, »aber daß du so eigensinnig bist, ging aus deinen Briefen nicht hervor.« War ich eigensinnig? Tante Wanda hatte recht: Man lernte sich selbst nur sehr langsam kennen.

Ob er eigensinnige Frauen unbequem fand? Wahrscheinlich. Und Frauen, die ihre Verlobung als Schlagzeilen in die Zeitung setzten und dann hinterher auch noch ihr Wort brachen, respektierte er ebenfalls nicht, das war mir seit meiner Ankunft bekannt.

Sympathisch auf den ersten Blick hatte Pix ihn gefunden. Ja, das war er schließlich auch mir vom ersten Foto an gewesen. Nur wußte Pix eben nicht, daß er auch sehr grob werden konnte. Begriffsstutzig hatte er mich genannt. Und unverblümt angeschnauzt, wenn die Haustür nicht vorschriftsmäßig abgeschlossen war. Verdammt noch mal, Theresa, dies! Verdammt noch mal, Theresa, das! – Na, genaugenommen hatte er's nur einmal gesagt.

Und wenn er nicht gerade in meinem eigenen Haus bestimmte, was zu tun und zu lassen war, oder mich verstohlen mit einem seiner mitleidigen Blicke streifte, war er kein unangenehmer Gast gewesen. Nein, wirklich nicht. Schlagfertig? Ja, das stimmte auch. Auf eine sehr gelassene Art allerdings. Wenn ich gelegentlich auch mal eines unserer Wortgefechte gewann, grinste er beinah zufrieden und ließ es dabei. Fünf Nächte verbrachte er in meinem Haus, und in der sechsten Nacht tauchte, wie schon beschrieben, Wendy auf. Ob er froh war, mich nun endlich los zu sein?

»Dein Sofa ist ein exquisites Folterbett«, hatte er sich bei mir beschwert. »Mit expliziter Absicht«, gab ich zurück. »Du könntest ja leicht bequemer schlafen.«

Er hatte nur gegrinst und sich weiterhin als Fragezeichen auf dem Folterbett zusammengekrümmt. Unnötig, denn Pereira war zum Glück nicht zurückgekommen.

Aber hochanständig war's natürlich auch von ihm – und ich hatte mich noch nicht dafür bedankt, weil er so plötzlich verschwunden war. Morgen schreib' ich ihm, dachte ich, gleich morgen früh – einen netten, kurzen Dankesbrief. Dann schlief ich ein.

Der nette, kurze Dankesbrief wurde mehrere Seiten lang – vielleicht weil ich ihn schon vor dem Frühstück schrieb und die warme, durchs Fenster strömende Morgensonne mir extra Schwung verlieh. Oder vielleicht auch, weil ich daran gewöhnt war, ihm lange Briefe zu schreiben. Als ich fertig war, kamen mir allerdings Zweifel. Meine Güte, was für ein Erguß! Zu persönlich und definitiv zu lang. Oder ob es ihm Spaß machte, über Lauenthal zu lesen, weil er schon mal hier gewesen war? Ich raffte die Seiten zusammen, tat sie in einen Umschlag und ließ ihn erst mal liegen.

Nach dem Frühstück lud Herr von Lauenthal häufig sein Gewehr, ausgewählte Kinder, Pix und mich in seinen offenen Jeep und röhrte los. Von Pad keine Spur. Dafür stürzten wir schon bald ein steiles, mit Busch bewachsenes Ufer hinab und holperten in einem trockenen Flußbett dahin. Der Boden hier war ebener als oben auf dem Veld, lag aber voller Geröll. Das Auto nahm es wacker mit kegelkugelgroßen Steinen auf. Mal schnellten wir vom Sitz in die Luft, mal rumsten wir auf den Hintern zurück, mal schlugen uns dornige Zweige um die Ohren. Ein rauhes Abenteuer, das trotzdem herrlich war. Hinter uns hingen Wolken von Staub. Dann der erste Stop: grün schillerndes, klares Wasser, eingerahmt von steilen, weißen Felsen. Eine Schildkröte glitt, zahlreiche Vieh- und Wildspuren überquerend, ins Wasser. Ein Kudu, massiv wie ein Pferd, stand reglos im Busch. Herr von Lauenthal erspähte sein hohes, gewundenes Geweih, ergriff sofort seine Flinte ... doch diesmal entkam ihm die Beute. (Gott sei Dank!)

Nach kurzer Fahrt ragten wieder Felsen auf. Geheimnisvolle Höhlen lockten. An ihren Wänden Zeichnungen von Giraffen, Nashorn und Antilopen. Primitiv, verblassend und doch noch immer voll von lebendigem Schwung. Wer hatte sie gemalt? Wer hatte hier gelebt und gejagt? War es tausend oder hundert Jahre her? Niemand wußte es. Man kletterte über die Felsen, vorsichtig nach Schlangen und Skorpionen Ausschau haltend, blickte auf die blaßgelbe, buschbetupfte bis zum Horizont reichende Einsamkeit hinunter und fühlte die dankbare Andacht eines Entdeckers.

Auf jeder Fahrt wurden natürlich auch Zäune, Gatter und Vieh geprüft. Die Beester lebten ständig im Freien, ernährten sich von dem dünnen, meist trockenen, gelben Gras und wiesen trotzdem weder spießende Rippen noch sonstige Zeichen des Mangels auf.

Abends knisterte Kameldornholz in dem aus mächtigen Feldsteinen gemauerten Wohnzimmerkamin. Omi saß dem Feuer am nächsten. Klein Miranda hopste im Nachthemd um sie herum und probierte mit kokett zur Seite geneigtem blonden Köpfchen Omis Ringe auf ihren Fingern aus. Die Jungens spielten Mensch ärgere dich nicht, und zwischen ihren Stühlen senkte sich sanft der Teppich über dem berühmten Loch. Frau von Lauenthal stopfte weiße Söckchen, und ihr Mann drehte in der Ecke an seinem mit einer klotzigen Autobatterie verbundenen Radio herum. Wenn er genug hatte von dem krächzenden Empfang, verteilte er abgegriffene Liederbücher, und wir machten selbst Musik. »Als die Römer frech geworden ...«, schmetterten wir gegen die uns von der dunklen, afrikanischen Nacht trennenden Mauern und Fenster. Sämtliche Strophen. Dann ›Am Brunnen vor dem Tore‹. Wieder sämtliche Strophen. Anschließend sang Frau von Lauenthal ein selbstgedichtetes Lied, das nur eine Strophe hatte, in der sich die Zeile ›Gute Tropfen, die Sängern gebühren‹, mit ›Drum vergiß deine preußischen Notstandsallüren‹ reimte. Ihr Mann hörte ihr schmunzelnd zu. Er fluppte forsch den Korken aus einer seiner von einem rostigen Hängeschloß bewachten Weinflaschen, und dann stürzten wir uns mit frisch betauten Kehlen auf das nächste Lied. Wenn ich später mit Pix unter dem unendlichen Sternenhimmel zum Gästehaus hinüberging, fühlte ich große Dankbarkeit für den Besuch auf dieser Farm, weil er auf mein von tiefen Schrammen und Kratzern schmerzendes Innenleben wie eine Wundersalbe wirkte.

Frau von Lauenthals in Tsumeb lebende Zwillingsschwester war sehr zum Mißfallen ihrer adelsstolzen Mutter mit einem Amerikaner namens Miller verheiratet. »Du wirst dich wundern«, bereitete Pix mich vor, als sich Frau von Lauenthal zu einem Besuch in Tsumeb entschloß, bei dem zwei ihrer Söhne und ich sie begleiten sollten. »Diese Dame lebt so etwa wie in *Vom Winde verweht*, bevor der Süden unterging.«

Pix kam nicht mit ins Romanmilieu. Sie stand, Klein Miranda auf der Hüfte haltend, umgeben von blonden Schöpfen und winkenden braunen Kinderärmchen in der Morgensonne auf dem Hof und blickte unserem Auto nach. Für jemanden, der hier gerade mit fünf Kindern, Omi, dem zwar forschen, aber meist abwesenden Hausherrn und unzuverlässigem Hauspersonal allein zurückgelassen wurde, sah sie erstaunlich glücklich aus. Das lag wahrscheinlich an dem Brief, den Herr von Lauenthal aus dem einmal wöchentlich von Otjiwarongo abgeholten Postsack gezogen hatte. Die Handschrift war Pix nicht vertraut gewesen. Sie hatte den Umschlag umgedreht und brach sofort in ein strahlendes Lächeln aus. »Rian van Heerden«, sagte sie leise zu mir. Die umgehend verfaßte Antwort war mit mir auf dem Weg nach Tsumeb. Sie steckte in meiner Handtasche neben meinem Brief an Peter Bendix.

Auf einen in Walfischbai wohnenden Besucher wirkte Tsumeb wie ein Stück vom Paradies. Gepflegte Häuser in manikürten Gärten, wo Bäume mit tropischen Früchten und Hecken voller Blütendolden in leuchtenden Farben prangten. Alles, was man in Walfischbai nur in Säcken, Kisten oder braunen Tüten sah, hing hier üppig und farbenfroh noch am Baum: Apfelsinen, Zitronen, Pampelmusen, Bananen, Feigen, Papayas, Avocados. Und überall warfen Palmen Schatten über Gartenmauern, Dächer und Rasen.

»Was Sie hier sehen, ist mehr oder weniger ein Stückchen Amerika in Südwest«, erklärte mir Frau von Lauenthal, vor einem schmiedeeisernen Gartentor auf die Bremse tretend. »Die meisten Einwohner arbeiten für die Kupfermine, welche einer amerikanischen Firma gehört.«

Hinter der Gartenpforte leuchtete ein weißes, mit einem großen Erker geschmücktes, in Blumen und Grün gebettetes Haus. Ada Miller hatte unsere Ankunft offenbar durch eines der großen Erkerfenster beobachtet. Sie erschien in der offenen Haustür. Ein pummeliger Knabe kugelte, an ihr vorbeidrängend, die breiten Treppen hinunter, riß sein Spielzeuggewehr an die Backe und zielte auf seine beiden, kreischend aus dem Auto springenden Lauenthalschen Vettern. Gleichzeitig stürzten ein bellender, rotbrauner Jagdhund und ein weißgekleideter Hausboy auf uns zu. Letzterer ergriff unsere Koffer und trug sie ins Haus. »Irmchen, seh' ich richtig? Du gehst schon wieder krumm wie ein Regenwurm, und dabei ist Dietrich jot we dee!« rief Ada Miller ihrer Schwester als Begrüßung entgegen. Frau von Lauenthal umarmte sie.

»Halt die Klappe, du lange Latte. Das tu' ich nur, damit man uns nicht verwechselt.«

Die Schwestern, beide groß und schlank, sahen wie Zwillinge und trotzdem nicht zum Verwechseln aus. Ada hatte modisch blondiertes, gepflegtes Haar, Perlen an den Ohren, genau auf ihre rotlackierten Fingernägel abgestimmt bemalte Lippen und vom Golfspielen gebräunte Haut. An ihrem Handgelenk klirrte ein mit goldenen Münzen, Herzen, Golfschlägern, Babyschuhen, Posthorn, Tennisball und anderen Miniaturen behängtes Armband. Neben Ada, der Sportskanone, wirkte Frau von Lauenthal wie eine nicht voll entwickelte oder schon verblaßte Fotokopie.

Wir gingen ins Haus, hinter uns her die drei krakeelenden Knaben. Sie sprangen wie hungrige Heuschrecken in der Diele herum, verlangten Brot mit Erdnußbutter und Coca-Cola. »Mit Strohhalm, bitte, Tante Ada!« Diesen Luxus gab's auf Lauenthal nämlich nicht.

»Ada, tu mir einen Gefallen und schmeiß eure Bücher über moderne Kindererziehung auf den Müll«, seufzte Frau von Lauenthal, im Wohnzimmer hinter einem Nierentisch in einen der modernen Sessel sinkend. »Die Auswirkungen sieht man nicht nur bei deinem eigenen Kind. Sobald meine Söhne dein Haus betreten, werden sie unheimlich frech und laut.«

Ich sah mir das Millersche Bücherbord an und stellte fest, daß dort nur wenige Bücher, dafür aber um so zahlreichere Golftrophäen prangten. Silberpokale für Mr. Miller und in Holzständern aufrecht stehende, silberne Teelöffel für seine Frau.

Während Adas Sohn, welcher Tudor hieß, und seine Vettern in der Küche von dem Hausboy gefüttert und getränkt wurden, servierte sie selbst uns eisgekühlten Tee mit Zitronenscheiben in hohen, mit Golfschlägern verzierten Gläsern. Der Lärm in der Küche schien sie nicht zu stören. Tudors Vater halte nichts von strenger Disziplin, erklärte sie mir vergnügt, weil er selbst in seinem Elternhaus in Massachusetts mit puritanischer Strenge erzogen worden sei. Mother Miller, so erfuhr ich, pflegte ihrem Sprößling den Mund mit desinfizierender Seife auszuwaschen, wenn er nicht gehorsam war. Ada schüttelte den Kopf. »Völlig falsche Methode. Robert behauptet, sämtliche Seifensorten Amerikas umsonst geschmeckt zu haben, weil sie ihn nicht zum Musterknaben, sondern nur noch rebellischer machten. Alles, was seine Mutter ihm austreiben wollte, tut er täglich mit Begeisterung: Er flucht, er trinkt Whisky und Bier, und anstatt sonntags im Kirchenchor zu singen, spielt er lieber Golf. Der arme Schatz tut mir leid. Ich glaub', er hat dauernd ein schlechtes Gewissen, ohne daß er's weiß. Und darum meint er, mit Nachsicht und ganz ohne Zwang aus Tudor den Musterknaben machen zu können, der er selbst nicht geworden ist.«

Frau von Lauenthal hörte diesen Ausführungen, heiter und entspannt in ihrem Sessel liegend, zu. »Alle gegenwärtigen Anzeichen deuten auf einen rauschenden Mißerfolg«, stellte sie trocken fest und leerte ihr Glas. »Keine Angst, Ada, Tudor hat auch kein Talent zum Musterknaben. Er wird bestimmt genauso nett wie sein Vater.«

Mr. Miller verdiente dieses Kompliment. Er war ein großer, lauter Mann mit Lachfältchen um die Augen, von dem man sich vorstellen konnte, daß er als Kind genauso schwer zu unterdrücken war wie sein Sohn. Während des Abendessens, das der Hausherr so schnell und krümellos wie ein Staubsauger verschlang, deponierte Tudor durchgekaute Fleischstückchen auf seinem Tellerrand und unterbrach die Erwachsenen häufig mit vollem Mund. Seine kerzengrade sitzenden Lauenthal-Vettern lauerten halb furchtsam, halb lüstern auf eine höllische Bestrafungsszene, bei der Tudor achtkantig aus dem Eßzimmer fliegen würde. Die Szene fand nicht statt. Statt dessen schob Mr. Miller seinen (vielleicht von Balsam gekauften?) Stuhl zurück, streckte gemütlich die Beine aus und erzählte mir, wie gut es sich in Tsumeb lebe, einem tropischen Paradies ohne Moskitos, Flöhe und Fliegen. Alles ausgerottet mit amerikanischer Chemie! Dazu ein feiner Golfplatz, viel Geselligkeit und viel Personal. Mr. Miller sehnte sich nicht nach den Staaten und seiner puritanischen Sippe zurück. Beförderungen schlug er aus und flog nur ab und zu nach New York, wenn es gar nicht anders ging. »Die Leute da finden sich supersmart. Waas? Du lebst im Busch und willst da bleiben? fragen sie mich entsetzt und merken gar nicht, daß sie wie kopflose Sardinen übereinandergestapelt werden. Kein Platz, kein Licht, keine Ahnung.« Mr. Miller trank mehrere Schlucke Bier. »Tudor«, setzte er dann freundlich hinzu, »wenn du dein durchgekautes Fleisch nun auch noch verdrückst, wirst du bald so gut im Golf wie ich und kannst mich mit Leichtigkeit schlagen.« Tudor schielte unentschlossen erst seinen Vater und dann den reich dekorierten Tellerrand unter seiner Nase an. Schließlich griff er zur Gabel und ließ die unansehnlichen Klümpchen eins nach dem anderen zum zweiten Mal in seinem Mund verschwinden.

Dies alles schilderte ich Tante Wanda nach dem Abendessen in einem Brief, der ebenso lang wie der an Peter Bendix, aber wesentlich schwerer zu schreiben war, denn ich mußte ihr erklären, warum ich in Südwest bleiben wollte. Das allgemeine, mich in Hamburg erwartende Mitleid wollte ich, wie schon gesagt, natürlich nicht erwähnen. So zitierte ich mehrere andere Gründe: meine beginnende Karriere in der Modebranche, die vielen netten Leute hier, die sich so lieb um mich kümmerten. »Schon deshalb hast du keinen Grund zur Sorge, Tante Wanda!« Und dann führte ich den wunderbaren Lebensstil hier an. Nicht den in Walfischbai, ich beschrieb den in Tsumeb, weil er Tante Wanda mehr Freude machen würde. »Stell dir Scarlet O'Hara vor, bevor die Yankees kamen. So leb' ich nämlich hier – außer, daß Scarlet wahrscheinlich nie auf einem Golfplatz war.«

Was ich da an Tante Wanda schrieb, war ausnahmsweise nicht auf schön frisierte Wirklichkeit, weil es nicht nötig war. Ein Gast im Hause Miller lebte, wie Millers selbst, im Kolonialstil, einer in Afrika zu dieser Zeit noch weitverbreiteten, für Weiße äußerst angenehmen Lebensweise. Morgens stand frischer Fruchtsaft vor der Tür – wie von unsichtbarer (schwarzer) Hand. Danach genoß man ein lau-kühles Bad. Aufs Frühstück folgten entweder Golf, ein Teebesuch bei Bekannten, Stadtrundfahrt mit Einkäufen oder Faulenzen im Garten. Nach dem Mittagessen – mit reichlichen Fleischportionen und drei bis vier Gemüsesorten – hielt man ein Nickerchen auf dem Bett hinter zugezogenen Vorhängen, da man in der Mittagshitze (trotz Winter) angeblich zu nichts anderem fähig war. Beim Aufstehen stand wieder erfrischender, kühler Tee mit Zitrone bereit, der einem Kraft für die gleichen anstrengenden Verpflichtungen wie am Vormittag verlieh. Für Sundowners bot sich das Klubhaus am Golfplatz an. Auf der großen, kühlen Veranda klirrten Eisstückchen im Glas, Bekannte setzten sich mit an den Tisch. Man blickte über weite, von Poinsettien und Hibiskushecken besäumte Rasenflächen in die rotgoldene Abendsonne und sezierte die soeben beendete letzte Runde Golf. Ada Miller, die Sportskanone, meistens mit Befriedigung, Frau von Lauenthal und ich mit verschämtem Kichern, weil wir unglaubliche Nieten waren. »Nein, nein, ihr seid nur ungeübt«, wies unsere Gastgeberin diese Feststellung zurück. Sie gab uns unermüdlich Unterricht. Nicht nur im Golf, sondern auch im Bridge, weil man ohne diese Kenntnisse in Tsumeb gesellschaftlich toter als ein Leichnam war. Auch zum Friseur schleppte sie uns, lieh uns ihren Nagellack und puffte Frau von Lauenthal in den Rücken.

»Laß das, Ada! Ich bin ein Mensch, kein Lineal!« wehrte ihre Schwester sich.

»Ja, ein weiblicher Mensch, Irmchen! Und damit du als solcher zu erkennen bist, werden wir dir morgen ein paar nette Kleider kaufen.«

»Hab' ich gar nicht nötig, hab' doppelt so viel Busen

wie du, Ada. Das hat dich schon immer geärgert. Wozu brauch' ich neue Kleider?«

»Um Dietrich zu entzücken.« Diesen Vorschlag wies Frau von Lauenthal dramatisch erschrocken ab. »Das tu' ich lieber nicht. Die Folgen sind nicht abzusehen.«

Am nächsten Vormittag probierten wir trotzdem alle drei in einem Laden namens »Discovery« die neuesten in Tsumeb zu entdeckenden Moden durch. Ada Miller kaufte sich eine raffinierte Nummer in shocking pink (ihre Beschreibung) für die nächste Fete im Klubhaus. Ich nichts, da in meiner Kasse Ebbe war, und Frau von Lauenthal ging in den Laden nebenan, wo sie zwei Restposten Baumwollstoffe erstand: einen kleinen, der für ein Kleidchen für Miranda reichen würd' und einen großen für Küchengardinen.

Am Ende unserer Urlaubswoche verzichteten die netten Millers auf ihre achtzehn Löcher heiligen Sonntagsgolfs, um uns einen Ausflug in die Etoschapfanne, einem berühmten Wildreservat, zu bieten.

Morgens um fünf Uhr brachen wir auf. Die Erwachsenen krochen fröstelnd und gähnend ins Auto. Auf den Hintersitzen dagegen begann sogleich eine wogende Rangelei, weil Tudor herausfinden mußte, welche Körperteile seiner Vettern am kitzligsten waren: Achselhöhlen, Rippen oder Bäuche. Mr. Miller, zünftig mit Fernglas, Khaki und Kamera ausgerüstet, lenkte den Wagen über die wellige Pad und überhörte den hinter ihm stattfindenden Klamauk. Er tat mir mit dröhnend lauter Stimme kund, was wir in der Etoschapfanne alles sehen würden: Zebras – »tons of zebras«, Kudus – »tons of kudus«, Springböcke, Strauße, Oryx, Giraffen, Wilde Beester, Harde Beester, Warzenschweine. Alles tonnenweise. Plus – wenn wir Glück hätten – auch Löwen und Elefanten.

»Tudor, ich glaub', du kannst Frau Thorn schon selbst erklären, wie die Etoschapfanne entstanden ist und warum man dort so viele Tiere sieht!« rief Mr. Miller mit nur mäßig erhobener Honigstimme über seine Schulter nach hinten. Tudor hatte dem zappelnden Dietrich junior gerade die Schuhe ausgezogen, um dessen Fußsohlen zu testen. Er hielt sofort geschmeichelt inne. »Also, ganz, ganz, ganz früher war die Pfanne 'n großer See«, belehrte er mich. »Und wenn's regnet, ist sie's noch. Aber meistens regnet's ja nicht, und deshalb sieht man nur trockenes Salz, und das lecken die Viecher wie Zucker weg.« Nach diesem Beweis seiner Kenntnisse kam sich Tudor für weiteren Unfug vorübergehend zu erwachsen vor. Die Rangelei hörte auf. Mr. Miller sah seine Schwägerin triumphierend von der Seite an. »Nicht schlecht, Robert«, flüsterte diese ihm lachend zu, »aber in ein bis zwei Jahren wirst auch du deine listige Güte mit etwas Gewalt bereichern müssen.«

Warum Mr. Miller seinem ungezähmten Sprößling einen so seltenen Vornamen gegeben hatte, erklärte er mir an diesem Morgen übrigens auch. Tudor heiße Tudor, sagte er, weil sein Nachname Miller so bedauerlich alltäglich sei – als Ausgleich sozusagen.

Draußen hinter den Autoscheiben goß die inzwischen langsam aufsteigende Sonne rote Glut über den scharfen, schwarzen Horizont. Flammenfinger griffen ins graue Veld, tasteten zwischen dornigen Zweigen über ein großes Webervogelnest und wiesen plötzlich auf drei reglos am Padrand aufragende, zierlich gehörnte Giraffen. Diesem atemberaubenden Wunder folgte nach kurzer Fahrt das nächste: im Morgenlicht gleißende weiße Mauern, gekrönt von Zinnen und Türmen. Mr. Miller hielt den Landrover an, machte eine über die Windschutzscheibe schweifende Handbewegung und stellte mir das Wunder vor: »Namutoni«. Neben dem massiven Eingangstor berichtete eine Gedenktafel, daß hier im Jahre 1904 sieben Soldaten der deutschen Schutztruppe die Festung Namutoni gegen fünfhundert Owambokrieger erfolgreich verteidigten. »Schon laaange her«, hätte Wendy dazu gesagt. Die Festung diente jetzt als Rastplatz für Besucher der Etoschapfanne. Im Innenhof züngelten Frühstücksfeuer, über ihnen stiegen dünne Rauchsäulen in den blaßblauen Himmel. Man trug sich in ein Fremdenbuch ein, dann ging es weiter. Jenseits der Mauern kurvte Mr. Miller elegant um kolossale Klumpen von Elefantenlosung herum und an wirren Haufen entwurzelter Bäume vorbei. Speisende Elefanten knabberten nicht, sie rollten wie ein Taifun übers Land, das wurde mir hier zum ersten Mal klar. Mr. Miller, nach vorne, links und rechts durch die Fenster spähend, erzählte inzwischen Löwengeschichten. Von einem Freund, der hier in dieser Gegend ausgestiegen war, weil er mal mußte, und wie gefährlich das sei, denn dieser Freund ... »Da!« unterbrach er sich plötzlich und wies aus dem Fenster. Wir sahen nach rechts hinüber, und wirklich: Dort, durch das hohe Gras, schlich er dahin – ein Löwe mit mächtiger Mähne – ein Löwe ohne Gitter! O Gott, Fernweh lohnte sich doch! Mir wurde fast schwindlig vor Glück. Weiter vor uns, unter niedrigen Bäumen, bewegten sich runde Ohren über dem Gras. Drei Löwinnen hoben die Köpfe, ihre Schweife peitschten den Boden, als sie zu uns herüberblickten. Ada drehte das Fenster herunter, damit ich knipsen konnte, doch das paßte der einen Löwin nicht, sie sprang plötzlich auf. Wir drehten das Fenster schnell wieder zu. Und dann schlenderte unvermutet ein weiterer Löwenvater mit wallender Mähne direkt an unserem Auto vorbei. »So was von Majestät«, seufzte Mr. Miller ergriffen, während der Landrover ächzte und schwankte, weil wir alle auf derselben Seite durch die Fenster knipsten. Nach einer Weile fuhren wir leider weiter, weil ja noch »tons of« Zebras, Kudus, Oryx, Straußen und so weiter auf uns warteten. Und wirklich, sie zogen alle in großen und kleinen Gruppen an uns vorbei, manchmal fern, manchmal nah. Einmal galoppierten drei Giraffen vor unserem Wagen her. Drei enorme Hinterteile direkt vor der Autoscheibe. Und dann, auf dem Heimweg, trottete vor uns eine Elefantengruppe über die Pad. Als erster ein Bulle, wir sahen ihn in voller Größe. Leise schlappende Ohren, lange weiße Stoßzähne, mächtige Säulenbeine ... wenn der jetzt eins davon auf den Landrover ...!

In einiger Entfernung folgten zwei Mütter, jede mit einem in rührender Eile Schritt haltenden Elefantenkind. So schön war diese Szene, daß ich selbstvergessen zu knipsen vergaß. Mr. Miller dagegen fotografierte und jubelte in einem fort. »Mein Gott, die armen Idioten in New York (klick), so was kriegen die (klick) niemals zu sehen (klick)!«

»Außer im Zoo natürlich«, gab seine Frau zu bedenken. »Was?« Mr. Miller nahm entrüstet die Kamera vom Gesicht. »Ada! Du willst doch wohl dies alles nicht im Ernst mit einem Zoo vergleichen?«

Wir blickten den durch gelbes Gras gemächlich davontrottenden Elefanten nach. Nein, diese wunderbare, weite Wildnis war kein Zoo. Hier saßen wir im Käfig, die Tiere waren frei.

19

Nach Oleanderblüten und Hibiskushecken kam mir Walfischbai so grau wie Abwaschwasser vor. Sandwolken, Fischmehlgeruch – alles war unverändert.

Peter Bendix hatte auch noch die gleichen Probleme. Er war nur teilweise sichtbar, als ich, durch den Sandwind stapfend, ihn und sein Auto am Straßenrand traf. »Darf ich beim Abschleppen helfen?« fragte ich seinen unter der hochgeklappten Motorhaube gebeugten Rücken. »Theresa!« Das klang erfreut. Er tauchte eilig in voller Größe auf, zog seine ölbefleckten Handschuhe aus und reichte mir die Hand. »Na, du Globetrotterin, hast du Afrika nun entdeckt?«

»Haaach!« sagte ich nur, und er lachte. »So schön war's also.«

»Ja, so schön«, nickte ich.

»Und die Löwen ohne Gitter?«

»Hab' ich auch erlebt.« Sein Blick ging zu meiner Stirn, die ziemlich ramponiert aussah. »Ach du Schreck!« sagte er ahnungsvoll. »Und wie sehen die Löwen jetzt aus?« Ich grinste nur und schüttelte den Kopf. »Nee, diesmal nicht. Die Löwen sind unbeschädigt. Das mit der Beule passierte erst später im Zug, in Usakos. Ich fiel beim Rangieren aus dem Bett.«

»An dir wirkt sie hübsch«, bemerkte er galant, die Handschuhe hinten in das Auto werfend. Ich musterte das Wrack. »Schleppen wir dies Ding nun gemeinsam ab?« Er lächelte mich nachsichtig an und machte die andere Wagentür auf. »Mein Prachtstück schätzt solche Fragen nicht, Theresa. Steig ein, ich bring' dich nach Haus.«

Der Weg zu meinem Haus war lächerlich kurz, doch ich stieg trotzdem ein. Der Motor sprang tatsächlich an, wir fuhren los.

»Schönen Dank für deinen Brief«, sagte er. »Welcher bestimmt eine Zumutung war«, sagte ich. Er nahm verwundert den Blick von der Pad. »Und warum denkst du das?«

»Weil ... war er zehn oder zwanzig Seiten lang? Ich glaub', ich hatte zu viel Zeit ...« Plötzlich lag meine Hand auf seinem Arm. »Nochmals vielen Dank für alles, Peter. Es tat mir wirklich leid, daß du so plötzlich aus dem Fenster rausmußtest.«

»Mir auch«, lachte er, stellte den Motor ab, weil wir schon angelangt waren und legte den Arm übers Steuer. Er hatte einen sportlichen Pullover aus hellgrauer, weicher Wolle an, der mir sehr gefiel. In seinem Blick war ein Funkeln. »Ich hab' deine Sofakuhlen vermißt, Theresa. Schon deshalb fuhr ich täglich hier vorbei und guckte mir bei der Gelegenheit die Fenster und Türen an. Von Pereira keine Spur, soweit ging alles glatt ... aber dafür kam jemand anders.« Sein Ton war plötzlich ernst. »Zwei Männer ... mit einer großen Kiste. Sie gingen in dein Haus – war alles sehr verdächtig. Ich sah mir die Sache an ... von weitem versteht sich ... und plötzlich ging mir auf, was hier passierte ...«

Er machte eine längere Pause, die meine Besorgnis erhöhte, dann senkte er seine Stimme: »Vermute ich richtig, gnädige Frau? Sie haben jetzt ein Wasserklosett.«

Ich lachte laut heraus und sah ihn erleichtert an. Wenn er so niederträchtig grinste, wirkte er ebenfalls sehr sympathisch, das stellte ich plötzlich fest.

»Wendys große Überraschung für mich«, erklärte ich ihm. »Als ich zurückkam, zog sie mich als erstes ins Badezimmer, ließ das Wasser rauschen und sagte: ›Nun gib's schon zu, Theresa, ein Klo im Haus ist besser als ein Tennisplatz.‹ Bisher war das ja nicht meine Meinung, wie du weißt.«

»Ja, das hast du mir mehrmals beteuert«, nickte er. Wir lachten, sahen uns an und dachten wohl beide an die vielen Abendstunden, in denen wir, zunehmend gesprächig, zusammen auf Pereira gewartet hatten. Im nachhinein betrachtet waren sie wirklich sehr gemütlich gewesen – verführerisch gemütlich.

Ich machte die Wagentür auf. »Hättest du Lust, auf dem entbehrten Sofa einen Kaffee zu trinken? Oder hast du keine Zeit?«

Gleich darauf bereute ich, ihn hereingebeten zu haben, denn er hatte keine Zeit. Er war woanders eingeladen. »War dies meine einzige Chance?« wollte er wissen. Ich schüttelte den Kopf, wünschte ihm viel Spaß und stieg aus.

»Theresa!« rief er hinter mir her. »Schließ deine Haustür ab!« Erst als ich ins Haus gegangen war, fuhr er langsam davon.

Außer dem neuen Wasserklosett hatte Wendy noch eine zweite Überraschung für mich: eine Reise nach Kapstadt.

»Ich hab' schon alles arrangiert«, informierte sie mich. »Wir gucken uns Modegeschäfte an, besuchen Hersteller und werden uns von Experten beraten lassen. Ein Doppelzimmer bei meiner Tante ist auch schon reserviert.«

Ich war überwältigt. Kapstadt! Der berühmte Tafelberg! Beides so oft und begeistert von Kurt Ocker beschrieben! ... Wendy räusperte sich: »Das einzige ist – wir werden fliegen müssen. Für Schiff, Auto oder Zug hab' ich nämlich keine Zeit. Macht dich das sehr nervös?« Ich bezwang mein Entsetzen. »Nein, Wendy, das ist okay.« Ich mußte mich eben zusammenreißen, das war mir klar.

Das Flugzeug sah genau wie Philips Flugzeug aus. Wendy merkte es natürlich auch, sagte aber nichts. Sie schob mich resolut in die kleine Kabine, plumpste auf ihren Sitz und starrte geradeaus. Vorne, neben dem Piloten, saß der dritte Passagier, ein steifer junger Zinnsoldat, mit über die Knie gelegtem Gewehr, der sich während des ganzen Fluges weder bewegte noch eine Silbe von sich gab. Wahrscheinlich war ihm genauso bange wie mir. Der Pilot dagegen war gesprächig. Er drehte sich öfter zu uns um, was ich leichtsinnig und gefährlich fand. Es war nicht gut, jetzt an Philip zu denken, aber ich tat es die ganze Zeit. Ob es so geschehen war? Hatte er sich umgedreht? Oder taten das alle Piloten? Hatte er selbst versagt, oder war es vielleicht ein durch Pereira inszenierter Defekt am Flugzeug gewesen?

Ich hatte das alles schon hundertmal vorher gedacht.

Draußen, hinter den Fensterscheiben, flatterten Nebelfetzen vorbei. Bald waren es keine Fetzen mehr, wir flogen durch eine dicke, graue Graupensuppe. »I can't find the airport«, sagte der Pilot nun auch noch durch sein Mikrophon zu irgend jemandem in der Suppe. War es so passiert? War es neblig gewesen? Wir verloren an Höhe, langsam und kontrolliert allerdings, kein Grund zum Zähneknirschen. Noch eine scharfe Kurve. »Now«, sagte der Pilot ins Mikrophon. Felsen tauchten auf, Meer, Häuser, dann Sand. Wir landeten in Lüderitzbucht. Man durfte aussteigen, sich die Füße vertreten und den Sand angukken. Plötzlich kam ein Auto durch die Leere angebraust. Der Fahrer, ein freundlicher junger Mann mit Cowboyhut, Hornbrille und Picknickkorb, bot uns Tee aus einer Thermosflasche und Sandwiches mit Käse und Tomatenscheiben an. Wendy kannte ihn – wir waren schließlich in Südwest – und erkundigte sich nach dem Rheuma seiner Großmutter. Dann flogen wir weiter die Küste hinunter. Beim nächsten Stop stiegen wir in ein größeres Flugzeug mit vielen gutgelaunten Passagieren um, die sich alle beim Vornamen kannten. »Alle aus Oranjemund.« Wendy ließ ihren Sitzgurt zuschnappen. »Die freuen sich, mal rauszukommen, weil die Stadt der Diamantengesellschaft gehört und von der Außenwelt hermetisch abgeriegelt ist. Nicht mal seine eigenen Möbel darf man da haben, um Diamantenschmuggel zu verhindern.« Wendy öffnete ihr Buch. Mir hatte sie auch eins mitgebracht: »Katharina die Große« – noch eine Frau, von der man was lernen konnte.

Über den Rand der ersten Seite blickte ich mich verstohlen im Flugzeug um. Ob einer von diesen munteren Leuten auch ein Schmuggler und mit Philip in Verbindung gewesen war? O Philip, so viele Rätsel hast du mir hinterlassen. Würde – und wollte – ich jemals die Antwort wissen?

Der Frühstückstoast in der Pension *Daisy Hill* war häufig etwas angesengt, die Eier zu weich oder zu hart gekocht, die Teppiche fusselig, weil der Staubsauger Asthma hatte, aber die Gäste fühlten sich trotzdem wohl. Sie kamen fast alle aus Südwest, sie schätzten Gemütlichkeit und sahen sich außerdem mehr draußen in der schönen Natur als drinnen um. Kapstadt, sein buntes Völkergemisch, seine weißen Giebel, majestätischen Berge und lieblichen Buchten betörten jeden Besucher.

Daisy Hill, eine Villa unbestimmten Alters, lag an einer steil bergan führenden Straße inmitten eines mit Palmen, Eichen, Tannen, Blumen und Unkraut bewachsenen Gartens. Daphne Lord, die Besitzerin, gehörte zu jenen seltenen Frauen, die einen Mehlsack wie ein Modellkleid tragen können. Groß, schlank und blond, zeigte sie keine Spur von Edwinas Arroganz. Ich starrte sie neugierig an. Dies also war die Frau, die unter Hinterlassung zweier voller Nachttöpfe auf Victor Lord, seine gesellschaftliche Stellung, sein Geld und seine Seitensprünge verzichtet hatte. Bei unserer Ankunft kniete sie auf ihren schwarzweißen Küchenfliesen und versuchte furchtlos, einem knurrenden Schäferhund Wurmtabletten durch die festgeschlossenen Zähne zu schieben. »Wendy, mein Schatz, ich freu' mich ja so, daß du da bist« – sie umarmte ihre Nichte – »… und Daisys Würmer freut's sicher auch, weil sie nun etwas länger leben. Wir versuchen's später noch mal, mein Blümchen.«

Mit diesem Versprechen stieg Daphne Lord in ihre hochhackigen, neben dem knurrenden Blümchen umgekippten Pumps zurück und umarmte zu meinem Erstaunen auch mich. »Wendy hat Sie brieflich so nett beschrieben, Theresa, daß wir fast schon alte Bekannte sind.« Welch ein Unterschied zu ihrer Tochter, die mich meistens nur mit Mühe erkannte! Und welch ein Unterschied in ihrem Blick: Warm und freundlich ruhte er auf Wendy und mir. In Wendys Miene drückte jede Sommersprosse einzeln die Liebe zu ihrer Tante aus.

Zwei weitere Schäferhunde, offenbar das Abflauen der Wurmpillenkrise witternd, bogen jetzt mit Vorsicht um die Küchenecke und wurden mir vorgestellt: Rosi und Petunia. Diese beiden, plus Daisy, der nunmehr friedlichen dritten Blume, strichen mit schnuppernd erhobenen Nüstern um die Beine ihrer Herrin herum und sogen die Düfte unseres Abendessens ein. Daphne Lord stieg mal mit, mal ohne ihre hohen Hacken über sie hinweg, rührte eine feine, goldgelbe Soße auf dem Küchenherd um, prüfte den Reis und pellte Langusten aus der Schale. Jawohl, Langusten! Ich guckte lieber nicht hin. Ob ich die wirklich essen mußte? Unsere Gastgeberin setzte derweil ihre Brille auf, studierte ihr wohlgefülltes Gewürzregal und erwähnte, schwarzen Pfeffer in die Soße sprenkelnd, daß Edwina auch in Kapstadt sei. »So? Und seit wann?« wollte Wendy wissen. »Seit gestern. Sie wohnt im Grand Hotel.«

»Natürlich«, knurrte Wendy, empört die Lippen zusammenpressend.

Während des Essens wurde Edwina nicht erwähnt. Die Mahlzeit war gemütlich und lässig elegant. Daphne Lord hieß uns, ihr schön geschliffenes Weinglas hebend, nochmals mit heiter zwinkerndem Blick willkommen. »Und vor allem viel Glück für die Partnerschaft!« Unser Modeladen und die Kochlust unserer Gastgeberin waren die Themen des lebhaften Tischgesprächs. Eier und Toast, diese schreckliche Frühstücksroutine, überließe sie ihrem Hausmädchen, erzählte uns Daphne Lord, aber ein Abendessen für die Familie – da sei ihr Kochen eine Wonne. Ich blickte auf mein Gedeck hinunter und sprach mir gut zu. Der erste Bissen rutschte leichter, als ich dachte, weil das goldgelbe Gemisch auf meinem Teller keine Ähnlichkeit mit den gierig glotzenden Ungeheuern meiner ständig wiederkehrenden Alpträume hatte. Ich schluckte alles runter. Und wo aß Edwina heute abend? Warum saß sie nicht mit ihrer Mutter zu Tisch? Warum wohnte sie nicht bei ihr? Plötzlich ahnte ich den Kummer hinter Daphne Lords heiterem Blick.

Der nächste Tag war vollgestopft mit Ratschlägen von Fachleuten, ratternden Nähmaschinen, Zuschneideräumen, Modenschauen und der Besichtigung von Modeläden. »Wendy«, sagte ich zwischendurch, »das ist alles so berauschend. Nie, nie wieder werd' ich Frachtbriefe tippen!« Ab und zu stieg mein Blick zum mächtigen Tafelberg hinauf, der heute, wie man hier sagte, keine Tischdekke hatte, weil der Himmel wolkenlos war.

Während unserer Abwesenheit hatte Edwina ihre Mutter besucht. »Eine von ihren berühmten Blitzvisiten. Wahrscheinlich hat sie nicht mal den Motor von ihrem Mercedes abgestellt«, brummte Wendy.

Wahrscheinlich doch, denn Daphne Lord hatte immerhin erfahren, daß ein neuer Mann in Edwinas Leben getreten war. Die Fahnenstange war abgemeldet. Der Neue, ein Geschäftsmann mit eigenem Vermögen – und daher nicht an Edwinas Geld interessiert –, tat Wendy aufrichtig leid. Das erfuhr ich, als wir Rosi, Daisy und Petunia, die drei hechelnden Blümchen, an strammen Leinen auf der steilen Villenstraße spazierenführten. »Edwinas Männer kommen mir wie Hemden vor«, sagte sie. »Sie werden gekauft, zu Lappen degradiert und dann weggeschmissen.«

Wendys Mitleid mit einem männlichen Wesen war schon ein seltener Fall – und hielt auch nicht lange an. Als wir das nächste Mal mit den drei pinkelnden Blümchen durch die Natur marschierten, war es in Empörung umgeschlagen.

Vor dem Spaziergang hatte ein zweiter Versuch, Wurmtabletten in Daisys Maul zu schieben, stattgefunden. »Mach auf, mein Blümchen!« Daphne Lord klopfte niederkniend zart mit ihrem langen, roten Fingernagel an die zugerammelten Hundezähne. Ich hielt den Patienten von hinten fest und Wendy die Tabletten. Sie wirkte irritiert. »Come on, Daphne! So wird's doch nichts. Laß uns Leberwurst versuchen.« Daphne Lord erhob sich seufzend, sie war sehr stolz auf ihr Talent, vernünftig mit Hunden zu reden. Daisy mit Wurst beschummeln, das konnte schließlich jeder. Schwuppdiwupp, die eingeschmierten Tabletten verschwanden in Daisys plötzlich erwartungsvoll aufgerissenem Rachen und waren im Nu verschluckt.

»So, und nun als Belohnung ein schöner langer Spaziergang.« Wendy holte die Leinen und schob mich zur Tür hinaus. Die Hunde tobten begeistert los, wir flogen hinter ihnen her. Als *Daisy Hill* außer Sichtweite war, stoppte Wendy auf einmal die wilde Jagd und drehte sich zu mir um. »Edwina ist abgereist!« – Dies war nur der Anfang, ich sah es an ihrem Gesicht, und nun kam der Knüller: »Nach Walfischbai – hinter ihm her. Da wohnt er nämlich. Der neue Mann ist Bendix!« Ich hätte beinah laut herausgelacht. »Wie willst du das wissen?« fragte ich sehr belustigt.

»Ich hab's mir zusammengereimt.« Das war nun wirklich erstaunlich: Wendy als erfinderische Klatschbase! Wendy, die Klatsch und Tratsch in jeder Form verabscheute.

»Seit wann hat Peter Bendix Vermögen?« erkundigte ich mich. Sie ließ sich nicht beirren. »Das ist das einzige, was nicht hinkommt, alles andere stimmt. Er lebt in Walfischbai, das stimmt. Er ist etwas jünger als sie, stimmt auch. Geschäftsmann stimmt ebenfalls. Und das Vermögen hat er ihr vorgelogen, dieser Opportunist!«

Leider ließ ich meinen plötzlichen Zorn an Rosi aus, ich riß an ihrer Leine. Arme Rosi. Während ich in die Hocke ging und reuevoll ihren Kopf streichelte, schnappte ich selbst auch mehrmals nach Luft. Dann sagte ich so ruhig wie möglich: »Peter Bendix ist kein Lügner.« Wendy ging weiter und warf mir ihre Antwort kurz über die Schulter zu: »Ach, Theresa, du und deine Menschenkenntnis!« Ein aufschlußreicher Satz. Er sagte mir, was Wendy von mir dachte: Ich hatte keine. Der beste Beweis war natürlich meine blinde Heirat mit einem Mann, der in Südwest wahrscheinlich für alles mögliche, aber nicht für seine Charakterfestigkeit bekannt gewesen war. Ich stapfte schweigend zwischen all den Hundebeinen dahin. Es war sinnlos, mit Wendy zu streiten. Sie hatte dieses zu Beton erstarrte Vorurteil in allem, was Peter Bendix betraf, und mußte ganz von selber entdecken, wie sehr sie sich täuschte.

Nach Walfischbai zurückgekehrt, waren wir weiterhin sehr beschäftigt. Einen Laden hatten wir schon gemietet, direkt an der Hauptstraße. Der Besitzer wollte ins Inland ziehen. Die feuchte Luft an der Küste sei Gift für sein Rheuma, klagte er. »Ein seltener Glücksfall«, fand Wendy. Natürlich nicht, daß der arme Kerl so verrostet sei – nein, die Lage sei so günstig. Links der Schlachter, rechts die Bäckerei, wo man jetzt auch gemütlich Kaffee trinken könne, und Hagedorn sei auch ganz nah. Genau das, was wir brauchten, um Kunden in unsere Gegend zu locken. Aber der beste, der superklebrigste Kundenfänger würde unser Schaufenster sein.

»Jeden Tag was Neues, Theresa, das ist wichtig. Und kein Körnchen Sand auf dem Glas. Du kriegst einen Boy, der dir hilft. Ach, hab' ich schon erwähnt, daß Marei zur Eröffnung kommt? Bitte nicht im weißen Kittel, hab' ich zu ihr gesagt. Ich konnt's mir nicht verkneifen. Wir müssen wirklich mit ihr reden, Theresa, das wär auch gut für unser Geschäft.«

Die erste Ware traf ein. Johannes, der Häuptlingssohn, mein mir zugeteilter Helfer, strich die Wände. Der Tischler baute Umkleideraum, Borde und Tresen ein.

Ich war allein, als Peter Bendix den Laden betrat. Er sah sich beifällig zwischen Sägespänen und Farbtöpfen um und fragte, ob ich wirklich in Kapstadt gewesen sei, das sei ihm zu Ohren gekommen. »Warum hast du's nicht erwähnt, Theresa? Ich war zur gleichen Zeit da. Wir hätten uns treffen können.« Der Mund war mir plötzlich so trokken, daß meine Antwort erst nach einer Weile kam: »So, hätten wir das?«

»Ja, sicher, warum nicht?« Er sah mich verwundert an. »Ich hatte gehofft, daß wir von nun ab gute Freunde sein würden.« Gute Freunde – aha!

Er stand noch immer abwartend da, und weil ich nichts sagte, zog er seine eigenen Schlüsse und sprach sie, wie immer, gleich unverblümt aus. »Ich hatte es neulich zu eilig, Theresa, ich weiß. Vielleicht bist du darum so schweigsam. Es war keine Ausrede, ich war wirklich woanders eingeladen.« Mein Gott, dachte ich, nahm er etwa an, daß ich deshalb enttäuscht gewesen sei? Das sollte er auf keinen Fall denken! »Schweigsam? Nein, warum sollte ich schweigsam sein?« Ich grinste ihn herzhaft an. »Auf gute Freundschaft, also!« Nun sah er deutlich belustigt aus. Kein Wunder, ich hörte mich wie ein gerade vereidigter Pfadfinder an – fehlte nur noch der knackige Handschlag.

Abends ging ich nach Hause und begoß meinen Rasen im letzten Tageslicht. Er wurde langsam ein wirklicher Rasen. Dann schloß ich die Haustür ab und zog die Vorhänge zu. Weil Peter Bendix das so angeordnet hatte? Nein, weil es vernünftig war; anscheinend wurde ich langsam erwachsen. Wendy hatte mich aus dem Laden geschoben. »Du hast den ganzen Tag geschuftet wie ein Pferd, Theresa, geh nach Haus, mach's dir gemütlich und lies.« Ob ich ›Katharina die Große‹ schon durchhätte, wollte sie wissen. Sie könne mir nämlich was Neues empfehlen: »Ein Buch über die Phönizier, welche vielleicht schon laaange vor Kolumbus Amerika entdeckten. Interessante Theorie, nicht wahr? Hier, nimm noch diese Tüte Silvermoons, sie sind mit Kokosnuß gefüllt.«

Ich kochte eine Tasse Tee, setzte mich neben Katharina und Wendys Tüte aufs Sofa und dachte nach: Peter Bendix und Edwina! – Er unter seinem verbeulten Volkswagen, sie in ihrem weißen Mercedes. Die Prinzessin und der

Schweinehirt? Kaum – das kam nur im Märchen vor. Ganz davon abgesehen natürlich, daß Peter Bendix zwar unvermögend, aber bei weitem kein Schweinehirt war. Nein, bei weitem nicht, das sah man auf den ersten Blick.

Edwina sah das auch. Und die Art, wie er sich seinen eigenwilligen Haarwirbel aus der Stirn zu streichen pflegte, gefiel ihr wahrscheinlich genausogut wie mir. Nein, ein Schweinehirt war er nicht. Aber ein Geschäftsmann mit eigenem Vermögen? War das Edwinas oder Daphne Lords Beschreibung gewesen? Oder hatte Wendy dem Geschäftsmann das Vermögen angehängt, weil ihr bekannt war, wie allergisch Edwina gegen Mitgiftjäger war? Eines wußte ich jedenfalls ganz genau: Peter Bendix war kein Lügner. Man konnte ihm jedes, aber auch jedes Wort glauben. Wendy wußte das nicht, sie hatte nie seine Briefe gelesen. Und schon gar nicht den mit dem Heiratsantrag, in welchem er – ehrlich wie immer – nicht mal aus Höflichkeit vorgegeben hatte, in mich verliebt zu sein. Sie wußte so manches nicht über ihn ... Aber in Kapstadt war er trotzdem gewesen – und zur gleichen Zeit wie Edwina. War sie ihm wirklich nachgereist, hin und zurück? Und wo war er neulich eingeladen gewesen? Bei Lords natürlich. Er war häufig bei ihnen, und durch Victor Lord hatte er schließlich dafür gesorgt, daß Philips Grab nicht in Walfischbai war.

Aber ob er *Edwina* mochte? Ausgeschlossen! Sie war bestimmt nicht sein Typ ... Na, na, rief ich mich zur Ordnung. Das überleg dir lieber mal. Erstens hast du keine Ahnung, auf welche Sorte Frau er wirklich fliegt, und zweitens wirkt sie auf Männer. Sehr sogar. Sir Arthur ging ihr sofort auf den Leim. Klasse hat sie auch. Und dann das ganze Geld ... und Victor Lords geschäftliche Förderung ...

Plötzlich kamen mir Zweifel. Ich wußte nicht mehr, was ich glauben sollte.

Unser Laden florierte. Das lag an unserem erstklassigen Angebot – fand ich. Wendy, meine nüchtern denkende

Partnerin, führte noch andere Gründe an: »So schrecklich es auch klingt, Theresa, die Tatsache, daß du vor kurzem Witwe wurdest, bringt viele Kunden hier rein. Sie haben Mitleid mit dir.« Außer mitleidigen Frauen tauchten schon in den ersten Tagen auch Männer hinter meinem weißgestrichenen Tresen auf. Der erste war Werner Schmidt. Er brachte als Eröffnungsgeschenk einen Tauchsieder mit, damit ich mir im Laden eine Tasse Kaffee machen konnte, falls mir bei all dem Verkaufsgequatsche die Kehle austrocknen sollte. »Erleb' ich ja bei Hagedorn alles am eigenen Körper, Theresa.« Ich war gerührt. »Du bist ein Goldstück, Werner.«

»Ein unechtes«, erwiderte er bescheiden. »Trotzdem solltest du uns endlich mal besuchen. Warum kommst du nie, Theresa? Ute würde sich genauso freuen wie ich.« Dessen war ich nicht so sicher. Alles, was sie an Philip erinnerte, war ihr bestimmt nicht willkommen. »Ich brauch' ein bißchen Zeit, Werner. Sobald es mir nichts mehr ausmacht, ohne Philip bei euch aufzutauchen, komm' ich bestimmt.« Er klopfte sanft auf meine Schulter und sagte: »Schon gut, Theresa. Ich versteh' dich schon. Hast du 'ne Steckdose hier, oder soll ich dir eine legen?«

Balsam kam auch. Er brachte natürlich Möbelkataloge mit, pumpte meine Hand auf eine feierliche Weise auf und nieder und beglückwünschte mich, weil ich einen ganz neuen Anfang gemacht habe. Das sei gut. »Blicken Sie nicht zurück, Frau Thorn. Alles, was Sie an gestern erinnert, ist nun gefährlicher Ballast, von dem Sie sich so schnell wie möglich befreien müssen.« Je eher, desto besser, wie es schien. Am gefährlichsten, laut Balsam, war mein Ehebett. Er hüstelte diskret. Es sei wie eine Brücke zur Vergangenheit, die ich abbrechen müsse. Danach glitt er sogleich in sein Verkaufsangebot. Er habe hier zum Beispiel ein Modell mit ungewöhnlich dauerhafter Luxusmatratze. Mrs. Odette Moran – und was in deren Bett geschah, wisse ich ja –, die tapfere Mrs. Moran also, habe auch einen neuen Anfang gemacht. »Sie schläft bereits auf diesem Luxusmodell, Frau Thorn, und eine moderne Frisiertoilette kaufte sie ebenfalls. Die neuen Möbel sind ihr ein Trost, das hat sie mir versichert.« Balsam legte die Kataloge fächerförmig auf meinen Tresen und begann ein vorbereitendes Geräusper, denn nun war das Thema Abzahlung wieder dran. Er wählte dafür dieselbe dezente Murmelstimme und dieselben Worte in derselben Reihenfolge wie an jenem Nachmittag, als er mich beim Umgraben störte. Nur eins war jetzt anders: Ich sah nicht mehr auf ihn hinab, fühlte mich nicht mehr überlegen. Er hatte mehr Grips als ich, das wußte ich nun. Immer wieder hatte er mich vor Philip gewarnt, und immer wieder hatte ich ihn ausgelacht. Aber ein neues Bett kaufte ich trotzdem nicht.

Am nächsten Tag war es glühendheiß. Das kam im feuchtkalten Winter ab und zu vor, wenn der Wind nach Osten umschlug. Statt Meereskühle und klebrigem Sand blies er Backofenhitze und Fladen trockener Wüste in die Stadt. Meine neueste Schaufensternummer, ein grobgestricktes, gelbes Frühjahrsmodell, verschwand hinter außen wallenden Sandgardinen.

»Macht nichts«, freute Wendy sich, als sie zwischen Postfach und Büro mit einer Staubwolke durch die Ladentür wehte und mir zwei Briefe brachte. »Wir brauchen dieses Wetter. Ostwind wärmt die Häuser schön durch und trocknet die Kleiderschränke aus. Mein Faltenrock kriegte schon Schimmelflecke.«

»Ja, Wendy, und deshalb solltest du dir auch mal ...«, beschloß ich, diese günstige Gelegenheit zu nutzen – aber sie ließ mich nicht. »Von wem sind diese Blumen?« wollte sie wissen, wohlgefällig den schönen Nelkenstrauß auf dem Tresen betrachtend. »Von Peter Bendix.« Das Wohlgefallen schwand aus ihrer Miene wie ausgeknipstes Lampenlicht. »Schickt er dich jetzt mit Blumen nach Hamburg zurück?« fragte sie beißend. »Sie sind auch für dich, Wendy.«

»Für mich? Warum sollte denn Bendix mir Blumen schicken?«

»Wendy, sie sind zur Eröffnung ... und vielleicht auch ein Friedensangebot.« Sie stemmte die Hände auf den Tresen. »Ein Friedensangebot? Nach allem, was er uns Talbots angetan hat? Da kann er lange warten!« Mein Mund war mal wieder sehr fix, doch diesmal spürte ich keine Reue. »Ist es wirklich ein Verbrechen, sich selbständig zu machen? Warum hast du kein Verständnis dafür? Ausgerechnet du, Wendy.«

»Weil er sich mit Victor Lord gegen uns verbündet hat.«

»Woher weißt du das?«

»Das fragst du mich? Hast du keine Augen im Kopf?«

»O doch, ich hab' Augen im Kopf, und so wie ich es sehe, stellt sich hier jeder gut mit Mr. Lord. Uns eingeschlossen! Sei Geschäftsfrau, sei nett zu ihm, hast du mir ins Ohr geflüstert, als er plötzlich hier im Laden auftauchte. Warum soll Peter Bendix die einzige Ausnahme sein?« Wendys Nasenflügel blähten sich. »Ein Blumenstrauß, Theresa, und schon fällst du um. Anscheinend hast du wirklich schon vergessen, wie er es nicht erwarten konnte, dich nach Hamburg abzuschieben.« Wir sahen uns schweigend über den Tresen weg an. Plötzlich wischte Wendy sich die Stirn. »Weißt du, daß wir uns hier wegen Bendix in den Haaren haben, kann nur an dieser verdammten Hitze liegen. Ich hab's nicht so gemeint, Theresa, sorry.« An der Tür wandte sie sich um. »Johannes ist eben zurückgekommen. Laß ihn das Schaufenster abfegen.«

Johannes saß in dem kleinen Raum hinter dem Laden auf einer mit Messing beschlagenen Überseetruhe, die schon mit Captain Talbots Vater von Indien nach Afrika gereist war. Er starrte düster vor sich hin. Seine Mutter sei krank, erfuhr ich auf meine Frage. Sie war weit weg im Owamboland. »Möchtest du nach Hause fahren und sie besuchen?« Seine Antwort klang feindselig: »Ist nicht erlaubt. Nicht mitten im Kontrakt.«

»Hmm«, sagte ich, »wenn ich noch eine Mutter hätte, ich würd' sofort zu ihr fahren, Kontrakt oder nicht.«

»Du hast keine Mutter mehr?«

»Nein, sie ist im großen Orlog (Krieg) verbrannt.« Seine Miene veränderte sich plötzlich, er starrte mich erschrokken an. »Erst deine Mutter ... und dann dein Mann ... das ist schrecklich, Missi.« Nach einer Weile setzte er, seine sandverkrusteten Stiefel betrachtend, leise hinzu: »Ich dachte, du würdest mir nicht glauben.«

»Warum sollte ich dir nicht glauben?« Eigentlich wußte ich die Antwort von selbst, und in seinen dunklen Augen glomm auch gleich ein kleines Lächeln auf. Kranke, sterbende und gerade verschiedene Verwandte waren oft nur Ausreden, um Arbeitskontrakte mit unbeliebten weißen Arbeitgebern zu brechen. »Ich glaub' dir, Johannes. Hoffentlich ist deine Mutter bald wieder gesund. Wann willst du fahren?«

»Morgen«, sagte er – und dann mit hoffnungsvollem Blick: »Was ist mit deinem Vater? Lebt er noch?« Ich schüttelte den Kopf. Er griff nach dem Besen und sagte im Hinausgehen: »Ich komm' zurück, Missi. Ganz bestimmt.«

Ich sah ihm nach. Ob das stimmte? Er war in letzter Zeit sehr finster und verschlossen gewesen und hatte nur noch selten mit mir gesprochen.

Die beiden Briefe lagen noch auf dem Tresen. Ich machte den ersten auf. Tante Wanda machte sich Sorgen um mich, das las ich zwischen den Zeilen. Um Hildchen übrigens auch ein bißchen, obwohl bei ihr der Grund enorm viel erfreulicher war. Ja, Hildchen war jetzt im dritten Monat, hatte ›grausiges‹ Sodbrennen und mußte Gummistrümpfe tragen, weil Anlage zu Krampfadern bestand. Aber sonst sehe sie blendend aus, keine Übelkeit, nichts. Das läge auch nicht in unserer Familie. Und der Doktor sei wie ein Engel zu ihr.

... Hildchen als umsorgte werdende Mutter. Ich blickte über den Brief hinweg in den Sandsturm hinaus und wünschte mir plötzlich, jemand anders zu sein ... Nicht etwa Hildchen – Gott bewahre, nein – nur jemand, der nicht ganz so alleine war wie ich in diesem Moment.

Vor meinem halb gereinigten Schaufenster hielt ein Auto, ein Mann stieg aus. Victor Lord. Er kam herein – groß, sportlich gestählt, sorgsam gebräunt. Sein modisch grob gewebtes Hemd war am Hals lässig aufgeknöpft. Er sprach mich mit ›Theresa‹ an, nicht Mrs. Thorn, und war sehr freundlich. Nicht herablassend freundlich, sondern echt freundlich, so echt wie die dünne, goldene Kette an seinem Hals. Das gelbe Frühjahrsmodell im Fenster sei ausgesprochen elegant, stellte er fest. Ob er das Kleid etwa kaufen wollte? Für Edwina vielleicht? Ich begegnete seinem überlegenden Blick, er schien auf etwas zu warten. Und plötzlich wußte ich, auf was. Bestimmt auf meinen Dank dafür, daß Philip nicht unter einem kahlen, trostlosen Sandhügel lag. Bisher hatte ich nie gewußt, ob ich es im Beisein von anderen erwähnen durfte. Und nun war ich zum ersten Mal mit ihm allein. »Mr. Lord, ich hatte vorher nie Gelegenheit, Ihnen dafür zu danken, daß mein Mann ...«

Er legte, meinen Satz unterbrechend, den Zeigefinger an seine Lippen und lächelte mich an. »Ich brauche ein Geschenk. Vielleicht das Seidentuch im Fenster oder etwas Ähnliches.« Ich kroch ins Fenster, holte das Tuch und merkte, daß er prüfend meine Beine betrachtete. Er kaufte das Tuch. Während ich leicht nervös mit Papier und Bindfaden hantierte, lehnte er lässig am Tresen und sprach über Walfischbai. Sandumwirbelt, ja, aber ständig wachsend und bedeutender werdend: die neue Kartonfabrik, die neue Erzverladeanlage, die neu gegründete Zeitung, an der auch er beteiligt sei. »Das alles wird Ihnen helfen, Theresa. Neue Fabriken bedeuten neue Angestellte, und somit auch neue Kunden für Ihr Geschäft.« Welches ihm übrigens sehr gefiele, fuhr er, sich wohlwollend umblikkend, fort. Genauso wie Frauen mit Unternehmungsgeist.

Männer und Frauen mit Unternehmungsgeist seien das Merkmal von Südwest.

Als er gegangen war, machte ich den zweiten Brief auf. »Liebe Theresa«, schrieb Pix, »halt dich fest, ich komm' auf Besuch. Frau von Lauenthal hat mir eine Woche Urlaub gegeben, eine ganze Woche lang! Ist Dir das recht? Und hast Du einen Bettvorleger, auf dem ich schlafen und vor allem *jeden Morgen ausschlafen kann? Ohne Kindergeschrei! Ich kann es nicht erwarten!*« Danach ging's in normalen Buchstaben weiter: Omi habe die Grippe gehabt, und ihr forscher Sohn sei erstaunlich geknickt gewesen. Als das Fieber nicht runterging, sei er nach Windhuk gesaust und mit einem Arzt zurückgekommen, weil Omi ihm zu schwach für die Reise war. Inzwischen ginge es ihr wieder gut. Sie sandte Grüße und einen schon vorher gegebenen guten Rat: Nichts anbrennen lassen!

Abends konnte ich erst nicht einschlafen, weil der Steinwürfel so heiß wie ein Backofen war. Viel später wachte ich plötzlich weinend im Dunkeln auf. Diesmal waren es nicht die Langusten, aber ich hatte trotzdem von Philip geträumt. Wir standen vorm Haus, er sah mir zu und sagte: »Hier gießt du deinen Rasen, Theresa, und niemals mein Grab. Warum besuchst du niemals mein Grab? Ich bin sehr enttäuscht von dir.« Sein Blick traf mich mitten ins Herz, er tat mir unendlich leid. Ich brach in Tränen aus. Dann wachte ich auf. Mein Kissen war naß und wurde langsam immer nasser. »Du hast mich auch enttäuscht«, sagte ich laut ins Dunkel. »Warum hast du mir nie die Wahrheit gesagt? Hast du jemals die Wahrheit gesagt? Oder hast du immer nur gelogen?«

Und weil er mir nicht antworten konnte, dachte ich lange schlaflos über mich selber nach. Nüchtern und ohne Selbstmitleid betrachtet, war auch ich kein Weihnachtsengel. Nein beileibe nicht, das war mir natürlich schon lange klar. Wenn's drauf ankam, log ich auch wie gedruckt, davon konnte meine arme Tante Lieder mit vielen Strophen singen. Unversöhnlich, bitter und hartherzig kam ich mir vor, als ich im grauen Morgenlicht vom Sockel meiner Selbstgerechtigkeit herunterstieg.

Pix' Besuch verzögerte sich, weil die kleinen Lauenthals einer nach dem anderen erst Masern und dann Husten und Schnupfen kriegten. »Ich bin von oben bis unten mit Hustensaft bekleckert«, erklärte sie mir am Telefon. »Die Luft ist schrecklich trocken. Nicht gut für die Husterei. Wir warten alle auf Regen.«

Regen, viel und bald, das erhoffte man jedes Frühjahr in Südwest. Und wenn er wirklich kam, geschah ein Wunder in dem ausgetrockneten Land. Graubraune Fluten schossen durch die Riviere. Aus kahlem Sand sproß dichtes, grünes Gras. Insekten und Vogelscharen zirpten durch die Luft. »Paradiesisch, einfach paradiesisch«, so beschrieb mir Wendy einen regenreichen Sommer in Südwest. »Und Walfischbai?«

»Gott bewahre, nicht hier«, wehrte sie erschrocken ab. »Wir wollen keinen Regen, das weißt du doch. Er läuft sofort durch die Dächer.«

Vorläufig war nicht eine Wolke in Sicht. Es war Sonntag, wir fuhren unter blauem Himmel an goldgelben Sanddünen entlang nach Swakopmund. Hinter uns im Landrover hüpfte ein Karton voller Sommerkleider auf und ab.

»Bald bring' ich dir auch das Fahren bei, Theresa«, verkündete Wendy mir. »Das wäre gut«, sagte ich. »Victor Lord hat sich nämlich auch als Fahrlehrer angeboten.« Wendy übersprang ein Loch in der Pad und sagte: »Aha! Hat er schon wieder ein Seidentuch gekauft?«

»Ja, das vierte. Ich möchte wissen, wem er die alle schenkt.«

»Das ist nicht wichtig, Theresa. Hauptsache, du verärgerst ihn nicht, das können wir geschäftlich nicht riskieren. Halt ihn bei guter Laune.«

»Und wenn er immer deutlicher wird?«

»Dann hältst du ihn um Armeslänge von dir ab. Du weißt schon, wie man das macht.«

So? Wußte ich das?

Auf dem Friedhof ließ Wendy mich mit Philip allein. Ich sah auf den mit zarten Grashalmen bewachsenen Hügel hinunter und gab mir Mühe, nur das zu fühlen, was ich mir vorgenommen hatte. Keine Bitterkeit, keine Enttäuschung – nur an die glücklichen Stunden wollte ich denken. Nach einer Weile strich ich über den grauen Stein, in den sein Name eingemeißelt war. »Ich komm' bald wieder, Philip«, versprach ich ihm.

Dann fuhren wir durch sonntäglich leere Straßen zum Hotel. Giebeldächer, Fachwerk, blanke Fenster, Palmen, Araukarien, der Leuchtturm, adrett gestreift in Rot und Weiß. »Ach, Wendy, laß uns den Laden nach hier verlegen.« Sie grunzte. »Bist du verrückt? Hier haben wir Konkurrenz.«

Im Park gingen Leute spazieren. Auf dem Tennisplatz, da wo Edwina hochmütig in unsere Flitterwoche hineingerauscht war, flitzten weiße Figuren hinter dem Drahtzaun hin und her.

Das Kronenhotel wirkte ganz anders als bei meinem letzten Besuch. In der Rezeption stand ein Blumenstrauß, der Fußboden glänzte, die beiden Sessel in der Halle waren neu und sahen nach Balsam aus. Über allem hing ein köstlicher Kaffeeduft. Hinter der einladend offenen Doppeltür zum Speisesaal waren alle Tische besetzt, und sämtliche Gäste schienen dasselbe zu essen: Käsekuchen mit Rosinen.

Marei stand in der Küche. Sie setzte Kuchenstücke auf militärisch ausgerichtete Teller, zählte mit dem Messer nach und hatte Sorgen, daß sie nicht ausreichen würden. »Moment mal.« Sie ergriff ein mit blitzenden Teelöffeln und Kaffeetassen gefülltes Tablett und sauste in den Speisesaal. Wendy leckte inzwischen das mit Rosinen beklebte Kuchenmesser ab. »Wendy, wenn das die Gäste sehen!«

»Tun sie ja nicht«, sagte sie – und dann: »Dieser Käsekuchen ist eine Wucht.«

Marei hatte ihn selbst gebacken. »Nanu?« wunderte Wendy sich. »Wann hast du denn Zeit zum Backen?«

»Abends, wenn ich fertig bin.« Abends, wenn sie ›fertig‹ war, produzierte diese tüchtige Person Käsekuchen, dessen Qualität Scharen von Gästen ins Kronenhotel lockte. »Und außerdem sind wir völlig ausgebucht für die Sommersaison.« Während Marei das stolz berichtete, ließ sie je ein Kuchendreieck auf unsere Teller gleiten, goß Kaffee ein, befahl einem durch die Küche stürmenden schwarzen Kellner, ein frisches Tischtuch auf Tisch Nummer sieben zu legen, aber gerade bitte, und verständigte sich per Handzeichen mit seinem im Speisesaal servierenden Kollegen durch ein kleines Glasfenster in der Tür. Sie sah anders und doch nicht anders aus. Der weiße Kittel war nichts für ihre Figur, Wendy hatte recht. Und ihre Schuhe wirkten auch schrecklich vernünftig. Doch ihr Blick war anders. Ja, das war's. Sie hatte hübsche, lebhafte Augen, das war mir vorher nie aufgefallen. Sie war auch nicht mehr blaß. Frische Farben hatte sie jetzt, und die Art, wie sie die durchweichte Tüte mit dem Kaffeesatz unbesorgt von weitem in den Ascheimer warf, drückte beträchtliches Selbstvertrauen aus. Ach, Balsam, dachte ich, du bist ja doch ein Dummkopf!

Wendy hatte inzwischen das letzte Stückchen Kuchen vom Teller gekratzt. Sie knöpfte ihre Wolljacke auf und verschränkte die Arme über der Brust. »Und wann kommt Herr Emmerich aus Deutschland zurück?« fragte sie Marei. »Sobald die Entziehungskur zu Ende ist.«

»Und fängt dann wahrscheinlich gleich wieder an mit dem Suff!«

»Nein, das haben wir schon alles besprochen«, sagte Marei. »Er kümmert sich erst mal um seine Farm im Swakoptal. Die hat nämlich keine Bar.«

»Und du machst weiter das Hotel.« Marei nickte, sie sah sehr zufrieden aus. Es folgte eine längere Stille, in welcher Wendy scharf den weißen Kittel musterte, und Marei, der das nicht entging, guckte ebenso scharf Wendys schlappe, graue Wolljacke an. »Wir haben ein paar Kleider zum Anprobieren mitgebracht«, beendete Wendy schließlich die gegenseitige Musterung. »Die werden mir nicht passen.« Marei klang fast fröhlich, als sie das sagte. Es schien ihr nichts auszumachen.

Als die letzten Kaffeegäste gegangen waren, trugen wir trotzdem den Kleiderkarton die Treppen zu Mareis Zimmer hinauf. Wendy und ich saßen auf ihrem Bett, wohnten der Anprobe bei und hatten Angst, daß unsere größten Größen nicht groß genug waren. Leider erwies sich diese Sorge als berechtigt. Der erste Reißverschluß ging nicht zu, beim zweiten Kleid waren's die Knöpfe. Einer sprang an uns vorbei unter das Bett. Das dritte hätte vielleicht gepaßt, wenn Marei das Atmen aufgeben könnte. Sie tat es eine kurze Zeit, machte den Bauch so platt wie möglich und konnte trotzdem nicht wieder raus aus dem Kleid. Wir mußten ihr dabei helfen. »Ich nehm' sie alle drei.«

»Waas?« staunten Wendy und ich im Chor, »sie passen doch nicht.«

Marei band die Kittelbänder hinter ihrem Rücken zu, sah sich prüfend im Spiegel von vorn und von der Seite an und sagte: »So was kann sich ja ändern.« Sie bezahlte in bar. Dann mußte sie in die Küche zurück, um das Menu der nächsten Woche mit ihrem neu eingestellten Koch zu besprechen.

»Hoffentlich kommt Pix bald auf Besuch«, wünschte ich mir auf dem Rückweg nach Walfischbai. »Wenn sie mit eigenen Augen sieht, wie gut Marei sich macht, freut sie sich halbtot – fehlt nur noch, daß auch bei Balsam der Groschen fällt.« Wendy empörte diese Idee. Marei sei viel zu schade für den, wies sie mich zurecht. Und nicht nur

Marei, das müsse sie auch Odette Moran erklären. »Odette Moran?« Wendy nickte. »Er macht ihr schöne Augen. Jedesmal, wenn ich in die Buchhaltung komme, hängt er über ihrem Stuhl.«

Sie nahm ihren düsteren Blick von der Pad und sah mich kopfschüttelnd an. Es sei kaum zu glauben, aber diese smarte Person mit ihrem Zahlenverstand sei wahrscheinlich bis zum Kragen verschuldet, vermutete sie sorgenvoll. Und das sei ganz und gar Balsams Schuld. Er schwatze ihr all diese Möbel auf, sie habe sich total neu eingerichtet. Total! Und was noch viel schlimmer sei: Er säusele nicht nur Sperrholz in ihr Ohr. Wendy schlug sich mit der flachen Hand an die Stirn. »Und nach allem, was sie durchgemacht hat, scheint sie ihm zu glauben!«

»Hmm«, gab ich zu bedenken, »vielleicht meint er's ehrlich. Nicht alle Männer lügen von morgens bis abends, und Balsam sucht schon lange eine Braut.« Wendys Antwort kam ohne Zögern und mit belehrender Entschiedenheit: »Wenn Männer es ehrlich meinen, Theresa, sind sie nicht wirklich ehrlich – nicht so wie Frauen. Sie biegen die Wahrheit je nach Bedarf und Belieben zurecht. Sieh dir meinen Vater an. Behauptet steif und fest, daß seine Ehe glücklich war, weil das bequemer für sein Gewissen ist. Und also war sie glücklich, das redet ihm keiner aus. Männer denken meistens nur an sich selbst.«

»Und Frauen?«

»Die sind anders.«

»Und Edwina?«

»Die ist ganz anders.« Wir sahen uns an und lachten. »Sie ist schon wieder in Walfischbai«, sagte ich. »Vicky Nelson kaufte sich Freitag ein Cocktailkleid. Anscheinend schmeißt Edwina eine bedeutende Party.« Wendy freute sich sehr darüber, sie erwog, die Preise zu erhöhen. Ich war dagegen. »Das kann man nur mit Männern machen, Wendy. Frauen merken so was sofort.« Sie gab mir recht und hielt vor meinem Steinwürfel an. Als ich die Haustür aufschloß, kam sie im Rückwärtsgang noch einmal zu mir zurück. »Übrigens, Theresa, falls Edwina im Laden auftauchen sollte, sei besonders nett zu ihr!«

Natürlich tauchte Edwina nicht in unserem Laden auf. Wer so häufig nach London und Paris gelangte wie sie, kaufte seine Garderobe nicht im Wüstensand. Mir war's nur recht. So sehr es mich auch ärgerte, ich hatte noch immer Angst vor ihrer Arroganz und kein Verlangen danach, mich als ergebene Fußmatte platt vor ihr auszubreiten.

Vicky Nelson tauschte ihr Kleid wieder um, weil es grün war. Grün mache nicht nur blaß, sondern auch zu dick. Zu diesem Schluß war Vicky vor ihrem Spiegel zu Hause gekommen. Das einzig Wahre sei Schwarz, verriet sie mir. Wenn ich jemals zu Edwinas Parties eingeladen gewesen wäre, dann wüßte ich, daß dies auch Edwinas Meinung sei. Edwina wirke immer elegant, aber niemals so exquisit wie in Schwarz. Bei dieser Mitteilung streifte Vicky Rock und Pullover ab. Streichholzdünn machte sie vor dem Spiegel Knöpfe und Reißverschlüsse auf und zu und freute sich wortreich mal im weißen Unterrock und mal im nächsten schwarzen Kleid darüber, daß Edwina in letzter Zeit so oft nach Walfischbai kam. Ihr Freundeskreis sei ihr dankbar dafür. Als ich Vickys schwarze Neuerwerbung in Seidenpapier hüllte, erfuhr ich auch eine wirklich interessante Neuigkeit – eine geflüsterte Neuigkeit, die eigentlich noch ein Geheimnis war: Ute Schmidt erwartete ihr zweites Kind. Vicky öffnete ihr Portemonnaie, blätterte die Differenz zwischen Grün und Schwarz auf den Tresen und wunderte sich, daß Ute diesmal so glücklich war. Kein Vergleich zum ersten Mal! Bevor sie den Laden verließ, versprach sie, mir Edwinas Party bei ihrem nächsten Besuch genau zu beschreiben.

Nachmittags verkaufte ich drei weitere schwarze Kleider. Zwischendurch kam Frau Heinze zierlichen Schrittes herein und sah hinter ihrer schiefen, randlosen Brille sehr aufgebracht aus. Ellinor, zum dritten Mal geschändet, habe ihre Nachgeburt erst aufgefressen und dann auf den Wohnzimmerteppich gekotzt – eine unvorstellbare Schweinerei. Und ihr Herr Schwager in Hannover – von dem ich schon allerhand Schlimmes wußte – erhebe Anspruch auf einen Platz im Heinzeschen Familiengrab, obwohl er dort, weiß Gott, nichts zu suchen habe, nach allem, was er Herrn Heinzes Schwester ... Ja, und Mrs. Moran empfange jetzt abends Männerbesuch. Der Herr sei Frau Heinze ebensogut wie mir bekannt, aber sie wolle den Namen trotzdem nicht nennen.

Kleider kaufte Frau Heinze nie. Sie sparte für ihr Haus in Hannover.

Kurz vor Ladenschluß kam Victor Lord. Diesmal wollte er kein Seidentuch. Er lud mich zu Edwinas Party ein. »Mr. Lord ...« Mr. Lord legte den Finger an seine Lippen. »Call me Victor«, sagte er. Ich sah ihn schweigend an, so schnell und logisch wie ein kopfloses Huhn überlegend, wie ich mich verhalten sollte. »Sie würden nicht nur mir, sondern auch Edwina eine große Freude machen«, behauptete er. Wie glatt ihm das von der Zunge rutschte. Mir dagegen fiel noch immer keine Antwort ein. Ich riß mich zusammen. »Sie sind sehr freundlich, Mr. ... Victor.« Er lehnte sich lächelnd über den Tresen. »... und ich akzeptiere niemals eine Ablehnung, Theresa.«

»Typisch Victor Lord! Redet, als ob er der liebe Gott persönlich sei«, meinte Wendy später dazu und empfahl mir, auch ein neues Kleid zu tragen, weil das für uns die beste Reklame sei. »Du meinst, ich soll gehen?« fragte ich entsetzt. »Natürlich sollst du gehen.« Wendy zog die Augenbrauen hoch. »Bitte vergiß nicht, Theresa, daß du als Geschäftsfrau Verpflichtungen hast. Die Gäste dort sind unsere Kunden. Du verkaufst nicht nur im Laden, und je mehr Freunde und Bekannte du hast, um so besser für unser Geschäft.«

»Aha, und du?« Wendy grinste. »Mich hat er nicht eingeladen. Ich bin die unsichtbare Partnerin.«

Zuerst beschloß ich, auch unsichtbar oder zumindest krank zu werden, damit ich die Party verpassen konnte. Dann bedachte ich, daß meine unsichtbare Partnerin nicht nur praktisch denkend, sondern auch sehr großzügig war. Wendy, in vielem so sparsam, bezahlte mich nicht wie eine Verkäuferin. Wir teilten uns den Profit, obwohl ich kein Geld in den Laden investiert hatte. Ich durfte und wollte sie nicht enttäuschen.

Zwei Tage später, als ich, auf den Knien liegend, mein letztes schwarzes Cocktailkleid ins Schaufenster drapierte, kam jemand durch die Hintertür. Ich spuckte schnell die zwischen meinen Lippen steckenden Stecknadeln aus, drehte mich um und erkannte die dunkle, im Hinterzimmer stehende Gestalt. »Johannes? Gut, daß du wieder da bist. Wie geht es deiner Mutter? Ist sie wieder gesund?«

»Ja, Missi, 's geht ihr gut.« Er griff in sein abgetragenes Jackett, zog ein flaches braunes Paket hervor und überreichte es mir. »Ein Geschenk von ihr.« Das Packpapier enthielt zwei ovale, in einem schönen, geometrischen Muster geflochtene Riedteller. Ich sah ihn dankbar an. »Sie sind wunderschön, Johannes, sind sie wirklich für mich?« Er nickte. »Meine Mutter hat sie für dich geflochten.«

»Dann geht's ihr also wirklich wieder besser?«

»Sie war gar nicht krank«, sagte er.

Ich sank auf Captain Talbots alte Überseetruhe, hielt die Riedteller auf dem Schoß und sah ihn abwartend an. Er ließ sich Zeit. Sein Blick schien durch die Wände des engen Zimmers ins Weite zu wandern. »Meine Mutter war nicht krank«, wiederholte er langsam, »nur sehr, sehr traurig. Mein Bruder ist weit weggegangen. Ich wollte ihn sehen, bevor er ging.«

»Und wo ist er jetzt? Kommt er nicht zurück?« Er schüttelte den Kopf. »Nein, erst wenn Namibia frei ist.«

»Namibia?«

»Ja, Namibia.« So werde Südwest heißen, wenn Schwarze sich dieselben Rechte wie Weiße erkämpft haben würden. Sein Bruder sei ein Freiheitskämpfer, erklärte er mir mit stolz erhobenem Kopf. Erst sahen wir uns wortlos an, dann sagte ich: »Warum erzählst du mir das alles, Johannes? Ist das nicht sehr unvorsichtig?«

»Weil du zuhörst. Die meisten Weißen hören nicht zu.«

»Trotzdem solltest du vorsichtig sein, in dem was du sagst.« Als er nur die Achseln zuckte, fragte ich weiter: »Gibt es viele Freiheitskämpfer?«

»Bald werden es viele sein.«

»Und dein Vater? Ist er auch ein Freiheitskämpfer?« Nein, der sei Häuptling, erwiderte er, und täte, was die weiße Regierung sage. Er wisse auch nicht, wo sein Bruder sei. »Und deine Mutter?«

»Sie sagt, wir müssen kämpfen.« Ich fühlte das rauhe Ried in meiner Hand. »Und diese Teller hat sie für mich geflochten?« Er nahm den Besen vom Haken. »Sie weiß, was mit Mr. Thorn passierte und mit deinem Vater und deiner Mutter auch. Ich hab's ihr erzählt.« Damit marschierte er an mir vorbei nach draußen und fegte als erstes das Schaufenster ab.

20

Edwinas Party lag mir so im Magen, daß ich im Traum schon zweimal vorher vor Victor Lords Haustür stand. Der Empfang war so herzlich, wie ich befürchtet hatte. Edwinas schwarz verhüllter Arm wies mich gebieterisch von ihrer Schwelle, weil sie mich nicht eingeladen hatte. Zwei Nächte später ließ sie mich zwar ins Haus, drückte mir aber boshaft lachend ein Tablett zum Servieren in die Hand.

Und jedesmal stand Peter Bendix neben ihr und sah, wie sie mich zum Wurm degradierte.

Die Wirklichkeit war anders. Nicht Edwina, sondern Victor Lord begrüßte mich – mit Handkuß und galanten Komplimenten. »Grün ist Ihre Farbe, Theresa«, war eines davon. Er führte mich ins Haus. Mein Gott, was für ein Haus! Vicky Nelson hatte recht gehabt. So was gab's in Walfischbai?

Balsam-Möbel sah man hier nicht. Statt dessen Perserteppiche, aus schönen Kupfertöpfen ragende großblättrige Zimmerpflanzen, ein venezianischer Spiegel, in dem ich mich mit aufgerissenen Augen vorbeischweben sah, ein aufgeklappter, glänzender Flügel, ein fürstlicher Kronleuchter. Unter diesem, umringt von schwarz gewandeten weiblichen Gästen, hielt Edwina Hof – in hellgrüner Seide mit weißen Pünktchen. Sie sah wie der Frühling persönlich aus.

»Theresa!« Mit anmutig ausgestreckten Händen kam sie auf mich zu und zog mich in den düsteren Kreis, um mich vorzustellen. Da ich die meisten Damen schon als Kundinnen kannte, gab sie es lachend auf. Ich fühlte ihre Hand auf meinem Arm und glaubte zu träumen. Wer war diese warme, herzliche, grünseidene Person? Und wo hatte sich die wahre Edwina versteckt? Der Hausherr war uns gefolgt. Er wirkte genau so nobel wie sein Haus: dunkler Blazer, mattschimmernde Goldknöpfe, lilienweißes Hemd, absolutes Selbstvertrauen. Charme wie Weihrauch über den Damenkreis wehend, löste er ihn mit einer souveränen Handbewegung auf. Die Herren fühlten sich allein gelassen, behauptete er, nahm mich beim Ellbogen und führte mich durch den großen Raum zum Flügel, wo eine Gruppe männlicher Gäste versammelt war. Peter Bendix, auch im dunklen Blazer, stand neben Dr. van Heerden an das polierte schwarze Holz gelehnt und sah mir lächelnd entgegen. Er paßte gut in diesen Raum und schien sich auch ganz zu Hause zu fühlen, was mir auf eine vage Weise mißfiel. Der Hausherr drückte mir ein Glas mit braunem Sherry in die Hand, der süß und klebrig schmeckte. Die am Flügel versammelten Herren wirkten absolut nicht allein gelassen, Sie waren aufs angenehmste in eisgekühlten Whisky, Fischfangquoten, Fischmehlpreise und Absatzmärkte für Dosenfisch vertieft. Victor Lord schob mich in ihre Mitte und mitten in ihr Gespräch. Ganz Walfischbai müsse mir dankbar sein, behauptete er, weil mein Laden die Stadt mit eleganten Moden farbenfroh verschönere. Ich nippte meinen Sherry, lächelte und blickte auf die uns gehorsam nachfolgende, steinkohlenschwarze Damenschar. Edwina hob sich mädchenhaft gegen sie ab. Mehr als das erstaunte mich ein rundes Silbertablett in ihrer Hand, von dem sie höchstpersönlich und gewandt Miniaturpasteten offerierte. Pasteten, die sie selbst gebacken hatte! Sie zergingen auf der Zunge. Edwina konnte mehr als nur arrogant sein – das begann ich plötzlich zu ahnen.

Nun war sie bei Peter Bendix angelangt. Sie sprach seinen Namen im kultiviertesten Englisch ›Pietah‹ aus. Eine Hand vertraut auf seinen Ärmel legend, hob sie mit der anderen das Tablett in spielerischer Dienstbarkeit nah zu ihm auf. Nicht nur ›Pietah‹, auch jeder andere Mann mußte von soviel verschmitzter Anmut hingerissen sein, wenn er nicht ein Holzklotz war. »Theresa!« sprudelte Vicky Nelson, die soeben eingetroffen war, in meine Betrachtung hinein. »Welch eine Überraschung, dich hier bei den Lords zu sehen! Hat Edwina dich in letzter Minute eingeladen? Wie reizend von ihr!« Ihr Blick ging zweimal an mir rauf und runter. »Ist das nicht ...«, sie seufzte. »Ach, ich hätte das Kleid doch nicht umtauschen sollen. Sieht Edwina nicht himmlisch aus?« Vicky fegte schnell einen Blätterteigkrümel von ihrer flachen, schwarzen Brust auf eine Papierserviette hinunter, dann sagte sie »excuse me« und huschte hinter Edwina her, um sie von nahem anzubeten. Als Whisky und Pasteten die Stimmung prächtig angekurbelt hatten, machte ein in makelloses Weiß gehüllter Hausboy die Flügeltüren zum Speisezimmer auf, einem Raum mit großem Büfett – so groß wie Tante Wandas, nur hatte dieses viel mehr Platz. Kerzenschein, Blumen, Silber, Kristall, monogrammverzierte Damastservietten. Die Mahlzeit war elegant und dennoch frei von steifer Etikette. Sie fand, in Anbetracht der zahlreichen Gäste, zum Teil auf dem Fußboden statt. Den Gästen machte das Spaß. Sie bedienten sich selbst am Büfett, sanken in zwanglosem Durcheinander mit Teller und Bœuf bourguignon auf Stuhl oder Perserteppich nieder und fühlten sich dort sichtlich wohl. Das Essen trug sehr dazu bei. Schmeckt genausogut wie Tante Wandas Gulasch, dachte ich. Ob Edwina das auch ...? Ja, hatte sie. Mabel Smith, die meine umfangreichste Kundin war, erzählte mir, daß Edwina ihre Kochkünste in einem weltberühmten Kursus für Haute Cuisine in Paris erworben habe und daß sie, Mabel Smith, für das Rezept auf diesem Teller willig und sofort ihr Leben geben würde.

Edwina hatte ihre schlanken Nylonbeine neben Peter Bendix auf den Teppich drapiert. Sie sprach, sie lachte, sie zwinkerte ihm zu und war das junge Ebenbild ihrer reizenden Mutter. Als einer der Hausboys sie in die Küche bat, rollte Mabel, das begehrte Rezept erhoffend, wie eine Kugel hinter ihr her. Peter Bendix kam sofort mit seinem

Teller zu mir herüber und setzte sich auf Mabels Stuhl. »Hübsch siehst du aus, Theresa«, stellte er fest. »Danke, du wirkst auch sehr zivilisiert.« Er kaute und grinste. »Nichts wirkt so stärkend auf mein Selbstgefühl wie ein Kompliment aus deinem Mund.«

»Ja, das glaub' ich dir«, erwiderte ich, »du kommst mir ausgesprochen eingeschüchtert vor.«

»Und du mir überhaupt nicht«, parierte er lachend.

Ich hob den Kopf, begegnete seinem Blick und mußte mit ihm lachen. Auf einmal machte die Party Spaß. Er rutschte nahe an mich heran und senkte seine Stimme: »Wer um Himmels willen hat diese rabenschwarze Invasion inszeniert? Ich dachte, wir wären auf einer Geburtstagsparty.« Erschrocken sah ich ihn an. »Hat Edwina Geburtstag?«

»Nein, Victor Lord.«

»O mein Gott!« Plötzlich war ich nicht älter als acht, hatte wieder Rattenschwänze und war als einziges Kind ohne Geschenk zu der Party erschienen. Peinlich. »Schmeckt es Ihnen, Theresa?« Edwina war schon zurückgekehrt und neigte sich über mich. »Oh, danke ja, ganz wunderbar«, sagte ich und setzte wahrheitsgemäß hinzu, daß dieses Gericht schon zu Hause meine Lieblingsspeise gewesen sei. Peter Bendix war aufgesprungen und hatte einen Stuhl für Edwina herangezogen. Sie schlug ihre eleganten Beine übereinander, erkundigte sich liebenswürdig interessiert nach meinem Zuhause und fand im Plauderton heraus, daß ich als Waise bei einer verwitweten Tante aufgewachsen war. Edwina fand das herzerwärmend. »Ihre Tante muß wunderbar sein, Theresa.« Dieses begleitete sie mit einem so aufrichtig herzlichen Blick, daß sie in diesem Augenblick selbst mir fast sympathisch war. Peter Bendix sowieso – das sah ich deutlich. Er hatte seinen Teller leer gegessen und machte ihr Komplimente, so mühelos und wortgewandt, als ob er jeden Abend auf eleganten Parties dinierte. Er verglich das soeben genossene Mahl mit einer klassischen Symphonie. »O Pietah«, lachte

Edwina bescheiden, »Junggesellen sind immer die nettesten Gäste, weil sie so wunderbar unverwöhnt sind.«

Zum Nachtisch gab es Mokkatorte und Musik.

Als die mit brennenden Kerzen verzierte Torte hereingetragen wurde (das Rezept kam auch aus Paris), setzte sich Edwina an den Flügel und spielte »Happy Birthday to you«. Musikalisch war sie also auch. Victor Lord ließ sich gratulieren. Zum wievielten Geburtstag? Das blieb ein Geheimnis. Die Herren schüttelten ihm die Hand, von den Damen verlangte er Küsse. Auch mir hielt er seine Bronzewange hin, und ich wagte nicht, sie ungeküßt über mir warten zu lassen … Spaß im engsten Freundeskreis, so beschrieb der Hausherr, ein Sektglas in der Hand, die Geburtstagsparty in einer launigen Dankesrede. Er hatte recht. Seine ›Happy Birthday‹ und ›He is a jolly good fellow‹ schmetternden Gäste hatten wirklich Spaß. Nicht nur, daß es ihnen eine Ehre war, zu seinen engsten Freunden zu zählen, sie fühlten sich auch wohl in diesem Haus. Statt der von mir erwarteten hochmutsvollen Langeweile herrschte hier eine Bombenstimmung. Victor und Edwina Lord waren Meister ungezwungener und dennoch stilvoller Gastlichkeit.

»Und nun wird getanzt!« Edwina stellte ihr Sektglas auf dem Flügel ab, schwang sich hinter die Tasten und räusperte sich. »You are my sunshine, my only sunshine«, sang sie übermütig, mit sehr passabler Stimme ihr Klavierspiel begleitend. Niemand tanzte. Wir standen um den Flügel herum und hörten ihr zu – ein bezaubertes Publikum. Mich ausgenommen allerdings. Ich stellte mir, in dunkelgrauem Mißmut versinkend, schon Edwinas nächste Glanzleistung vor: ein Soloballett vielleicht. Gefolgt von einem Handstand auf dem Klavier? »Bravo, da capo!« rief Peter Bendix, Beifall klatschend. »Nix, da capo«, gab Edwina verschmitzt zurück. »Jetzt, mein lieber Pietah, bist du an der Reihe.« Sie zog ihn neben sich auf die Pianobank, flüsterte lachend etwas in sein Ohr, und dann spielten sie fließend und fehlerlos ein heiteres Duett. Nicht aus dem Stegreif, dazu waren sie zu gut. Sie hatten es bestimmt schon öfter gespielt. Ein talentiertes Paar. Und ich hatte nicht mal gewußt, daß er Klavier spielen konnte.

Als der Beifall verklungen war, legte Victor Lord Schallplatten zum Tanzen auf. Edwina klappte den Flügel zu, warf ihr blondes Haar zurück und zog Peter Bendix unter den großen Kronleuchter, wo sich schon einige Paare Wange an Wange in einem langsamen Walzer drehten. Ich wünschte mir plötzlich allein zu sein, ging hinaus und fand ein Klo. Ein richtiges Wasserklo, versteht sich, voller Lavendelduft und eleganter Flakons. In den großen Spiegel starrend, stellte ich erstens fest, daß grün tatsächlich gut zu rotbraunen Haaren paßte und zweitens, daß ich furchtbar wütend war. Auf Edwina, auf Peter Bendix, auf diese ganze verdammte Party! Und vor allem auf mich selbst. Warum? »Darum«, sagte ich zu meinem Spiegelbild und war versucht, mir selbst die Zunge rauszustrekken, obwohl das unglaublich kindisch war.

Zur Party zurückkehrend, hörte ich Tangomusik. Auch das noch, dachte ich. »Darf ich bitten, Theresa?« Peter Bendix kam auf mich zu und streckte mir beide Hände entgegen. Ich nahm sie nicht. »Nein, danke«, hörte ich mich unfreundlich sagen und sah im nächsten Moment an seinem Gesicht, wie sehr ihn diese Absage verletzte. Er drehte sich wortlos um und verließ den Raum.

Als er zurückkam, tanzte ich mit Victor Lord. Er streifte mich mit einem kurzen Blick, der plötzlich und schmerzhaft den Tag meiner Ankunft wieder zur Gegenwart machte. Am liebsten hätte ich mich losgerissen, um ihm alles zu erklären, doch das ließen mein verdammter Stolz und vor allem die sportgestählten Muskeln meines Partners nicht zu.

Absagen akzeptiere er nie, schon gar nicht auf seinem Geburtstag, hatte Victor Lord mir erneut versichert, als ich auch mit ihm nicht tanzen wollte. Was war schlimmer, Peter Bendix' Zorn vergrößern oder ein offener Ringkampf mit Victor Lord? Der Hausherr entschied es ganz allein, er schob mich schon im Tangorhythmus vor sich her, legte mich bei jedem Rückwärtsschritt waagerecht nach hinten und sich selber über mich. Wir klebten so eng wie ein Sandwich zusammen. »Verzeihung, Mr. Lord.« Ich trat ihm mehrmals auf die Füße. Er legte den Finger an die Lippen und sich selber, vorwärts tanzend, wieder über mich. »Call me Victor, Theresa. So von nahem sehen Sie besonders reizend aus. Sie haben bezaubernde Wimpern, wissen Sie das?« Peter Bendix tanzte mit Edwina vorbei. Sieh mich an, Peter! wünschte ich mir. Bitte, bitte, sieh dir meine ungeschickten Füße an, dann weißt du auch diesmal gleich Bescheid! Du weißt doch immer gleich Bescheid! Ich wollte mich nur nicht vor dir blamieren! Er schenkte mir nicht einen Blick, ich war Luft für ihn. Für Victor Lord dagegen war ich's nicht. Dafür sorgten schon seine mißhandelten Füße. Er brachte sie, so oft es ging, in Sicherheit und plauderte mal senkrecht und mal waagerecht charmant auf mich herunter. »Sollten wir uns nicht setzen, Mr. Lord?«

»Call me Victor, Theresa. Ich hoffe, Sie schenken mir auch den nächsten Tanz.« Halb verzweifelt, halb verlegen sah ich zu ihm auf. »Ich wußte gar nicht, daß Sie heute Geburtstag haben, sonst hätte ich ...« Diesmal legte er den Finger auf *meine* Lippen. »Ihre Anwesenheit, Theresa, ist für mich ein Geschenk.«

»Nun?« sah Wendy mich am nächsten Morgen erwartungsvoll an.

»Nun was?«

»Come on, Theresa, wie war die Party?«

»Es geht«, sagte ich. Sie schoß um den Tresen herum und legte den Arm um meine Schultern. »Oh, diese Lords! Waren sie garstig zu dir?«

»Nein, ganz im Gegenteil, sie waren sehr nett.« Die Ladentür knarrte, Mrs. Speneer-Garton, die mit einer Fischfabrik verheiratet war, rauschte herein. »Good morning«, sagte sie, und dann, ganz ohne Stottern und Erröten, daß sie ihren neulich getätigten Einkauf rückgängig zu machen wünsche. Damit legte sie das schwarze Kleid, in dem ich sie gestern abend häufig an Edwinas Seite kleben sah, resolut auf meinen Arm. »Mrs. Speneer-Garton ...«, begann ich ebenso resolut, doch Wendy sprach noch schneller als ich und strich dabei Honig auf ihre Stimme. »Selbstverständlich, Mrs. Speneer-Garton. Darf es etwas anderes sein?« Nein, heute nicht. Die Dame wollte nur ihr Geld zurück.

»Wendy, sie hat es gestern abend angehabt«, stöhnte ich wütend nach dem Abgang unserer Kundin. »Dieses Weib ist einfach unverschämt!«

»Na, klar«, nickte Wendy unerschüttert. »Aber günstig von uns beeindruckt ist sie nun außerdem. Das wird sie auch anderen sagen, und unsere Kundin bleibt sie jetzt ganz bestimmt, schon weil sie hoffentlich ein schlechtes Gewissen hat.« Wendy hängte das Kleid auf den Bügel, beschnupperte Ausschnitt, Ärmel und Saum. »Lüfte es gründlich aus und setz den Preis ein Drittel runter, Theresa. Du mußt praktisch denken, nur mit Rückgrat kommt man nämlich nicht weit. In Zukunft werden wir doppelt und dreifach an ihr verdienen. Macht dir das gar keinen Spaß?«

»O doch, enorm!« knurrte ich. Sie sah mich prüfend an. »Sag's mir doch. Wer hat dich geärgert, Victor oder Edwina?«

»Weder Victor noch Edwina«, beteuerte ich. »Wirklich nicht! Sie waren beide ausgesprochen nett zu mir.« Dann schluckte ich einen tiefen Seufzer hinunter und fragte: »Wußtest du, daß Edwina kochen kann?« Wendy zuckte die Schultern. »Na und?« Nun stieg noch ein Seufzer in mir auf. »Sie kam mir gestern abend ganz anders vor – tüchtig und gar nicht arrogant. Unglaublich reizend kann sie sein, das hatte ich nie geahnt.« Für Wendy war dies nichts Neues. Edwina habe viele Gesichter, die hätte sie schon als Kind gehabt, erklärte sie mir und wechselte das

Thema – wenn auch nicht ganz. »Was war dein Eindruck von Bendix und ihr? Hab' ich recht oder nicht?«

»Du hast recht.«

»Siehst du«, nickte Wendy zufrieden. »Er verdient sie. Und sie ihn. Sie sind beide charakterlos und passen zusammen wie Topf und Deckel.« Dann zupfte sie zwei Fusseln von Mrs. Speneer-Gartons schwarzem Kleid, ließ sie zu Boden schweben und schüttelte plötzlich den Kopf. »Man kann sich gut mit ihm unterhalten – auch über Geschichte – in der Beziehung verdient Edwina ihn nicht.«

Draußen, vor dem Schaufenster, fuhr etwas Blitzendes vorbei – ein mit sehr viel Chrom verziertes Auto. Wendy trat näher ans Fenster und sah ihm nach. »Balsam in Odette Morans neuem Wagen«, stellte sie fest und erzählte mir sehr erleichtert, daß Odette im Augenblick zwar die Grippe habe, doch ihr Köpfchen sei anscheinend wieder ganz okay. »Trotz ihrer großen Erbschaft gibt sie den Job bei uns nicht auf. Smart, meinst du nicht? Ich hab' sie gestern abend besucht. Jedes Möbelstück war neu, inklusive Balsams Foto auf der Frisiertoilette. Balsam in Silber gerahmt – mein Gott, was sagst du dazu? Die Erbschaft muß wirklich beträchtlich sein. Na, mich freut's für Odette.« Wendy schwieg und wirkte auf einmal besorgt. »Hoffentlich nutzt er sie nicht aus.« Ich war dabei, Sand, Stecknadeln und einen abgegriffenen Penny neben dem Tresen zusammenzufegen. »Keine Angst, so einer ist Balsam nicht«, beruhigte ich sie. »Er wird sie nur wahnsinnig machen.« Wendy lachte, gab mir recht und ging meinem Besen aus dem Weg. »Nächste Woche hast du wieder Hilfe, Theresa, dein neuer Boy fängt Montag an. Dieser Johannes ...« Sie bückte sich schnell und fischte mit spitzen Fingern den Penny aus dem Häufchen Schmutz.

Victor Lord kam auch vorbei, wieder sportlich leger, mit tief aufgeknöpfter Brust, weil heute Sonnabend war. Wir dankten einander – ich ihm nochmals für den schönen Abend, er mir nochmals für meine Anwesenheit. Dann lud er mich – es kam nicht unerwartet – zu einem Ausflug auf seine Farm bei Okahandja ein. Sie hieß ›Sanssouci‹. Ich schlug die Augen nieder, dankte ihm aufs neue und erklärte ihm, daß ich als trauernde Witwe noch immer sehr viel Zeit für mich alleine brauche. »Das werden Sie sicher verstehen, Mr. Lord.«

»Victor ... Theresa!« Er beugte sich vor, eine Goldmünze schwang von seiner gebräunten Brust aus dem Hemd heraus. »Sie sind so herrlich jung, sie dürfen nicht in der Vergangenheit leben, Theresa. Sie müssen vorwärts blikken!« Er hörte sich wie Balsam an, und genau wie bei Balsam – wenn auch mit einem gewissen Unterschied – bezog sich, was er sagte, wahrscheinlich auf mein Bett.

Victor Lords Vermutung, daß ich nicht voll in der Gegenwart lebte, wurde bald erstaunlich wahr. Wenn auch nicht so, wie er es meinte.

Je länger ich Peter Bendix nicht wiedersah, weil er nach der Geburtstagsparty niemals mehr in meinen Laden kam, um so häufiger dachte ich an den Tag meiner Ankunft zurück. Und daran, wie es wohl für uns geworden wäre, wenn ...

So nutzlos diese Reise in unabänderlich Vergangenes auch war, ich trat sie immer wieder aufs neue an: Erblickte, wie damals, mit sinkendem Herzen die langsam näher kommende Dünenküste und sah ihn wartend zwischen vielen anderen am Kai. Ich erkannte ihn sofort, er hatte rote Nelken in der Hand. Die warme Freude in seinen Augen ließ ihn sehr verwundbar erscheinen. Auch er wußte gleich, wer ich war, das verriet mir sein mich schnell von Kopf bis Fuß betrachtender Blick. Er legte die Blumen auf den Boden, nahm mich in seine Arme und schwenkte mich übermütig einmal im Kreis herum. Dann merkte er, wie steif ich mich hielt, und ließ mich los. »Ich hab' mir geschworen, dir Zeit zu lassen, Theresa, und nun bin ich trotzdem zu stürmisch«, sagte er, strich sich das Haar aus der Stirn und lächelte mich an. Ich überlegte in einem fort, wie ich es ihm sagen sollte. All die vorher so sorgsam versammelten Worte ließen mich jetzt im Stich. Nicht hier, dachte ich, nicht hier zwischen all diesen Menschen. Ich ging mit ihm nach Hause, es war nicht weit. Wir saßen einander gegenüber, er vor seinem vollgestopften Bücherbord, ich mit dem Rücken zum Fenster. Genauso wie beim nächsten Mal, als ich ihn um Hilfe bat.

Ich sagte es ihm.

Es ging leichter, als ich befürchtet hatte. Er wußte schon nach dem ersten Satz Bescheid. Seine Brauen zogen sich zusammen, doch seine Stimme klang ganz ruhig. »Ich geb' mir selbst die Schuld, Theresa, ich hätte dich warnen sollen. Ich weiß, wie es zugeht auf so einem Schiff. Man vergißt den Rest der Welt und sieht Illusion als Wirklichkeit.« Er nahm meine Hand. »Ich kann das verstehen. Und vergessen. Die Reise ist zu Ende, vergiß du es auch.«

»Es ist aber keine Illusion«, beharrte ich und entzog ihm meine Hand. Erst schwieg er, dann sah er mich an, mit einem plötzlich beschwörenden Blick: »Glaubst du wirklich, daß du Philip Thorn gut genug kennst?« Mein schwaches, wortloses Lächeln verriet ihm, was ich dachte: Ich kannte ihn selbst ja auch nicht sehr gut.

Er senkte den Kopf. Ich blickte auf sein dichtes, eigenwilliges Haar und hätte es fast gestreichelt. Plötzlich überkam mich der irrsinnige Wunsch, daß er trotz allem eine gute Meinung von mir haben sollte. »Ich hab' dich nicht betrogen, Peter«, sagte ich leise. »Wir haben … ich … wir haben uns bisher nur geküßt.« Warum ihn diese schüchtern gestotterten Worte in einen so rasenden Zorn versetzten, konnte ich nur vermuten. Sein Blick und seine Stimme zerschnitten mich in lauter kleine Stücke: »Wie rührend, Theresa! Ich kann dir gar nicht genug für deine standhafte Treue danken! Leider interessiert mich dein zutrauliches Bekenntnis nicht. Du machst dich damit nur lächerlich und hättest es dir sparen können. Dein Privatleben geht mich nichts mehr an!« Ebenso schnell wie ich aufgesprungen war, warf er eine zusammengefaltete Zeitungsseite, die ihm irgend jemand per Luftpost geschickt haben mußte, auf den Tisch. »Und wenn sich's einrichten läßt, mach aus deinem neuesten Entschluß nicht auch die gleichen Schlagzeilen wie aus unserer Verlobung!«

Philip, der uns nachgegangen war, wartete draußen vorm Haus. Ich lief direkt in seine Arme. Er sagte: »Na, das hat aber lange gedauert, Theresa. Ich dachte schon, er hätte dich umgestimmt.«

Pix gab mir einen Schubs zurück in die Gegenwart. Sie wirbelte in mein Haus, brach auf meinem Sofa zusammen und schlief sich erst mal vierundzwanzig Stunden aus. Danach ging sie mit Dr. van Heerden ins Kino …

Erst nach Mitternacht schlich sich mein Gast, Schuhe in der Hand, in mein Schlafzimmer zurück. »Und ich dachte, du besuchst *mich*«, sagte ich.

»Ja, ich find' mein Benehmen auch unerhört.« Pix strahlte mich an, knipste ihre Handtasche auf und legte mir ein Foto auf die Brust. Das Foto zeigte Dr. van Heerden hoch zu Roß. Pix rückte die Nachttischlampe etwas näher an mein Bett, damit ich ihn gebührend beleuchtet bewundern konnte, obwohl ich ihn schon ziemlich lange kannte. »Das also ist dein Typ«, sagte ich. Sie dachte nach. »Mein Typ? Nein, eigentlich nicht. Roger war mein Typ, und Rian ist ganz anders als er. Weißt du, ich hab' noch nie einen Mann gekannt, der so klug und gleichzeitig so bescheiden ist. Ich werd' mich von ihm am Blinddarm operieren lassen.«

»Du wirst waas?« Ich schreckte von meinem Kopfkissen hoch, Dr. van Heerden fiel unters Bett. Pix hob ihn auf und tat ihn behutsam in ihre Handtasche zurück. »Wo tut es weh?« fragte ich. »Mir tut gar nichts weh. Guck nicht so entsetzt, Theresa. Ich hab' mir alles gut überlegt. Wenn er mich Freitag oder Samstag operiert, kann ich zwei Wochen länger mit ihm zusammensein.« Ich starrte sie ungläubig an. »Pix, du mußt wahnsinnig sein! Man läßt sich nicht zum Spaß den Bauch aufschneiden!«

»Nein, nicht zum Spaß.«

»Auch nicht aus Liebe!«

»Ach, Theresa«, sagte Pix ganz ohne Boshaftigkeit, »du hast ganz andere Dinge riskiert. Du bist Tausende von Meilen zu einem Mann gereist, den du dann …«

»Ich würd's mir trotzdem überlegen«, unterbrach ich sie. »Was, wenn was schiefgeht? Ist deine Mutter nicht an einer Blinddarmoperation gestorben?«

»Ja, und Lauenthals prinzlicher Nachbar auch. Sie haben beide zu lange gewartet. Das kann mir dann nicht mehr passieren.«

Ich beschloß, sie nicht ernstzunehmen.

Wenn Pix nicht mit Rian van Heerden zusammen war, sprach sie über ihn. Ich hörte ihr aufmerksam zu und hoffte von Satz zu Satz, daß auch Peter Bendix' Name auftauchen würde. Sie waren schließlich gute Freunde. Offen nach ihm fragen wollte ich nicht. Es war schon schwer genug, mir selber einzugestehen, daß ich unbedingt wissen wollte, was er tat und wo er war – genauer gesagt, ob er mit Edwina zusammen war.

Eines Abends, als ich lesend auf Pix' Rückkehr wartete, ließ ich plötzlich Wendys alte Phönizier alleine fernen Küsten entgegensegeln, rollte aus meiner Sofaecke und kniete mich vor mein Bett. Tu es nicht, ermahnte ich mich und schnappte trotzdem meinen Reisekoffer auf. Nahm seine gebündelten Briefe heraus, setzte mich auf den Boden und begann zu lesen. Über mir auf dem Nachttisch tickte der Wecker, ab und zu raschelte das Briefpapier, sonst war es still. Nach einer langen Zeit machte ich den Koffer wieder zu und stützte den Kopf in die Hände.

Später, als Pix ins Schlafzimmer schwebte, war ich schon im Bett. Sie strahlte Seligkeit aus, das merkte ich selbst mit geschlossenen Augen, als sie sich über mich beugte. Ich machte die Augen nicht auf. Ich wollte nicht reden und konnte nicht schlafen. Ich dachte die ganze Nacht an mein verpaßtes Glück.

Nicht jeder Mann in meinem Leben war ein Problem. Mein neuer Angestellter, ein Owambo namens Mathias, entpuppte sich als ein Ausbund von Talent und guter Laune. Pix sah ihm bewundernd zu, als er, hinter meinem Laden im Sand hockend, mit heißgemachtem Tischlerleim und geschickten Händen einem alten Wackeltisch wieder auf die Beine half. Alles, was nicht funktionierte, machte er ohne viel Worte von selber wieder heil.

»Mannomann«, sagte Pix zu ihm. »Ich wette deine Frau im Owamboland weint sich nach dir die Augen aus.« Der so Bewunderte sah aus seiner schlaksigen Höhe halb väterlich, halb stolz auf uns herunter. Seine Frau, teilte er uns mit, habe keinen Grund zum Weinen, sie habe seine Kinder und sein Vieh. Beides in reichlicher Menge, so schien es. Als nächsten Besitz strebte mein Helfer einen Eselkarren an. Das Geld für diese Neuerwerbung verdiente er bei Wendy und mir, obwohl er uns nicht im Zweifel darüber ließ, daß sein Traumjob nicht unser Laden, sondern das Reparieren von Autos war. In so einer Werkstatt, informierte er uns, gäbe es was zu lernen – etwas Neues. Schneidern und Tischlern könne er nämlich schon. Außer Werkzeug und Leim besaß er auch eine Handnähmaschine.

»So ein talentierter Mann und so wenig Aussichten, bloß weil er die falsche Hautfarbe hat«, meinte Pix, als Mathias uns mit der Anweisung, nur ja die in die Luft ragenden Tischbeine nicht anzurühren, allein gelassen hatte. »Genau das hätte sein Vorgänger auch gesagt«, nickte ich, »aber Mathias denkt anscheinend anders. Er ist kein Rebell.«

»Und wo ist der Vorgänger jetzt?« erkundigte sich Pix. Das konnte ich nur vermuten. Er ginge zu seinem Bruder, hatte Johannes mir vage mitgeteilt, bevor er ›heimlich‹ verschwand. Ich dachte oft an diesen Guerilla mit dem mitleidigen Herzen, der jetzt vermutlich irgendwo in weiter Ferne sein gewaltsames Handwerk erlernte. »Bei seinem Abschied empfahl er mir, so bald wie möglich einen neuen Mann zu finden, damit ich Schutz und Gesellschaft hab'«, erzählte ich Pix. »Wir waren beide sehr besorgt: er um mich und ich um ihn. Ich muß auch oft an seine Mutter denken. Sie machte Rebellen aus ihren Söhnen, weil sie nicht unter weißer Herrschaft leben sollen, und schickte mir trotzdem ein Geschenk, als Johannes ihr von Philips Unglück erzählte.«

Pix fand das nicht so verwunderlich wie ich. »Wahrscheinlich hat er auch erwähnt, daß du trotz deiner Rasse ganz in Ordnung bist«, meinte sie. »Im übrigen hat er recht. Du bist zu viel allein, Theresa. Ich will, daß du was Nettes erlebst.«

»Tu' ich ja. Der Laden macht mir sehr viel Spaß. Wendy und ich werden täglich reicher.« Das machte keinen Eindruck auf Pix. »Ach, Theresa«, sagte sie, »du brauchst was fürs Herz. Du machst dir doch gar nichts aus Geld.«

Am nächsten Abend mußte ich Peter Bendix' Briefe hastig und verfrüht in meinen Koffer zurückwerfen, weil Pix nicht so spät wie sonst nach Hause kam.

Sie hatte mehrere Neuigkeiten. Ihre Blinddarmentzündung müsse bis Sonntagabend aufgeschoben werden, teilte sie mir, sich schwungvoll auf meine Kommode drapierend, mit. »Und die Operation findet Montag morgen auf dem Bahnsteig statt«, vermutete ich.

»Frag mich lieber, was Sonntag passiert, Theresa.«

»Du kriegst Bauchweh.«

»Das auch, aber erst mal fahren wir alle zusammen nach Goanikontes.« Wir alle, erfuhr ich auf meine Frage, waren Freunde von Rian van Heerden plus Wendy und Marei. Mein Herz begann zu klopfen. »Freunde von Rian?« Pix warf mir einen verschmitzten Blick zu. »Unter anderem Peter Bendix natürlich.«

»So natürlich ist das gar nicht«, sagte ich. »Wenn er rausfindet, daß ich dabei bin, kommt er sicher nicht.«

»Meine Güte«, staunte Pix. »Ihr müßt euch ja mächtig in der Wolle gehabt haben.«

»Mächtig? Nein. Hauptsächlich war's ein Mißverständnis.«

Pix' Antwort kam mit einem Fragezeichen: »Wenn's nur ein Mißverständnis war, Theresa, warum klärst du es nicht auf?«

Ja, warum klärte ich es nicht auf? Nach all seiner Hilfe und Freundschaft hatte ich ihn schwer gekränkt und war ihm eine Erklärung schuldig – zum Beispiel, indem ich die Wahrheit sagte: Ich wollte gerne mit dir tanzen, Peter, aber Tango ist nicht mein Fall. Du hättest es bald an deinen Zehen gemerkt. Das wollte ich dir ersparen. Edwina, die Superfrau, welche mich an jenem Abend in einen Sumpf von Mißmut stieß, brauchte ich gar nicht zu erwähnen. Die Blöße mußte ich mir nicht geben.

Sonnabends, als ich einen weißen Faltenrock in mein Schaufenster drapierte, fuhr er vorbei. Er war in Damenbegleitung. Die Dame an seiner Seite, an noblere Wagen gewöhnt, sah in seinem verbeulten Vehikel ausgesprochen zufrieden aus. Ich lag auf meinen Knien, pikste mich mit einer Stecknadel und merkte es nur so am Rande. Sie meint es wirklich ernst mit ihm, dachte ich und fühlte erstaunte Verzweiflung, weil diese arrogante, hochmütige Person soviel mehr Menschenkenntnis hatte als ich. Sie wußte, auch ohne seine Briefe gelesen zu haben, daß man ihm jedes Wort glauben konnte, daß er kein Mitgiftjäger war und daß man bei weitem nicht nur deshalb gern in seiner Nähe weilte – sehr gern sogar. All dieses gestand ich mir jetzt unumwunden ein. Ich dachte Tag und Nacht an ihn. Wenn ich nicht seine Briefe bis zum Auswendiglernen las, stellte ich mir die Stunde meiner Ankunft mit einer anderen Fortsetzung vor. Ging dabei in sehr romantische Einzelheiten und plumpste nachher um so härter von meiner Silberwolke auf den Boden der Wirklichkeit zurück. Ich hatte mein Glück verspielt – unwiederbringlich, das wurde mir klar, wenn ich mich mit seinen Augen sah. Wie konnte es auch anders sein? Unzuverlässig, undankbar und launisch, so sah er mich.

Erst brach ich mein Wort, machte ihn zum abgewiesenen Freier, und dann, als ich seine Hilfe brauchte und er sie mir trotz allem prompt und selbstlos gewährte, war mein Dank häufig nur Undank und schnippisches Benehmen gewesen. Kein Wunder, daß ihm schließlich die Lust an meiner Gesellschaft verging.

Kurz vor Geschäftsschluß passierte etwas, das ans Unglaubliche grenzte: Balsam kam durch die Ladentür und wollte *mir* nichts verkaufen. Ganz im Gegenteil: Er kaufte mir etwas ab. Statt mit Möbelfotos, Preislisten und Werbegespräch erschien er mit Odette Moran. Die beiden hielten sich an den Händen und turtelten erst eine ganze Weile vor meinem Tresen herum, bevor Balsam sich daran erinnerte, warum sie eigentlich gekommen waren. Er wünsche ein Kleid für Mrs. Moran zu kaufen, tat er mir kund. Während er sprach, liebkoste Odettes Zeigefinger seinen brezelverzierten Siegelring. Dann begann die Modenschau. Balsam saß auf einem Stuhl, ansehnlich blond, mit übergeschlagenen Beinen, wippender Schuhspitze und hell angeknipster Begeisterung, sobald Odette, sich vor ihm drehend und wendend, aus der Ankleidekabine herausrauschte. In späteren Jahren, als ich wieder nur Kundin in Modeläden war, hatte ich häufig Mitleid mit Männern, die durch Freundin oder Ehefrau in eine so unvertraute Gegend verschlagen wurden. Sie sahen meistens irritiert, erschöpft oder gelangweilt aus. Zu dieser Sorte Mann gehörte Balsam nicht. Er vertiefte sich in Farben, Stoffarten, Schnitt, Säume, Knöpfe und vor allem natürlich in Odette, die wahrscheinlich keinen Tropfen Beamtenblut, dafür aber Korinthenaugen, schlanke Hüften, etwas Bauch und reichlich Busen hatte. Jedesmal, bevor sie wieder in der Kabine verschwand, kitzelte sie schelmisch gurrend die Gegend über Balsams Gürtelschnalle. Nach etwa vierzig Minuten hatte dieser nicht ein, sondern drei Kleider gekauft, obwohl die Dame seines Herzens bestimmt schon Platznot in ihrem Kleiderschrank hatte, weil sie ihre halbe Erbschaft in unserem Laden ausgab.

Als Balsam bezahlte, war Odette, Kußhändchen werfend, schon zum Friseur geeilt. Ganz recht, zum Friseur. Den gab es jetzt nämlich in Walfischbai. Balsam war auch sehr erfreut darüber, weil er die Stühle geliefert hatte. Pfundscheine auf den Tresen blätternd, zählte er die neuesten Blüten im Wachstum von Walfischbai auf. Rotarierklub, Segelklub, Golfklub. Ersterer hatte für Möbel leider keinen Bedarf, denn die Herren tagten im nagelneuen Mermaid-Hotel unter dem Vorsitz von Victor Lord. Segel- und Golfklub jedoch ... Balsam schwamm in einer Auftragswelle, die ihm neben gesteigertem Einkommen, wie er mir anvertraute, auch die ständig zunehmende Wertschätzung seiner verehrten Chefin Edwina bescherte. Er nahm den Karton mit Odettes neuen Kleidern in Empfang, stellte seine Stimme auf Murmelstärke und teilte mir etwas sehr, sehr Erstaunliches (seine Worte) mit. »Alle Anzeichen deuteten darauf hin ...«, begann er. »Oder besser gesagt ... ein wunderbarer Zufall habe es so gefügt ... daß er und seine Chefin Edwina zur gleichen Zeit ... an der Schwelle eines neuen Lebens stünden. Ein wirklich bemerkenswerter Zufall, nicht wahr? Und wenn ihn nicht alles täusche ... wenn er die Zeichen richtig deute ...« Balsam sprach nicht zu Ende, bat mich aber trotzdem, die noch ungedeuteten Zeichen geheimzuhalten.

Ich schloß die Ladentür hinter ihm ab. Als Wendy mit ihrem Autoschlüssel ans Schaufenster klopfte, schloß ich sie wieder auf. »Hier ist deine Post, Theresa. Ich bin absolut kaputt. Und was mir für morgen vorschwebt, ist nicht Goanikontes und ein Haufen Leute, sondern Ruhe und ein gutes Buch. Wie ist es mit dir?«

»Ich ... ich geh'. Ich war noch nie da, und jeder sagt ...« Wendy nickte. »Es wird dir bestimmt gefallen.«

Zwischen der Post auf dem Tresen lag auch ein Luftpostbrief. Die Handschrift auf dem Umschlag war mir vertraut, doch hatte ich sie lange nicht gesehen. Kurt Ocker?

Er hatte mir niemals zuvor geschrieben. Was wollte er von mir?

Sobald Wendy gegangen war, las ich seinen Brief. Er war äußerst interessant. In der Einleitung drückte mein ehemaliger Kollege sein Bedauern über Philips Unglück aus, obwohl das sehr verspätet sei. Dann kam er schnell zum eigentlichen Thema – unverblümt, das gab er zu, aber so sei er ja nun mal, zumal er sich noch immer für das, was geschah, verantwortlich fühle. Das Thema des Briefes war natürlich sein Freund P.C., dem er, wie ich plötzlich erkannte, in puncto Unverblümtheit und Verantwortungsgefühl sehr ähnlich war. »Die ganze Sache«, so meinte Herr Ocker, könne für uns beide doch noch zu einem guten Ende führen. Es läge nur an mir! »So etwas braucht Zeit, Theresa, das weiß ich natürlich, aber wenn Sie bereit sind, einen neuen Anfang zu machen, dann müssen Sie als erste die Hand ausstrecken. Es ist an Ihnen ...« Warum es an mir war, drückte Kurt Ocker nur zwischen den Zeilen aus – in der Beziehung ging er sanft mit mir um. Im nächsten Absatz des Briefes schrieb er, daß P. C. nicht nur ein selten feiner Kerl, sondern auch eine selten gute Partie sei – falls ich das noch nicht wüßte. Er habe es in Hamburg niemals erwähnt, weil P. C. das so wollte. Sein alter Herr sei Besitzer von Atlas-Transport, bestimmt auch mir als weltweites Speditionsunternehmen bekannt. P. C. sei sein einziger Sohn – zwar momentan entfremdet, weil ebenso eigensinnig wie sein Vater, aber das würde vermutlich nicht ewig dauern. Blut sei bekanntlich dicker als Wasser. Abschließend stellte mir der Schreiber eine Frage: »Komm' ich Ihnen wie eine unverbesserliche, sich einmischende alte Tante vor? Wahrscheinlich, aber wenn es was nützt, macht mir das gar nichts aus. Sie und P. C. passen gut zusammen. Deshalb hab' ich Sie in die Wüste geschickt, und deshalb werden Sie hoffentlich auf mich hören. Viel Glück, Theresa. Es ist vielleicht noch nicht zu spät.«

Genau wie damals, dachte ich. Gab mir Peter Bendix' Adresse, sagte: »Schreiben Sie ihm«, und stellte sich den Rest ganz einfach vor. War's ja eigentlich auch gewesen, denn damals gab es Edwina noch nicht.

21

Er wollte sich nicht mit mir versöhnen. Das wußte ich, sobald er in den Landrover stieg. Sein überraschter Blick schob mich weit von ihm fort. Pix schien ihm verschwiegen zu haben, daß ich ein Teil dieses Ausflugs war. Trotzdem war er höflich zu mir – schrecklich höflich, ohne eine Spur der gewohnten Wärme und neckenden Ironie. Er teilte mir ohne Worte mit, daß er sich nicht zweimal schlecht behandeln ließ. Wir waren keine Freunde mehr.

Außer uns saßen Pix, Rian und zwei seiner Freunde, Willem Malherbe und Kobus Venter, im Wagen. Wir holperten durch die Wüste, die Unterhaltung holperte vielsprachig mit – mal auf englisch, mal auf deutsch und mal auf afrikaans. Südwester waren, wie schon erwähnt, auch in dieser Hinsicht sehr anpassungsfähig. Manchmal stopften sie mehrere Sprachen in einen nur in dieser Gegend verständlichen Satz.

Die von allen mitgebrachte Sonntagsausflugslaune war bei mir nur wie Schminke aufgelegt. Hinter der Schminke war ich häufig kurz vorm Weinen. Wenn die anderen lachten, weil sie etwas von mir Gesagtes humorvoll fanden, lachte Peter Bendix zwar mit, doch seine Miene drückte skeptische Verwunderung aus. Warum also strengte ich mich so an? Sicher war Edwina amüsanter als ich. Selbst wenn ich hier im Auto Purzelbäume schlug, ich konnte nicht mit ihr konkurrieren. Schon gar nicht mit der reizenden Person, die sie für seine Gegenwart erfunden hatte. Die mußte ihm einfach gefallen, denn sie hatte alles, was ein Mann sich wünschte: Herz, Köpfchen, zahllose Talente. Und wahrscheinlich auch Humor. Der gefiel ihm besonders an einer Frau, das wußte ich aus seinen Briefen, und deshalb strengte ich mich hier so furchtbar an – so furchtbar vergeblich.

Geld hatte Edwina auch. Ob sie trotzdem eine Goldgräberin war? Reiche Leute wollten oft noch reicher werden, diese Meinung hörte man häufig. Geschäftsmann mit eigenem Vermögen, so hatte sie ihn ihrer Mutter beschrieben. Wie hatte sie das herausgefunden? Von ihm selbst? Wahrscheinlich nicht. Vielleicht erschien ihr sein Vermögen als seine netteste Eigenschaft? Nein, so dumm war sie leider nicht.

Draußen zogen Dünen vorbei und später niedriger, graugrüner Busch. Ab und zu ließen sich Strauße blicken, auch Springböcke, Oryxantilopen und Zebras mit wohlgerundeten Hinterteilen. Wo aßen die sich in dieser kargen Gegend bloß alle satt?

Nach geraumer Fahrt tat sich zur Linken eine erstaunliche Mondlandschaft auf: ein Meer von Felsenkratern, von erstarrten, sich türmenden Wogenkämmen, die sich schier endlos bis zum Horizont erstreckten. Über dem Steinmeer lag geisterhafte Stille. Wir stiegen aus, standen in der Stille und hingen, die unirdische Einsamkeit betrachtend, jeder unseren eigenen Gedanken nach.

Nach kurzer Weiterfahrt ging es plötzlich steil nach unten. Ein von hohen Felsen eingefaßtes Ufer tauchte auf, ein ausgetrocknetes Flußbett und – man traute seinen Augen nicht – herrliches Grün. Eukalyptusbäume ragten auf, Palmen und Luzerne. Der Kontrast zu Wüste und nackten Felsen wirkte wie ein Traumgebilde. Das Traumgebilde war Goanikontes, eine wirkliche Farm im Swakoptal.

Beim Farmhaus war ein offener Lastwagen der Firma Hagedorn geparkt. Man hörte ferne Männerstimmen singen. Dankeslieder vielleicht, denn Oasen erfüllen das Herz mit Dankbarkeit – besonders eine, die außer Palmenschatten und Vogelzwitschern auch Streuselkuchen und frisch gekochten Kaffee anzubieten hatte. Dazu beim Farmhaus eine Veranda, Korbsessel, runde Tische mit bestickten

Decken und Vasen voller Margeriten. So war Südwest: exotisch, aber gemütlich, halb fremde Ferne und halb vertrautes Zuhause. Wir wanderten um das Farmhaus herum, freuten uns an dem grüngefilterten Schatten und bestellten Kaffee und Kuchen bei der Farmersfrau. Als er aufgetragen wurde, fand das nächste Wunder statt. In einer Wolke von Staub brauste ein Jeep heran. Der Wolke entstieg – beinah wie Aphrodite dem Meeresschaum – Marei. In enganliegenden Jeans! Ich hätte sie beinah nicht erkannt. Kobus Venter, der mir bis dahin viel Aufmerksamkeit geschenkt hatte, nahm plötzlich die Haltung eines neue Beute witternden Jagdhundes an. Marei war nicht mehr Marei. Sie hatte sich eine schlanke Taille, sanfte Sonnenbräune und einen flotten Haarschnitt zugelegt. Und Selbstbewußtsein. Sie war sich ihrer Wirkung voll bewußt, das sah man an der Art, wie sie die Stufen der Veranda erstieg und Kobus Venters Blicke registrierte. Kobus bot ihr nicht nur seinen Korbstuhl, sondern auch seinen Streuselkuchen an. Marei ließ sich nieder und schlug graziös die Beine übereinander. »Nur eine Tasse Kaffee, bitte«, sagte sie, den Kuchen dankend Kobus überlassend. Sie könne leider nicht lange bleiben, fuhr sie bedauernd fort, aber sonntags in einem Hotel … na, das könnten wir uns sicher selber denken. Ihren berühmten Käsekuchen, der Horden von Sonntagsgästen herbeilockte, erwähnte sie bescheiden nicht. Während Marei, eingerahmt von Kobus und Willem, ihren Kaffee nippte, luden diese sie in einem fort zu längerem Bleiben ein. Marei lächelte abwechselnd mal den einen, mal den anderen an, verscheuchte zwischendurch die unermüdlich auf unserem Streuselkuchen landenden Fliegen, obwohl sie hier nicht die Wirtin war, und sagte weder ja noch nein. Das spornte die beiden besonders an. Ich sah der Szene zu und freute mich ehrlich für Marei. Sie kam mir wie das verwandelte Aschenputtel mit zwei Prinzen vor. Gleichzeitig aber geriet es mir nicht sonderlich, im Beisein von Peter Bendix plötzlich so unbeachtet zu sein. Er saß mir gegenüber, ich fühlte seinen

Blick und hatte mal wieder das Gefühl, daß er ganz genau wußte, was ich dachte.

Nach dem Kaffeetrinken gingen wir spazieren, oder besser gesagt, wir gingen bergan. Marei ließ sich erweichen, sie kam ein Stückchen mit. Wir erstiegen das steile Felsenufer, blickten auf Farmhaus, grüne Wipfel und das gewundene, trockene Rivier hinunter, von wo aus das unterirdische Flußwasser mit summenden Pumpen die Oase tränkte. Nicht weit von uns saßen, noch immer singend, die Hagedorn-Germanen unter der Leitung von Werner Schmidt um ein Feuer herum. Sie brieten Würstchen und Koteletts. Neben dem Feuer stand, soldatisch ausgerichtet, ein Regiment von Bierflaschen, in denen keine Spur von Bier mehr war. Als wir jenseits dieser Palisaden erschienen, wurden wir brüllend begrüßt, mit vollen Bierflaschen beschenkt und dazu eingeladen, umflattert von Rauch und Fleischgeruch, das nächste Lied mitzusingen. Es hatte mehrere Strophen, die erste kannte ich schon:

»Hart wie Kameldornholz ist unser Land
und trocken sind seine Riviere.
Die Klippen sind von der Sonne verbrannt
und scheu sind im Busche die Tiere.
Und sollte man uns fragen:
Was hält euch denn hier fest?
Wir könnten nur sagen:
Wir lieben Südwest!«

Die letzten beiden Zeilen, von Strophe zu Strophe als Kehrreim wiederholt, wurden mit besonderer Inbrunst gebrüllt. Zu meinem Erstaunen sang ich ebenso inbrünstig mit und merkte plötzlich, wie sehr ich mich hier in diesem kargen Land schon zu Hause fühlte, wie gern ich bleiben wollte. Weil Peter Bendix neben mir stand? Er sah mich nicht einmal an. Werner Schmidt dagegen war so herzlich wie immer. Er legte den Arm um meine Schultern, schwenkte die fast geleerte Bierflasche in seiner anderen Hand über das halb gezähmte, halb wilde Panorama und fragte, ob ich es jemals bereut hätte, nach Südwest gekommen zu sein. »Nein, niemals!« Ich sah dabei nicht ihn, sondern Peter Bendix an. Und dieser nahm endlich Notiz von mir, er blickte mich auch an. »Das freut mich, Theresa.«

Die Worte waren es nicht, es lag an seinem Ton. Er war so abweisend kalt, daß ich mitten in der Sonne erfror. Ich drehte ihm den Rücken zu, machte meine Schultern gerade und wendete mich wieder Werner zu. Der zog mich in den lichtgesprenkelten Schatten einer Dattelpalme. Wir saßen an den rauhen Stamm gelehnt und sprachen über Ute. »Meistens geht's ihr gut«, erzählte Werner, »aber manchmal hat sie viel Angst.«

»Angst vor der Geburt?« fragte ich. Werner lachte etwas befangen. »Nein, Angst vor unserem Glück. So jedenfalls drückt Ute es aus. Sie sagt, wir sind zu glücklich, und das sei man niemals ungestraft. Irgendwas würde schiefgehen bei der Geburt. Mit ihr oder mit dem Kind.« Er seufzte. »Ist wohl nicht leicht, in diesem Zustand zu sein. Ihr Frauen macht schon was durch.« Ich seufzte auch, gleich mehrmals sogar. »Gib mir deine Hand, Werner«, sagte ich. Als er sie mir entgegenstreckte, machte ich sie auf. »Weißt du, was ich hier in deiner vielversprechenden Zukunft sehe? Erstens gegrillte Würste, zweitens gegrillte Koteletts und drittens ein ununterbrochenes, garantiert ungestraftes Eheglück.«

»Ach, Theresa, das wünsch' ich dir auch!« lachte er, drückte mich an sich und gab mir einen nach Bier riechenden Kuß. Pix, die Hand in Hand mit Rian durch den Palmenschatten an uns vorüberschwebte, drohte mir zwinkernd mit dem Finger. Peter Bendix sah auch zu uns herüber, er zwinkerte nicht. Er hielt mich wohl im Ernst für eine Witwe, die vorzugsweise auf verheiratete Männer und Millionäre in reiferen Jahren flog. Auch darin war mir Edwina überlegen. Sie machte – zumindest auf ihn – einen besseren Eindruck als ich.

Werner Schmidt und die Hagedorn-Germanen luden uns zu ihrem Braaivleis ein. Da wir ziemlich viele Personen und noch voller Streuselkuchen waren, aßen wir rücksichtsvoll jeder nur eine Wurst. Marei lehnte auch diese dankend ab und fuhr zurück zu ihrem Hotel. Sie war nur äußerlich verändert, ihr Pflichtgefühl hatte nicht abgenommen. Pix sah ihrem Auto nach und platzte förmlich vor Begeisterung. »Weißt du noch, Theresa, wie wir uns Sorgen um sie machten, weil sie zu dick und unheilbar seekrank war? Wie wir dachten, sie schafft es nie in Südwest? Jetzt glaub' ich, daß sie's besser schafft als du und ich zusammen.«

Der Gedanke war mir auch schon gekommen.

Auf der Rückfahrt durch die im Abendlicht erglühende Wüste saß Peter Bendix vor mir am Steuer. Ich blickte das gebräunte Stückchen Nacken zwischen seinem Haar und Kragen an. Manchmal wollte ich es zärtlich streicheln, manchmal wollte ich ihn packen und schütteln, doch meistens sah ich nur schweigend auf meine im Schoß gefalteten Hände hinunter und hörte dem Gespräch im Auto zu. Es wurde mit lauten Stimmen geführt, denn es ging um Politik, und Rian und Kobus Venter waren, wie häufig, verschiedener Meinung. »Ja, wir lieben Südwest«, sagte Rian, »nur übersehen wir meist, daß es uns nicht alleine gehört. Wir Weißen sind noch gar nicht so lange hier.« Kobus' Antwort kam laut und sehr entschieden: »Ganz recht, und bevor wir hier Ordnung schafften, herrschte nichts als Mord und Totschlag zwischen den Stämmen. Kein Mensch war seines Lebens sicher, es war nie Frieden im Land. Sag bloß, die Zeiten wünschst du dir zurück!«

»Was *wir* uns wünschen«, stellte Rian darauf trocken fest, »wird langsam immer weniger wichtig sein. Afrika verändert sich, und ob's uns nun gefällt oder nicht, der Wunsch der Eingeborenen nach Selbstbestimmung macht auch an unserer Grenze nicht halt.« Als Kobus nur verächtlich schnaubte, setzte Rian nach kurzem Überlegen noch etwas hinzu: »So seltsam es klingt, wir als Afrikaaner sollten das eigentlich besonders gut verstehen, denn für nichts haben wir mehr geopfert und mehr gekämpft als für unsere Unabhängigkeit.«

Eine Weile herrschte Schweigen im Wagen, draußen fiel Dunkelheit über die Wüste. Ich dachte an Johannes und fragte mich, ob er jetzt schon irgendwo im Guerilla-Training auf Pappmenschen schoß und ob er noch Mitleid mit mir haben würde, wenn wir uns jemals wiedersehen sollten. Neben mir hatte Pix ihren Kopf an Rians Schulter gelegt. »Müde? Möchtest du schlafen?« fragte er, zärtlich ihre Haare streichelnd. Pix hob ihr Gesicht zu ihm auf, »Nein, das könnt' ich jetzt gar nicht. Ich möchte wissen, warum ich auf einmal so schreckliche Bauchschmerzen hab'.«

Das war der Augenblick, in dem ich sie ernstzunehmen begann.

Es folgte eine erstaunliche Woche. Am Montag morgen wurde Pix operiert. Am Dienstag kam ein Telegramm von Tante Wanda. Sie war Großmutter geworden – zweimal sogar, denn Hildchen hatte Zwillingsknaben geboren. Ich freute mich riesig für Tante Wanda, und für Hildchen freute ich mich auch, denn nun hatte sie endlich, was sie sich schon als Kind so sehnlich wünschte: nichts als Männer im Haus. Ich begann sofort einen Glückwunschbrief. Als er halb geschrieben war, kam Victor Lord in den Laden. Er breitete seine seit kurzem erscheinende Zeitung, den *Namib Messenger*, auf meinem Tresen aus, wischte einige verirrte Sandkörner von der Gesellschaftsspalte und las mir den Artikel über das Jahresbankett der Rotarier vor. Er war die reinste Modenschau: die Bürgermeisterin im königsblauen Seidenkleid, die Magistratsgattin in elegantem Schwarz mit einem Hauch von weißer Spitze am Hals, Mrs. Robert Nelson in metallisch glänzendem, modisch gebauschtem Rock. Als die Modenschau in eine Schilderung der kunstvoll zu Schwänen aufgefalteten weißen Servietten überging, bremste Mr. Lord und ließ die Zeitung mit erwartungsvoller Miene sinken. »Nun, Theresa?«

»Sehr anschaulich«, sagte ich. Er nickte zufrieden. »Meine Idee. Frauen lesen so was gern. Das verkauft die Zeitung – und es ist gut für Ihr Geschäft, Theresa. Ich hab' dabei auch an Sie gedacht.«

»Danke M ... Victor.« Er blitzte mich mit seinen ebenmäßigen Zahnkronen wohlwollend an, dann lud er mich erneut auf seine Farm bei Okahandja ein. Ich blickte mit gesenktem Kopf auf die Perle in seinem dezent gemusterten Schlips und überlegte, ob wohl Edwina Peter Bendix zu den gleichen Zwecken auf diese Farm entführte. Der Gedanke schlug Nägel in mein Herz. Er brachte mich fast um. »Sie sehen unglücklich aus, Theresa.« Victor Lord nahm meine auf dem Tresen liegende Hand und legte seine obendrauf. »Sie blicken noch immer zurück, und dabei sind Sie so wunderbar jung. Sie sollten wirklich ...« Für einen berühmten Verführer war er eigentlich ziemlich einfallslos. Er sagte immer dasselbe. »Nehmen Sie meine Einladung an, Theresa?« Nein, das könne ich nicht, erklärte ich ihm, denn ich hätte Besuch, meine Freundin sei hier. »Nun, die wird ja nicht ewig bleiben.« Mr. Lord nahm auch dieses NEIN nicht persönlich. Sein Selbstvertrauen war aus Granit und mein NEIN nur temporär. Er faltete die Zeitung zusammen. »Ich möchte noch erwähnen, Theresa, daß meine Farm keine Wellblechbude ist. Sie hätten dort jeden Komfort: Gästehaus, gekachelte Badezimmer, jederzeit fließendes warmes und kaltes Wasser, Schwimmbekken, Reitpferde, Bibliothek, frische Milch, frisches Gemüse. Alles steht zu Ihrer Verfügung.«

Inklusive Victor Lord. Doch sich selbst erwähnte er natürlich nicht.

Am Abend besuchte ich Pix im Krankenhaus. Sie winkte mir blaß, aber hübsch aus den Kissen entgegen. Ich sagte: »Ein Glück, du spuckst nicht mehr so furchtbar wie gestern.«

»Nee, das hab' ich hinter mir«, strahlte sie, »nur lachen kann ich noch nicht. Tut schrecklich weh. Setz dich, Theresa, und wenn's geht, sei bitte tierisch ernst.« Ich ließ mich auf dem Bettrand nieder. »Mit Leichtigkeit. Wir hatten nämlich alle Angst um dich. Der arme Rian – was hat er bloß gesagt, als er deinen kerngesunden Blinddarm sah?«

»Daß er nicht lange genug gewartet hat, weil er zu besorgt um mich war.« Pix lächelte versonnen ihre Bettdecke an. Nach einer Weile fügte sie hinzu: »Ich bereu' es nicht, Theresa. Weißt du, wann mein nächster Urlaub fällig gewesen wäre? In einem Jahr! Und weißt du, was alles in einem Jahr passieren kann? Daß die Welt untergeht, daß Rian eine andere findet oder daß ich wirklich an einem geplatzten Blinddarm gestorben wäre. Jetzt zwei Wochen mehr mit ihm, das ist das bißchen Bauchweh hundertmal wert.«

»Weißt du«, staunte ich nur, »vor langer Zeit hab' ich mal gedacht, daß du vernünftiger bist als ich, weil du nicht mit Roger zum Sambesi gehen wolltest.« Erst lachte Pix, dann legte sie stöhnend die Hände auf ihren Bauch. »Das bin ich immer noch, Theresa. Roger war nicht Rian. Mit Rian hätt' ich keine Bedenken gehabt.«

Auf dem Nachhauseweg fiel mir etwas auf die Stirn. Ich hob mein Gesicht nach oben und glaubte zu träumen. Es war ein Regentropfen. Diesem folgte ein zweiter nach, und dann begann es zu gießen. Das machte mich seltsam glücklich, ich ging ganz langsam und wurde klitschenaß. Mein Steinwürfel auch, doch leider nicht nur von außen. Je mehr Schüsseln, Töpfe und Suppenteller ich als Tropfenfänger im Haus verteilte, um so geringer wurde meine Begeisterung für das draußen stattfindende seltene Naturereignis. Umraunt von sanftem Geplatsche hockte ich zwischen Eimer und Milchtopf mit angezogenen Knien auf dem Fußboden und schaute sinnend Tante Wandas Bratpfanne an. Sie stand auf meinem Bett, füllte sich langsam mit Regenwasser, und gleichzeitig brachte sie alles zurück: Pereiras Besuch und Peter Bendix' heimlich hier verbrachte Nächte. Er dort drüben auf dem alten Sofa, ich hier hinter der Schlafzimmertür. Ob er jemals den Wunsch verspürt hatte, meinem Bett etwas näher zu kommen? Oder war es nichts als Pflichtgefühl gewesen, das ihm gebot, hier zu schlafen? Ich dachte ausgedehnt darüber nach und rief mir jede Einzelheit zurück: Wie hatte er mich angesehen? Mitleidig. Was hatte er gesagt? »Du bist ein patentes Mädchen, Theresa.« Nicht sehr romantisch. Ob ich ihm jemals wirklich gefallen hatte? O ja – bei meiner Ankunft, das hatte ich gespürt. Und dann gefiel ich ihm nicht mehr. Das war verständlich. Er riet mir, nach Hamburg zurückzukehren, und als ich nicht wollte, schlug er mir Freundschaft vor. Auch nicht romantisch. Doch gerade seine Freundschaft vermißte ich jetzt. Oh, wie ich sie vermißte! Seinen warmen Blick, sein Lachen, seine Schlagfertigkeit, seinen schön geformten Mund ach, das hatte gar nichts mit Freundschaft zu tun. Als ich zu dieser Erkenntnis kam, war Tante Wandas Pfanne voll. Ich balancierte sie zum Ausguß. Dann rückte ich mein Bett im Zimmer herum, bis ich einen trockenen Flecken fand, legte mich hinein und zog mir die Decke über den Kopf.

Am nächsten Morgen war es wieder trocken – zumindest an der Küste. Im Inland goß es weiter in Strömen. Der Swakop kam als echter Fluß vom Landesinnern mit graubraunen Fluten herangeschossen. Er ›kam ab‹, sagte man hier, und da, wo seine Wogen sich plötzlich ins Meer ergossen, eilten die Leute per Auto heran, standen in Klumpen am Ufer und freuten sich. Ganz Südwest war in Feststagsstimmung. In Tsumeb stände ein See vorm Hotel, und die Gäste könnten nicht raus, erzählte man sich begeistert. Die Eisenbahn kam auch nicht an, die Schienen waren weggeschwemmt. »Tja, das ist so typisch Südwest«, meinte Werner Schmidt vergnügt, als ich mir bei Hagedorn vorsichtshalber einen zweiten Eimer kaufte. »Immer von einem Extrem ins andere. Alles, was noch nicht vertrocknet ist, wird nun wahrscheinlich ersaufen.«

So aufregend dies alles auch war, die Woche brachte auch schlimmere Dinge. Captain Talbot mußte mit Herzbeschwerden ins Krankenhaus. Nach gründlicher Untersuchung wurden die erwähnten Symptome allerdings nur auf Verdauungsprobleme zurückgeführt. Was dem Captain auf den Magen geschlagen war, hatte nichts mit dem Regen zu tun, obgleich fast alle Häkelteppiche seiner Frau auf die Leine mußten. Der Grund für sein schlechtes Befinden war Odette Moran. Odette war plötzlich verschwunden. Spurlos. Abgesehen von ihren neuen Möbeln – einschließlich eines gähnend leeren Kleiderschranks – hatte sie nur erhebliche Schulden und Balsams nunmehr ungerahmtes Foto zurückgelassen. Viel schlimmer war, daß sie außer ihrer beweglichen Habe auch Geld mitgenommen hatte – Geld, das aus Balsams Bankkonto stammte und eine weitere Summe, die sie bei Talbots unterschlagen hatte. Wendy hatte recht gehabt, Odette war wirklich ein Zahlengenie, doch das erfreute Wendy zu diesem Zeitpunkt nicht mehr. Captain Talbot blieb nicht lange im Krankenhaus. Wendy fuhr ihn nach Haus zurück und goß ihm eine Kanne Pfefferminztee auf. Dann stampfte sie durch unseren Laden, winkte mich ins Hinterzimmer und plumpste neben dem Besen auf die indische Truhe nieder. Sie war zornig – auf Odette Moran natürlich und auf sich selbst. »Vom Geld mal abgesehen, weißt du, was mich am meisten wurmt? Daß sie mich so eingewickelt hat. Schließlich bin ich nicht von gestern! – Oder war's zumindest nicht bis heute! *Warum* hat ihr Mann sich erschossen, hätte ich mich fragen müssen. *Warum* schmiß sie mit Geld um sich, als ob es Brotkrümel wären? Statt dessen fall' ich auf diese Story von ihrer Erbschaft rein!« Wendy stöhnte, sie tat mir furchtbar leid. Leider fiel mir nur ein Trost ein: »Ein Glück, daß es deinem Vater wenigstens bessergeht und er doch nichts mit dem Herzen hat.« Ja, das sei ein Glück, nickte Wendy. Und Dr. van Heerden habe ihm das auch gesagt. Der Doktor sei ein netter Mann, aber weltfremd und ohne jede Menschenkenntnis, fuhr sie fort. Den Geldverlust verwinde ihr Vater nämlich nie, er würde ihm ein chronisches Magenleiden bescheren. Ganz bestimmt! »Vielleicht erwischt die Polizei sie bald«, fiel mir als nächstes hoffnungsvoll ein. Doch auch das war für Wendy kein Trost. So fix wie Odette im Geldrauswerfen sei keine Polizei der Welt, behauptete sie, erhob sich halb von der Truhe, fiel aber plötzlich auf diese zurück. »O Gott, jetzt geht mir noch was auf«, wehklagte sie. »Den Silberrahmen für Balsams Bild hat sie bestimmt von *meinem* Geld bezahlt!«

Balsam, ach der arme Kerl, für ihn ist's beinah noch schlimmer, dachte ich, als Wendy davongestürmt war. Wie würde er diesen Skandal verkraften? Verlassen, belogen, betrogen – und außerdem in ganz Südwest beklatscht. Ich wußte, wie man sich fühlte in so einer Lage – oder wußte ich's nicht? War mir das Schlimmste erspart geblieben, weil mein Skandal auch weiterhin ein Geheimnis war? Peter Bendix hatte es niemals verraten. Ich war ihm unendlich dankbar dafür.

Nachts träumte ich von ihm. Das war nichts Neues, außer, daß dieser Traum sehr kurz und sehr schrecklich war. Peter Bendix lag in einem Bett – vielleicht war es seins, vielleicht auch Edwinas – und drückte einen Revolver an seine Schläfe. Ich wachte auf, knipste mit zitternden Fingern die Nachttischlampe an, schaute auf meinen unerschüttert weitertickenden Wecker und schüttelte schließlich über mich selbst den Kopf. Nun mal langsam, sagte ich mir. Es war ja nur ein Traum, er ist bestimmt noch am Leben. Und selbst wenn er wirklich entdeckt, daß seine reizende Edwina ein unechter Edelstein ist – eine Kugel schießt er sich trotzdem nicht in den Kopf. Dazu ist er viel zu vernünftig.

Nachdem ich das beschlossen hatte, machte ich das Licht wieder aus, drehte mich auf die Seite und konnte trotzdem nicht mehr schlafen.

Morgens steckte der Schreck noch immer in meinen Knochen. Der Tag begann auch sonst nicht gut. Beim Waschen fiel mir die Seife aus der Hand und rutschte unter die Badewanne. Auf nassen Knien ins Dunkle spähend, sah ich eine Spinne. Na, wunderbar, die hatte mir noch gefehlt! Spinne am Morgen ... Die Spinne bestieg meine Seife und ruhte sich auf ihr aus. Als ich meinen Rock anzog, ging der Reißverschluß kaputt. Er blieb in der Mitte stecken und wollte weder rauf noch runter. Und draußen kündigte die unvernebelte Morgensonne einen deftigen Sandsturm für nachmittags an.

Mathias, mein Helfer, sagte »Good Morning, Missi«, als ich ziemlich verspätet in den Laden stürzte. Für ihn traf es zu. Das Schaufenster war bereits abgefegt, er hatte Laden und Hinterzimmer saubergemacht, und das Kaffeewasser war auch schon heiß. Alles blitzte, einschließlich seiner Zähne. Er war in extraguter Laune, und der Grund dafür stand vor der Hintertür. Er hatte zwei Räder und eine Deichsel – ein Eselkarren. Nicht irgendein Eselkarren, nein, dieser gehörte ihm. Er hatte ihn in der Location gekauft – früher als erwartet, weil der Preis ein Glücksfall war. Wir gingen um das Fahrzeug herum, er rieb sich dauernd vor Freude die Hände. Es sei gebraucht, aber von guter Qualität, erklärte er mir, das sähe ich wohl selbst. Den Preis erfuhr ich auch. Es war ein Haufen Geld für ihn, aber sicher nicht zu viel. Mathias wußte, was er tat, den Eindruck hatte ich immer. Darum lobte ich den Karren – von Sachkenntnis nicht belastet – und sorgte mich insgeheim, daß er, nun am Ziel seiner Wünsche angelangt, meinen langweiligen Kleiderladen erst mal fürs Owamboland und dann für eine Autowerkstatt im Stich lassen würde. Vorläufig sah er allerdings erst mal kopfschüttelnd zu, wie ich, hinter dem Tresen sitzend, meinen Rock mit einem neuen Reißverschluß versah. »Nicht gut«, war seine kritische Meinung. »So?« Ich zerrte an dem verknoteten Faden herum. »Nähmaschine ist besser.«

»Hab' ich nicht.« Das hatte er sich schon gedacht, und da *er* ja eine besaß, bot er sich an, den Reißverschluß so in den Rock einzusetzen, wie es sich gehörte. Bitte, lieber Himmel, wünschte ich mir stumm, lasse diesen gutgelaunten, talentierten Experten noch etwas länger bei mir bleiben!

Als Wendy nachmittags kam, war der Eselkarren zwecks Verfrachtung in Richtung Owamboland schon zum Bahnhof gebracht, der Reißverschluß tadellos eingenäht und draußen alles unter Sand. Wendy knotete ihr Kopftuch auf und strich den Sand von dem neuen blauen, mit weißen Biesen verzierten Kleid, das ich ihr in einwöchiger Schwerstarbeit aufgeschwatzt hatte. Sie sah müde und traurig aus. »Manchmal vergißt man über seinen eigenen Sorgen, daß es noch viel schlimmer kommen kann«, begann sie so düster, daß mich eine schreckliche Vorahnung wie mit Eisfingern packte. »Es ist ein Unglück passiert.« Peter Bendix! dachte ich sofort, als Wendy das sagte, und sah ihn auf seinem blutigen Kopfkissen liegen. Was Wendy mir dann erzählte, hatte aber nichts mit ihm zu tun. Trotzdem war es schrecklich – besonders für Marei. Ihr Chef, Herr Emmerich, war bei einem Autounfall ums Leben gekommen, durch einen Kudu, der ihm nachts gegen den Wagen sprang. Wendy seufzte in einem fort. »Das Schlimme ist, Marei nimmt's so schwer und hat sogar einen der Hotelgäste geohrfeigt, weil er behauptete, es sei wahrscheinlich kein Kudu, sondern zuviel Whisky gewesen.«

»Glaubst du das auch?« Wendy zuckte die Achseln. Marei streite es natürlich ab, sagte sie. Sie sei so wunderbar loyal und verdiene schon deshalb nicht, daß das Hotel nun sicher verkauft werden würde und man sie dann womöglich nicht mehr haben wolle. »Weißt du, wenn das passiert, müssen wir ihr wieder auf die Beine helfen.« Wendys trübe Miene erhellte sich plötzlich, in ihren Augen blitzte so etwas wie Vorfreude auf. Sie sah ein neues Hilfsprojekt am Horizont. »Denk du auch schon mal nach, Theresa, was sich da machen ließe. Zusammen fällt uns bestimmt was ein.«

22

Werner Schmidt sah sich das grüne Viereck vor meinem Steinwürfel an. »Die reinste Parklandschaft, Theresa!«

»Na, kein Wunder«, meinte ich, »die Ableger stammen schließlich von dir.«

An einem so schönen, windstillen Samstag nachmittag wie heute sah mein Gras tatsächlich beinah üppig aus. Werner hatte mir Blumen mitgebracht. Sie hießen Vygies, sahen wie Gänseblümchen mit fleischigen Blättern aus und hatten unten noch Wurzeln und Erde dran. Werner liebte diese Blumen. Sie seien gegen Sandwind immun, versprach er mir, und sie würden eine hübsche, goldgelbe Kante um meinen Rasen bilden. »Wo ist Pix?« fragte er dann. »Mit Rian ein Stückchen ins Inland gefahren – zum Abschied. Sie muß morgen zurück. Wunderhübsch soll's ja da draußen sein nach all dem Regen.« Werner nickte, er nahm die Schaufel und grub das erste Blumenloch. »Laß doch, Werner, das mach' ich selbst.«

»Ich will's dir ja nur zeigen, Theresa.« Ein Auto fuhr an uns vorbei, der Fahrer hob grüßend die Hand. Werner sah ihm in der Hocke sitzend nach. »Fixer Kerl, dieser Bendix«, meinte er, die Erde um die Vygies mit seinen großen Händen behutsam zusammendrückend. »Schätze, daß er bald ein Fahrzeug ohne Beulen fährt. Sein Geschäft geht ja und, wie man hört, sitzt er auch schon bald im gemachten Nest.« Ich nahm ihm die Schaufel aus der Hand. »Die andern Löcher grab' ich selbst.« Werner ließ mich. »Weißt du, Theresa, ich hatte manchmal gedacht, daß du und er vielleicht – schließlich wart ihr ja mal …«

»Wir waren nur beinah mal«, unterbrach ich ihn. »Habt ihr schon Namen für das Baby ausgesucht?«

»Ja, aber nur eine Sorte«, lachte Werner, sich den Sand von den Händen klopfend, »diesmal soll's nämlich ein

Mädchen werden.« Er reichte mir den nächsten Blumenklumpen zu. »Stimmt's denn, daß Bendix was mit Edwina hat?«

»Keine Ahnung«, sagte ich, griff zum Eimer und schwappte Wasser über die schon eingesetzten Pflanzen. Werner sprang über den Schaufelstiel und brachte seine Schuhe in Sicherheit. »Gründlich bist du, Theresa, das muß man dir lassen ... gründlich und patent.« Patent! Ich haßte dieses Wort. Auch Peter Bendix fand mich patent. Na, wunderbar! Und dabei wollte ich so viel lieber eine von jenen Frauen sein, in deren Gegenwart Männer statt Anerkennung nur Unvernunft in sich aufsteigen fühlen.

Bitte, Werner, geh jetzt nach Haus, wünschte ich mir undankbar, dringend und stumm. Vielleicht kommt Peter Bendix dann zurück, vielleicht hält er dann an. Du hast ihn vielleicht davon abgehalten. Er wollte vielleicht mit mir sprechen: Komm, steig ein, Theresa, laß uns ins Grüne fahren, man sieht es hier so selten. Wir sollten es zusammen genießen.

Der Gedanke, da draußen in der großen Weite mit ihm allein zu sein, erschien mir wie ein aus goldenem Licht gesponnener Traum.

Werner schaute auf seine Armbanduhr, ich sah es mit Erleichterung. »Hier sind noch zwei Fotos für dich«, erinnerte er sich, einen weißen Umschlag aus seiner Brieftasche nehmend. »Einer der Germanen hat sie in Goanikontes geknipst.« Meine ausgestreckten Hände waren Werner zu matschig, er legte den Umschlag lieber auf die Matte vor meiner Eingangstür. Dann sagte er. »Tschüs, Theresa«, stieg in sein seriöses Auto und fuhr nach Hause. Ich pflanzte alleine weiter – im Zeitlupentempo. Es nützte aber nichts, denn Peter Bendix kam nicht zurück.

Später schrieb ich an Tante Wanda und fügte dem Brief eines der von Werner hinterlassenen Fotos bei. Es zeigte mich in heiter strahlender Pose unter hübschen Palmenzweigen mit einer halb gegessenen Wurst in der Hand –

eines von diesen Fotos, mit denen man anderen Leuten Sand in die Augen streuen kann, weil sie den Eindruck erwecken, daß es einem gerade blendend geht.

Daß es mir an diesem Tag absolut nicht blendend gegangen war, würde Tante Wanda niemals vermuten, wenn sie das Foto sah. Ganz im Gegenteil, es würde ihr Freude machen. Mein Brief wahrscheinlich auch. Ich gab nämlich ziemlich an und teilte ihr mit, daß ich im Begriff sei, mir ein Auto zu kaufen. Ein gebrauchtes zwar, das ich in der Verkaufsspalte des *Namib Messengers* entdeckt hatte, aber unverrostet und in gutem Zustand – einen Volkswagen. Den nächsten Satz warf ich mit lauter großen Buchstaben aufs Papier: »VON MEINEM EIGENEN SELBSTVERDIENTEN GELD! Nicht schlecht, was?« Als ich den Brief noch einmal überlas, rutschte ich allerdings steil von meinem Hochgefühl herunter und starrte trübsinnig auf das Papier. Mir war gerade klargeworden, daß ich statt des selbstverdienten Autos auch viel lieber Zwillinge hätte – von wem, bedurfte keiner Erwähnung.

Das zweite von Werner mitgebrachte Foto lag neben meinem Briefblock auf dem Küchentisch. Ich nahm es wieder in die Hand. Sah ich hier wirklich, was ich sah? Auf dem Bild waren drei Personen: eine war Werner Schmidt, die andere ich. Wir saßen nebeneinander auf dem Boden im lichtgesprenkelten Schatten. Seine offene Hand lag in meiner Hand, ich sah lachend zu ihm auf, Schräg hinter uns – und das war viel interessanter – schaute Peter Bendix mich an. Und in diesem schwarzweiß gebannten Moment drückte sein Blick alles andere als Gleichgültigkeit oder Abneigung aus.

Oder sah ich hier nur, was ich sehen wollte? Wenn ich, verflixt noch mal, doch nur eine Lupe besäße! Na, ich hatte eben keine, und – vernünftig betrachtet – machte es keinen Unterschied, weil dieses Foto, genau wie das in meinem Brief an Tante Wanda, nicht unbedingt die Wahrheit sagte. Trotzdem nahm ich's immer wieder in die Hand und fühlte stets dasselbe: erst Hoffnung, dann Zweifel.

Als ich den Brief an Tante Wanda zugeklebt hatte, begann ich den nächsten. Er war schon lange fällig. »Lieber Herr Ocker«, schrieb ich und begann mit einem humorvoll gemeinten Vergleich: Er, der weise Hirte, und ich das verirrte Schaf, dem er auf den richtigen Weg zurückhelfen wollte. Wie nett ich's von ihm fand, daß er immer noch an meinem Wohlergehen interessiert war, obwohl ich ihn bestimmt bitter enttäuscht hatte, schrieb ich auch. Bis dahin ging's ziemlich leicht, dann kam der schwierige Teil. Ich entwarf ihn erst mal im Kopf und wußte schon im voraus, daß ich das meiste nicht hinschreiben konnte: Ja, Herr Okker, Sie haben recht. Ich bin an allem schuld, und darum ist es an mir, als erste die Hand auszustrecken. Hab' ich. Und er hat mich abblitzen lassen, so gründlich und so kalt, daß ich mitten in der warmen Sonne erfror. Die traurige Wahrheit ist: Er hat eine andere. Und diese ...

Als ich begann, Kurt Ocker und mir selbst zu beschreiben, wie hübsch und wie mit allen Wassern gewaschen Edwina war, überkam mich soviel schwarze Mutlosigkeit, daß ich, statt weiterzudenken, mit einer Handvoll Silvermoons und einem Buch zu meiner Sofakuhle kroch. Das Buch war ein Liebesroman, nach geschichtlichen Tatsachen war mir heute nicht, ich brauchte was fürs Herz.

Der Roman, das stellte ich bald fest, war nicht halb so gut wie die Rahmbonbons. Die Heldin – von der gleichen Sorte wie ich – nutzte jede Chance, um auf den von ihr begehrten Helden einen schlechten Eindruck zu machen. Als sie endlich etwas schlauer wurde, hörte ich mein Haustürschloß knirschen. Pix kam mit hinter dem Rücken verschränkten Händen auf Zehenspitzen ins Zimmer geschlichen und strahlte mich an. »Störe ich?«

»Ja, ich glaub', sie kriegen sich gerade.« Sie nahm mir das Buch aus der Hand. »Was ich dir jetzt erzähl', Theresa, ist bestimmt romantischer als dein Roman. Willst du es hören?«

»Nach dieser Einleitung?« Pix setzte sich neben mich, legte Tante Wandas besticktes Sofakissen in ihren Schoß und sah, ihre Gedanken sammelnd, darauf hernieder. »Erst mal die Kulisse«, begann sie. »Du glaubst nicht, wie der Regen das Inland verwandelt hat. Gras, so weit das Auge reicht, und wenn der Wind darüberstreicht, wogt es wie ein silbriggrünes Meer. Und dann die Blumen! So was von leuchtendem Bunt. Rian sagt, ihr Samen liegt häufig jahrelang auf Regen wartend im Boden. Und die jungen Blätter an jedem Strauch und Busch! Und Hunderte von zwitschernden Vögeln, wo vorher nichts als leere Stille herrschte! Dazwischen grasende Zebras, Strauße und Antilopen. Ach, Theresa, es war, als ob eine gute Fee, ihren Zauberstab schwenkend, durch das kahle verdorrte Geröll gegangen wäre.«

»Das klingt wirklich romantisch«, sagte ich.

»Oh, es kommt noch besser! Erst mal hatten wir ein Picknick im Grünen.« Pix machte eine verträumte Pause und sah noch hübscher als gewöhnlich aus. »Und dann holte Rian eine Schaufel aus dem Auto, weil man in dieser Gegend häufig Halbedelsteine findet. Rosenquarz, Turmaline, Achate und so weiter. Man brauche nur zu graben, sagte er. Es war so ein Jux, denn wir fanden wirklich was: zwei kleine Turmaline. Zwischendurch tranken wir Limonade und Bier und guckten uns das Wild durchs Fernglas an.« Pix unterbrach sich und seufzte zum zweiten Mal glücklich auf, bevor sie weitererzählte, wie Rian sie zu einer Felswand führte und an selbiger ganz nonchalant bemerkte: »Versuch's auch mal hier, Pix. Hier gräbt sich's leichter, der Boden sieht locker aus.« Pix lachte. »Ich grub und fand den Boden wirklich locker, verdächtig locker! Bald stieß ich auf was Hartes. Das Harte war eine Tabaksdose. Nanu, sagte Rian, wie kommt denn die hierher? Ich machte sie auf und sah eine Schachtel. Und in der Schachtel ...«, Pix sprach plötzlich sehr schnell und zog mit einem Ruck ihre Hände unter Tante Wandas Sofakissen hervor, »... in der Schachtel lag dieser Verlobungsring!« Ich hatte gar keine Zeit, den Diamanten an ihrem Finger zu bestaunen, denn Pix fiel mir um den Hals und flüsterte: »Wir heiraten, Theresa, und in meinem ganzen Leben war ich noch nie so glücklich wie heut'.«

Am nächsten Abend fuhr sie nach Lauenthal zurück. Als sie den Zug bestieg, war sie ziemlich benebelt, und alle, die ihr auf dem Bahnsteig nachwinkten, waren es auch – mich eingeschlossen. Wir hatten den ganzen Tag in Rians Junggesellenbude Verlobung gefeiert und den erfreulichen Anlaß mit viel Sekt beschäumt. Es ging sehr laut und unbändig zu, denn diese Junggesellenbude hatte zwar wenig Möbel, dafür aber ein pausenlos tönendes Klavier. Pix spielte Jazz und Rian, wie erwartet, Chopin. Dann spielten sie zusammen »You are my Lucky Star«, und von seiner wie von ihrer Brust baumelte an einer langen, roten Schleife ein Kuchenherz, auf dem mit verschnörkelter Zuckerschrift »I love you« geschrieben stand. Einer von Rians Freunden hatte die Herzen mitgebracht – einer von Rians vielen Freunden. Sie drängten sich alle um das Klavier. Nur einer fehlte. Peter Bendix war nicht dabei, er verbrachte das Wochenende auf einer Farm. Das erfuhr ich, ohne es wissen zu wollen. Die Farm lag bei Okahandja und gehörte Victor Lord. Der viele Sekt wirkte wie eine Narkose, er milderte meinen schrecklichen Schmerz.

Als Pix leicht schwankend die steile Hühnerleiter des Zuges erklomm, brach ich allerdings in Tränen aus – und nicht nur wegen ihrer Abfahrt, das schien sie auch zu wissen. Sie sprang mit sektverstärktem Mut in einem Satz von der Leiter auf den Bahnsteig zurück und zog mich zur Seite. »Heul nicht, Theresa, er macht sich nichts aus ihr«, behauptete sie. Ich schluchzte weiter und guckte sie trotzdem hoffnungsvoll an. »Woho-her weißt du das?«

»Ich seh', wie er dich anguckt, wenn er sich unbeobachtet glaubt. Kapiert?«

»Und wi-hie guckt er mich an?«

»Genauso wie du ihn, wenn du dich unbeobachtet glaubst.« Sie umarmte mich. »Mein Gott, hast du 'ne Fahne«, staunte ich.

»Denkste, Theresa, das ist deine eigene!«

Dann hing sie mit baumelndem Kuchenherzen aus dem Zugfenster hinaus und hielt Rians Hand so lange fest, bis er mit dem Zug nicht länger mitlaufen konnte.

Je öfter Victor Lord meinen Laden betrat, um so mehr schätzte ich meinen Tresen. Er war wie eine Verteidigungsmauer, die auch der sportliche Mr. Lord nicht überspringen konnte. Dafür lehnte er sich oft, so weit es ging, über die uns trennende Schranke. Auch heute fiel ihm dabei wieder sein Goldstück aus dem lässig aufgeknöpften Hemd. Es war mit fein ziselierten exotischen Schriftzeichen bedeckt, das sah ich jetzt zum erstenmal. Victor Lord bemerkte meinen Blick. Die Beschriftung auf der Münze stelle den Kalender der Azteken dar und sei ein Andenken an eine seiner vielen Reisen, erklärte er mir. Dann tat er das Goldstück unter sein Hemd zurück und sah mich wie ein falscher Weihnachtsmann an. »Wie wär's, Theresa, hätten Sie Lust, mit mir nach Mexiko zu fliegen?«

Ich war sprachlos. Mexiko? Meine Güte, das war wesentlich weiter weg und viel interessanter als sein Liebesnest bei Okahandja.

Mexiko!! ... Romantisch im Dschungel versunkene Städte ... geheimnisvolle Stufenpyramiden, auf denen vor Jahrhunderten ...

Ich geb's nicht gerne zu, ich fand den Vorschlag wirklich interessant – wenn auch nicht länger als etwa vierzig Sekunden. Victor Lord durchschaute mich trotzdem. Er lächelte zufrieden. »Ich wußte es, Theresa. Hinter dieser artigen Miene ...« – und dabei tippte sein wanderfreudiger Zeigefinger auf meine Nasenspitze – »... verbirgt sich Abenteuerlust.« Er griff nach meiner Hand. »Wann können Sie hier weg?« Ich zog sie schnell zurück. »Gar nicht.«

»Gar nicht?« Er sah mich ungläubig an.

»Mr. Lord, ich bin sehr streng erzogen, ich könnte nie ...«

»Ah sooo, das also ist es«, schmunzelte er. »Garantien

wollen Sie! Vielleicht sogar einen Ring und was sonst noch dazu gehört?« Er stützte sein Kinn in die Hand und nickte. »Nun, darüber ließe sich reden, wenn wir zwei erst mal wissen, wieviel Spaß wir aneinander haben. Und so eine Reise ist dafür eben die beste Gelegenheit. Wir könnten auch nach Europa fliegen oder nach Nordamerika. Es muß nicht unbedingt Mexiko sein. Ihr Wunsch ist mir Befehl, Theresa. Einverstanden?«

»Ich liebe einen anderen, Mr. Lord.«

Sobald ich das ausgesprochen hatte, wäre ich am liebsten durch eine Falltür hinter meinem Tresen verschwunden. War ich denn verrückt geworden? Ich hatte noch immer nichts dazugelernt. Victor Lord richtete sich auf, trat einen Schritt zurück und wirkte nicht mehr wohlwollend amüsiert. Statt dessen legte er Mitleid und Spott in seinen Blick. »Und dieser Mann, den Sie lieben, Theresa, was bietet er Ihnen? So viel wie Philip Thorn?« Er wandte sich zur Tür. »Falls Sie doch noch merken sollten, was gut für Sie ist, bin ich gern bereit, Ihnen zuzuhören.« Er neigte sein sorgsam gestriegeltes Haupt und ging.

Ein Mensch mit neu erworbenem Auto ist wie ein plötzlich befreiter Gefangener – zumindest, wenn er in einer Wüste ohne Straßenbahn wohnt. Plötzlich konnte ich überall hin, ich brauchte mich nur hinter's Steuer zu klemmen. Mein eigenes Steuer! Natürlich ging es nicht ganz so schnell, ich mußte erst einiges lernen. Wendy gab mir Fahrunterricht und zwei Seiten voller Verkehrsgebote, obwohl Verkehr in Südwest ein nur sporadisch stattfindendes Ereignis war. Ich lernte alles auswendig wie ein Papagei und schnatterte mein neu erlangtes Wissen dem streng blickenden, prüfenden Wachtmeister vor. Er war beeindruckt von meinem Fleiß. Schwieriger war, was er außerdem von mir verlangte. Nämlich an einer steilen Düne hochzufahren, auf halber Höhe unter Ziehung der Handbremse anzuhalten und dann rückwärts wieder hinunterzurutschen. Das zu meistern war nötig, behauptete er, während wir schräg zwischen Himmel und Erde hingen, weil die restliche Welt, im Gegensatz zu Walfischbai, kein flacher Tortenteller sei.

Als ich alles be- und überstanden hatte, fuhr ich nach Swakopmund. Wendy saß natürlich an meiner Seite, weil sie weder mir noch den Prüfungsmethoden des Wachtmeisters traute. Wir hatten wieder Kleider für Marei im Auto, diesmal nicht in Elefantengrößen und nicht auf gut Glück. Marei hatte uns und die Kleider telefonisch nach Swakopmund bestellt. Wir fuhren an den Dünen entlang. »Rate mal, Wendy, wer sich genauso über mein Auto freut wie ich.«

»Guck auf die Pad, Theresa, du bringst uns noch um. Wer?«

»Mathias. Ich glaub', er hofft, daß mir bald ein Rad oder sonstwas abfällt, damit er sich im Reparieren üben kann.«

»Der Mann ist eine Perle«, lachte Wendy. »Hoffentlich erneuert er seinen Kontrakt mit uns.« Das hoffte ich auch und hatte gleichzeitig Sorgen wegen seines Eselkarrens. »Er ist schon über sechs Wochen unterwegs und noch immer nicht im Owamboland angekommen«, sagte ich zu Wendy. »Ja, typisch hiesige Eisenbahn«, war ihre unbesorgte Meinung, »die lassen sich immer Zeit.« Ich sorgte mich trotzdem weiter. Seitdem ich ein Auto besaß, war ›Bewegungsfreiheit‹ ein Wort mit neuer Bedeutung für mich. Plötzlich verstand ich besonders gut, was Mathias für sein langersehntes Fahrzeug empfand. Selbst die Zebras, Geparden, Strauße und Antilopen, die hinter Talbots Lagerhaus auf ihre Verschiffung in europäische Tiergärten warteten, taten mir jetzt doppelt leid. Statt Freiheit und Weite eine vergitterte Kiste!

»Hör auf, Theresa«, sagte Wendy, die das auch bedrückte. »Wir können's ja leider nicht ändern. Man muß das vielleicht auch praktisch sehen. Im Zoo werden sie gut behandelt und nicht von Löwen und Leoparden zerrissen wie hier. Sag mal, die Windschutzscheibe kommt mir ziemlich versandet vor. Kannst du auch sehen, wohin du fährst?«

»Jawohl, Herr General«, erwiderte ich, nahm schnell eine Hand vom Steuer und salutierte.

Wenn Wendy an meinem Fahrstil nichts weiter zu verbessern fand, konzentrierte sie sich auf Marei. »Daß sie neue Kleider will, ist ein gutes Zeichen, meinst du nicht auch? Sie scheint sich wieder zu berappeln. Beide Hände aufs Steuerrad, Theresa! Mit einer hast du keine Kontrolle! Die Frage ist, sind die neuen Besitzer vom Kronenhotel so schlau, daß sie alles beim alten lassen, oder verkaufen sie? Wenn's so kommt, könnte vielleicht mein Vater was tun.«

Captain Talbot war nicht der einzige von Wendy ins Auge gefaßte Rettungsring. Sie hatte im Geiste schon mehrere andere aufgereiht, um Marei damit an Land zu ziehen, falls es nötig sein sollte.

Im Kronenhotel empfing uns ein Schild an der Eingangstür: »VORSICHT! FRISCH GEBOHNERT.« Der Türdrücker blitzte. Marei war nicht zu finden. Das kannten wir schon, man mußte sie immer erst suchen, weil sie meistens in Küche, Vorratskammer oder irgendwelchen Wäscheschränken steckte. Heute nicht. Sie war am Strand. »Wirklich?« Der weißgestärkte Kellner grinste uns an und wiederholte seine Behauptung. Also fuhren wir zum Strand. »Wie schön es hier ist«, sagte ich, aus dem Auto steigend. »Ja«, nickte Wendy, ihre Schuhe ausziehend, »aber den Laden verlegen wir trotzdem nicht.«

Der Strand war hell und sauber. Da, wo die Brandung ans Ufer schäumte, flitzte ein rotweißkariertes Kopftuch hin und her, das mir ebenso bekannt vorkam wie der kleine Junge, der sich hakenschlagend in die Wogen werfen wollte. Butzi war sehr gewachsen, seitdem ich ihn das letzte Mal gesehen hatte.

Marei saß auf einem Badetuch und drehte uns den Rükken zu. Als wir herankamen, stand sie auf. Sie trug einen roten Badeanzug. »Donnerwetter!« sagte Wendy. Frau von Eckstein hatte ihren Sprößling inzwischen eingefangen und kam auch heran. Marei wollte sie mit Wendy bekannt machen, doch das war nicht nötig. Als alteingesessene Südwester kannten sie sich natürlich schon lange. »Und so viel Trauriges ist inzwischen passiert, Theresa.« Frau von Eckstein umarmte mich, und dann wußten wir beide erst mal nichts zu sagen und waren froh, als Butzi einen neuen Fluchtversuch in Richtung Wasser unternahm. Diesmal lief Marei hinter ihm her. Wir sahen ihr nach. »Sieht sie nicht wunderbar aus?« Das sagten wir beide zur gleichen Zeit und hatten nun ein ganz und gar erfreuliches Thema, das wir gründlich ausschöpfen konnten, weil Butzi nicht so leicht einzufangen war. Als Marei ihn schließlich wieder heranschleppte, hatte Frau von Eckstein Wendy und mir schon erzählt, daß das Kronenhotel neue Besitzer habe, daß Marei aber sehr gefaßt sei und daß sie uns später alles erklären würde. Darum habe sie uns eingeladen. Ach ja, und vielleicht habe ein gewisser Kobus Venter etwas mit ihrer Gefaßtheit zu tun. Er verfolge sie nämlich mit Heiratsanträgen. Siehst du, sagte Wendys mir zugeworfener Blick. Nun wissen wir, warum sie neue Kleider braucht.

Zunächst allerdings fand keine Anprobe statt. »Keine Zeit«, sagte Marei und dann: »Könnt ihr zum Abendessen bleiben?«

»Nein, auf keinen Fall«, entschied Wendy, ohne mich zu fragen. »Theresa kann noch nicht im Dunkeln fahren.«

»Gut, dann werden wir in fünfzehn Minuten Kaffee trinken«, entschied darauf Marei. Wir hatten es hier mit zwei sehr entscheidungsfreudigen Frauen zu tun, die niemanden sonst konsultierten, das merkte Frau von Eckstein sicherlich auch.

Zum Kaffee gab es mit Butter bestrichenes Dattelbrot, weil der berühmte Käsekuchen noch nicht gebacken war. Marei bewirtete uns. Sie trug einen engen schwarzen Rock zu ihrer adretten weißen Bluse, einen schwarzen Lackgürtel, der ihre Taille betonte, und zartrosa Nagellack. Die

Zeiten, in denen man sich – wenn auch mit schlechtem Gewissen – an ihrem Anblick trösten konnte, wenn man sich selbst nicht sehr zufriedenstellend fand, waren endgültig vorbei. Als ich noch mitten in dieser beschämenden Überlegung war, hatte Marei bereits die zweite Scheibe Dattelbrot auf meinen Teller gelegt. Es schmeckte fabelhaft. Selbst Butzi kaute hinter seinem Teddybärlätzchen erstaunlich friedlich vor sich hin. Als alle zum zweiten Mal versorgt waren, lehnte sich Marei mit viel nervösem Geseufze in ihrem Stuhl zurück. Was sie uns mitzuteilen hatte, war wichtig, das merkte man ihr an. »Ihr solltet es nicht von anderen hören, ich wollte euch's selber sagen«, begann sie. Wahrscheinlich dachten wir alle dasselbe: Aha! Sie hat sich mit Kobus Venter verlobt!

Marei suchte nach passenden Worten, sie war sehr bewegt. »Das Kronenhotel …«, begann sie und mußte einen zweiten Anlauf nehmen, »… hat einen neuen Besitzer, und der neue Besitzer … bin ich.«

Wir saßen stumm vor Staunen da.

Herr Emmerich, erfuhren wir dann, hatte Marei nicht nur das Hotel, sondern auch eine ansehnliche Summe Geld in seinem Testament vermacht.

Frau von Eckstein rührte sich als erste. Sie ließ ihren Teelöffel fallen, warf beim Aufspringen den Milchtopf um und schloß Marei mitsamt ihrem Stuhl in die Arme. Marei sah erst wie Sonnenschein und dann ganz plötzlich nach Regenwetter aus. »Er war ein so lieber Mensch«, schluchzte sie dumpf in ihre Serviette, »und ich verdien' das alles nicht.« Diese Ansicht teilte natürlich keiner am Tisch. Wendy stellte den umgefallenen Milchtopf wieder auf, drückte ihre Serviette in die Milchpfütze und ließ Marei mit zufriedener Miene wissen, daß sie dies alles sehr wohl verdiene und daß Herrn Emmerichs letzter Wille auch die vernünftigste Tat seines Lebens gewesen sei – was Marei nicht hundertprozentig gefiel. Sie bewachte das Andenken ihres Wohltäters mit Tigerkrallen und witterte einen Hauch von Kritik.

Auf unserem Rückweg nach Walfischbai – es war noch hell – lief Wendy im Geiste treppauf und treppab durch Mareis Hotel, baute zusätzliche Badezimmer ein, vergrößerte Küche und Speisesaal und entfernte Balsams moderne Sessel aus der Eingangshalle. Sie war so sehr in ihre Renovierungspläne vertieft, daß mein Fahrstil unbeobachtet blieb. »Wird ein erstklassiges Unternehmen, Theresa, sollst mal sehen. Man könnte auch eine Veranda anbauen, das wär' gar nicht schlecht. Hauptsache, sie verlobt sich noch lange nicht. Sobald ein Mann daherkommt, mischt er sich in alles ein und dann ist's aus mit ihrer Selbständigkeit.«

Pix hatte sich ihre Hochzeit zwanglos, gemütlich und im kleinsten Kreise vorgestellt. Doch daraus wurde nichts. Als sie getraut wurde, waren in der deutschen Kirche von Swakopmund nicht nur viele von Lauenthals, van Heerdens und Millers, sondern vor allem auch Rians zahlreiche Freunde und Patienten versammelt. Er war ein sehr beliebter Mann.

Ich saß zwischen Wendy und ihrem Vater. Captain Talbot maß dieser Hochzeit Bedeutung bei. Er hatte einen dunklen Anzug und seine mit Ankern verzierten goldenen Manschettenknöpfe an. Zu meiner Linken funkelten die Talbotschen Mammutbrillanten von Wendys Ohren, Ringfinger und Brust. Sie trug ein damenhaftes Seidenkleid – mein Sieg über den grauen Ausgehfaltenrock. Zuerst wollte sie allerdings nicht. Meinen Hinweis, daß die unvergleichliche Elizabeth I. von England auf jedem historischen Bild ihrem Beruf entsprechend und nach der letzten Mode gekleidet war, tat sie mit einem halb amüsierten, halb irritierten Knurrgeräusch ab. Dafür hatte meine Bemerkung: »Victor und Edwina Lord sind ebenfalls eingeladen«, die gewünschte Wirkung. »Zieh du dir auch was besonders Hübsches an, Theresa. Da die Lady nie einen Fuß in unseren Laden setzt, weil sie uns für Provinznudeln hält, zeigen wir ihr jedenfalls auf diese Weise, wie up to date wir sind.«

Während der Trauung saß ich mit gesenktem Kopf und dachte an Philip. Da, wo jetzt Pix unter ihrem weißen Schleier glückstrahlend neben Rian stand, hatte auch meine kurze Ehe begonnen. Als ich mehrmals seufzte, machte Wendy ihre Handtasche auf und legte mir schweigend einige weiße Pfefferminzsterne, das neueste Produkt der Silvermoon-Schokoladenfabrik, in die Hand.

Nach der Trauung standen die Gäste in großen und kleinen Gruppen vor der Kirche im Sonnenschein. Man gratulierte dem Brautpaar, man begrüßte lange nicht mehr gesehene Freunde und Verwandte, man fotografierte. Miranda von Lauenthal, blumenbekränzt wie ein Elfenkind, posierte im weißen Rüschenkleid kokett mit und dann noch lieber ohne die Braut. Ihre Großmutter stand auf einen mit Silberknauf verzierten schwarzen Stock gestützt und flirtete mit Peter Bendix. Er küßte ihr gerade die Hand. Omis falsche Perlenzähne blitzten. Sie trug einen langen Brokatrock mit verführerischem Schlitz und echte Perlen um den Hals. Hinter ihr standen die Gäste Schlange, um dem Bräutigam die Hand zu schütteln und seine Märchenbuchbraut zu küssen. Pix ließ alles mit Anmut und Grazie über sich ergehen. Als ich an der Reihe war, schloß sie mich in die Arme, legte den Mund an mein Ohr und flüsterte: »Ich muß dringend aufs Klo.« Ich lachte so laut, daß Omi sich zu mir umwandte. Sie winkte mich mit gekrümmtem, beringtem Zeigefinger zu sich heran. »Kennen Sie diese junge Dame?« fragte sie Peter Bendix und hatte sichtlich Spaß an ihrem kleinen Spiel. Daß und warum wir uns kannten, wußte man schließlich in ganz Südwest. »Flüchtig«, parierte er lächelnd und reichte mir die Hand. Omi musterte mich durch ihr Lorgnon. »Gut sehen Sie aus, mein Kind. Sie versteht es, sich anzuziehen, finden Sie nicht auch, Herr Bendix?« Herr Bendix hatte schon immer gute Manieren gehabt. Er lächelte weiter und sagte: »Ganz meine Meinung.« Bevor ihn Omi zu weiteren Komplimenten erpressen konnte, erschien Edwina als sein rettender Engel. Sie wehte seidig schimmernd heran und legte die Hand an seine Schulter. »Pietah, ich hab' dich überall gesucht. Nimmst du mich mit zum Hotel?« So viel geschmackvoll geblümte Eleganz, so viel anmutsvolle Wärme! Omi und ich kriegten auch je ein Stück davon ab. »Ihre Enkeltochter, Frau von Lauenthal, ist eine kleine Schönheit und Ihnen wie aus dem Gesicht geschnitten.« Das sagte sie in fließendem Deutsch. Und dann: »Wie schön für Sie, Theresa, daß Ihre Freundin nun auch in Walfischbai wohnen wird.« Sogar nach meiner Tante erkundigte sie sich. Omi sah ihr nach, nickte gedankenvoll und teilte mir mit, daß Edwina ein smartes Mädchen sei. Dann fragte sie: »Hat Bendix Ihnen eigentlich jemals verziehen?« Es kam so überraschend, daß ich wie ein gehorsames Kind die Wahrheit sagte: »Ich hab' ihn nie gefragt.«

»Ts ts«, wunderte Omi sich. »Wo habt ihr Mädchen bloß eure Augen? Pix war auch nicht viel schlauer als Sie, und darum heißt sie jetzt van Heerden.« Ich sah mich erschrocken um, denn Omi sprach ungeniert laut. »Mir gefällt Rian sehr«, nahm ich ihn sofort in Schutz. »Ja, erstaunlich netter Mann, wenn man bedenkt, daß er Afrikaaner ist«, nickte Omi gnädig. »Aber schauen Sie sich seine Mutter an. Mevrou van Heerden sieht so glücklich aus, als ob sie Zahnschmerzen hätte. Mit einer von Birnbach weiß sie nämlich nichts anzufangen. Afrikaaner bleiben gerne unter sich, und statt Pix hätte sie sicher lieber eine von den hundert van Niekerks als Schwiegertochter gehabt.«

Dietrich von Lauenthal machte Omis lauten Ansichten ein Ende. Er schleppte sie – forsch aufgerichtet – zu seinem Auto.

Die Festtafel im Kronenhotel war mit Blumengirlanden geschmückt. »Hat Marei geflochten«, stellte Wendy voller Anerkennung fest, als sie und ich durch den noch leeren Speisesaal gingen. Wendy war jetzt ununterbrochen zufrieden mit Marei: mit ihrer neuen Figur, mit ihrer Kleidung (treu bei uns gekauft), mit ihren neuen Badewannen und mit der Tatsache, daß sie bisher noch unverlobt war – mit der am meisten. Die Girlanden auf der Festtafel brachten sie auf eine Idee. »Statt die Blumen hierherzufliegen, pflanzen wir sie im Swakoptal, Theresa. Nelken natürlich, die wachsen hier am besten. Wasser ist kein Problem und der Absatzmarkt schon gar nicht. Ich sehe Möglichkeiten, große Möglichkeiten!« Was ich in diesem Augenblick sah, war meine Tischkarte und den Namen neben ihr. Pix hatte mich neben Peter Bendix gesetzt. Wahrscheinlich ahnte sie nicht, wie nutzlos das war – und wie hastig ich trotzdem nach dieser Entdeckung zum nächsten Spiegel eilen würde. Dieser befand sich hinter der Tür zur Damentoilette, und dort war sehr viel los: Wasserrauschen, Kämme, Bürsten, aufgeschraubte Lippenstifte, Geschwätz und Gelächter. Klein Miranda kam auch hereingehopst und verlangte hochgehoben zu werden, weil sie im Spiegel mehr von sich selbst als nur ihren Blumenkranz sehen wollte. Als ihre Mutter sich bückte, rief Ada Miller: »Untersteh dich!« und erlaubte es nicht. Ada hatte Lippenstift, Rouge und Puderdose ausgepackt, um den Naturzustand ihres Zwillings zu korrigieren. Darum hielt ich das Elfenkind ein Weilchen vor dem Spiegel auf dem Arm. Zwischendurch steckte auch Pix, schleierumweht, den Kopf durch die Tür. »Sei nett zu ihm«, befahl sie mir flüsternd und war schon wieder verschwunden.

Schließlich war ich doch einen kurzen Moment vor dem Spiegel allein. Ich sah mich an, machte mir Mut und ging, bevor er sich wieder verflüchtigen konnte, schnell in den Speisesaal. Peter Bendix saß schon an seinem Platz und neben ihm – saß Edwina. Ich stand in der Tür, schaute ihren mir zugekehrten Rücken an, war ratlos und verwirrt. Werner Schmidt winkte mir vom anderen Ende der Tafel her zu. »Hier!« sagte sein Mund in stummer Sprache, während sein ausgestreckter Zeigefinger auf den leeren Stuhl an seiner Seite wies. Ich ging und setzte mich neben ihn.

Werner freute sich, daß ich seine Tischdame war. »Du siehst vielleicht aus, Theresa ... !« Er sagte nicht in Worten, wie ich aussah. Er küßte seine Fingerspitzen. Ich war ihm – besonders in diesem Moment – sehr dankbar dafür. Nachdem er meinen Stuhl fürsorglich zurechtgerückt hatte, zog er seine neuesten Babyfotos aus dem Jackett. Seine jetzt zwei Monate alte Tochter war ein hübsches Kind, obwohl sie abstehende Ohren hatte. Werner fand das auch nicht schlimm. »Da wachsen ja bald ihre Haare rüber, weil sie ein Mädchen ist«, freute er sich. Ich guckte die Fotos und zwischendurch immer wieder meine Tischkarte an. Wer hatte sie umgetauscht? Edwina? Peter Bendix? Oder beide zusammen, in heimlichem, lachendem Einvernehmen? Plötzlich überfiel mich schreckliche Sehnsucht nach Tante Wandas weicher, warmer Schulter. Ach, ich hätt' mich so gerne hemmungslos an ihr ausgeheult!

Werner machte inzwischen zärtlich winke winke mit Ute, die nicht weit von uns mit Pastor Wittke anstieß. »He, Pastor und Missionarstochter«, rief Werner und schwenkte sein Glas. »Prost, ihr frommen Säufer!« Dann ließ er mich glücklich wissen, daß mit Ute jetzt alles in Ordnung sei. »Seit das Baby da ist, ist's vorbei mit der Angst. Die Geburt war ganz leicht. Die Kleine schluppte raus wie'n Stück Seife, sagte Dr. van Heerden. Feiner Kerl, Theresa. Deine Freundin hat Glück.« Das stellte auch Dietrich von Lauenthal in seiner Brautrede fest, die er in strammer Haltung mit vorne im Jackett verankerten Daumen hielt. Den Bräutigam lobte er auf afrikaans – was Mevrou van Heerden sichtlich erweichte. Charme und Schönheit der Braut beschrieb er auf deutsch. Zum Schluß pries er das Festmahl und Marei, die es aber leider nicht hörte, weil sie hinter den Kulissen der Party beschäftigt war. Sie tauchte nur sporadisch auf. Hübsch, tüchtig und gelassen.

Nach dem Essen verschwanden Damen und Herren hinter getrennten Türen. Und dann begann der Teil des Festes, der mir am wenigsten gefiel. Der erste Tanz gehörte Rian und Pix allein. Es war ein hübsches Bild. Sobald das allgemeine Gewirbel begann, floh ich, stellte aber fest, daß man nicht den ganzen Abend in der Toilette verbringen kann, weil das die anderen Benutzer verwundert und irritiert. Ich kehrte in den Saal zurück. Pix hatte mich schon gesucht, sie drückte mich auf einen Stuhl und sah mich vorwurfsvoll an: »Du hast die Tischkarten umgetauscht.« Ich schüttelte den Kopf.

»Dann war's Edwina.«

»Oder Peter Bendix.«

»Ausgeschlossen«, sagte Pix, »der war's auf keinen Fall.«

»Woher willst du das wissen?« In diesem Augenblick tanzten Edwina und Peter Bendix an uns vorbei. Auch ein hübsches Bild. Nicht einmal Pix sollte wissen, wie mir zumute war, deshalb wechselte ich das Thema. »Weißt du, wen ich hier vermisse? Balsam und seine Kataloge. Hat er dich noch gar nicht angefallen? Wo ist er eigentlich? Ich hab' ihn schon ewig nicht mehr gesehen.«

»Falls dich das jetzt wirklich interessiert, Theresa ...« – und hierbei zog Pix die Augenbrauen hoch, um ihrem Zweifel Ausdruck zu geben – »... er hat ein Magengeschwür. Die Sache mit Odette Moran war furchtbar für ihn.«

»O Gott, der arme Kerl«, stotterte ich und war sehr betroffen. Ich wußte ja so gut, wie er sich fühlte – und wäre er jetzt hier gewesen, ich hätt' ihm glatt ein Bett abgekauft.

Als Pix zu Rian zurückgekehrt war, versteckte ich mich eine Zeitlang hinter Wendy. Dann sprach ich mit Omi. Diese schlürfte ein Schnäpschen und zeigte mir die Kaffeebohnen auf ihrer Zunge. »Die halten mich wunderbar munter«, erklärte sie mir, hob ihren schwarzen Wanderstab und scheuchte mich von sich weg. »Tanzen Sie, mein Kind. Man muß die Feste feiern, wie sie fallen!«

Peter Bendix brauchte man das nicht zu sagen. Er tanzte jeden Tanz – wenn auch nicht mit Edwina. Wohlerzogen und galant forderte er eine Dame nach der anderen auf, sogar Miranda. Das sah reizend aus. Aber zu mir kam er nicht. Dafür fand mich Werner Schmidt. Es ging ganz gut mit uns beiden, denn die Melodie war ein Marsch, und marschieren kann schließlich jeder – sogar ich.

Victor Lord, den ich bisher nur von weitem gesehen hatte, kam jetzt auch zu mir herüber – Silberschimmer an den Schläfen, gebräunt, elegant. »Darf ich mich zu Ihnen setzen, Theresa?« Er hatte sich schon gesetzt. »Wie war Ihre Reise, Mr. Lord?« fragte ich, eifrig bestrebt, ihn lieber in ein Gespräch als in meine unberechenbaren Füße zu verwickeln. »Ich hab' Sie vermißt, Theresa.« Er sah mich prüfend an und senkte, sich vorbeugend, plötzlich seine Stimme. »Ist es erlaubt zu fragen, wo sich der geheimnisvolle Mann Ihres Herzens versteckt? Hat er Sie bereits enttäuscht, und sitzen Sie deshalb hier allein?« Ich blickte in die Saalmitte und sah den Mann meines Herzens vorbeitanzen. Ob ihm durch die Lords zu Ohren gekommen war, daß es einen neuen Mann in meinem Leben gab? Hielt er sich deshalb so unnachgiebig von mir fern? Nun war sein Walzer mit Frau von Lauenthal zu Ende. Er führte sie zu ihrem Platz neben der Braut zurück. Pix nahm ihren Schleier über den Arm, stand auf und zog Peter Bendix zur Seite. Als sie lange genug mit bittender Miene auf ihn eingeredet hatte, drehte er sich plötzlich um und kam direkt auf mich zu. Mein Herz begann zu rasen, und gleichzeitig blieb mir der Atem weg. »Darf ich bitten, Theresa?« Ich stand auf und folgte ihm zitternd. Es würde schrecklich werden, das wußte ich.

Wir tanzten – und es wurde schrecklich. Ich hatte mal wieder einen Fuß extra, und dieser kam ihm ständig in die Quere. Ich wollte am liebsten sterben. »Verzeihung«, sagte ich leise und völlig verzweifelt zu dem Aufschlag an seinem Jackett, »es liegt an mir, ich konnte noch nie gut tanzen.« Er blieb stehen, sah mich an, und plötzlich wollte ich nicht mehr sterben. Sein kühler Blick war verändert – so wunderbar verändert. Ein Lachen, das beinahe zärtlich war, blitzte in seinen Augen auf, er beugte sich vor. »Theresa«, sagte er leise an meinem Ohr, »es geht besser, wenn nur einer von uns führt.« Dann zog er mich an sich, so fest, daß er bestimmt mein wildes Herzklopfen spürte. Ich weiß nicht warum, von da an tat ich nicht einen falschen Schritt. Es war wie ein Wunder.

Ein kurzes Wunder leider, denn der Tanz war viel zu schnell zu Ende. Ich machte mich zögernd von ihm los, er hielt mich fest. Dann erklang die nächste Melodie: zärtlich, langsam und romantisch – eine solo träumende Klarinette. Wir tanzten, er hielt mich wieder ganz nah. Ich sah ihn an – und er mich. Wir sagten kein Wort und führten doch die ganze Zeit ein inhaltsreiches Zwiegespräch. Und wir verstanden einander. Endlich, endlich verstanden wir einander. Alles, was uns vorher trennte, gab es auf einmal nicht mehr. Wir schienen ganz allein zu sein – es gab nur noch ihn und mich.

Als die Musik verklungen war und ich, langsam in die Wirklichkeit zurückfindend, um mich blickte, sah ich als erstes Edwinas erstauntes Gesicht. Sie starrte mich an.

Peter Bendix führte mich zu meinem Platz. Er küßte meine Hand, sah mir in die Augen und sagte: »Auf bald, Theresa.« Dann kehrte er zu Edwina zurück und tanzte den nächsten Tanz mit ihr. Es machte mir nichts aus. Sie hatte ihn aufgefordert, er war nur nett zu ihr.

Da Victor Lord verschwunden war, saß ich allein und konnte ungestört und voller Glück nur immer wieder dasselbe denken: Er hat mich lieb, genauso lieb wie ich ihn.

Einmal tanzte Pix mit Rian ganz nah an mir vorbei, hielt eine winzige Weile an und neigte sich über mich. »Siehst du, Theresa?« Mehr sagte sie nicht, aber was sie meinte und wie sehr sie sich freute, verriet ihr warmer, triumphierender Blick.

Es war der letzte Tanz und die Hochzeit zu Ende. Captain Talbot hatte es eilig. Er dirigierte Wendy und mich mit hocherhobenem Autoschlüssel zur Ausgangstür. Er wollte so schnell wie möglich nach Haus, morgen war ein langer Tag, er hatte drei zu beladende Schiffe im Hafen. Wendy schob mich, ich drehte suchend den Kopf zurück. Peter Bendix stand in einem Knäuel abschiednehmender Leute, Edwina hing an seinem Arm.

Er sandte einen langen Blick zu mir herüber und hob die Hand. Dann war ich schon aus der Tür.

23

Ich tat die ganze Nacht kein Auge zu und hoffte heimlich auf ein Klopfen an der Tür. Es kam nicht.

Am nächsten Morgen wartete ich im Laden. Er kam nicht. Statt dessen stand Mathias an meinem Tresen und war genauso niedergeschlagen wie ich – wenn auch aus einem anderen Grund. Der Bahnhofsvorsteher hatte ihn hinausgeworfen, weil er sich zum zehnten Mal nach seinem niemals angekommenen Eselkarren erkundigt hatte.

Wut stieg in mir auf. Das würde er mit keinem Weißen wagen, das wußte ich, und Mathias wußte es natürlich auch. Er sagte es nur nicht, stand mit gesenkten Augen da und schwieg.

»Paß auf den Laden auf!« schnob ich und stampfte zur Bahnstation.

Der Bahnhofsvorsteher nahm sich wichtig, das sah ich schon bei meinem Eintritt in sein bewölktes Büro. In seinem Mundwinkel hing eine Zigarre. Ich fauchte ihn an, das war bestimmt ein Fehler. Von da ab sprach er nur afrikaans, gab vor, mein englisches Gefauche nicht zu verstehen und blies mir blauen Rauch ins Gesicht. Ach, ich wünschte mir so dringend Rian oder einen seiner Freunde herbei, damit sie diesem Bürokraten in seiner Sprache fließender als ich erklären konnten, wie ungerecht er war. Statt dessen mußte ich machtlos und geschlagen zu meinem Laden zurück. Mathias stand in der Tür und sah mir hoffnungsvoll entgegen. Er hatte einen Zettel in der Hand, der für mich abgegeben worden war. Ich steckte ihn in die Tasche und versicherte ihm, daß Dr. van Heerden nach Rückkehr von seiner Hochzeitsreise für die Auffindung des Eselkarrens sorgen würde. Ganz bestimmt! Es war beschämend, ihn so enttäuschen und vertrösten zu müssen. Er bedankte sich trotzdem.

Eine Weile schwiegen wir bedrückt vor uns hin, dann sagte er: »Der Zettel ist von Mr. Bendix. Er war hier und mußte gleich wieder weg.« Mein Herz schlug sofort im Galopp. Ich griff in die Tasche, entfaltete den Zettel und las die eilig hingeworfenen Zeilen: »Liebe Theresa, mein Vater ist krank (Herzanfall). Muß in Johannesburg das Flugzeug nach Europa erreichen. Bin so bald es geht zurück. P.«

Die nächsten Wochen zogen sich endlos hin. Ich konnte mit niemandem reden. Nach Ladenschluß streifte ich meistens ziellos durch die Gegend, starrte, mangels anderer Landschaft, im Hafen ausgeladene Drahtrollen an, blickte seufzend übers Meer, betrachtete neue, von Owambos unter rhythmischem Arbeitsgesang verlegte Eisenbahnschienen – und sah und hörte von allem so gut wie nichts, weil ich in Gedanken ganz woanders war. Edwina hatte es besser als ich. Sie war nicht nur in Gedanken in Bremen, sie reiste Peter Bendix einfach nach.

Kurz nach seinem Abflug hatte sie eines Nachmittags vor meinem Laden angehalten und kam, umweht von wunderbarem Parfüm, durch die Tür gerauscht. Sie gab sich sehr natürlich – das heißt, sie war unhöflich, spöttisch und arrogant. Warum war sie gekommen?

Als erstes durchmaß ihr Blick den Laden, das ging ziemlich schnell. Dann war ich an der Reihe. Sie unterzog mich einer gründlichen Musterung, aus der man schließen mußte, daß sie mich heute zum ersten Mal sah. Vielleicht hoffte sie auch, Warzen, Zahnlücken oder die ersten Falten an mir zu entdecken?

Sie sei nach Bremen eingeladen und brauche ein oder zwei neue Kleider, behauptete sie, ihre Straußenledertasche mit herausforderndem Blick auf den Tresen stellend. Dann trat sie in die Umkleidekabine, zog dort bei offenem Vorhang Rock und Bluse aus und führte mir ihren schönen, in verführerische Spitzen gehüllten Körper vor. Ich muß gestehen, ihr Anblick war ziemlich besorgniserregend. Nicht mal Hildchen sah so gut aus wie sie.

Ich schleppte Kleider herbei. Sie zog sie an, sah flüchtig in den Spiegel, zog sie wieder aus und warf sie auf den Boden. Während sie Ösen und Knöpfe abriß, riß ich mich eisern zusammen, denn auf einmal wußte ich, warum sie gekommen war: Sie wollte mich reizen, zu hitzigen Worten verleiten, auf diese Weise ganz die Oberhand gewinnen und mich dann um so gründlicher heruntermachen. Ich sammelte die Kleider vom Boden auf, fühlte mich ihr plötzlich überlegen und ging ihr nicht auf den Leim. Das machte Edwina sehr ärgerlich. Sie stieg in ihren eleganten Rock zurück, hielt mir ihren hochmütigen Rücken zum Zuknöpfen der Bluse hin und ließ mich schließlich in charmanten Worten wissen, was sie von meinem Laden hielt: »Ein wohlgemeinter Ratschlag, Theresa! Satteln Sie auch auf Mauersteine um!« Ich sah ihr nach. Halb empört, halb belustigt, doch im ganzen ziemlich zufrieden mit mir selbst. Nicht ein einziges Mal war mir der Mund ausgerutscht – ein nagelneues Erlebnis für mich!

Ich genoß es eine Weile und hob das letzte Kleid vom Boden auf. Edwinas Parfüm hing noch im Raum – ein teurer, verführerischer Duft, der mich plötzlich wieder mit Angst erfüllte. Wenn sie nun wirklich nach Bremen flog und ihn doch noch betörte? Sie war so gewandt, so erfahren und konnte alles besser als ich. Selbst lügen. (Was ebenso erstaunlich wie bedrückend war.)

Je länger Peter Bendix wegblieb und je länger ich nichts von ihm hörte, desto größer wurde meine Angst. Edwina war nirgendwo zu sehen. Sie war ihm anscheinend wirklich nachgereist. Statt im Hafen Drahtrollen und Eisenbahnschienen zu betrachten – ich fiel dort langsam unangenehm auf –, reinigte ich jetzt nach Ladenschluß pausenlos mein ganzes Haus. Manchmal, wenn bei Sandwind die Fenster offengeblieben waren, war's sogar angebracht, aber meistens nicht. Während mein Staubsauger weitere wehrlose Teppichfransen verschlang, stellte ich mir Peter Bendix' Rückkehr vor. Er stand in der Tür, streckte die Arme aus und sah mich so an wie bei unserem zweiten Tanz. Mein Gott, wie er mich angesehen hatte! Ich stellte schnell den Staubsauger ab, weil die Erinnerung so überwältigend war. Dann las ich mir seinen Zettel zum hundertsten Male vor, weil er auch überwältigend war – überwältigend sachlich. Er war am nächsten Morgen geschrieben. Hatte er's wirklich so eilig gehabt, oder waren ihm schon Bedenken gekommen? »Jede Stunde ist sich nicht die gleiche«, pflegte Tante Wanda zu sagen. Und auf eine graue Morgenstunde, zu der man ohne romantische Klarinettenbegleitung erwachte, traf das wahrscheinlich besonders zu. Was hatte er am nächsten Morgen gedacht? Hatte er noch dieselben Gefühle gehabt? (Und wußte man jemals, was Männer dachten?) Auch darin war mir Edwina weit voraus, sie wußte es immer. Sie hatte auch Philip besser gekannt als ich.

Sich diese schlaue, talentierte Person in Bremen vorzustellen war nicht tröstlich. Ich konnte es trotzdem nicht lassen und sah sie, mit Anmut und Blumenstrauß bewaffnet, vor Peter Bendix' Elternhaus auf den Klingelknopf drücken. Nicht nur ins Haus, auch in die Küche drang sie ein, schob dort die Köchin sanft zur Seite und braute ein heilsames Feinschmeckersüppchen nach französischem Rezept, bei dessem Genuß der Kranke sich sichtlich besser zu fühlen begann. Bevor er, völlig geheilt, mit beiden Beinen aus dem Bett springen und dankbar eine baldige Hochzeit seines Sohnes anordnen konnte, machte ich allerdings einen Punkt, beziehungsweise einen Doppelpunkt, weil ich mir etwas sagen wollte: Du hast zu viele Märchen gelesen, Theresa! Stell den Staubsauger wieder an!

Pix kam braungebrannt und glücklich von ihren Flitterwochen zurück. Sie hatte viel zu erzählen, aber viele Fragen –

alle Peter Bendix betreffend – stellte sie auch: Wann er, was er, wo er?

Da war nicht viel zu sagen. Außer dem zurückgelassenen Zettel hatte ich immer noch nichts von ihm gehört. »Na ja«, meinte Pix, »das ist nicht verwunderlich. Sein Vater ist sehr krank, und darum ist er furchtbar beschäftigt.«

»Hoffentlich nicht mit Edwina«, bangte ich mich. Das tat Pix mit einem Lachen ab. »Glaub mir, Theresa, die Lady hat mehr Grund zur Sorge als du.« Ich wünschte mir sehnlich, daß es so wäre und fragte Pix in einem fort aus: »Hat er jemals über sie gesprochen, wenn er mit dir und Rian zusammen war?«

»Nein, niemals«, behauptete Pix. »Und über mich?« Pix überlegte sichtlich, ob sie bei der Wahrheit bleiben sollte. Sie blieb.

»Auch nicht«, sagte sie. »… aber wie er dich beim Tanzen angesehen hat, das war mehr als aufschlußreich.« Ich konnte es nicht lassen, ich mußte weiterfragen: »Wie hat er mich denn angesehen?«

»Theresa«, lachte Pix, »streng dein Gedächtnis ruhig etwas an. Ich glaub', du selbst warst auch dabei.«

Am nächsten Sonntag fuhr ich nach Swakopmund. Wendy wollte nicht mit. Sie war in letzter Zeit sehr schweigsam und brummig. »Grüß Marei«, trug sie mir auf und fragte, ob ich Kleider für sie im Auto hätte. »Nein, sie hat keine bestellt.«

»Nimm trotzdem welche mit«, ordnete Wendy an. »Vergiß nicht, du hast ein Geschäft.«

Marei saß mit einer Tasse schwarzem Kaffee hinter einem Stapel buntgeränderter Luftpostbriefe in ihrem Büro und las Bewerbungen. Sie hatte für zusätzliches Hotelpersonal in deutschen Zeitungen inseriert. Ich war sehr beeindruckt von diesem Anblick. Bewundernswert tüchtig, erfolgreich und hübsch kam sie mir vor. Und gastlich war sie natürlich wie immer auch. Ich kaute ihr Selbstgebackenes, trank den guten Kaffee, und zwischendurch machte ich ihr viele Komplimente. Wegen ihrer Torte, wegen ihrer Taille und wegen der vielen Luftpostbewerber, die alle für sie arbeiten wollten.

»Langsam wirst du weltberühmt«, sagte ich, »... die personifizierte Erfolgsstory!« Marei nippte ihren schwarzen Kaffee und lachte. »Hör auf, Theresa, du selbst bist auch nicht grad ein hoffnungsloser Fall. Wendy lobt dich von morgens bis abends.«

»Aber nicht, wenn ich dabei bin«, sagte ich. »Und besonders nicht in letzter Zeit – ihre Laune im Moment ... Weißt du, daß man Odette Moran in Kapstadt aufgegriffen hat? Das Geld ist weg.«

»Ja, das weiß ich«, erwiderte Marei, und wir schüttelten beide den Kopf. »Wendy hat es zwar erwartet«, fuhr ich fort, »aber trotzdem war's ein schwerer Schlag für Captain Talbot und sie – und für Balsam, den armen Idioten, natürlich auch.«

Bei meinem letzten Ausspruch runzelte Marei ihre Stirn. Ich sah es und verbesserte mich schnell. »Sorry, den Idioten nehm' ich zurück. Das war nicht nett von mir.«

»Nein, das war's wirklich nicht«, sagte Marei. »Wir heiraten nämlich.«

»Nein!!« Mein Protest war so laut, daß ich selbst genauso erschrocken zusammenzuckte wie Marei. Die saß zuerst nur wortlos da und drückte ihre Lippen gekränkt zu einem schmalen Strich zusammen. Dann klagte sie mich an: »Du hast ihn nie gemocht! Und weißt du, warum? Weil du keine Menschenkenntnis hast!«

»Das hat Wendy dir eingeredet!« schoß ich zurück.

»Brauchte sie gar nicht! Deine Heirat war Beweis genug!« Einen Augenblick war es sehr still, dann sprang Marei plötzlich auf, lief um den Schreibtisch herum und legte den Arm um meine Schultern. »Ich hab's nicht so gemeint, Theresa. Bitte, glaub mir das!« Als ich nickte, seufzte sie erleichtert auf, setzte sich vor mir auf die Schreibtischkante und sah mich beschwörend an: »Was ich wirklich meine, ist, daß du seine vielen guten Eigenschaften nicht erkennst, Theresa. Er ist fleißig und geschäftstüchtig, er trinkt nicht, er sieht gut aus. Er ist loyal und treu, und er wird mich auch dann nicht verlassen, wenn ich wieder dicker bin!«

»Wenn du waas?« staunte ich betroffen. »Wenn ich wieder dicker bin«, wiederholte Marei mit fester Stimme und wies auf ihre Tasse. »Guck dir diesen ekelhaften pechschwarzen Kaffee an. Ich darf keine Sahne reintun ... darf dies nicht, darf das nicht. Ich darf nur halbe Rationen essen. Das halt ich nicht mein ganzes Leben aus. Ist das wirklich die paar Pfunde wert?«

»Doch Marei, es ist«, beschwor ich sie, »du siehst wunderbar aus!«

»Nun, wir werden sehen.« Ihr Ton und ihr unnachgiebig erhobenes Kinn zeigten an, daß für sie dieses Thema abgeschlossen war.

»Und Kobus Venter?« wagte ich trotzdem zu fragen. Marei sah wieder zugänglicher aus, blickte ihre rosalakkierten Fingernägel an und lächelte. »Kobus ist nett«, sagte sie, »aber ich will ihn nicht. Ich will Balsam.«

Der neugewählte Vorsitzende der Rotarier, den ich nur vom Sehen kannte, tat mir einen großen Gefallen: Er versetzte Wendy in bessere Laune. Sie war fast vergnügt, als sie am Montag vormittag mit ihrem Postsack in den Laden kam. Er enthielt einen Brief von Tante Wanda. Peter Bendix ließ noch immer nichts von sich hören. Der neue Rotarier-Häuptling sei ein Freund ihres Vaters, plauderte Wendy in meine Verzweiflung hinein und sei schon deshalb ganz anders als Victor Lord. Man könne nämlich mit ihm reden. Curry mochte er auch, wie ich erfuhr, und das war ebenfalls ein löblicher Charakterzug, denn Wendy hatte ihn eingeladen, mit Fines scharfer Kost erweicht und nachfolgend ihr Jahresprojekt für die Rotarier enthüllt, welches viel, viel vernünftiger als deren eigenes war. Diese wollten Walfischbai mit einem Rugbyfeld aus richtigem Gras beglücken, und Wendy wollte eine Stadtbücherei – mit reichlich Platz für Sachliteratur. »Rugby!« Wendy schnaubte verachtungsvoll. »Wer liest, erlebt die ganze Welt, und das brauchen wir hier. Wer Rugby spielt, rast immer auf demselben Fleck herum, ob er nun mit Gras bewachsen ist oder nicht.«

»Das hast du gut gesagt«, stimmte ich ihr zu. »Ja, und ich glaub', ich hab' ihn rumgekriegt.« Wendy rollte den Postsack zusammen und freute sich. »Wie war's in Swakopmund?« wollte sie wissen. »Schrecklich«, jammerte ich. »Marei hat sich mit Balsam verlobt.« Das wußte Wendy schon, sie zuckte nur die Schultern und nahm es erstaunlich gelassen auf. Ich dagegen rang die Hände. »Sie ist zu gut für ihn, Wendy. Bist du denn gar nicht enttäuscht?« Doch, sei sie, gab Wendy resigniert zurück, aber in letzter Zeit erstaune sie gar nichts mehr. Wenn's um Männer ginge, sei eine Frau so blind wie die andere.

Das nächste sagte sie mit plötzlich entschlossenem Blick: »Und du bist auch nicht anders, Theresa!«

»Ich? Wie meinst du das?« Wendy kaute auf ihrer Unterlippe herum, dann sprach sie endlich aus, was ihr schon längere Zeit die Laune verdarb: »Du bist genauso blind wie Marei. Schließlich war ich auch auf der Hochzeit, und schließlich hab ich Augen im Kopf Du siehst in Bendix auch nur das, was du sehen willst!«

Ich starrte sie stumm und ungläubig an. Ich war so maßlos gekränkt! Wie konnte sie nur! Wie nur konnte sie Balsam ernstlich mit Peter Bendix vergleichen? »Wendy, du hast ihm noch immer nicht verziehen, daß er geschäftlich erfolgreich ist!« begann ich beschwörend mein Plädoyer. »Du willst seine guten Eigenschaften einfach nicht erkennen! Er ist intelligent, hat Humor, man kann sich wunderbar mit ihm unterhalten – das hast du selbst gesagt. Und grundanständig ist er außerdem. Man kann ihm jedes, aber auch jedes Wort glauben!«

Wendy ließ mich aussprechen. »Siehst du, Theresa, ich hab' recht gehabt«, sagte sie dann in nüchtern unbewegtem Ton. »So ungefähr dasselbe hat Marei dir sicher auch von Balsam vorgeschwärmt. Gibt dir das gar nicht zu denken?«

Pix versuchte mich abzulenken. Sie erfand ein Dutzend phantasievolle Gründe für Peter Bendix' anhaltendes Schweigen. Zwischendurch lernte sie Afrikaans und studierte Baupläne für ihr neues großes Haus an der Lagune, in dem vor allem ein Flügel stehen sollte – ein Flügel und, so bald wie möglich, ein Babybett.

Pläne für die nähere Zukunft hatte sie auch. Sie arrangierte einen Ausflug ins Inland. Der Erongo sei ein dramatisches Gebirge, ließ sie mich wissen, und daher gut für Liebeskummer. Letzteres war auf Kobus Venter gemünzt, der ebenfalls abgelenkt werden sollte. Bei mir lag kein Grund für Liebeskummer vor, fand Pix.

Wir fuhren in zwei Landrovern und hatten Schlafsäcke, extra Benzin, Schaufeln, Grillroste und vor allem viel Bier dabei. Während der Fahrt probierte Pix ihr neuerlerntes Afrikaans an Rians Freunden aus. Die fanden sie noch charmanter als gewöhnlich – falls das möglich war. Stolz und stotternd erzählte sie, wie ihr wunderbarer Ehemann den Stationsvorsteher wegen Mathias' Eselkarre zur Minna machte. Zuerst war der Herr mit der dicken Zigarre auch diesmal nicht an dem Fall interessiert gewesen. Wozu die Aufregung? fragte er. Jemand hatte den Karren vom Zug weggeklaut, und dieser jemand war schwarz, denn Weiße fuhren im Auto, nicht wahr? Der Dieb war schwarz, der Besitzer auch. Darin lag eine gewisse Gerechtigkeit, und so was passierte eben. Pech.

Pech auch für den Stationsvorsteher, daß Rian ganz anderer Meinung und ein einflußreicher Bürger war. Er verlangte mit Nachdruck ein Auffinden der Karre. Pix unterbrach sich, sah »Auffinden« im Wörterbuch nach und verbat sich mündliche Hilfe. Sie fand's. »Opspoor«, sagte sie. »Das tat man nämlich. Die Karre stand in einem

Schuppen an irgendeinem Bahnhof, und jetzt ist sie endlich angekommen.«

»Alle Achtung, das ging aber fließend«, fand ich beeindruckt, als die allgemeine Unterhaltung wieder begann. »Hab' ich alles schon mal erzählt«, wehrte Pix bescheiden ab, »meiner Schwiegermutter. Und weißt du was? Sie war sehr huldvoll und lobte meine Aussprache. Aber daß Mathias einen weißen Fürsprecher brauchte, um zu seinem Recht zu kommen, hat sie gar nicht gekratzt.«

Der Erongo war dramatisch, Pix hatte recht. Ein Felsengebirge mit rosaroten Türmen, Zinnen und Säulen. Gewaltige Kugeln, die auf bedrohlich winzigen Sockeln ruhten. Dazwischen Schluchten, Höhlen und Täler – eine phantastische Szenerie.

Wir hielten vor einer steilen Felswand an, die Männer machten sofort ein Feuer. Das tat man immer in Südwest. Ein Lagerplatz ohne Feuer war kein Lagerplatz. Es erfüllte Nase und Umgebung mit dem köstlichen Duft von Kameldornholz, spendete Wärme und Licht in der Nacht, und wenn man hungrig war, bot es, heruntergebrannt, Holzkohle für ein Braaivleis an. Würste und Koteletts waren schon ausgepackt, Flaschen wurden geöffnet. Wir aßen im Schatten der Felswand mit immer fettiger werdenden Fingern, umweht von einem leichten, kühlenden Wind. Selbst Kobus Venters leidende Miene wurde vergnügter. Nach der Mahlzeit lagen wir faul unter dornigen Akazien und überhängenden Felsendächern herum. Der Wind sang, ferne Tauben gurrten, sonst herrschte wunderbare Stille.

Nach einer Weile stand ich auf und stieg zwischen bizarren Felsgebilden langsam zu einer hohen hellen Höhle hin. Eine der Höhlenwände war mit verblichenen Buschmannzeichnungen geschmückt: Wildebeest und Antilopen, in graziösem Sprung auf Stein gebannt. Ich setzte mich, schlang die Arme um meine Knie, blickte durch eine sanft gerundete Schlucht auf die friedliche Weite und dahinter in eine Ferne, die nur in Gedanken erreichbar war.

Nach einiger Zeit tauchte unten in der Ebene eine Staubwolke auf, die langsam näher kam. Vor ihr fuhr ein Auto auf unser Lagerfeuer zu. Ich erkannte es.

Pix, Rian und die anderen erkannten es auch, sie sprangen auf und winkten. Peter Bendix stieg aus. Er ließ sich auf die Schulter klopfen, umarmen und die Hand schütteln. Dann sprach er mit Pix. Sie deutete in Richtung der Höhle, ihr schweifender Arm beschrieb den Weg. Er gab ihr einen Kuß, drehte sich um und begann den Aufstieg.

Ich saß, umklammerte meine Knie und hörte seine näher kommenden Schritte auf dem Geröll. Was ich dachte, weiß ich nicht mehr, nur daß mein Herz wie rasend klopfte. Dann stand er neben mir, und ich stand auf. Die Gruppe unten sah uns aufmerksam zu, das merkten wir beide. Er reichte mir sehr formell die Hand. Gleich darauf dröhnte von unten Motorengeräusch zu uns herauf, die beiden Landrover fuhren plötzlich davon … Diese spontane Spazierfahrt war zweifellos von Pix inszeniert und ihr Zweck ziemlich deutlich: Peter Bendix und ich sollten alleine sein.

Und nun waren wir also allein. Der von den Autos aufgewirbelte Staub hing um uns herum in der Luft. Er lächelte mich an. Ich lächelte sehr befangen zurück und wäre so gern etwas besser gekämmt gewesen. »Mathias verriet mir, wo ich dich finden würde«, sagte er. »Ich war schon öfter mit Rian hier und brauchte nicht lange zu suchen.« Ich nickte, wedelte mit zittriger Hand einen zwischen uns herumsurrenden Brummer weg und fragte nach seinem Vater. »Danke, es geht ihm so einigermaßen.« Er schwieg eine Weile und sah mich forschend an. »Ich hab' dir mehrere Briefe geschrieben, Theresa, und dann doch keinen davon abgeschickt, weil ich keine Ahnung hatte, wie's werden würde. Alles war ungewiß. Mein Vater braucht mich, das weiß ich nun. Ich darf ihn nicht enttäuschen. Ich muß mein Geschäft hier verkaufen und nach Bremen zurück.«

Als ich darauf nur stumm zu Boden blickte, nahm er

meine Hand und fragte: »Darf ich wirklich glauben, daß ich dir doch nicht ganz unsympathisch bin, Theresa? Gehst du mit mir nach Bremen, oder gibst du mir noch einen Korb?«

»Ich geh' mit dir, wohin immer du willst«, sagte ich und warf die Arme um seinen Hals.

Eine ganze Weile später, in der ich herausfand, daß Peter Bendix nicht immer sachlich und vernünftig war, legte er den Mund an mein Ohr: »Ich hab' mich jeden Tag zu dir zurückgewünscht.«

»Und ich hab' jede Nacht von dir geträumt.«

Er hob den Kopf und sah mich sehr erwartungsvoll an.

»Und was hast du jede Nacht von mir geträumt, Theresa?«

»Dies«, sagte ich, »nur war's wesentlich weicher als hier.« Er brach in lautes Lachen aus und half mir auf. »Meinst du, daß die anderen bald wieder hier sind?« fragte ich ihn etwas besorgt.

»Nein, bestimmt nicht.«

»Woher weißt du das?« Er blinzelte mich an. »Weil Pix es fest versprochen hat.«

Wir sammelten unsere Kleidungsstücke auf. Er half mir in die Bluse, knöpfte mich sittsam bis oben hin zu und dann mehr als halb wieder auf. Ich kämmte sein Haar ohne Kamm und fragte ihn pausenlos aus: »Die Nächte auf meinem Sofa, war das von A bis Z nur Pflichtbewußtsein?«

»Mehr so von A bis C.« Wir mußten beide lachen. »Und trotzdem wolltest du mich nach Hamburg zurückschikken?«

»Na, wenn du nur wüßtest, wie du mir vorkamst: so schutzlos, so alleine. Und dann seh' ich voller Staunen, was du so alles mit deiner Bratpfanne machst! Von da ab wollte ich dich dauernd in die Arme nehmen. Nur ging's ja leider nicht, weil du eine trauernde Witwe warst.«

»Und später ging's auch nicht?«

»Später?« Er grinste. »Die Witwe umgab sich mit Stacheldraht und wollte nicht mal mit mir tanzen. Wie findest du das?«

»Unglaublich! Das Weib muß ein Scheusal sein!«

Ich warf mich an seine Brust. »Kannst du mir verzeihen?«

»Hab' ich schon lange, Theresa.« Wir sahen uns an. »Und Edwina?« fragte ich.

»Verzeiht mir hoffentlich auch.«

Das war alles, was er über sie sagte. Erst wartete ich ab, dann wußte ich, ohne weiter zu fragen, daß er sie nicht bloßstellen wollte und fand es – nach schweigendem Nachdenken – extra liebenswert an ihm. »Komm mal her«, sagte er und zog mich ganz nah an sein staubiges Hemd.

»Ich hab' dich schon seit deinen ersten Briefen lieb, Theresa, wenn ich's auch später völlig vergessen wollte. Zuerst gefiel mir, was du schriebst, und dann ...« – hierbei machte er, plötzlich hinterhältig lachend, seine Brieftasche auf – »... kam ein Foto.« Er legte mir besagtes Foto in die Hand.

»Meine Güte«, rief ich etwas verlegen, »das hast du noch?«

Das Foto war nur ein halbes Foto und zeigte mich im Badeanzug.

»Sag mal ehrlich, wen du da abgeschnitten hast«, erkundigte er sich. »Ich wollt' es schon immer gerne wissen. War's wirklich deine Kusine?« Ich hob die Hand und schwor, daß es die Wahrheit war.

»Und warum durfte ich sie nicht sehen?«

»Weil sie hübscher ist als ich.«

Erst lachte er laut heraus, und dann sagte er etwas, das mich sehr glücklich machte, obwohl ich nicht ganz genau wußte, wie er es meinte. Er sagte: »Das ist absolut unmöglich, Theresa«, und küßte mich.

Kein Glück ist vollkommen, das merkt man meistens ziemlich bald. Mich traf es tief, daß ich Wendy enttäuschen mußte. Fast kam ich mir vor wie Odette Moran.

»Red keinen Unsinn, Theresa!« Wendy war halb brummig, halb freundlich. »Schließlich verkaufen wir den Laden mit gutem Profit.« Der Profit war wirklich beachtlich, doch das heiterte Wendy nicht sonderlich auf. »Du wirst den Laden vermissen«, prophezeite sie mir düster. »Ist dir noch gar nicht aufgegangen, daß du sehr viel Talent zur Geschäftsfrau hast?«

»Danke, Wendy. Das behauptet Peter übrigens auch. Er war sehr beeindruckt von unserem Laden.«

»So?« Wendys Ton war unverändert brummig. »Ja, er sagt, daß eine Frau mit Geschäftstalent und Lust auf ferne Länder in Bremen eine Firma aufmachen sollte, die Reisen in solche Länder organisiert. Er bot sich auch als unsichtbarer Teilhaber an. Kommt dir das bekannt vor?« Wendys Mißmut rutschte sichtbar wie ein grauer Mantel von ihr ab. Sie grinste.

»Mhm, ja … und die Idee ist gar nicht schlecht … nein, wirklich nicht … Denk mal, wie vielen Leuten du zeigen könntest, wie schön es hier ist. Er hat recht, Theresa. Das solltest du tun! Du wirst es schon schaffen. Und eins ist wichtig: Als Chefin von einem Reisebüro mußt du dich auf jeden Fall auch vor Ort informieren. Du kommst also ab und zu hierher zurück.« Sie nickte so zufrieden, daß ich es endlich wagte, sie zu umarmen.

»Und du, Wendy? Was ist dein nächstes Projekt? Willst du's mit den Nelken versuchen?«

Nein, Wendy hatte andere Pläne. Ihr schwebten Gemüsebeete vor, Beete voller Salat, Kohl und Tomaten, weil die nützlicher und im Absatz zuverlässiger als Nelken waren. »Ich hab' mir schon immer 'ne Farm gewünscht, und wir brauchen hier frisches Gemüse. Guck dir die schlappen Gurken in Victor Lords neuem Supermarkt an. Der kauft mir meine garantiert mit Kußhand ab.«

Land im Swakoptal hatte sie bereits gefunden. Es stand zum Verkauf. »Hört sich fabelhaft, aber sehr viel teurer als unser Laden an«, fand ich etwas besorgt. »Woher kriegst du das ganze Geld?«

»Kein Problem«, sagte Wendy kühl. »Ich verkauf' den Schmuck meiner Mutter. Mir waren diese Klunker schon immer genauso egal wie ihr.«

»Und dein Vater? Was glaubst du, sagt der dazu?«

Wendy hob ihr Kinn. »Wir werden sehen«, erwiderte sie und sah dabei genauso unbeugsam aus wie Marei, als diese beschloß, wieder dicker zu werden.

Nach unserer Trauung in Swakopmund nahmen wir Abschied von Südwest. Und von diesem Tag an ging für immer ein leises Heimweh mit uns mit – nach seiner Weite, nach seiner Stille und nach all den unersetzlichen Leuten, die sich zu unserer Abfahrt am Schiff versammelt hatten. Sie standen am Kai und winkten: Pix und Rian, Wendy und Captain Talbot. Werner Schmidt mit bildschönem Sohn auf dem Arm. Mathias, Marei und Balsam – selbst er würde von weitem immer netter werden.

Als die Dünenküste zu einem fernen Strich am Horizont geworden war, nahm mein frisch angetrauter Ehemann sein Taschentuch und befaßte sich mit meinem verheulten Gesicht. »Diese Sturmflut ist ziemlich bedenklich«, stellte er fest. »Freust du dich nicht wenigstens ein bißchen auf Bremen, Theresa?«

Ich warf einen letzten Blick zurück, wußte, daß dies kein Abschied für immer war, und hakte mich schnell bei ihm ein. »Doch, ich freu' mich auf Bremen«, sagte ich, »... sehr sogar. Und weißt du, was ich nicht erwarten kann? Dich Tante Wanda vorzustellen. Sie wird von dir begeistert sein.«